中國學術思想 研究輯刊

四 編
林 慶 彰 主編

第 9 冊

先秦兩漢天人意識與《詩經》學之研究（上）

謝 奇 懿 著

花木蘭文化出版社

國家圖書館出版品預行編目資料

先秦兩漢天人意識與《詩經》學之研究（上）／謝奇懿 著 —
初版 — 台北縣永和市：花木蘭文化出版社，2009〔民98〕

目 2+292 面；19×26 公分

（中國學術思想研究輯刊 四編；第9冊）

ISBN：978-986-6449-08-6（精裝）

1. 詩經　2. 先秦哲學　3. 秦漢哲學　4. 天人關係　5. 詩學
6. 研究考訂

831.18　　　　　　　　　　　　　　　　98001842

ISBN - 978-986-6449-08-6

9 789866 449086

中國學術思想研究輯刊
四 編 第 九 冊　　　　　　ISBN：978-986-6449-08-6

先秦兩漢天人意識與《詩經》學之研究（上）

作　　者　謝奇懿
主　　編　林慶彰
總 編 輯　杜潔祥
出　　版　花木蘭文化出版社
發 行 所　花木蘭文化出版社
發 行 人　高小娟
聯絡地址　台北縣永和市中正路五九五號七樓之三
　　　　　電話：02-2923-1455／傳眞：02-2923-1452
網　　址　http://www.huamulan.tw 信箱 sut81518@ms59.hinet.net
印　　刷　普羅文化出版廣告事業
封面設計　劉開工作室
初　　版　2009 年 3 月
定　　價　四編 28 冊（精裝）新台幣 46,000 元

先秦兩漢天人意識與《詩經》學之研究（上）

謝奇懿　著

作者簡介

謝奇懿，台灣南投人，國立台灣師範大學國文研究所博士，現為文藻外語學院應用華語文系助理教授。主要研究方向為詩經學及寫作教學，著作有《先秦兩漢天人意識與詩經學之研究》、《五代詞「山」的意象研究》、《新式寫作教學導論》（合著）專書三種，並有〈毛鄭詩經學中的天人關係與文學透顯〉、〈辭章學體系下的作文批改指引系統與互動〉、〈限制式寫作於華語文作文教學之應用〉等論文十餘篇。

提　　要

　　先秦兩漢詩經學之理論包含經學、文學、思想三個層面，本文自先秦兩漢思想上最重要的天人意識出發，試圖以從天人意識面對詩經學，觀察其間的脈絡、發展與理論架構。

　　先秦兩漢詩經學可分為現象與深層意識兩層次，其中現象層次包含了用詩與詮釋兩者，而深層意識則為主體情感與客體事物兩方面。從天人意識來看，先秦兩漢的詩經學係在主體情志及德義要求下，沿著主客、情理等概念，在不同時期表現為不同之二元互動關係，成就多種多樣的面貌。就橫向理論架構而言，先秦兩漢詩經學的詩學思想始於情卻未停留於情，其沿著情志生發，表現出萬象、萬理；從另一面看，先秦兩漢的詩經學思想在表現客觀世界之理的同時，此客觀之理卻未嘗離於情。此種以情志為本而兼於天人兩範疇，在天人、情理、主客不即不離的關係，是先秦兩漢詩經學的特點，也是後世詩學的主要範疇。在縱向的發展上，先秦兩漢詩經學乃是隨著先秦兩漢的天人意識而漸次發展。在這當中，無論是現象之用詩與詮釋，或者是深層意識之心物結構與互動，皆朝向六朝或今世習見之文學思想演變。由此從天人意識對先秦兩漢詩經學之探索可知先秦兩漢詩經學乃是綜合經學、文學、思想三者，經學中有思想大義，文學則由思想大義中生發。

第一章　緒　論

第一節　先秦兩漢詩經學研究之情形與問題之提出

　　本文撰述主要的目的在於探索先秦兩漢詩經學之理論與思想，而以天人意識之角度切入。對先秦兩漢時期來說，《詩經》可謂當時知識分子讀詩、理解詩之主要對象。因此，對先秦兩漢學者或書籍而言，其所體現之詩學理論與思想也不離《詩經》之解讀與運用。是故，本文即擬以本時期最爲重要的《詩經》爲主要之研究對象，從天人意識之角度加以理解。

一、先秦兩漢詩經學之多重解讀

　　以今日先秦兩漢詩經學的研究情形來看，先秦兩漢詩經學由於位居中國文化思想的初次成熟與經典塑造時期，因此在後世享有極高之地位，擁有極爲豐富的內涵。就今日可見之成果來說，先秦兩漢詩經學之研究至少可以分成經學、文學、思想三大領域，呈現著多重多樣的詮釋情形。

　　對傳統而言，以經學角度看待《詩經》大約是先秦兩漢詩經學最爲悠久、影響也最大的部分。「經者，恒久之至道，不刊之鴻教」，〔註1〕傳統對經學的認知可謂無所不包。對先秦兩漢詩經學來說，經學意義下的詩經學廣及訓詁、文物、典儀制度、諷誦、吟咏、政教、致用、思想大義等等皆可爲其內容。因此寬泛地說，經學乃是包涵文學、思想者，只不過今日的文學與思想雖與

〔註1〕劉勰《文心雕龍・宗經》篇，見范文瀾注，《文心雕龍註》（台北：學海出版
　　　　社），1991 年 2 月。

經學有所重複，然其自身已表現出特有之旨趣，有其特有之標準因此已然獨立而蔚爲大國。先秦兩漢經學意義下的詩經學起源極早，在莊子以經之名言《詩》之前，以名物、思想、實用等各種各樣方式讀《詩》在孔子即已得見。自孔子以降，《學》《庸》、《孟》、《荀》等儒家重要典籍與思想家亦多承孔子之路，而以詩爲其治學、致用、成德之對象。秦火以後，經籍殘缺，各家詩說並起。而各家詩經學或爲利祿，或爲學問，或求致用，於壁壘異同之間標舉異說。由於先秦之原義不可復知，漢代之詩經學遂成爲推源詩經學不可不依之途徑，令後世以經學角度研究詩經學亦不得不以漢代爲鎖鑰而易流於漢人門戶之宥。

　　文學角度下的先秦兩漢詩經學大致有兩個路向，其一爲純文學之詮釋《詩經》，其次是發揮本時期之詩經學所呈現之詩學思維。就前者而言，以純文學角度詮釋詩經十分普遍，無庸說明。至於後者由詩經學所呈現之詩學思想則是由經學中出，而或顯或隱地、或正或反地以經學意義之詩經學爲論述之對象。文學意義下的先秦兩漢詩經學乃是以詩歌本身著手，而標榜言情之說，以抒寫情志爲主要觀察與探索的範圍。此種觀點肇始於東漢文人詩初發時期，至六朝而有較爲明顯廣泛的發展，諸如鍾嶸《詩品》、《文心雕龍》皆以較爲接近今日詩歌之文學性角度面對先秦兩漢詩經學。而今日某些研究《詩經》之學者亦闡明緣情之說，不過其緣情說之內涵很可能與六朝詩論或文論家之理論不盡相同。

　　以思想之角度面對先秦兩漢詩經學的專門論述最爲少見。思想意義下的先秦兩漢詩經學亦是從傳統之經學中出，其以經學之大義爲基礎，突出其義理部分，試圖觀察或建構詩經學背後的思想範式，以期回饋經學之其他部分或文學概念，令某些文學概念或是經學意義下先秦兩漢詩經學之其他部分也得到適當的解釋。簡單地說，思想之角度雖然不能取代經學，然可以從更高的角度對經學、文學之種種予以統合，關於此點，本文將於本章第二、第三節加以闡釋。

二、先秦兩漢詩經學詮釋典範之構成

　　先秦兩漢詩經學研究之角度已如上述，實際觀察上述經學、文學、與思想之研究情形將有助於今日對先秦兩漢詩經學之研究提出反省，進而引出本文創作之動機。

（一）經學方面

　　如前所述，從經學角度研究先秦兩漢詩經學爲傳統最爲昌盛的方式，因此其表現也最爲多樣。雖然如此，亦可從各式各樣的經學研究上看出其大致之旨趣，此即因爲客觀之秦火、戰亂之因素，而造成不得不依循漢代典籍以求其義而受限於今古文之思維。自漢代以後，經學意義下的先秦兩漢詩經學即不可避免地必須面對今古文之論題，小從字句、訓詁，大至篇旨、義理及典制，皆隱藏有今古文之思想於其後。各個學者或從今文之三家，或從古文之毛詩，或從鄭玄之兼綜，或欲自立其義，凡取經學角度研究先秦兩漢詩經學者必然要有所取捨折衷，因此今古文之思維乃是經學意義下的先秦兩漢詩經學研究之大勢表現。

（二）文學方面

　　從文學角度研究先秦兩漢詩經學主要可以分成古典與近世兩種。所謂的古典角度指的即是六朝詩論家或文學批評家的著作。對這些學者來說，經學與文學之間應是相通的。〔註2〕而對近世來說，近現代部分學者所採乃是政教觀點下的言志／緣情說。政教說本來應是經學領域的觀點，然而部分研究文學之學者將政教之立場加以突出，而拈出言志與緣情之對立差異，〔註3〕並以言志解釋先秦兩漢詩經學的發展情形。〔註4〕此種言志／緣情說的看法大致上以爲《詩經》文本最早即爲情感之表現，只是受到儒家思想的影響而受到某個程度的曲解，或是在德性之要求下成爲德性之附庸。這些持「緣情」理論的學者以爲，此種對詩篇的曲解或以詩篇爲附庸的情形，自先秦迄整個漢世幾乎都是如此，一直要到漢末道德秩序的崩毀方纔得解放。因此從文學觀點來看待《詩經》，《詩經》之本文實有待新的詮釋，而近世發展之文字、考據之學正好成爲其利器，進而使《詩經》之詮釋表現出貌古實今的情形。

〔註2〕　說見本節第三部分「先秦兩漢詩經學詮釋典範的缺陷」中對文學觀點下「言志／緣情之理論與實際詩經學現象（含作品及批評）之巨大時間落差」的批評。

〔註3〕　如屈萬里、施淑、陳昌明等學者皆主張此種說法，參見屈萬里，《詩經詮釋‧敍論》（台北：聯經圖書公司），1988 年 7 月，頁 23～24；施淑，〈漢代社會與漢代詩學〉，《中外文學》10 卷 10 期，1982 年 3 月；陳昌明，《緣情文學觀》（台北：台灣書店），1999 年 11 月。

〔註4〕　當然也有持情志之間爲共存立場者，此一立場較爲接近本文之看法，但仍然有過於簡化的毛病。

（三）思想方面

以思想為主要觀點討論先秦兩漢詩經學的專著並不多見。大致而言，可以分成偏重闡釋經學意義下的思想，以及偏重突顯文學意義下的思想，茲略述其情形於下：

1. 偏經學者

此種論著佔以思想角度切入整體的多數。在論題方面，如詩教、樂教、及正變等詩經學觀念皆為討論之對象。就學者與典籍而言，先秦儒家孔、孟、荀子的詩教及毛傳鄭箋之箋疏亦有所論及。〔註5〕

2. 偏文學者

此為近年來初興之研究，其從思想角度切入本時期之詩經思想，以申其中所呈現之文學或詩學特質。〔註6〕例如龔鵬程即以思想之角度論及此一時期之文學概念，其中從「言志」、「緣情」展開，提出新典範的可能。〔註7〕而曾守正則以言志思想為中心，言及情志實為一致，而秦漢之際變化之思想為說，並舉辭賦為例以明情志與文（詩）學理論與創作之關係。〔註8〕

簡單說來，藉由先秦兩漢詩經學思想以泛論思想與中國詩學之學者不少，泛論思想與文學者亦有，就先秦兩漢詩經學某一家之詩學思想加以探究者亦有，不過就先秦兩漢思想與該時期詩經學之全面或是較大角度之觀照而發為專書者則幾乎沒有。

〔註5〕 就台灣學者來說，著有專書而較知名者如文幸福，《詩經周南召南發微》（台北：學海出版社），1986 年 8 月、《詩經毛傳鄭箋辨異》（台北：文史哲出版社），1989 年 10 月、《孔子詩學研究》（台北：學生書局），1996 年 3 月；張蕙慧，《儒家樂教思想研究》（台北：文史哲出版社），1985 年 6 月；康曉城，《先秦儒家詩教思想研究》（台北：文史哲出版社），1988 年 8 月；林耀潾，《先秦儒家詩教研究》（台北：天工書局），1990 年 8 月、《西漢三家詩學研究》（台北：文津出版社），1996 年 9 月。

〔註6〕 如學者龔鵬程〈自然氣感的世界〉、〈文人傳統的形成〉二文，收於龔鵬程，《漢代思潮》（嘉義：南華大學出版社），1999 年 8 月；楊建國，《天人感應哲學與兩漢魏晉文學思想》（台中：東海大學中文研究所碩士論文），1990 年；曾守正，《先秦兩漢文學言志思想及其文化意義──兼論與六朝文化的對照》（台北：台灣師範大學國文研究所博士論文）1998 年 12 月；蘇桂寧，《宗法倫理精神與中國詩學》（上海：三聯書店），2002 年 6 月；李凱，《儒家元典與中國詩學》（北京：中國社會科學出版社），2002 年 8 月。

〔註7〕 見龔鵬程，《漢代思潮》（嘉義：南華大學出版社），1999 年 8 月。

〔註8〕 見曾守正，《先秦兩漢文學言志思想及其文化意義──兼論與六朝文化的對照》（台北：台灣師範大學國文研究所博士論文），1998 年 12 月。

三、先秦兩漢詩經學詮釋典範之缺陷

（一）經學方面

以經學爲主要角度研究先秦兩漢詩經學之缺陷主要表現在今古文二分之思維方式上。除了單就先秦專家或專書進行研究之領域比較不須要涉及外，其他以經學角度切入研究先秦兩漢詩經學者皆不可避免地必須觸及今古文之客觀性問題。而各家學者在面對此一問題時，或是將今古文視爲或顯或隱之對立，絕不觸及另一領域之詩經學，而視各家詩經學之內部爲一體不變者。或是以今古文視爲一體，抹殺今古文四家詩學的差異，而這些看法皆有待商榷。

首先，就四家詩各自內部而言，皆存在著明顯的變化。魯詩之《淮南子》、劉向、《白虎通》之言詩皆存在著明顯的差異。而《淮南子》甚至一方面被視爲魯詩之說，一方面其法自道家之虛靜思想還被取以爲六朝創作思想之源。齊詩方面，西漢武帝之董仲舒與末期之《詩緯》大不相同，而《詩緯》之說也有學者引以爲六朝文學思想之端。對毛詩而言，毛鄭之異同極爲明顯，自鄭玄之後即屢屢成爲學者論述之重心。因此，就四家詩內部而言，即存在著明顯之差異，而此一差異對於以文學角度研究先秦兩漢詩經學之學者來說，除了毛鄭之差異外，多數學者對三家詩只能抱持一例外或偶一引之態度加以面對。

另一個對四家詩加以簡化之情形即爲將毛詩與三家詩差異之簡化。毛詩與三家詩之詮釋差異乃是極爲明顯者，然而學者或以爲毛詩與三家詩之詮釋差異爲用詩與本義之分別，〔註9〕或以爲毛詩與三家詩乃是同源而不同側重角度之表現。〔註10〕前者之立場，頗見爲今文之三家詩迴護之動機，恐難爲毛詩學者所接受；而後者恐無法面對實際上毛詩當中一再出現與三家詩明顯之差異。〔註11〕

〔註9〕 此說爲清代魏源所提出，說見魏源，《詩古微》（《皇清經解續編》本），「齊魯韓毛異同論中」。

〔註10〕 此爲調停三家詩與毛詩之說，主要的學者有皮錫瑞、徐復觀等人，其以爲毛詩之詩義乃是陳古刺今，因此表面上爲周公，實則爲周代衰微所作。參見皮錫瑞，《經學通論·詩經通論》（台北：人人文庫本），頁9；徐復觀，《中國經學史的基礎》（台北：學生書局），1996年4月，頁154～155。

〔註11〕 關於毛詩與三家詩之差異，王先謙《詩三家義集疏·序》多有論及，除了王先謙因爲三家詩本位而攻擊毛詩之立場尚待考慮外，筆者從其說，下文並將從天人意識之角度剖析其間異同，而反對徐復觀以四家詩本源爲一之說。例如就〈關雎〉來說，徐復觀以爲毛詩爲陳古刺今，毛詩實際上乃是陳古之后

（二）文學方面

前述今日部分學者從政教觀點理解先秦兩漢詩經學而提出言志與緣情的對揚似乎有許多優點，其不但可以建立起另一個新的情感準則而運用文字、考古之基礎對《詩經》之本文重新加以注視，還可以完全避開文獻缺乏與漢代最為惱人的今古文困境，進而為其以為之六朝緣情說直接建立本源。不過，這些優點仍然存在著以下幾點明顯之缺陷。

1. 本義之理解與純文學之追求

從文學意義研究先秦兩漢詩經學之基本立場，即是將詩經視為一純文學之存在物，此一純文學之存在物在一開始是存在於直觀之作者心中者，其本義乃是一隱而未彰的情形。

然而何以要追求本義？何以文學一面才是詩歌本質之表現？強調詩歌本義的背後難道沒有今人自身之立場與選擇？這些問題都是屬於知識論上認知是否可以成立，如何成立的問題。因此，對於文學意義下的詩經學來說，必須要問的問題不應該是《詩經》本來如何，而應該問當時的人是如何理解這些概念，古今之人的差異恐怕不是以普遍存在或是直觀之方式即可完全抹滅的。也就是說，對先秦兩漢詩經學的探索來言，本義之追求是何人、何時，和如何發生的？其所追求之本義是何種立場之本義？今人以其直觀之方式解讀之詩歌所得之文學性意義是否即是古人之直觀？才是第一序須要處理的問題。除此之外，以為《詩經》為純文學之作品還預設著作者與讀者之概念區分，而先秦兩漢之詩經學果真一開始即具有明確之作者、讀者觀？關於這些問題，本文都將在對先秦兩漢詩經學脈絡之發展解讀中，理解其本義、作者與讀者、甚至純文學等概念之於先秦兩漢時期，絕非一陳不變者，甚至存在著相當長一段時間未曾為其考慮，進入理解領域者。因此，純文學之本質觀點，以知識論之立場加以觀察，會發現其背後有不少看似直接而實為後人方才追求、重視之概念和認知方式。〔註12〕

妃以刺今之后妃。然此種說法尚須考慮兩點：1、毛詩〈東門之池〉、〈雞鳴〉、〈車牽〉等詩有與三家詩釋〈關雎〉極類同之思想與用語，然毛詩〈關雎〉不用。2、若為陳古刺今，毛詩中多明言為刺，如〈羔裘〉、〈女曰雞鳴〉，則〈關雎〉何以不用，而隱晦其義。參見王先謙，《詩三家義集疏》（台北：明文書局），1988 年 10 月；徐復觀，《中國經學史的基礎》（台北：學生書局），1996 年 4 月。

〔註12〕本文並非否定一本質的存在，只是懷疑一文學性本質的存在，此一懷疑，如

2. 言志／緣情之理論與實際詩經學現象（含作品及批評）之巨大時間落差

先秦兩漢詩經學所流傳後世之四家詩說，眞正被人所質疑起於宋朝。宋朝以前，三家詩或存或缺，而毛詩甚爲盛行。因此宋代以前之詩人或詩論家所習皆爲四家詩所籠罩，倘若以四家詩之政教言志說與緣情之思維有所衝突，斷然不會存在著詩人或詩論家所習爲政教而創作與理論卻爲言情之思路。事實上，以六朝而言，對四家詩通習甚至註解之詩人、學者所在所有，何以作爲詩人典範之詩經學理論「變革」如此之晚，至宋代方興，而之前之詩人與理論家幾無覺察。因此，若依政教觀點而提出的言志說與緣情說之思路幾乎無法解釋廣泛存在於理論與文學現象間的巨大時間落差。

3. 情性基源說之困難

此一缺陷乃是專就近現代部分學者的緣情理論而言。〔註13〕就近現代部分學者所採之言志／緣情說來說，其對於詩經學之基本想法爲原本存在一本來言情之詩，僅是因爲道德之思維，故必待六朝道德之崩毀，原本情感方才得以彰顯，而中國詩經學之發展也是因爲道德之緣故進而表現爲曲折之道路。推本而論，情志之概念，乃是自先秦時期即已加以肯定而重視者。〔註14〕然而，情志本身之概念十分複雜，近現代學者以爲之情志很可能與先秦兩漢時期（尤其是先秦）之理解不太一樣。就理論而言，認定一情志之本義並非太大問題，問題是何人、何時之本義？〔註15〕然而今日某些主張緣情說之學者其情性之本源乃是以今日習見之「多元」、「民間」、與「抒發感情」爲其本，而此種角度在周代思想的實際發展與表現上恐怕並非如此。《詩經》之詩，無論是采詩或是大師所作，自一開始進行知識之系統即在周人憂患意識之認識進路上加以認知。因此，從知識論之立場加以觀察，認知即存在，就《詩經》成書之伊始的周人思想而言，何能期待一今日習見意義的情感存在，等待著周人加以改造、曲解。「詩言志」之志一旦爲人所認知，即以該知識系統之意

同部分學者所懷疑之經學性本質之存在，或是道德性本質存在一樣。

〔註13〕近現代部分學者亦有持緣情立場，然抱持折衷意見者。其或以爲道德與情感之間並非矛盾，此種想法與本文之基本立場一致。不過，本文眞正之出發點乃是以思想角度觀察各個德情之間的可能關係，在此一情形下，德情之間在某些成德理論中亦有可能爲矛盾者，說見本文第三章第三節、第四章第一節。

〔註14〕詳見曾守正，《先秦兩漢文學言志思想及其文化意義——兼論與六朝文化的對照》（台北：台灣師範大學國文研究所博士論文）1998 年 12 月。

〔註15〕雖然，以本文之角度而言，早期對詩篇情志之理解很可能是極爲簡單的，其重要性乃是漸漸隨思想發展而成者，說見本文第三章。

義存在與認識，根本不存在一遮蔽之情。因此，所謂的情，會因為認識論之認識進路而表現為文化下意義之存在，以今日之話語來說，認為存在有一本然而被遮蔽之意義是不可能的，存在的只是一個個知識系統下的意義，若是在一開始之知識系統即非如此解讀認識，何以可能另行假設某種存在而等待解放之情感，並以此以為詮釋之前提。

4. 情感與道德領域非對立之關係

再深入探討近現代部分學者所採政教觀點下言志／緣情對立說的假設，會發現言志／緣情之說實假設著情感與道德對立、二分的思維。然而此種思維卻不合先秦兩漢思想之實際情形。在先秦兩漢詩經學最具重視情的儒家而言，德情之認知與關係本來即有不同的體會，孟荀二位學者即為其例。〔註16〕因此，以情感與道德二分、對立做為立論之隱性思維實際上不合先秦兩漢思想之實情，其最少患了簡化的毛病。

5. 四家詩學之簡化

落實到實際面對先秦兩漢詩經學來說，文學意義下的政教／言志說乃是將先秦兩漢最具系統的四家詩學加以簡化、甚至視為一致者。然而此種前提卻不合四家詩實際的情形。前文對經學角度進行討論時已就四家詩各自內部以及毛詩與三家詩之差異進行討論，而文學意義下的政教／言志說幾乎皆將四家詩等同，對四家詩之內容未曾進行細緻之討論，而以政教一言統括之，似乎無意也無力解決此一問題。

6. 用詩之忽略

就先秦兩漢詩經學而言，其所表現之現象可以分為詮釋與用詩兩者。所謂的用詩，有廣義與狹義之別。廣義而言，用詩指的是「以詩為用」，其主要以《詩經》之文句、篇章為主要運用對象之情形。「以詩為用」，在型態上可分兩種，一是以詩篇之本身為詮釋之主要對象，其闡釋以詩旨為潛在之判準。對先秦兩漢學者而言，由於詮釋者往往有其特定之動機，因而在詮釋的同時可以達成某種「用」的要求。另一種則是不以詩篇詮釋為主要對象，而是引用詩篇或詩句，以達成用詩者之其特定意向，以今日之語言來說即是賦詩或引詩。此種賦詩、引詩所用之詩篇、詩章、或詩句，就其意向而言僅是「媒介」而已，詩旨並非其主要的判準，此類之用詩，即為狹義之用詩。而本文

〔註16〕關於德情之認知與關係本文於第三章第三節以及第四章第一節還將詳論。

之言用詩，即專指狹義之用詩而言，至於前者廣義的「用詩」包含詩篇之詮釋，此部分將在第二章第三、四節以及第四章詳加討論。

對文學意義下的先秦兩漢詩經學而言，幾乎所有以文學角度觀察先秦兩漢詩經學之學者皆未正面討論先秦兩漢詩經學最為明顯的用詩現象，而將其束之高閣，或是將其視為某種文學之功能。前種不加處理的方式顯然有缺陷，然而後說仍然值得懷疑。很明顯地，將用詩視為詩歌社會性功能之舉其背後乃是預設了一文學性之存在，以文學本身所展現之功能面對用詩。而前述已對純文學認知之洞見與不見進行討論，而顯現其僅能為知識型態存在之一種可能，並非本質性之理解。

另外，從另一個層次來說，將用詩視為詩歌的社會性功能也是另一種將先秦兩漢詩經學現象解釋掉了的舉動。這也是說，社會性功能的理解方式無法面對用詩之變化，事實上，用詩本身之變化直接表現出對詩歌理解的差異，乃是無法以社會性功能加以解釋者。而且以先秦兩漢而言，用詩之出現恐怕要較詮釋要來的早得多，難道在詩歌理解都尚未明晰之時其功用即已為人所熟知？凡此涉及用詩之理解問題，都是急待解待的問題。

（三）思想方面

思想乃是先秦兩漢詩經學統合的門徑，可惜本部分以思想研究先秦兩漢詩經學者存在著三點明顯之缺憾：

第一、或偏經學以言思想，或偏文學以言思想。偏經學者很少就經學與文學之間的關係與發展加以釐清，似乎也默認了文學的情志對立說；偏文學者則未能實際就經學之諸多異解加以辨別釐清。換言之，以思想為主要角度研究先秦兩漢詩經學之學者似乎未能就經學、文學、思想三者同時加以考慮。

第二、多半就先秦或秦漢之際立說，而忽略漢代數百年間詩經學之發展，即使有也是僅就某一思想進行討論，未就整個時代實際之詩經學情形加以考慮。〔註 17〕然而無論就內容或是數量來說，漢代詩經學之內容一方面多於先秦，也較先秦具有系統。除此之外，漢代詩經學也是在先秦經籍殘缺、缺乏的客觀限制之下，了解先秦詩經學的必要門徑。不只如此，兩漢詩經學詮釋現象與思想之間的實際發展關係可能未如理論層次之申論那樣自由而

〔註 17〕例如楊建國，《天人感應哲學與兩漢魏晉文學思想》（台中：東海大學中文研究所碩士論文），1990 年；黃永武，《中國詩學・思想篇》（台北：巨流圖書公司，1996 年 12 月）中的幾篇文章。

簡單，忽視眞正詩經學材料而僅就思想材料論述很可能是十分危險的舉動。

第三、用詩之忽視仍然存在，此點已於文學部分討論，而以思想角度治先秦兩漢詩經學之學者雖偶有觸及然未能細膩地進行分析，而與文學略有同樣之遺憾。

四、先秦兩漢詩經學涉及之重要問題與範疇

由上述可知先秦兩漢詩經學之研究實存在著相當之灰色地帶，值得進一步探討。考量上述各家學者研究先秦兩漢詩經學之情形，可以大略看出此一論題所存在之問題與範疇：

第一，就現象而言，先秦兩漢詩經學之研究可能必須面對以下兩個現象加以解決：

1. 經學今文門戶以及師、家法同異之辨別
2. 用詩與詮釋之落差及兩者之關係

第二，就概念而言，先秦兩漢詩經學必須解釋以下重要概念或概念之間的意涵與關係：

1. 德性之定位與情性之關係
2. 情感之表現與客體之觀察
3. 心物互動之情形及基礎
4. 文辭之認知
5. 本義之理解
6. 先秦兩漢詩歌的定位與特質

而這些猶有疑義或是尚未明晰之現象與概念，仍有待新思維加以整合與理解。

第二節　天人意識與先秦兩漢詩經學重要問題之關係

一、先秦兩漢天人意識之地位及其特點 〔註18〕

天人意識之於先秦兩漢而言，一開始即爲重要之核心思想，在殷商時期，

〔註18〕對本文而言，天之意義以及天人關係爲論述之重點，無法寥寥數語帶過，因此本文將闢一專節，於第三章第一節討論之。

其時天之字義雖多屬人之顛頂。〔註19〕然殷商淫祀，好占卜，「上帝」或「帝」的詞語在卜辭中十分常見，而時時降命對人世之大小事務有所指引，因此天人之聯繫實為密切。自殷商迄周朝以至兩漢，天人之意識也通常佔有相當之地位，《詩經・大雅・烝民》曰：

> 天生烝民，有物有則。民之秉彝，好是懿德。

天與民即為天人思維之表現，是為西周早年即以天論人，而闡述天人之關係。春秋時期，《左傳・昭公十八年》子產曰：

> 天道遠，人道邇，非所及也。

則是最早將天人二名詞視為一對範疇之記載，以論天人關係之遠近。先秦儒家之《中庸》、《孟子》與《易傳》亦重視天人之範疇：

> 誠者，天之道也；誠之者，人之道也。（《中庸》）

> 誠者，天之道：思誠者，人之道也。（《孟子・離婁上》）

> 觀乎天文以察時變，觀乎人文以化成天下。（《易・賁卦象傳》）

前二者以「誠」貫通天人言天人之道，而後者則顯現出天人兩路之綜合觀照為《易傳》之旨趣所在。對荀子而言，荀子亦言「明於天人之分」，〔註20〕而參於天地，是亦展現其重視天人關係。

不只是先秦儒家重視天人而對天人之概念多所著墨，道家、墨家其論述亦以天人意識為其重要討論之對象。道家老莊喜言道，或通天人而言之，或申天之道以明人道之所適。墨家則明天事鬼，以立人道之極，成人道之事業，可見先秦重要之書籍及思想家皆重視天人意識的情形。

從先秦到兩漢，就學術之大勢來說，秦漢之際及漢代早期先盛行黃老思想，後陸續有春秋學、易學〔註21〕、讖緯之流行，而這些皆以天人思想為重心。在這當中，《呂氏春秋》、迄兩漢的《淮南子》、賈誼、董仲舒、劉向父子、讖緯、王充等較為重要思想家或論著，即對天人思想有所申述。〔註22〕《呂氏春秋》初步建構起貫通天人之氣化體系，而《淮南子》完足之。就學者而言，賈誼、董仲舒、劉向（歆）父子、王充皆或正或反的以天人為論述之要旨，顯現出天人意識之於漢代的一貫重要地位。

〔註19〕王國維〈釋天〉，其文見本書第三章第一節。
〔註20〕見《荀子・天論》篇（台北：商務印書館），四部叢刊本。
〔註21〕《漢書・律曆志》：「易與春秋，天人之道也。」班固，《漢書》（台北：商務印書館），百衲本。
〔註22〕關於上述各家有關天人思想的詳細論述，本書第三章第一節將詳論之。

由此，天人之關係大致上已成為先秦兩漢重要思想家所討論之重要課題。對中國思想而言，天人意識並非僅限於天、人二字之字義，其所側重的在於天與人相互之關係，因此涉及的範疇極廣，並成為諸多概念背後之思維方式，唐君毅曰：

> 中國哲學以天人合一或天人不二之旨為宗。其言心、言性、言情、言欲，言意、言志，皆所以言人，而恆歸源於天。其言帝、言氣、言陰陽乾坤、言無極太極、言元、言无，皆所以言天，而恆彰其用於人。至於言理、言道、言德、言行，則恆兼天道人道、天德人德、天理人理，以言天人之同道、同德、同理、而同行。〔註23〕

明白的說出中國思想中心、性、情、欲、意、志、帝、氣、陰陽乾坤、無極太極、元、無、理、道、德、言行等，其間各個概念雖有屬客體範疇者，有主體範疇者，亦有兼及主客者，然無論客體、主體、或是通貫主客體之概念皆不離天人之意識，而往往就天人之聯繫加以思考。葛榮晉云：

> 「究天人之際」即研究天（道）、人（道）以及二者之關係，一直是中國傳統哲學討論的中心問題，同時也是中國哲學構造中國哲學範疇體系的軸心。中國哲學中的各種各樣的辯論，大體上也是圍繞這個軸心而展開的。中國哲學範疇少數是單個的，多數是成對的。〔註24〕

明確表示天人意識不僅是先秦兩漢思想之核心，亦是中國哲學之中心問題。

由上可知先秦兩漢天人意識的特點有二：

1. 天人意識為先秦兩漢思想的核心

迄殷商至兩漢天人意識即為重要思想家討論之重心，此點十分明確。

2. 天人意識為互動而層層展現之整體觀

如同唐、葛兩位學者所言，先秦兩漢之天人意識其恆言天而彰用於人，言人亦恆歸於天，可見天人之間乃是互動而相互蘊含的，實有著內在的聯繫。而言天人意識之指涉亦表現中國思想範疇典型之二元色彩，而為二元概念之軸心，因此中國思想中無論是主體、客體或兼及兩者之重要概念皆可收攝於天人意識，顯示著先秦兩漢天、人之定位、概念與互動乃是互為辯證而具有層次的特點。

〔註23〕唐君毅，《中國哲學原論‧導論篇》（台北：學生書局），1993 年 2 月，頁 520。
〔註24〕葛榮晉，《中國哲學範疇導論‧導論》（台北：萬卷樓圖書公司），1993 年 4 月，頁 5～6。

二、天人意識與先秦兩漢詩經學重要問題

　　從先秦兩漢天人意識之與特點觀察第一節所述詩經學所涉及之各個重要論題可以發現先秦兩漢之天人意識應居當時思想的重要關鍵位置，而能對各個重要之論題加以統合，使其得到可能且較適切的解釋，茲分項敘述於下：

1. 天人意識爲先秦兩漢思想之貫通核心，因此以天人意識針對各種各樣之經學觀點加以貫穿，應是可能之事。

2. 詩經學於先秦兩漢居儒家重要地位，其與天人意識之發展密切相關。

3. 就詩經學之現象而言，先秦兩漢之用詩與詮釋係分別據天人兩端立論者。先秦兩漢之用詩傳達之內容偏於客觀之理，因此可以從先秦兩漢天人意識中由天而人的思想大勢當中加以理解。而詮釋則側重情志而欲成德，則可由先秦兩漢天人意識中由人達天之路向解釋。由於先秦兩漢詩經學之用詩與詮釋之理解與互動關係可以從天人意識中天人各自的發展與互動的關係加以理解，因此德情之間的關係也可以初步得到解釋。

4. 先秦兩漢詩經學所涉及之德情、情感與事物、心物之互動等等，皆屬普遍存在而橫貫於用詩與詮釋之間者，故爲先秦兩漢詩經學現象之內在深層思維。而德情、情感與事物，以及心物之互動、基礎及境界等等，亦皆可以從天人之含蘊、互動加以理解。

5. 先秦兩漢詩經學所表現出來的詩歌定位、文辭、創作與詮釋等思想也可以從天人意識之爲思想核心找到答案。

　　由上述可知，先秦兩漢之天人意識可以大致涵蓋詩經學所涉及之重要課題，而本文之進路與大致架構即由此而大致得到確定：

　　首先，本文擬先就天人意識與經學之關係進行探討，作爲本文立論之基石，此爲本文之第二章。

　　其次，從大的觀點來看，先秦兩漢詩經學存在著現象、深層之思維兩者。因此，本文擬從外而內，由表入裡，在內外、表裡皆有所了解之後，再進一步從先秦兩漢詩經學之表現對詩歌作出定位。此分別爲本文主要之架構三、四、五章，其中第三章討論先秦兩漢詩經學之現象，將用詩與詮釋分別據天人兩端立論，以觀其各自內在發展以及兩者互動之關係；第四章討論先秦兩漢詩經學之深層意識，分別就心之所發的情感 —— 主體，客觀之物、以及心物之間的互動關係進行討論，並就心物互動之基礎與境界加以理解；第五章

綜合現象與深層意識之種種表現，對先秦兩漢詩經學所表現之詩歌思想加以
定位，並由此創作詮釋以及文辭等相關概念作出解釋。

第三節　研究方法與材料

一、研究方法

　　前文已就本文以思想之天人意識為研究之進路略為介紹，以面對先秦兩
漢詩經學之經學、文學等層面，可見本文探討範圍之廣，涉及的概念也很多，
因此在研究方法上，必須尋找一統整性又能兼及細部的方法，在眾異中求其
中，才能看出先秦兩漢天人意識與詩經學之縱向與橫向之現象、相互之聯繫
與背後之原因。除此之外，本文在第一節中敘及部分研究可能「以今律古」
的情形，因此在研究方法上，尋求一合於先秦兩漢思維的方式來面對此時期
紛雜的現象更屬必要。關於此時期的思維方法，黃俊傑在分析《孟子》的思
想時，曾提出孟子之思維方式有兩大類：一是「具體性思維方式」，另一則是
「聯繫性思維方式」。黃俊傑云：〔註25〕

> 所謂的「具體性思維方式」，是指孟子在論證抽象原理時，常常以具
> 體事實或行為作為證據論述。……孟子運用這種具體思維方式的基本
> 方法有二：第一個方法是類推法：孟子論證抽象原理常以具體事物進
> 行類推……第二個常見的運用方法就是：將抽象命題（尤其是倫理學
> 命題）置於具體而特殊的時空脈絡中，引用古聖先賢、歷史人物、或
> 往事陳跡加以證明，以提昇論證的說服力（「歷史論證」）。〔註26〕
> 所謂的「聯繫性思維方式」是指孟子思想世界中的許多對應的兩極
> 如「天」、「人」、「身」、「心」、「羣」、「己」……等，都不斷為兩概，
> 而構成聯繫性的關係。這種思維方式與中國古代「有機體」式的宇
> 宙觀有密切關係。……所謂「聯繫性思維方式」涵有二項基本假設：
> （一）、宇宙以及世界的各種範疇，基本上都是同質的。（二）、宇宙
> 以及世界的各種範疇，都可以交互影響。

〔註25〕黃俊傑，《孟學思想史論》（台北：東大圖書公司），1991 年 10 月，第一章〈序
　　　論：孟子思維方式的特徵〉。
〔註26〕引號為筆者所加，括號內的「歷史論證」四字，則是黃書該小節的標題。

　　黃俊傑所揭示的兩大方式，不僅見於《孟子》一書，於先秦兩漢的詩經學亦然。惟第一種「具體性的思維方式」即爲先秦兩漢詩經學的現象，如類推法與用詩若有符合，而歷史論證則出現在具體的說詩內容之中，因此本書下文將解析說明其意涵。第二種「聯繫性思維方式」對本文的方法而言則相當重要，黃說不僅點出天人關係爲孟子思維所本有，也同時說明天人之關係爲二元對待之關係，甚至二元對待之思維方式，爲《孟子》一書的思考方式。事實上，二元對待之思考方式已是先秦兩漢的普遍性思維方式，二元對待，不僅是概念之解析——「二」，也是在「二」的對待中看出相互的關係與統合，因此也是「一」。關於「一」與「二」之思維及特點，學者早有系統的討論，張岱年《中國哲學大綱》〈兩一〉一章論述云：

　　　　兩者對待，亦即對立；一者合一，亦即統一。兩一即對待合一，亦
　　　　即對立統一。兩一的觀念在《易·爻辭》已開其端，到《老子》乃
　　　　發闡之甚詳。但《老子》尚未對待合一解說變化，至《易傳》乃以
　　　　對待合一爲變化反復之所以，認爲所以有變化而變化所以是反復
　　　　的，乃在於對待之相推。凡對待皆有其合一，凡一體必包含對待；
　　　　對待者相摩相蕩，相反相求，於是引起變化。《易傳》言之極精，然
　　　　尚未立定概括的名稱。到宋時，張子乃創立「兩」與「一」的名詞。……
　　　　綜合觀之，中國哲學中所說之對待合一原則，可分爲數項。〔註27〕

本段文字對於「一」、「二」觀念之認識發展有著概要之說解，而其所謂的「對待合一」的數項原則，張岱年同時於該文提出五項特點：〔註28〕

　　1. 對待之必然：即二元、兩極現象之普遍性。
　　2. 對待之合一關係：包括二元對待之相倚、交參、互轉、相齊、及同屬
　　　　等情形。相倚即相依而存在，交參即對待而相互含蘊，互轉即相互之
　　　　轉化，相齊爲慎到、莊子特有之畢同觀點，而同屬即對待之同屬於一。
　　3. 對待之綜合：即二元對待綜合爲一更圓滿的事物。
　　4. 對待之合一與變化：即宇宙皆在變化之中。
　　5. 對待與合一之關係：即論兩與一之關係。

其且歷舉《易·爻辭》、春秋時期和同之辨、《老子》、惠施、《莊子》、《易傳》、

〔註27〕見張岱年《中國哲學大綱》（台北：藍燈出版社），1992 年 4 月，頁 171。
〔註28〕詳見張岱年《中國哲學大綱》（台北：藍燈出版社），1992 年 4 月，頁 171～
　　　　172。

賈誼、《淮南子》、董仲舒、揚雄、王弼、張載、二程、胡五峰、朱熹、蔡沈、王夫之等人或書籍加以解說，其說大致即爲「一」與「二」之思維特點。

關於「一」與「二」之思維大致如上，可見「一」、「二」思維之普遍、變化、通貫統合的特點。對張岱年而言，「一」與「兩」可謂爲思維之法則，可以用其來面對萬殊之現象。〔註29〕陳滿銘教授云：

> 我們的祖先，生活在廣大「時空」之中，直接面對紛紜萬狀之現象界，爲了探其源頭，確認其原動力，以尋得其種種變化的規律，孜孜不倦，日積月累，先後留下了不少寶貴的智慧結晶。大致說來，他們先由「有象」（現象界）以探知「無象」（本體界），再由「無象」（本體界）以解釋「有象」（現象界），就這樣一順一逆，往復探求、驗證，久而久之，終於形成了圓融的宇宙人生觀。而這種宇宙人生觀，各家雖各有所見，但若只求其「同」，而不求其「異」，則總括起來說，都可以從「（0）一、二、多」（順）與「多、二、一（0）」（逆）的互動、循環而提昇的螺旋結構上加以統合。〔註30〕

陳教授所謂的「一」與「二」即爲「一」與「兩」，而「多」即爲萬殊之現象，其文並舉《老子》、《易傳》、《中庸》等書做爲論證，可見陳滿銘教授已將「一」「兩」的思維加以發展，從傳統中認識建構出由「一」而「二」而「多」的求異分析法則，與由「多」而「二」而「一」的求同統合方法，並將兩種方法加以統整爲一，以螺旋互動順逆的概念結合，建構出一套完整的思想體系。陳滿銘教授曰：

> 結合《周易》和《老子》來看，它們所主張的「道」，如僅著眼於其「同」，則它們主要透過「相反相成」、「返本復初」而循環不已的作用，不但將「一、多」的順向歷程與「多、一」的逆向歷程前後銜接起來，更使它們層層推展，循環不已，而形成了螺旋式結構，以呈現宇宙創生、含容萬物之原始規律。〔註31〕

可見依據陳教授的說法，「一──→二──→多」與「多──→二──→一」乃是普

〔註29〕張岱年以「辯證法」稱「兩一」之思維，可見其「兩一」思維的普遍與重要性，說見張岱年《中國哲學大綱》（台北：藍燈出版社），1992年4月，頁187～188。

〔註30〕陳滿銘，〈論辭章法的「多、二、一（0）」結構〉，2002年11月16日稿本，今載於《師大學報・人文與社會類》48卷1期。

〔註31〕陳滿銘，〈論章法「多、二、一（0）」的核心結構〉，2002年11月28日稿本，現已發表。

遍存在於宇宙萬物之原始規律，運用「一──→二──→多」與「多──→二─
─→一」的思考方法，向上可以統合萬殊（逆向），而向下可以推衍各種差異（順
向），所以可以涵蓋各種不同的現象，又能適當地在不同現象中找出條理，以
全面觀點加以定位爬梳。因此在面對先秦兩漢天人意識與詩經學所涉及之廣
大材料與範疇，本文擬運用「一──→二──→多」與「多──→二──→一」之
思維進行探討與思考。在「一──→二──→多」與「多──→二──→一」之思
維架構下，本文將試圖在繁瑣之詩經學材料中尋找「二」與「一」之思維，
闡明各個層次之「一」、「二」與「多」各自之意涵與三者之關係，並將各個
層次之「一──→二──→多」與「多──→二──→一」加以通貫，以期了解先
秦兩漢詩經學之表裡、發展、整體架構以及其所表現之詩學思想。

二、研究材料與文獻

　　本文涉及之領域極為廣泛，加上先秦兩漢詩經學先天上的限制，因此研
究之材料與文獻極多。雖然如此，以主從角度來看這些廣泛的材料，還是可
以分為純屬詩經學、詩經學兼及其他部分和純屬思想三大類，茲分別敘述其
大概於下，對主要之材料如詩經學方面將多加著墨，至於次要之純屬思想性
之部分只能略為提及，而僅對有所爭議處加以說明。

（一）純屬詩經學之研究材料與文獻

　　純屬詩經學之材料與文獻所指主要指《詩經》文本以及毛、魯、齊、韓
四家，和近年方才發現的《孔子詩論》竹書。茲分別敘述其重要而與本文論
述相關之部分於下：

1.《詩經》文本之文獻討論

　　涉及本部分之論題主要有作者、成書時間、編採過程、及文本文字等部
分。自傳統以降，即以為《詩經》之作者非出自一人，而是經由周王朝大師
樂官之手而陸續形成，因此其編採成書之時間十分漫長。以本文之角度來說，
成書時間及編採過程與本文討論之內容關係較小，涉及關係較大的部分，當
是《詩經》文本文字的部分。就文本文字來說，先秦《詩經》之本來面目現
今無法得知，就根源來看，原本的《詩經》文本應有定本，〔註32〕然而在後
來實際之教授流傳之下，由於傳布之時間漫長，加上《詩經》教授時兼及口

_____

〔註32〕古無私學，在孔子之前《詩經》篇章已全部出現。

傳吟誦，各國之文字又不統一，實際流行於先秦各地《詩經》文本之文字不
會完全相同。此種現象加上歷史上秦火戰亂之因素，原本之《詩經》定本已
然失傳，因此要找到一個標準爲漢代以後學者所共通接受並不容易。以今日
所見文獻加以觀察，《詩經》文本之文字至少應有六家以上，此五家分別爲毛、
魯、齊、韓、阜陽漢簡《詩經》，以及新近出土的《孔子詩論》。〔註33〕雖然
如此，因應實際論述之須要本文亦不得不就選擇一版本作爲依據。由於後五
家（魯、齊、韓、阜陽《詩經》及《孔子詩論》〔註34〕）皆非全帙，因此現
今存在之完整毛詩遂成爲唯一的選擇，本文即以毛詩之文本文字爲據，並視
論述之實際須要適當引用三家詩之文本進行討論。

2. 《孔子詩論》之文獻討論

　　《孔子詩論》爲近年來發現先秦最重要之詩經學文獻，全篇係書於竹簡，
原二十九簡。上海博物館將其整理出書，並將他篇論及《詩》者之竹簡兩簡
置入，附於考釋之中，統稱爲《孔子詩論》。《孔子詩論》書寫的年代，依照
現代科學之方法檢驗竹簡，大約是戰國晚期，不過思想與內容的形成則應該
更早，極可能是體認孔子、直承孔子思路而發揮者。本篇竹書自爲世人得知
以來，一時成爲研究之重要對象，因爲本篇實可謂今日可見戰國時期詩經學
最直接之文獻，對理解先秦時期的詩經學有著極其重要的意義。

　　雖然如此，《孔子詩論》竹書二十九簡之中殘缺之處甚多。此外，就可見
之竹書文字而言，竹書文字之釋譯、簡序之安排上也成爲學者爭議的焦點。
以其中極爲重要的「子曰：『詩亡𨻶志，樂亡𨻶情，文亡𨻶言』」一段來說，
其中的𨻶字，爲本段文字之關鍵。然學者釋譯此字即至少有七種之多。〔註35〕

〔註33〕就新出土的文獻《孔子詩論》來說，雖屬殘篇，其中亦有部分可供參考之文
　　　　字，對《詩經》文本之討論有所助益。劉小力以統計學之方法比較《詩論》
　　　　與傳世本之《詩經》本文，發現兩者之誤差約在百分之 5 左右，其說大概專
　　　　指文字同異而言，見劉小力〈用《詩論》分析《詩經》的可信度〉，「簡帛研
　　　　究」網站。
〔註34〕見《上海博物館藏戰國楚竹書》（一）。
〔註35〕關於「𨻶」字，馬承源讀爲「離」，李學勤等人讀爲「隱」，饒宗頤、范毓周
　　　　等讀爲「吝」，周鳳五讀爲「文」，何林儀讀爲「凌」，李銳讀爲「志」，而廖
　　　　名春、邱德修則讀爲「泯」。馬承源說首見於馬承源〈竹書《孔子詩論》兼及
　　　　《詩》的有關資料〉，北京達園賓館新出簡帛國際學術研討會，2000 年 8 月
　　　　19 日；又見於《上海博物館藏戰國楚竹書》（一）125～126 頁。李學勤說首
　　　　見於〈《詩論》簡「隱」字說〉，清華大學簡帛講讀班第 12 次研討會論文，2000
　　　　年 10 月 19 日；又見於〈《詩論》的體裁和作者〉，《上博館戰國楚竹書研究》。

除此之外，「亡」字之義，亦至少有「散亡」與「無」兩種看法。〔註36〕若是全句之釋義，則各家皆援引先秦兩漢典籍爲說，亦各有不同。面對此一情形，本文對《孔子詩論》的討論亦不得不取一家之說法，由於本文係以思想爲主要之角度對整個先秦兩漢詩經學加以探討，因此在論述之時亦主要以思想之角度配合前後詩經學之異同加以討論。

3. 毛詩學之文獻討論

　　關於毛詩學之文獻討論主要涉及毛詩之漢代著錄情形、毛傳詩序之作者以及毛詩學之重要撰述學者及著作等方面。由於毛詩之地位，因此歷來學者對於這些部分之討論極多，茲分別敘述其要點於下：

（1）毛詩之著錄及毛傳詩序之作者

　　《漢書・藝文志》云：

　　　　毛詩二十九卷，毛詩故訓傳三十卷。

前者應以《詩經》本文爲主，而可能兼有詩序，〔註37〕後者《毛詩故訓傳》應即包含訓、詁、傳三者。〔註38〕關於《毛詩故訓傳》之作者，自漢代以降即有不同。鄭玄《詩譜》云：

　　　　魯人大毛公爲詁訓傳於其家，河間獻王得而獻之，以小毛公爲博士。

而陸璣《毛詩草木鳥獸蟲魚疏》又曰：

　　　　毛亨作《詁訓傳》，以授趙國毛萇。

毛亨應即爲大毛公，而毛萇即小毛公。依鄭玄之意，則是以《毛詩故訓傳》

饒宗頤說見〈竹書《詩序》小箋〉，《上博館戰國楚竹書研究》。范毓周說見〈關於《文匯報》公布上海博物館所藏《詩論》第一枚簡的釋文問題〉，「簡帛研究」網站。周鳳五說見〈《孔子詩論》新釋文及注解〉，「簡帛研究」網站。何林儀說見〈滬簡詩論選釋〉，「簡帛研究」網站。李銳說見〈《孔子詩論》簡序調整芻議〉，《上博館戰國楚竹書研究》。廖名春說見〈上海博物館藏詩論簡校釋箚記〉，《上博館戰國楚竹書研究》。邱德修說見《上博簡》（一）「詩無隱志」考〉，《上博館戰國楚竹書研究》。

〔註36〕「散亡」之義，爲邱德修所主張。而「無」之義爲多數學者所主張，如馬承源、李學勤、饒宗頤等人皆是，出處參見上註。

〔註37〕王引之《經義述聞》「毛詩經二十九卷」條曰：「毛詩經文當爲二十八，與齊、韓、魯同，其序別爲一卷，則二十九卷矣。」

〔註38〕馬瑞辰《毛詩傳箋通釋・考證》「毛詩詁訓傳名義考」條曰：「『故訓』即『古訓』，又作『詁訓』……單言則爲『詁』，重語則爲『訓詁』。『詁』第就其義旨而明之，『訓』則兼其言之比興而訓導之，『傳』則並經文所未言者而引伸之。毛公釋訓實兼詁、訓、傳三體，故名其書曰：《詁訓傳》。」

爲毛亨所作。而荀悅《漢紀》曰：

> 趙人毛公爲河間獻王博士，作詩傳，自謂得子夏所傳，由是爲毛詩
> 列爲學官。〔註39〕

此處爲河間獻王博士的趙人毛公，似當是小毛公毛萇，然荀悅未曾明言，而
《隋書・經籍志》、《唐書・藝文志》、《宋史・藝文志》則皆明確言爲毛萇所
作。如此，則《毛詩故訓傳》之作者在漢代即至少有兩種說法。以今日《毛
詩故訓傳》之內容觀之，今本《毛詩故訓傳》表現出部分不一致的情形，因
此應非出自一人之手。

關於今本毛詩序的作者，歷來眾說紛紜，爭議更大。《四庫全書總目提要》
云：

> 詩序之說，紛如聚訟。以爲大序子夏作，小序子夏、毛公合作者，
> 鄭玄《詩譜》也。以爲子夏所序詩即今毛詩序者，王肅《家語注》
> 也。以爲衛宏受學謝曼卿作詩序者，《後漢書・儒林傳》也。以爲子
> 夏所創，毛公及衛宏又加潤益者，《隋書・經籍志》也。以爲子夏不
> 序詩也，韓愈也。以爲子夏惟裁初句，以下出於毛公者，成伯璵也。
> 以爲詩人所自製者，王安石也。以小序爲國史之舊文，以大序爲孔
> 子作者，明道程子也。以首句即爲孔子所題者，王得臣也。以爲毛
> 傳初行尚未有序，其後門人互相傳授，各記其詩說者，曹粹中也。
> 以爲村野妄人所作，昌言排擊而不顧者，則倡之者鄭樵、王質，和
> 之者朱子也。然樵所作《詩辨妄》一出，周孚即作《非鄭樵詩辨妄》
> 一卷，摘其四十二事攻之。質所作《詩總聞》亦不甚行于世，朱子
> 同時如呂祖謙、陳傅良、葉適，皆以同志之交，各持異說。黃震篤
> 信朱學，而所作《日鈔》，亦申序說。馬端臨作《經義考》，於他書
> 無所考辨，惟詩序一事，反復攻詰至數千言。自元明以至今日，越
> 數百年，儒者尚各分左右袒也。豈非說經家第一爭詬之端乎？

可見詩序作者爭議之大，以今日之觀點而言，毛詩序非一人所作之情形極爲
明顯，學者亦多有討論，難有定論。〔註40〕

上述已對毛傳與詩序之大概作出討論，就本文之角度來看，本文以爲今

〔註39〕荀悅，《前漢紀》（台北：商務印書館），四部叢刊本，卷25。

〔註40〕前代對詩序作者之討論，朱彝尊《經義考》列舉眾說，達三十餘種，參朱彝
尊，《經義考》（北京：中華書局），四部備要本，卷99。

《十三經注疏》本毛詩之內容依其時間之先後，大約可分爲四個部分：〔註41〕一爲毛詩之古序；一爲毛傳以及詩大序；一爲毛詩續序；最後爲鄭箋。不過，古序簡潔，時時須依續序始能明其義，因此在探討時很難割捨。陳奐云：

> 讀詩不讀序，無本之教也；讀詩與序而不讀傳，失守之學也。〔註42〕

其言雖是表現了陳奐宗毛立場，強調毛傳詩序之重要，但也可見詩序與傳互爲補充。在使用名稱上，我們通常將前三類合稱爲毛詩，而與鄭箋相別，本文之用法亦同。本文係以毛詩學三字涵蓋毛詩與鄭箋兩者，而以毛詩二字涵蓋毛傳、詩大序、詩小序，並將鄭箋獨立於毛詩之外單獨論述。不過，本文文中在引用原典或是部分更進一步的論述毛詩時會對毛詩再加細分，而言毛傳、詩大序及詩小序。必須一提的是，本文承認毛詩中至少有毛詩古序與續序之時間先後的分別，因此在分析其思想時，本文儘量以毛傳、大序、古序爲本，續序爲輔。希望取續序與古序、毛傳、大序皆一致的材料進行論述。〔註43〕

（2）毛詩學之重要撰述學者及著作

毛詩學之關鍵學者爲毛公，《漢書·藝文志》云：

> 又有毛公之學，自謂子夏所傳，而河間獻王好之，未得立。

毛詩學即是由毛公所傳，而由「自謂子夏所傳」可知，對漢人來說毛詩學自謂傳自子夏應是有其疑慮者。毛詩之淵源至漢代以後的典籍有著較爲詳盡的記載，陸璣《毛詩草木鳥獸蟲魚疏》：

> 孔子刪詩授卜商，商爲之序，以授魯人曾申，申授魏人李克，克授魯人孟仲子，孟仲子授根牟子，根牟子授趙人荀卿，荀卿授魯國毛亨。

而陸德明《經典釋文》引吳國之徐整云：

> 子夏授高行子，高行子授薛倉子，薛蒼子授帛妙子，帛妙子授河間人大毛公，爲詩敍訓傳於家，以授趙人小毛公，小毛公爲河間獻王博士。

若陸德明所載無誤，則毛詩之淵源至少在魏晉時期即有異說，此點似乎亦隱

〔註41〕 本文係依據文幸福之説法，詳參文幸福，《詩經周南召南發微》（台北：學海出版社），1986 年 8 月，第二章詩序。

〔註42〕 陳奐，《詩毛氏傳疏·敍錄》（台北：學生書局），1986 年 10 月。

〔註43〕 文幸福已就史實比對續序與古序之差異，其實不大。從天人意識之角度來説，古序、毛傳、毛詩大序與續序的傾向相類似，而鄭箋則表現出較大的差異（説詳見後）。因此依照傳統的兩大類分法還是相當「有效」的。參見文幸福，《詩經毛傳鄭箋辨異》（台北：文史哲出版社），1989 年 10 月，頁 209。

約可見《漢志》之疑慮並非無據。雖然如此，從毛詩學之內容來看其絕非爲漢代學者所作，而是有其先秦之淵源者。此一先秦的淵源，以孟子的影響最值得注意。宋代歐陽修說詩重視孟子，〔註44〕而今日亦有不少學者從毛傳之部分文字或思想配合陸璣之說以爲毛詩爲《孟子》之學，〔註45〕而從天人意識的各層面來看，毛詩亦表現孟子學之思維。〔註46〕當然，主張毛詩爲孟子學的說法是否即肯定或否定陸璣所言之傳承，恐怕也不一定。因此在文獻缺乏的情形下其中的闡釋空間很大，因此各種解釋都有可能成立。首先，孟子學與荀子學在思想下或許不能並存，但在經學上荀子居於先秦大儒的總結地位，孟子所傳之詩經學未必不能存在，或許荀子一方面通曉諸家詩經學，在傳承之餘同時將孟子詩經學作爲其「繆學雜舉」〔註47〕之批評對象也未可知。從另一方面來說，荀子通曉孟子之詩經學然亦未必所傳即以孟子詩經學爲主，又即使所傳爲孟子詩經學亦未必不摻入荀子自身之見解或思想而有所改造或批評。因此，從本文側重天人意識的進路來看，探討毛詩之源流僅能作爲背景理解之參考，最主要的還是毛詩自身之思路脈絡呈現何種思想傾向。

在毛公之後，漢代毛詩學之傳承歷來學者討論亦多，〔註48〕本文僅能以較爲重要之記載《漢書・儒林傳》和《後漢書・儒林傳》二書略爲提及。關於毛詩學於西漢之承傳，《漢書・儒林傳》曰：

　　（毛公）授同國貫長卿，長卿授解延年，延年爲阿武令，授徐敖，

〔註44〕歐陽修《詩本義》〈麟之趾〉：「孟子去詩世近，而最善言詩，推其所說詩義與今序意多同」，又〈序問〉篇云：「今考毛詩諸序與孟子說詩多合，故吾於詩常以序爲證也。」見歐陽修，《詩本義》，四部叢刊三編本，卷 1 與卷 14。

〔註45〕如學者陳應棠、王承略、劉毓慶等人，參見陳應棠，《毛詩詁訓新詮》（台北：中華書局，1969 年）第三篇「義訓」第 15 條；王承略，〈論詩序的主體部分可能始撰於孟子學派——論毛詩序的寫作年代之四〉，《詩經研究叢刊第三輯》（北京：學苑出版社）；劉毓慶，《歷代詩經著述考》（北京：中華書局），2002 年 5 月，頁 11～12。

〔註46〕此爲本文之重點論述之一，而可見於第三章第四節、第四章第一至四節，從毛詩之思想結構與毛詩之心、物、心物互動的表現皆可看出。

〔註47〕見《荀子・儒效》篇（台北：商務印書館），四部叢刊本。

〔註48〕較爲知名的有：朱睦㮮《授經圖》、畢沅《傳經表》、洪亮吉《傳經表》、朱彝尊《經義考》、唐晏《兩漢三國學案》、王國維《漢魏博士提名》、徐炳昶《兩漢經師傳授系統表》、程發軔《漢代經學之復興》等等，今日學者論述者更多，恕不一一列舉。上述列名各家皆同時就經學各經論之，而包括詩經學在內。

教授九江陳俠，爲王莽講學大夫。由是言毛詩者，本之徐敖。

本段文字所言毛公迄徐敖、陳俠之情形相當清楚。東漢之毛詩學，則見於《後漢書・儒林傳》，其文字記載有：尹敏、孔僖、謝曼卿、衛宏、鄭興、鄭眾、賈逵、徐巡、馬融、鄭玄等十人。

　　以上爲漢代及漢以前毛詩學之重要學者傳承之情形，就漢代毛詩學相關之撰述來看，漢代毛詩之重要撰述著作除了《毛詩故訓傳》外，今日可見較爲重要之撰作有《毛詩訓》、《毛詩序》、《詩異同》、《毛詩雜義難》、《毛詩箋》、《毛詩譜》、《毛詩音》以及鄭眾、賈逵、馬融各有《毛詩傳》諸書。首先看《毛詩傳》，《隋書・經籍志》云：

　　　　鄭眾、賈逵、馬融並作《毛詩傳》。

則漢代爲毛詩作傳之學者即不止一人。《毛詩訓》爲謝曼卿所著，陸璣《毛詩草木鳥獸蟲魚疏》云：

　　　　時九江謝曼卿亦善毛詩，乃爲其訓。

則謝曼卿曾爲《毛詩訓》一書。至於《毛詩序》，《後漢書・儒林傳》曰：

　　　　衛宏，字敬仲，東海人也。宏從曼卿受學，因作《毛詩序》，善得風
　　　　雅之旨，於今傳於世。

則《後漢書》以爲衛宏作《毛詩序》一書，然而前文已述，今本毛序實含古序與續序部分，而續序之部分或即衛宏所作。《詩異同》與《毛詩雜義難》皆爲賈逵所撰作，《後漢書・賈逵傳》曰：

　　　　（賈）逵數爲帝言古文尚書與經傳爾雅詁訓相應，詔令撰歐陽、大
　　　　小夏侯尚書故異同。逵集爲三集，帝善之。復令撰齊、魯、韓詩與
　　　　毛詩異同。

是東漢賈逵已就三家詩與毛詩之異同加以比較而成書。《毛詩雜義難》一書見於《隋書・經籍志》：

　　　　梁有《毛詩雜義難》，十卷，漢侍中賈逵撰，亡。

關於本書，朱彝尊以爲賈逵之《毛詩雜義難》即賈逵奉詔所著之《詩異同》，〔註49〕實情如何當待史料釐清。最後《毛詩箋》、《毛詩譜》、《毛詩音》三書皆爲鄭玄所作，其中《毛詩箋》、《毛詩譜》皆見於今本《十三經注疏》，然《毛詩譜》原本應如同表格，〔註50〕今日所見已有所改動，改動之情形難以確知。

─────────────

〔註49〕見朱彝尊，《經義考》（北京：中華書局），四部備要本，卷101。

〔註50〕鄭玄自序。

至於《毛詩箋》之內容，其雖以毛詩爲本，實不限毛詩，《六藝論》云：

> 注詩宗毛爲主，毛義若隱略，則更表明，如有不同，即下己意，使
> 可識別也。

可見鄭玄所見之毛詩箋雖以古文爲本，然不拘於古文。以今日之鄭箋來說，其除了依循毛傳爲說外，尚兼採三家，鄭玄自出己意之處亦可得見。至於《毛詩音》，陸德明曾言爲《毛詩音》者九人，其中即有鄭玄。〔註51〕

　　就本文之實際須要之角度而言，探索各家詩之傳承學者及相關之撰述著作主要在於實際得到該家詩經學的詮釋面貌，若只存其名而未見其文的學者就本文來說可能比較沒有用處。就毛詩而言，毛詩之說大致皆見於今本，漢代學者的論述除了鄭玄之說大致俱在之外，其他學者的說法在今本毛詩之中很難加以辨別，因此對毛詩傳承的理解相形之下也就比較不那麼重要。大致而言，今本毛詩鄭玄之說與毛傳、詩序之相異較爲明顯，其兼採三家說法見於明文，至於毛詩古序、續序與毛傳之間的差異則較小。

4. 三家詩學之文獻討論

　　關於三家詩學之文獻討論主要涉及三家詩學之淵源、三家詩學之重要撰述學者與著作，以及三家詩學之亡佚和輯佚等方面茲分別敘述其要點於下：

（1）三家詩之淵源

　　三家詩應同出一源，此爲漢代學者所共同認知者，《漢書‧藝文志》云：

> 漢興，魯申公爲詩訓故，而齊轅固、燕韓生皆爲之傳，或取春秋，
> 采雜說，咸非其本義。與不得已，魯最爲近之，三家皆列於學官。

《漢志》之說可能本劉歆《七略》，其言魯申公爲詩訓故，是魯詩學之關鍵人物，而齊轅固、燕韓生爲申公訓詁所爲之傳，則分別爲齊、韓詩學之始，可見三家詩學實爲同源。以漢代之記載來看，魯、齊、韓三家詩學其淵源還可直溯自先秦之荀子，《漢書‧楚元王傳》：

> （楚元王）少時嘗與魯穆生、白生、申公俱受詩於浮丘伯。伯者，
> 孫卿門人也。及秦焚書，各別去。

早期亦應只有荀子一脈，而後來方才各家可能爲口誦傳習的緣故，因此可能因爲地方之異，或者還摻入地方思想之特點，而分衍爲三家詩學，進而各自具備有訓詁、說、傳等撰述作品。

〔註51〕見陸德明，《經典釋文》（台北：商務印書館），四部叢刊本，卷1，頁20。

（2）三家詩學之重要學者及撰述作品

　　甲、魯詩學之重要學者及撰述作品

　　魯詩之名，應是以申公爲魯人而得名。不過，魯詩一名在最早時應該還不是今日認知之學脈之義，而可能僅是爲了區別而冠以地名之故。〔註52〕但因爲後來三家詩學爲漢代學官之學，加上申公所傳即魯地學術之特點，後來方才成爲與齊、魯、韓詩對待之學術流派。

　　如同歷來學者對毛詩學者及著作之討論，魯詩學之學者及著述亦眾，無法一一加以討論，因此本文擬先就《漢書》及《後漢書》之重要記載討論於此。相對而言，由此今日文獻所存之三家詩學皆非全貌，因此對本文來說，從輯佚觀點考察三家詩學之重要學者及撰述，應較純粹研討文獻記載之傳承更有助於今日辨別其學脈之內容。也就是說，因爲三家詩至漢末起即陸續亡佚的關係，因此討論三家詩學者及其著述也必須務實地就輯佚之觀點，而習魯詩學者之詳細情形也將於下部分三家詩學之輯佚情形再作討論。

　　就《漢書》與《後漢書》之記載來看，敘及魯詩之重要學者較具系統者應爲二書之〈儒林傳〉。《漢書・儒林傳》明文記載魯詩學者大約有三十人，分別爲：申公、楚元王交、浮丘伯、楚元王子郢、王臧、趙綰、孔安國、周霸、夏寬、魯賜、繆生、徐偃、闕門慶忌、江公、許生、徐公、韋賢、韋玄成、韋賞、哀帝、王式、昌邑王、張長安、唐長賓、褚少孫、張游卿、元帝、王扶、許晏、薛廣德等等。而《後漢書・儒林傳》則有高任、高詡、元帝、右師細君、包咸、魏應、王伉等七人，這三十七人大約是漢代較爲重要治魯詩之學者。

　　漢代魯詩學之重要撰述著作見於《漢志》者有二，《漢書・藝文志》云：

　　　　魯故二十五卷。魯說二十八卷。

〈魯故〉應即申公所作。〔註53〕而〈魯說〉之作者不詳，應是申公之弟子闡述師意而作。除了〈藝文志〉所載《魯故》及《魯說》二書外，今日可知漢代魯詩學之相關著作還有《魯詩傳》、《韋君章句》、《許氏章句》等書。關於《魯詩傳》，《漢書・楚元王傳》曰：

〔註52〕　《漢書・楚元王傳》還記有「元王詩」，其與申公皆承自浮丘伯，然各得異名，事見班固，《漢書》（台北：商務印書館），百衲本。

〔註53〕　《漢書・藝文志》云：「漢興，魯申公爲詩訓故。」又《漢書・儒林傳》亦云：「申公獨以詩經爲訓故以教。」見班固，《漢書》（台北：商務印書館），百衲本。

漢文帝時，聞申公爲詩最精，以爲博士，申公爲詩傳，號爲魯詩。
而《史記・三代世表》亦有褚先生引詩傳之語，則魯詩應有傳，而其作者亦
應爲申公。《韋君章句》之作者當爲韋賢父子，《隸釋・執金吾丞武榮碑》曰：

> 君諱榮，字含和，治魯詩經《韋君章句》。〔註54〕

而朱彝尊以爲此《韋君章句》應即韋賢父子。〔註55〕關於《許君章句》，其作
者應爲許晏。《陳留風俗傳》曰：

> 許晏，字偉君，受魯詩於琅邪王，改學曰：《許君章句》，列在儒林。
> 〔註56〕

通觀魯詩學之著作，今日所見雖僅爲寥寥數書，然魯詩實兩漢詩經學最盛一
脈，以漢代今文詩經學立於朝廷、博士弟子講學議論的盛景，魯詩學之著作
在當時應極繁盛，惜今日不見耳。

乙、齊詩學之重要學者及撰述作品

齊詩學之關鍵人物爲轅固生，《史記・儒林列傳》曰：

> 清河王太傅轅固生者，齊人也。以治詩，孝景時爲博士。與黃生爭
> 論景帝前。黃生曰：「湯武非受命，乃弒也。」轅固生曰：「不然。
> 夫桀紂虐亂，天下之心皆歸湯武，湯武與天下之心而誅桀紂，桀紂
> 之民不爲之使而歸湯武，湯武不得已而立，非受命爲何？」……竇
> 太后好老子書，召轅固生問老子書。固曰：「此是家人言耳。」太后
> 怒……今上初即位，復以賢良徵固。諸諛儒多疾毀固，曰「固老」，
> 罷歸之。時固已九十餘矣。固之徵也，薛人公孫弘亦徵，側目而視
> 固。固曰：「公孫子，務正學以言，無曲學以阿世！」自是之後，齊
> 言詩皆本轅固生也。諸齊人以詩顯貴，皆固之弟子也。

大約是轅固生最早之有關記載，而轅固生所傳即爲齊詩學。齊詩學之重要學
者，見於《漢書・儒林傳》者大約有十一人，分別爲：轅固、后蒼、夏侯始
昌、翼奉、蕭望之、匡衡、師丹、伏理、滿昌、張邯、皮容等等。而《後漢
書・儒林傳》又有伏恭、伏黯、任末、景鸞等四人，此十五人大約是漢代齊
詩學較爲重要之學者。

關於漢代齊詩之重要撰述著作，《漢書・藝文志》云：

〔註54〕洪适，《隸釋》（台北：新文豐出版公司），石刻史料新編本，卷12，頁7。
〔註55〕朱彝尊，《經義考》（北京：中華書局），四部備要本，卷100。
〔註56〕李昉等，《太平御覽》（台北：大化書局），1977年5月，卷496。

　　齊后氏故二十卷。齊孫氏故二十七卷。齊后氏傳三十九卷。齊孫氏
　　傳二十八卷。齊雜記十八卷。

此處《漢志》著錄五書，其眞正之作者不詳。《后氏故》或即爲轅固生之再傳
弟子后蒼所作，〔註57〕而《后氏傳》則可能爲后氏弟子所撰述。至於《孫氏
故》、《孫氏傳》及《齊雜記》因爲史料匱乏，撰述者難以知悉。除了《漢志》
著錄之諸書以外，今日可知齊詩學較爲重要之著作還有《轅氏外內傳》、《齊
詩伏氏章句》、《伏黯改定齊詩章句》、《齊詩解說》、《刪定齊詩章句》、《詩解
文句》諸書。《轅氏外內傳》的作者當爲轅固生，《漢書・藝文志》云：

　　齊轅固、韓生皆爲之傳。

而荀悅《漢紀》引劉向語曰：

　　齊人轅固生爲景帝博士，亦作《詩外內傳》。〔註58〕

然不知此《外內傳》是一書亦或二書。《齊詩伏氏章句》、《伏黯改定齊詩章句》、
《齊詩解說》、《刪定齊詩章句》皆爲伏理、伏黯、伏恭一家撰述之作。陸璣
《毛詩草木鳥獸蟲魚疏》卷下曰：

　　其後伏黯傳理家學，改定章句，作解說九篇，以授嗣子恭。

可知伏黯著有《齊詩解說》九篇。《齊詩伏氏章句》、《伏黯改定齊詩章句》二
書亦由此段文句而見，姚振宗曰：

　　陸璣《詩疏》卷末言四家源流云：「其後伏黯傳理家學，改定章句，
　　以授嗣子恭」云云，與范書《儒林・伏恭傳》所言合。然則伏黯所
　　據爲藍本者，伏理章句也。〔註59〕

是伏理應有《章句》之述，而伏黯以伏理之述爲基礎而改定者，即爲《伏黯
改定齊詩章句》。陸璣《毛詩草木鳥獸蟲魚疏》卷下又曰：

　　恭以黯任爲郎，永平中拜司空。恭刪黯章句，定爲二十萬言。年九
　　十卒。

則伏恭又有刪定齊詩章句之舉，而成一書。關於《詩解文句》，則爲景鸞所撰，
《後漢書・儒林傳》云：

　　景鸞，字漢伯，廣漢梓潼人也。……作《易說》及《詩解文句》，兼

〔註57〕《漢書・儒林傳》:「諸齊以詩顯貴，皆固之弟子也。昌邑太傅夏侯始昌最明……
　　　　后蒼，字近君，東海郯人也，事夏侯始昌。」見班固，《漢書》（台北：商務
　　　　印書館），百衲本。
〔註58〕荀悅，《前漢紀・孝成皇帝紀二》（台北：商務印書館），四部叢刊本。。
〔註59〕姚振宗，《漢書藝文志拾補》（台北：開明書店），二十五史補編本，頁10。

取河洛，以類相從。

是景鸞有《詩解文句》一書。

丙、韓詩學之重要學者及撰述作品

韓詩學之關鍵人物為韓嬰，其記載已見於前討論三家詩淵源之《漢書・藝文志》一段文字。關於韓詩之重要學者，《漢書・儒林傳》記有八家，分別為：韓嬰、韓生、趙子、蔡誼、食生、王吉、栗豐、長孫順、張就、髮福等人，而《後漢書・儒林傳》則記有薛漢父子、杜撫、澹臺敬伯、韓伯高、召馴、孫休、楊仁、趙曄、張匡等十人。

關於漢代韓詩之重要撰述著作，《漢書・藝文志》云：

> 韓故三十六卷。韓內傳四卷。韓外傳六卷。韓說四十一卷。

是韓詩至少有《韓故》、《韓詩內傳》、《韓詩外傳》、《韓詩說》等四書。以上諸書之漢代面貌可能無法得見，今所存之《韓詩外傳》為十卷，其卷帙數目雖恰為內傳四卷與外傳六卷之數總和，然《漢志》不以二書相合，而史書亦明文為內、外，則今日《外傳》極可能並非原帙。

除了《漢志》著錄以外，韓詩之重要撰述作品還有《韓詩翼要》、《薛夫子韓詩章句》、《薛氏韓詩章句》、《刪定韓詩章句》、《詩題約義通》、《詩細》、《詩歷神淵》、張匡《韓詩章句》諸書。《韓詩翼要》為侯包所作，《隋志》云；

> 《韓詩翼要》，十卷，漢侯包傳。

侯包其人不詳。《薛夫子韓詩章句》、《薛氏韓詩章句》為薛廣德、薛漢父子所述作，《漢書・儒林傳》云：

> 薛漢，字公子，淮陽人也。世習韓詩，父子以章句著名。

薛漢之父即為薛廣德，而此處言父子以章句著名，是薛廣德父子應有章句之述作，廣德或為述、或有作，而薛漢則實有著作，著錄見在《隋志》。薛氏父子之章句或嫌繁多，或許為東漢刪汰、節省章句之風氣，薛漢之弟子杜撫即有刪定之舉，《後漢書・儒林傳》曰：

> 杜撫，字叔和，犍為武陽人也。少有高才，受業於薛漢，定韓詩章句。……其所作詩題約義通，學者傳之，曰杜君法云。

則杜撫應有《刪定韓詩章句》與《詩題約義通》諸書。《詩細》、《詩歷神淵》為趙曄所撰作，《後漢書・儒林傳》曰：

> 曄著《吳越春秋》、《詩細》、《歷神淵》。蔡邕至會稽，讀《詩細》而歎息，以為長於《論衡》。邕還京師，傳之，學者咸誦習焉。

此處的《歷神淵》,《隋志》作《詩神泉》,應是唐人避諱而改,而該書應屬緯書之範圍。〔註60〕張匡《韓詩章句》亦見於《後漢書‧儒林傳》:

> 時山陽張匡,字文通。亦習韓詩,作章句。後舉有道,博士徵,不就。卒於家。

是張匡亦有習章句。最後,《隋志》尚著錄《韓詩譜》二卷,趙曄作。然朱彝尊以為即《詩細》一書,〔註61〕且備一說。

(3)三家詩之散佚與輯佚

漢代盛行之三家詩至後來已散佚不全,《經典釋文‧序錄》云:

> 齊詩久亡,魯詩不過江東;韓詩雖在,人無傳者。

《隋志》記載亦類同,所異之處僅在《隋志》明言齊詩「魏代已亡」。由此,則至遲至唐代三家詩多已亡佚不全,其時「韓詩雖在,人無傳者」,而至今日所存僅餘《韓詩外傳》一書。由於漢代三家詩學多皆亡佚,因此欲知三家詩學之內容乃必須就漢代典籍並廣蒐各書加以還原。三家詩之輯佚自宋代開始,至清代最有成就。清代三家詩學之輯佚最具代表者,當為陳喬樅的《三家詩遺說考》以王先謙的《詩三家義集疏》諸書。《三家詩遺說考》係以三家詩各自之內容復原為目的,而以詳細、分類為特點,而《詩三家義集疏》則是在三家詩各自之區分當中,隱然以統合之角度面對三家,並以其與毛詩相互參證,似乎有重新建構詩經學原貌之志。

大體而言,本文引用之三家詩以《三家詩遺說考》、參以《詩三家義集疏》為主體,然《三家詩遺說考》引自漢代典籍者則就漢代原籍參證蒐羅之,譬如《易林》。茲簡單敘述《三家詩遺說考》中蒐羅之漢代各家及著作之大概情形,並針對《三家詩遺說考》必須注意或值得商榷之部分加以討論於下:

甲、魯詩之輯佚

《三家詩遺說考》各家之學者主要見於各詩經學之敘錄部分,在〈敘錄〉之外,亦有見於文中者。《魯詩遺說考‧敘錄》敘及魯詩學之重要學者計有六十三家,分別為:子夏、曾申、李克、孟仲子、根牟子、荀卿、浮邱伯、申公、穆生、白生、楚元王劉交、楚夷王劉郢、紅侯劉辟彊、陽城侯劉德、劉向、劉歆、孔安國、司馬遷、周霸、夏寬、魯賜、繆生、徐偃、闕門慶忌、王臧、趙

〔註60〕惠棟:「以『曆』言詩,猶詩緯之《汎曆樞》。」見惠棟,《後漢書補注》(台北:鼎文書局),1977 年。

〔註61〕朱彝尊,《經義考》(北京:中華書局),四部備要本,卷101。

縮、許生、徐公、王式、韋賢、韋元成、韋賞、義蓨、張長安、唐長賓、褚少
孫、江公、張游卿、王扶、許晏、薛廣德、龔勝、龔舍、高嘉、高容、高詡、
卓茂、魯恭、魯丕、許晃、李業、右師細君、包咸、魏應、陳重、雷義、李咸、
陳宣、李炳、蔡朗、武榮、金吾丞、魯峻等人。在〈敘錄〉之外，《魯詩遺說考》
的內文之中還有賈誼、元帝、孔霸、孔光、東方朔、哀帝、杜欽、揚雄、昭帝、
張衡、班固、王充、王逸、楊賜、楊震、蔡邕、應劭、應奉、張超、趙岐、王
符、寇榮、王褒、高誘、服虔、何休、朱穆、薛綜等二十八家及《淮南子》、《白
虎通》、《爾雅》、《廣雅》等四書。總計九十一家、四書。在這九十一家、四書
之中，本文論述有引而較值得注意的主要有四處：

其一，陳喬樅以爲漢初唯有魯詩，因此將賈誼列入魯詩學者。〔註62〕然
而由漢初有「元王詩」可知，漢初詩經學應不只於魯詩學。因此，本文將賈
誼列入早期三家詩之面貌。

其二，《史記》之學脈歸趨。陳喬樅以爲司馬遷所習爲魯詩，〔註63〕因此
《史記》所記當爲魯詩。不過，關於《史記》之學脈曾有學者提出質疑以爲
近於齊學，王葆玹曰：

> 考察司馬遷關於齊魯文化的議論，似對齊文化的評價更高些，例如
> 史記齊太公世家贊說：以太公之聖，建國本；桓公之盛，修善政，
> 以爲諸侯會盟，稱伯，不亦宜乎！洋洋哉，固大國之風也。均爲贊
> 頌之辭。……如此種種，都證明司馬遷在經學方面是偏袒齊學的。
> 他所講的禮、樂、書、詩、易、春秋之次，應當即是齊學所主張的
> 六藝次序。〔註64〕

則其以爲《史記》偏於齊學。不過從司馬遷自述之語可知，《史記》之所載可
能並非限於一家，〔註65〕而董治安也從《史記》引詩論述，認爲《史記》引
詩出入四家。〔註66〕因此，就本文而言，《史記》由於其時代較早，因此本文

〔註62〕 自明代楊慎起，即以賈誼爲魯詩，見楊慎，《丹鉛續錄》（台北：新興書局），
　　　　 筆記小說大觀本，卷1。
〔註63〕 較早的說法，則有宋代王應麟，《漢書藝文志考證》，卷2。
〔註64〕 王葆玹，《今古文經學新論》（北京：中國社會科學出版社），1997年11月，
　　　　 頁97～98。
〔註65〕 《史記‧太史公自序》：「以拾遺補藝，成一家之言，厥協六經異傳，整齊百
　　　　 家雜語」，見司馬遷，《史記》（台北：商務印書館），百衲本。
〔註66〕 董治安，〈史記稱詩平議〉，《第四屆詩經國際學術研討會論文集》，2000年7
　　　　 月。

將其視爲早期三家詩之面貌部分，除了在天人思想上《史記》有齊文化的色彩外，〔註67〕其立論大致應近於荀子詩經學。

第三個值得注意者爲劉向。依陳喬樅所言，劉向之治詩以魯爲主，偶亦兼及於韓詩，近現代學者如段亦凡、江乾益亦以爲劉向兼魯韓詩，〔註68〕因此本文原則上以劉向爲魯詩，韓詩之部分將特別標明。

魯詩學第四個值得注意者爲《白虎通》。陳喬樅以《白虎通》多魯詩之說，因爲其中參與諸儒如魏應、魯恭、張酺皆習魯詩，僅召馴習韓詩。考察《白虎通》之著述緣由乃是東漢章帝時仿傚西漢宣帝石渠故事而有者，《後漢書·楊終傳》：

> 終言：宣帝博徵群儒，論定五經於石渠閣。方今天下少事，學者得成其業，而章句之徒，破壞大體。宜如石渠故事，永爲後世則。於是詔諸儒於白虎觀論考同異焉。

同書〈章帝紀〉亦明言云：

> 十一月壬戌，詔曰：「蓋三代導人，教學爲本。漢承暴秦，襃顯儒術，建立五經，爲置博士。其後學者精進，雖曰承師，亦別名家。孝宣皇帝以爲去聖久遠，學不厭博，故遂立大、小夏侯尚書，後又立京氏易。至建武中，復置顏氏、嚴氏春秋，大、小戴禮博士。此皆所以扶進微學，尊廣道蓺也。中元元年詔書，五經章句煩多，議欲減省。至永平元年，長水校尉儵奏言，先帝大業，當以時施行。欲使諸儒共正經義，頗令學者得以自助。孔子曰：『學之不講，是吾憂也。』又曰：『博學而篤志，切問而近思，仁在其中矣。』於戲，其勉之哉！」於是下太常，將、大夫、博士、議郎、郎官及諸生、諸儒會白虎觀，講議五經同異，使五官中郎將魏應承制問，侍中淳于恭奏，帝親稱制臨決，如孝宣甘露石渠故事，作白虎議奏。

是東漢章帝時爲了「考同異」、「正經義」因此有白虎觀之會，白虎觀之會章帝親稱制臨決，而有《白虎議奏》；此外，章帝並「顧命史臣，作爲通義」，〔註69〕

〔註67〕以本文來說，《史記》較爲明顯的天人色彩當在其音樂之思想，說見第三章第五節。

〔註68〕段亦凡、江乾益皆以《列女傳》爲說。見段亦凡，〈列女傳本於韓詩考〉，《國學月刊》第1卷第1期，1945年1月；江乾益，《陳壽祺三家詩遺說研究》（台北：台灣師範大學國文研究所博士論文），1985年4月，頁63、68～69。

〔註69〕見范曄，《後漢書·儒林傳》（台北：商務印書館），百衲本。

此處之《通義》即爲班固之《白虎通義》。由此《白虎通》即因白虎觀會議而來，而白虎觀會議「論定五經同義」，〔註70〕因此，《白虎通》所論即使如陳喬樅所言以魯詩學爲主，然其在東漢實有條貫統整三家詩之作用，甚至還有古文學家的說法。〔註71〕

乙、齊詩之輯佚

齊詩學方面，《齊詩遺說考・敘錄》敘及齊詩傳經源流計有二十七家：轅固生、夏侯始昌、后蒼、孫氏、翼奉、蕭望之、蕭育、蕭咸、蕭由、白奇、匡衡、匡咸、滿昌、張邯、皮容、班伯、馬援、伏理、伏湛、伏隆、伏晨、伏無忌、伏黯、伏恭、任末、景鸞、陳紀。而見於《齊詩遺說考》部分者則有伏生、桓寬、馬嚴、成帝、宣帝、班固、班昭、貢禹、丁鴻、李尋、左雄、曹褒、孟康、宋均、郎顗、李奇、荀爽等十六家，以及《易林》、公羊學、禮學、詩緯、鄭玄禮注等書籍學脈。陳喬樅對於齊詩學者之討論值得注意的部分有四處，而值得商榷者則有兩處，茲分別討論其情形於下：

齊詩與本文相關而值得注意的部分有四：其一，《漢書》爲廣其義而作，不專爲齊詩之說。其二，詩緯實兼及三家，因爲東漢實有以緯正經之舉，前文亦已述東漢趙曄亦有詩《曆神淵》之著作，而陳喬樅亦有以《詩緯》爲韓詩之例。不過，從思想脈絡來看，《詩緯》仍是沿齊詩之思維脈絡發展而來，因此本文爲謹慎計，主要仍視其爲齊詩，至於例外者將加以著明。其三，陳喬樅之論朱勃之治詩實兼韓詩。其四，陳喬樅以爲荀爽習齊詩，〔註72〕然其未言何故。但姚振宗《後漢書藝文志》以毛詩於荀爽爲家學，其說以《漢紀》立論。〔註73〕《漢紀》該段文字似以記述漢代經學之變爲主；且尋繹荀悅該段言及毛詩之處，似乎另起一義，加上其言及毛詩乃承劉歆之語，未見其家學之意。如此，則荀爽之學派無法確知。

齊詩值得商榷的部分主要有兩處，皆與《禮》有關。陳喬樅以爲禮學爲

〔註70〕見范曄，《後漢書・丁鴻傳》（台北：商務印書館），百衲本。

〔註71〕事實上，東漢白虎觀會議還有古文學家的思想在其中，因此就詩經學而言，也許有綜合四家異說的可能。關於東漢白虎觀會議之古文學討論的部分可參見錢穆，〈東漢經學略論〉，《中國學術思想史論叢（三）》（台北：素書樓文教基金會）以及黃彰健，〈白虎通與古文經學〉，收於《經今古文問題新論》（台北：中央研究所歷史語言研究所），1992 年 9 月。

〔註72〕如《齊詩遺說考》〈竹竿〉、〈陟岵〉、〈蟋蟀〉等篇，見陳喬樅，《齊詩遺說考》（台北：新文豐公司），叢書集成新編本。

〔註73〕姚振宗，《後漢書藝文志》（台北：開明書店），二十五史補注本，頁12。

齊學，然此說實有疑義。就漢代禮學而言，對於禮的重視，魯學實較齊學爲早，此於史書即已明言之。〔註74〕雖然如此，禮學於漢代之發展，至西漢中期原本主要爲魯學重心的禮學，卻因爲理論內部之須求而爲魯、齊二學所共同重視，進而表現爲融合魯、齊二學的情形。王葆玹曰：

> 西漢中葉，齊魯兩派經學恰在禮的方面遇到很大的危機，這使齊魯兩派的學者不得不攜起手來，在禮學領域實現兩派學說的融合。而上節所說明的古文禮經和禮記的出現，爲這種學派的融合提供了必要的條件。其融合的結果，便產生了后氏禮學。
>
> 齊魯兩派在禮的方面遇到危機，本是不值得奇怪的。齊學理論在禮的方面是極爲薄弱的，這在上文已有詳細的說明。魯詩一派雖重視禮，但卻主要是著眼於禮的實踐，而不是著眼於禮的思想。……后氏禮學是傳自夏侯始昌與孟卿兩人，不是一線單傳。夏侯始昌與孟卿已初步綜合了齊學和魯學，后倉又對這兩位經師的學問兼收並蓄，顯然具備了實現重大學術突破的條件。儒林傳說，后倉說禮經的著作達數萬言，這樣豐富的禮學著述，在西漢禮學史上是沒有先例的，其作用是在一定程度上救治了禮學思想的貧乏的局面，堪爲漢代經學史上的轉折點之一。〔註75〕

王葆玹之語大致無誤，唯其言夏侯始昌傳詩乃齊、魯詩學試圖溝通之始尚值得商榷，因爲齊、魯二家詩經學本源即同承自荀子，若論溝通之始恐怕只能說在師法門戶建立之後方可成立。由上述可知漢代之禮學實不僅爲齊學一家，而應視爲魯學與齊學兩者之兼，事實上，漢代禮學不僅爲魯、齊二者之融合，更是古文與今文學兩者之兼。就經書本身而言，漢代禮學包括《禮經》（《儀禮》）、周官（《周禮》）與《禮記》三者，其中的《周禮》即爲古學，而《禮記》之編纂極爲複雜，而兼有今、古文，〔註76〕由此，則禮學就經文本

〔註74〕魯地之重禮，於周朝之肇始即如此，魯國乃周王朝之外唯一具天子禮樂之國，且尊奉不違。《左傳·閔公八年》：「（齊桓）公曰：魯可取乎？對曰：不可，猶秉周禮，周禮，所以本也。臣聞之，國將亡，本必先顛，而後枝葉從之，魯不棄周禮，未可動也。」即言春秋時魯國行周禮不廢之情形；而魯地之重禮，自周迄秦漢之際皆如此，事見司馬遷《史記·儒林傳》。
〔註75〕王葆玹，《今古文經學新論》（北京：中國社會科學出版社），1997年11月，頁99～107。
〔註76〕關於《禮記》之來源與編纂成書，歷來之爭辯頗多。《漢志》之著錄語焉不詳，至鄭玄始言大、小戴記之篇數及傳者。其後陸德明《釋文》、《隋志》亦

身而言即爲今、古文二者之兼。就漢代研究禮之學者來說，東漢以降爲三禮作注之學者亦多古文學家，如鄭眾、馬融等皆有所撰述，而《周官》注引用之詩即有明確爲古文之說者，如《周禮・春官・磬師》：「凡射，王奏騶虞，諸侯奏貍首，大夫奏采蘋，士奏采蘩」一段，鄭玄注云：

> 鄭司農云：騶虞聖獸。

鄭玄所引即鄭眾之《周禮注》一書。鄭眾爲古文學家，其以騶虞爲聖獸之說明文見於毛傳，而爲今古文學之重要差異之一。〔註77〕由此可知，則漢代治禮之學者不專爲齊學，亦含括古文學者。簡單說來，漢代禮學之著述作品實不可視爲齊學一家，而陳喬樅之說有待商榷。

　　漢代禮學之歸屬既成問題，如此陳喬樅以爲鄭玄注禮所用詩亦主要爲齊學之說法亦不可靠。陳說以爲鄭玄注禮時未見毛詩，故必爲今文學下禮學之師說（齊詩）。但宋代王應麟《詩考》及近人皮錫瑞《經學通論》皆以爲鄭玄注禮多用韓詩，〔註78〕阮元《三家詩補遺》〔註79〕則以爲鄭玄所用主要爲魯詩。考察上述三種說法，其依據大約由〈鄭志〉之記載而來，其文云：

> （鄭玄）答炅模云：爲（禮）記注時，就盧君（植）耳。先師亦然。
>
> 後乃得毛公傳。既古書，義又當。然記注已行，不復改之。

此處言其先作禮注，後得毛傳，似乎鄭玄之注禮完全與古文無關。然考察相關史料，鄭玄之注三禮，雖未得全本毛傳，然其對於古文詩家之說實已多有所知，《後漢書・盧植傳》：

> 盧植字子幹，涿郡涿人也。身長八尺二寸，音聲如鍾。少與鄭玄俱
> 事馬融，能通古今學，好研精而不守章句。

盧植與鄭玄俱事馬融，盧植能自馬融處得通古、今學，鄭玄雖「三年不得見」

各有說。清代學者戴震、錢大昕、陳壽祺等人皆有論辯。上述諸人之說及禮記之內容編纂相關之情形周子同、黃彰健、洪乾祐曾加以論述。參見周子同，《羣經概論》（高雄：復文圖書出版社），1986 年 11 月，頁 53～58；黃彰健《經今古文學問題新論》（台北：中央研究所歷史語言研究所），1992 年 9 月，頁 239～250；洪乾祐，《漢代經學史》（台北：國彰出版社），1996 年 3 月，頁 111～148。

〔註77〕關於「騶虞」一詞之訓釋爲古今文詩經學差異之情形，可參看黃永武，《許慎之經學》（台北：中華書局），1972 年 9 月，頁 201～205。

〔註78〕皮錫瑞，《經學通論・二：詩經通論》（台北：商務印書館），人人文庫本，頁 24。

〔註79〕阮元，《三家詩補遺》（台北：新文豐圖書公司），叢書集成續編本。

〔註 80〕然前文已言鄭玄與盧植之交遊關係,曰鄭玄「爲(禮)記注時,就盧
(植)耳」,而盧植從馬融通古、今文,則鄭玄之禮學應該不會只有今文之說。
再加上鄭玄臨去之時仍得馬融允可,以爲其「道東矣」〔註 81〕,如此則鄭玄
作禮注時亦當通古、今學。又《後漢書・儒林列傳》曰:

> 中興,鄭眾傳《周官經》,後馬融作《周官傳》,授鄭玄,玄作《周
> 官注》。玄本習小戴禮,後以古經校之,取其義長者,故爲鄭氏學。

玄又注小戴所傳禮記四十九篇,通爲三禮焉。

則鄭玄之注三禮實自馬融,而馬融之注禮承自鄭眾,此系之所傳即爲古文之
學。又鄭玄之〈自序〉云:

> 遭黨錮之事,逃難注《禮》。黨錮事解,注《古文尚書》、《毛詩》、《論
> 語》。

如此,則鄭玄之注三禮實與注毛時間相差不遠,皆在黨錮之禍後,其時鄭玄
早已自成一家,離事馬融已有一段時間,距事張恭祖之習韓詩更加遙遠,而
鄭玄注《禮記・緇衣》篇所引〈彼都人士〉四句更明言云:

> 此詩毛氏有之,三家則亡。

由此可知,鄭玄注禮之時雖未見毛詩全本,然其所承之禮學至少有鄭眾、馬
融一系之說,可知鄭玄注禮應兼用毛詩說法。

　　上述乃是從經學傳承加以考察,可見鄭玄之注三禮實不僅爲三家詩學,
而兼識古文之毛詩。就鄭注三禮之實際內容上,亦可得見相當數量明確採用
古文毛詩說的情形。就大義方面,除了上述《周禮・磬師》一篇所注「騶虞」
一詞明確爲古文學說,其他如鄭玄注《儀禮・鄉飲酒》篇言周南召南各篇之
內容與毛詩相合,實更爲典型之例證。訓詁方面,鄭玄注三禮所引〈君子偕
老〉詩「玼」、「瑳」二字,鄭注〈彼都人士〉詩「示我周行」句,鄭注〈民
勞〉詩「憯恢」一詞等等,皆明確與毛傳相合而與三家詩異。〔註 82〕

　　關於上述對禮學及鄭玄注禮所用詩之宗派疑義大致如上,所論乃是就其

〔註 80〕見《後漢書・張曹鄭列傳》(台北:商務印書館),百衲本。
〔註 81〕見《後漢書・張曹鄭列傳》:「玄因從質諸疑義,問畢辭歸。融喟然謂門人曰:
　　　　『鄭生今去,吾道東矣。』」(台北:商務印書館),百衲本。
〔註 82〕上述三例依序可參照王先謙《詩三家義集疏》頁 224～225、553、911 等處。
　　　　其他相關的例子尚多,僅就頌而言,王先謙《詩三家義集疏》942、970、979、
　　　　1081、1083～4 等頁所引詩皆爲其例,見王先謙,《詩三家義集疏》(台北:明
　　　　文書局),1988 年 10 月。

陳喬樅所作之《齊詩遺說考》提出值得商榷的地方。雖然如此，本文面對此一疑義所採乃是謹慎而務實的作法，即是本文僅量避免使用禮學以及鄭玄注三禮之例作爲齊詩討論之例證，若有引用，亦當將其獨立標明，而不直接歸入四家詩之任何一家。

丙、韓詩之輯佚

韓詩學方面，《韓詩遺說考·敘錄》所記約有五十五家，分別爲：韓商、涿郡韓生、賈生、趙子、蔡義、王吉、王駿、王崇、栗豐、張就、長孫順、髮福（段福）、郅惲、郅壽、劉寬、薛夫子（薛方回）、薛漢、杜撫、澹臺敬伯、韓伯高、廉范、尹勤、趙煜、張匡、召馴、楊仁、李恂、唐檀、公沙穆、公沙孚、廖扶、夏恭、夏牙、陳囂、鄭玄、馮緄、杜喬、梁商、朱勃、韋著、胡碩、崔炎、杜瓊、張紘、高阮、任安、何隨、祝睦、梁景、侯包、田君、武梁、丁魴、馬江、樊安等人。而見於《韓詩遺說考》內文所引用者則有周磬、張紘、明帝、馮衍、季珪及曹植等人和《吳越春秋》一書。以今日材料來說韓詩學除了《外傳》之外，其他部分值得參考者十分有限，因此在實際運用時值得注意之處較少，較值得注意者當爲鄭玄。陳喬樅以爲鄭玄箋釋毛傳有不少爲異於毛詩者當爲韓詩之說，其說仍待商榷，因鄭玄已言其注毛，兼採三家並出己意，不專爲韓詩，而是否多爲韓詩則尚待新的史料及更進一步的研究。

（二）詩經學兼及其他領域者之文獻

本類詩經學兼及其他領域之材料與文獻，是就典籍本身直接而大量的涉及詩經學而言。就典籍的數量來看，本類的材料所佔比例最多，除卻上述漢代因爲詩經學典籍散佚的原因而必須就漢代各種著作加以輯佚的漢代諸儒之作品外，先秦儒家、秦漢之際和漢代的雜家以及先秦兩漢之史料等典籍亦大致包括在內。由於涉及範圍太大，一一說明必不可能，茲僅就位居本文重要論述中心且在成書時間有明顯爭議之《中庸》一書加以探討，其餘諸書若有必要，本文將隨文註解。

關於《中庸》之成書時間或有爭議，或以爲在《孟子》之前，爲子思所傳，此爲古說；今人有部分認爲《中庸》當成書於《孟子》之後。徐復觀曰：

> 性的觀念，本是在孔子之後，才日益顯著的。但「性善」一詞，已經孟子所鄭重提出，且將性善落實於心善之上，說得那樣曉暢明白，而受其影響其深之中庸下篇的作者，對內容上已說的是性善，却對

於孟子以心善言性善的思想中心，卻毫未受其影響……且從政治思
想上說，論語言德治，中庸上篇言忠恕之治，孟子言王政，本質相
同，但在政治思想的內容上，究係一種發展。中庸下篇亦言政治，
其極致為篤恭而天下平；對孟子所說的王政的具體內容，皆無一語
涉及。又孟子就心之四端以言仁義禮知，將仁義禮知，組成一完整
之系列，而中庸下篇僅以仁、知對舉，不僅無一心字，亦未受孟子
將仁義禮知組成一完整系列的影響。若以中庸下篇為在孟子之後，
而又與孟子有密切關係，這些情形，都是無從索解的。〔註83〕

陳滿銘教授、吳怡亦持《中庸》之思想當較《孟子》為最早的看法，〔註84〕
而此種看法若參以近年來方才出土之簡牘文獻，〔註85〕會發現與《中庸》相
應之思想實已在先秦以前出現，為《中庸》之思想時代之提前做出佐證。因
此，本文以思想之脈絡為考量，將《中庸》置《孟子》之前，以其為《孟子》
以前即已發展之思想型態，而不將《中庸》置秦漢之際，甚至是漢代的作品。

（三）其他相關之重要文獻

就本文先秦兩漢天人意識與詩經學來說，位居先秦兩漢天人意識之重要
地位但卻與詩經學較無直接之聯繫者典籍亦有本文論及之範圍。就材料的
主、次觀點而言，本部分的材料應屬次要的部分。屬於本部分的典籍主要有
《老子》、《莊子》、《黃老帛書》、《管子》及《易傳》諸書，其中較具爭議而
重要者當為《易傳》一書。

今本《易傳》包含十個篇章，各篇之成書時間並不一致，而歷來學者對
於《易傳》成書之時間亦有爭議。不過，從思想理路與近代出土之文獻有帛
書《易傳》多篇來看，《易傳》主要篇章及思想之完成當在漢代以前。〔註86〕

以今日書面及出土文獻觀之，易學在戰國應有儒門易與道家易，但今本
《易傳》應為儒門易，而帛書之中，帛書〈繫辭〉偏道家易，帛書〈易之義〉、
〈要〉、〈二三子問〉等應偏儒門易。〔註87〕

〔註83〕詳參徐復觀，《中國人性論史》（台北：學生書局），1994年4月，頁138～142。
〔註84〕見吳怡，《中庸誠字的研究》第一章（台北：華岡大學出版部），1972年3月。
〔註85〕最為有名者，即為《性自命出》一文。
〔註86〕參戴璉璋，《易傳之形成及其思想》（台北：文津出版社），1989年6月，頁
　　　　10～15；廖名春，《帛書易傳初探》（台北：文史哲出版社），1998年11月。
〔註87〕道家易為陳鼓應所強烈主張，王葆玹亦贊同之。參見陳鼓應，《易傳與道家思
　　　　想》（台北：商務印書館）1999年9月、《道家易學建構》（台北：商務印書館）

　　就本文來說，本文擬將今本《易傳》置於與《中庸》、《孟子》一起討論，
原因是《易傳》有著相當強烈的「宇宙論」色彩，其思想之核心又不屬道家
或黃老，而應屬《中庸》、《孟子》一系之發展，故置於《中庸》、《孟子》之
後。

2003 年 7 月，以及王葆玹，《西漢經學源流》（台北：東大圖書公司），1994
年 6 月，頁 290。

第二章　天人意識與先秦兩漢詩經學承傳之關係

　　本章爲本文立論之始。要討論先秦兩漢天人意識與詩經學之情形，首要面對的即爲經學層面之專精與兼通的問題。就先秦兩漢而言，詩經學實屬經學之一，而此一時期之經學，曾有固守師法、家法的狹隘現象。因此，要以思想層面切入此一時期之詩經學，必先就天人意識之於詩經學者之存在關係進行討論，如此本文下文對天人意識與詩經學之種種討論方才可能而得以展開。否則若天人意識未見於經（詩）學學者，或是天人意識未能通貫於經（詩）學之間，打破藩籬，則思想角度之切入遂成爲多餘之舉。

　　從另一個角度來看，詩經學之於先秦兩漢思想家或學者的地位也是必須考慮的問題。因爲若是天人意識雖然可以在每個習詩之經學學者或是思想家中找到，並且或多或少的呈現，然而詩經學卻位居表述思想或學術之末端。如此一來，即使天人意識之於詩經學有所體現，其體現之部分很可能只是無關緊要的層面或概念。那麼，從思想層面探討先秦兩漢詩經學即會因爲重要之思想概念或體系未能居詩經學之重要位置而成爲多此一舉之事。

　　由此，則本章對天人意識與經學意義下之詩經學關係探索實可包含兩個部分：第一、了解先秦兩漢之天人意識是否足以通貫各家，打破今古文經學門戶之見，以及師法家法之囿，而能整體、流變之角度加以理解。第二、詩經學是否佔先秦兩漢學者或思想家論述之重要位置，成爲其思想或行爲實踐理論之重要部分。

第一節　天人意識與先秦兩漢詩經學之經學壁壘

　　就先秦時期而言，習《詩經》而用《詩經》的思想家或學者們並無兼通與專精的問題。因爲《詩經》在儒家引以爲教本之後，遂與其他經書或技藝同時成爲知識與道德實踐之一環。因此，習詩之思想家們對詩之理解即可能以通貫之角度面對並加以運用。

　　詩經學之兼通與專精的現象主要發生在兩漢期間，因此以天人意識切入先秦兩漢詩經學的主要困難，即在於面對兩漢經學今古文及師家法之壁壘。茲先就整體之經學學風之專、兼進行討論，再就細部之各家詩經學進行分析，以明天人意識通貫諸家之特點。

一、兩漢經學學風之專精與兼通

　　皮錫瑞云：

> 後漢經學盛於前漢者，有二事。一則前漢多專一經，罕能兼通。經
> 學初興，藏書始出，且有或爲雅，或爲頌，不能盡一經者。若申公
> 兼通詩、春秋，韓嬰兼通詩、易，孟卿兼通禮、春秋，已爲難能可
> 貴。後漢則尹敏習歐陽尚書、兼善毛詩、穀梁、左氏春秋；景鸞能
> 理齊詩、施氏易、兼受河洛圖緯，又撰禮內外說。何休精研六經，
> 許慎五經無雙，蔡玄學通五經。此其盛於前漢者一也。一則前漢篤
> 守遺經，罕有撰述。章句略備，文采未彰。……（後漢）風氣益開，
> 性靈漸啓：其過於前人之質樸而更加快張者在此，其不及前人之質
> 樸而未免雜糅者亦在此。〔註1〕

皮錫瑞本段文字以專治與兼通區分西漢與東漢經學，以爲西漢學者多專治一經，罕有撰述；東漢學者則兼通數經，且多闡述之作，甚而「雜糅」其他思想。考皮氏之說，其言東漢學風大致不誤，然西漢專治一經的情形，恐怕在昭、宣以後較爲明顯，在昭宣以前，學者治學仍爲兼通者。西漢昭、宣以前，學者如申公、韓嬰、劉安、司馬遷皆兼通他經，並以大義爲主，而見其涉獵較廣，眼界較寬。

　　至昭宣之後，家法漸興，章句之學亦起。章句之學以繁瑣著稱，可以說一句至數萬言，說一經至百萬言，皓首而不能窮治一經。由此，則經學之風

〔註1〕　見皮錫瑞，《經學歷史》（台北：商務印書館）1996 年 8 月，頁 128～129。

氣轉為保守。

東漢以降，師法、家法漸壞，學者兼通數經之情形愈形普遍，《後漢書‧徐防傳》曰：

> 防以五經久遠，聖意難明，宜為章句，以悟後學。上疏曰：「臣聞詩書禮樂，定自孔子；發明章句，始於子夏。其後諸家分析，各有異說。漢承亂秦，經典廢絕，本文略存，或無章句。收拾缺遺，建立明經，博徵儒術，開置太學。孔聖既遠，微旨將絕，故立博士十有四家，設甲乙之科，以勉勸學者，所以示人好惡，改敝就善者也。伏見太學試博士弟子，皆以意說，不修家法，私相容隱，開生姦路。每有策試，輒興諍訟，論議紛錯，互相是非。孔子稱『述而不作』，又曰『吾猶及史之闕文』，疾史有所不知而不肯闕也。今不依章句，妄生穿鑿，以遵師為非義，意說為得理，輕侮道術，寖以成俗，誠非詔書實選本意。改薄從忠，三（世）〔代〕常道，專精務本，儒學所先。臣以為博士及甲乙策試，宜從其家章句，開五十難以試之。解釋多者為上第，引文明者為高說；若不依先師，義有相伐，皆正以為非。五經各取上第六人，論語不宜射策。雖所失或久，差可矯革。」詔書下公卿，皆從防言。

其言「今不依章句，妄生穿鑿，以遵師為非義，意說為得理，輕侮道術，寖以成俗」明確可見可見東漢時期之今文經學師、家法不修的情形。而今文經學師、家法之不修，博士束書不講，不但給予了古文學發展的環境，就今文學家而言，似乎也能以「以意說」經，表現出治學之彈性與變化。

前述乃是就兩漢經學之大勢略作敘述，足見漢代學者從通、不通、至兼通的情形。從天人意識之角度觀看詩經學，詩經學於兩漢雖為經學學門，然其與天人意識之關係卻不一定如同經學之風氣。也就是說，在兼通的風氣下詩經學家未必以溝通之角度釋詩，而在專治一經的時代中，天人思想亦未必不為這些學者所知。前者在西漢主要表現於西漢早期，而後者則見於西漢中、晚期。因此，若要觀察天人意識之於詩經學的表現，還是要就各家之學風，甚至是各家之學者落實觀之，如此方能顯現思想通貫各家之特點，而本文之論述亦方得到立論之基礎進而得以展開。

二、漢代魯詩學之謹嚴與變化

漢初,《詩經》今文隸書的寫本別而爲三──魯、齊、燕「三家詩」,並陸續於文帝、景帝時立爲博士。其中魯詩居首,爲漢代詩經學之濫觴,論其淵源則可溯自先秦,《史記‧儒林列傳》曰:

> 及高皇帝誅項籍,舉兵圍魯,魯中諸儒尚講誦習禮樂,弦歌之音不絕,豈非聖人之遺化,好禮樂之國哉?故孔子在陳,曰「歸與歸與!吾黨之小子狂簡,斐然成章,不知所以裁之」。夫齊魯之間於文學,自古以來,其天性也。故漢興,然後諸儒始得脩其經蓺,講習大射鄉飲之禮。叔孫通作漢禮儀,因爲太常,諸生弟子共定者,咸爲選首,於是喟然歎興於學。然尚有干戈,平定四海,亦未暇遑庠序之事也。孝惠、呂后時,公卿皆武力有功之臣。孝文時頗徵用,然孝文帝本好刑名之言。及至孝景,不任儒者,而竇太后又好黃老之術,故諸博士具官待問,未有進者。及今上即位,趙綰、王臧之屬明儒學,而上亦鄉之,於是招方正賢良文學之士。自是之後,言詩於魯則申培公,於齊則轅固生,於燕則韓太傅。

魯學大師申培公雖至漢文帝時方立爲學官,然根據《史記》此段記載,足見魯國誦習禮樂,傳詩講文學,不但可溯至楚漢相爭之際,更可推至「自古以來」的先秦時期。而由本段文字可知,於高祖圍魯之情勢之下,魯國儒者「尚講誦習禮樂,弦歌之音不絕」,可見其《魯詩》悠久傳承下所體現的篤實特質,《史記‧儒林列傳》:

> 申公者,魯人也。高祖過魯,申公以弟子從師入見高祖于魯南宮。呂太后時,申公游學長安,與劉郢同師。已而郢爲楚王,令申公傅其太子戊。戊不好學,疾申公。及王郢卒,戊立爲楚王,胥靡申公。申公恥之,歸魯,退居家教,終身不出門,復謝絕賓客,獨王命召之乃往。弟子自遠方至受業者百餘人。申公獨以詩經爲訓以教,無傳(疑),疑者則闕不傳。

申公,爲漢代魯詩學之始祖。由本段文字言申公「無傳(疑),疑者則闕不傳」可知,申公實持一嚴謹之治學態度,不妄加臆測,不任意推斷,謹守「知之爲知之」的分際傳經授詩。《漢書‧藝文志》亦曰:

> 漢興,魯申公爲詩訓故,而齊轅固燕韓生皆爲之傳,或取春秋,采雜說,咸非其本義。與不得已,魯最爲近之。三家皆列於學官。又有毛公之學,自謂子夏所傳,而河間獻王好之,未得立。

此處《漢志》言其三家詩「咸非本義，與不得已，魯最近之」的原因，恐怕亦與魯詩之嚴謹學風有關。

　　魯詩之學風既以嚴謹爲教，因此如前所言，即使西漢早、中期之治經學者能通擅諸經甚至諸子之學，然仍然未有牽引治詩之情形，此點於申公、《淮南子》、《史記》等大致皆同，《漢書·儒林傳》曰：

　　　　申公卒，以詩、春秋授，而瑕丘江公盡能傳之，徒眾最盛。韋賢治
　　　　詩，事大江公及許生。……博士江公爲魯詩宗。

則申公兼通《詩經》及《穀梁春秋》，其是否有溝通二經，無法得知，然從其弗傳疑之態度來看，自行牽引創爲新說的可能性不大。若有二經相通之處，極有可能是承自先秦舊說。至於同爲《史記》與《淮南子》二書，《史記》雖兼採眾說，然其論詩仍然十分保守，未見明確的天人思維釋詩。而《淮南子》之情形類同，其爲雜家而以道家思想爲主，然其內文論詩之文字仍亦未有明顯以道家解詩的情形出現，而大致表現出謹嚴之色彩。

　　西漢早、中期的魯詩學雖有學風之傳統影響，然而至西漢晚期，治魯詩之學者實已有所改變，其中典型之代表，當爲劉向。以今日劉向可見之著作來說，劉向之思想多有運用《老》、《易》者。以《說苑》一書來說，《說苑》不但有引道家老子〔註2〕之說，且亦引《易經》爲詩作註腳，《說苑·君道》篇曰：

　　　　易曰：「夫君子居其室，出其言善，則千里之外應之，況其邇者乎？
　　　　居其室，出其言不善，則千里之外違之，況其邇者乎？言出於身，
　　　　加於民；行發乎邇，見乎遠。言行君子之樞機，樞機之發，榮辱之
　　　　主，君子之所以動天地，可不愼乎？」天地動而萬物變化。詩曰：「愼
　　　　爾出話，敬爾威儀，無不柔嘉。」此之謂也。

所謂「天地動而萬物變化」，以《易》詮釋《詩經》，表明其肯定天人關係之態度。自劉向生平觀之，可知其引黃老、易證詩，乃與其家學淵源相關，《漢書·楚元王傳》：

　　　　更生以通達能屬文辭，與王褒、張子僑等並進對，獻賦頌凡數十篇。
　　　　上（宣帝）復興神僊方術之事，而淮南有枕中鴻寶苑秘書。書言神
　　　　僊使鬼物爲金之術，及鄒衍重道延命方，世人莫見，而更生父德武

〔註2〕《說苑》一書明引《老子》者，計有五則，分別爲〈君道〉、〈政理〉、〈反質〉
　　　　篇各一則，〈敬愼〉篇二則；見劉向，《說苑》（台北：商務印書館），四部叢
　　　　刊本。

帝時治淮南獄得其書。更生幼而讀誦，以爲奇，獻之……

而上（成帝）方精於詩書，觀古文，詔向領校中五經祕書。向見尚
書洪範，箕子爲武王陳五行陰陽休咎之應。向乃集合上古以來歷春
秋六國至秦漢符瑞災異之記，推跡行事，連傳禍福，著其占驗，比
類相從，各有條目，凡十一篇，號曰《洪範五行傳論》。

劉向對於神仙方術、陰陽五行之事，皆不諱言，且涉獵甚深，其《洪範五行
傳論》一書充分表現其天人意識，且此書出自齊詩之夏侯始昌，齊詩向來重
視天人之學。〔註3〕陳喬樅云：

漢志，夏侯始昌善推五行傳，與齊詩同一師法。劉向五行傳論，即
夏侯所推傳，向集而論之。〔註4〕

明確可見劉向不只接受漢代流行之災異〔註5〕思想，還推廣其義，創爲著作，
因而與齊詩學風相近。

從劉向可以看出西漢魯詩學風變化之肇始。自劉向以後，西漢哀平之際
讖緯〔註6〕風行，迄東漢不衰，對於學者之影響極大，皮錫瑞曰：

〔註3〕 說詳本節下文齊詩之討論。

〔註4〕 陳喬樅，《齊詩遺說考》（台北：新文豐圖書公司），叢書集成新編本。

〔註5〕 關於災異之意義，《白虎通・災變》篇曰：「災異者，何謂也？《春秋潛潭巴》
曰：『災之爲言傷也，隨事而誅。異之爲言怪也，先發感動之也』……變者，
何謂也？變者，非常也。《樂・稽耀嘉》曰：『禹將受位，天意大變，迅風靡
木，雷雨晝冥』」，又《詩疏》引《洪範五行傳》云：「非常曰異，害物爲災。」
皆有確切之指涉；見班固，《白虎通德論》（台北：商務印書館），四部叢刊本；
安居香山，《重修緯書集成》（東京：明德出版社）昭和63年2月，卷四下；
孔穎達，《毛詩正義》（台北：藝文印書館），十三經注疏本。不過，通常的用
語係以「災異」一詞代稱天象一類之非常變化，而對人事有所警告，本文大
半之用法亦是如此。

〔註6〕 何謂讖緯？漢代許慎《說文解字》（段王裁注，《說文解字注》，台北：黎明文化
公司，1991年8月）；劉熙《釋名》（台北：商務印書館，四部叢刊本）；《蒼頡》
（蕭統編，《文選・思玄賦》，台北：藝文印書館，宋淳熙本）、《三蒼》（釋慧琳，
《一切經音義》，上海：上海古籍出版社，續修四庫全書本，卷9）各書已有所
釋，其似以讖、緯爲二，各有指涉。讖指河洛之書，其義纖微而有微驗；而緯
則爲輔經、解經之書。其說大致爲前人所從，如胡應麟《四部正譌》（台北：開
明書店）1966年1月；紀昀《四庫總目》（台北：商務印書館），1989年1月，
等皆以讖、緯爲二。不過，俞正燮、顧頡剛、陳槃等人以爲讖緯應是異名而同
實，王鐵與黃復山等學者還指出名稱之異乃是先後時間異同的緣故，其說大致
可從。說見俞正燮，《癸巳類稿》（上海：上海古籍出版社），續修四庫全書本，
卷14「緯書論」；顧頡剛，《秦漢的方士與儒生》（台北：里仁書局），1995年2

漢儒言災異，實有徵驗。故光武以赤伏符受命，深信讖緯。五經之
義，皆以讖決。賈逵以此興左氏，曹褒以此定漢禮。於是五經爲外
學，七緯爲内學，遂成一代風氣。〔註7〕

在此一風氣之外，魯詩學亦有隨之有明確之轉變，東漢位居重要地位之《白
虎通》即爲典型之代表。

　　前章第三節已云，《白虎通》之論以魯詩爲主，進而條貫三家。就該書之
内容來看，其内容動則引用讖緯，並論及天人之聯繫與關係，例證繁多，隨
處可見，顯現了魯詩學受到時代風氣之影響。

　　在另一方面，自東漢以降，對讖緯意志之天多所批評之學術名家亦多習
魯詩，諸如王充、應劭、徐幹，無不是獨立成家而極具價值者。就這些學者
之著作來說，從中即使可見各學者對讖緯多所批評之立場之文字，然其思想
亦難脱於漢人天人意識的影響，而產生了深淺不一的變化，充分表現出氣化
之思想。由此可知，漢代魯詩之學無論是接受意志之天之讖緯，或是對意志
之天採取批判態度之學者，皆足見兩漢之際魯詩雖較他家詩學嚴謹，但亦兼
具創新之精神，並非全然固守不變。〔註8〕

三、齊詩學風之天人特點

　　相應於魯詩趨於謹慎之學風表現，於西漢與魯學時相抗衡而時有消長的
齊學，則表現出與天人思想密切之關係，皮錫瑞曰：

漢代有一種天人之學而齊學尤盛，伏傳五行，齊詩五際，公羊春秋
多言災異，皆齊學也。〔註9〕

此處明言齊學之中盛傳「天人之學」，則似乎可見漢代齊詩學者亦應多通天人
之學。事實上也是如此，以漢代最早之學者伏生而言，伏生傳《五行傳》之
餘，兼通齊詩，〔註10〕而《五行傳》即倡言天人感應之說。其後西漢武帝之
董仲舒在治《公羊春秋》之餘亦兼通齊詩，而《公羊春秋》本多災異，董氏

　　　　月，頁127；陳槃，《古讖緯研討及其書目解題》（台北：國立編譯館）1991年；
　　　　王鐵〈論緯書〉（上海：華東師範大學學報哲學社會科學版）1991年第5期；黃
　　　　復山〈「讖」、「緯」異名同實考辨〉，1995年輔仁大學漢代學術研討會。
〔註7〕　見皮錫瑞，《經學歷史》（台北：商務印書館）1996年8月，頁107。
〔註8〕　由此，則魯學之開放性精神或可待進一步研究。
〔註9〕　見皮錫瑞，《經學歷史》（台北：商務印書館）1996年8月，頁103～104。
〔註10〕見陳喬樅，《齊詩遺說考》（台北：新文豐圖書公司），叢書集成新編本，頁523。

從而創立天人感應之說，並時時引詩以表現其天人思想。董仲舒之後，齊詩
學者夏侯始昌，通五經，以齊詩尚書教授，然「善推五行傳」，亦明於陰陽變
化。其他齊詩學者，如匡衡、翼奉、景鸞皆奉行齊詩，然翼奉與景鸞亦好律
曆陰陽之占，匡衡並曾有災異感應之論。〔註11〕

　　事實上，齊詩中之所以與天人意識密切相關，應可溯至先秦時期之齊地
之學。戰國時期齊地設置「稷下學宮」，使民風尚智，且為黃老、陰陽五行流
行之地，〔註12〕故重天人、具黃老色彩的學風於焉成形，是以重天人感應之
公羊學是齊學，齊詩博士轅固生亦與齊國有關。由此可見齊學之本質即具有
強烈的天人色彩，而齊詩亦然。齊詩之天人思想可說是緯學思想之直接來源，
至西漢晚期迄東漢甚至因為讖緯盛行甚而擴及其他二家詩。

　　最後，必須一提的是在東漢讖緯災異、天人感應思想盛行之時，治齊詩
之學者桓寬對於意志之天持明顯之反對立場，似乎顯示了與齊詩學者盛言災
異不同的情形。然考桓寬之治學，其在通《詩經》之外尚通《公羊春秋》，如
此一來，則桓寬似乎也無法脫離天人意識的影響。

四、韓嬰與韓詩之天人傾向

　　韓嬰為韓詩學之源，其於漢文帝為博士，所傳韓詩與齊詩相同，而皆以
微言大義為主。《史記‧儒林列傳》曰：

> 韓生者，燕人也。孝文帝時為博士，景帝時為常山王太傅。韓生推詩
> 之意而為內外傳數萬言，其語頗與齊魯間殊，然其歸一也。淮南賁生
> 受之。自是之後，而燕趙間言詩者由韓生。韓生孫商為今上博士。

又《漢書‧儒林傳》曰：

> 韓嬰，燕人也。孝文時為博士，景帝時至常山太傅。嬰推詩人之意，
> 而作內外傳數萬言，其語頗與齊、魯間殊，然歸一也。淮南賁生受
> 之。燕趙間言詩者由韓生。韓生亦以易授人，推易意而為之傳。燕
> 趙間好詩，故其易微，唯韓氏自傳之。武帝時，嬰嘗與董仲舒論於
> 上前，其人精悍，處事分明，仲舒不能難也。後其孫商為博士。孝
> 宣時，涿郡韓生其後也，以易徵，待詔殿中，曰：「所受易即先太傅

〔註11〕說見唐晏，《兩漢三國學案》（台北：世界書局），龍溪精舍本，卷1頁9、卷
　　　　4頁1、卷6頁8等處，輯有各學者之相關文獻。
〔註12〕參見林麗娥，《先秦齊學考》（台北：商務印書館），1992年2月。

所傳也。嘗受韓詩，不如韓氏易深，太傅故專傳之。」司隸校尉蓋
寬饒本受易於孟喜，見涿韓生説易而好之，即更從受焉。

由《史記》及《漢書》所載可知，韓嬰除以《韓詩內傳》、《外傳》說詩外，
並傳有《韓嬰易傳》一書。〔註13〕《韓詩外傳》與易之關係，《韓詩外傳》在
文字上明確可見標出易者計有十一條，其中今本《韓詩外傳》十條，又《御
覽》另有一條。在十一條之中，有連綴易與詩文句推闡其義者，如卷八「官
怠於有成」；有以易爲主以論其義，而綴以詩句者，如卷六「此言困而不見據
賢人」；有直引《易傳》者，如卷三「故天不變經，地不易形」一段，皆可見
韓嬰之釋詩實兼見易學之天人思想於其中。

韓嬰著作中《易》與《詩》共治之色彩濃厚，其天人傾向不言可喻，在
《易經》之外，今本《韓詩外傳》尚有《老子》之思想：

> 公儀休相魯而嗜魚，一國人獻魚而不受。其弟諫曰：「嗜魚不受，何
> 也？」曰：「夫欲嗜魚，故不受也。受魚而免於相，則不能自給魚；
> 無受而不免於相，長自給於魚。」此明於魚爲己者也。故老子曰：「後
> 其身而身先，外其身而身存。非以其無私乎？故能成其私。」詩曰：
> 「思無邪。」此之謂也。（卷三）

> 昔者、司城子罕相宋，謂宋君曰：「夫國家之安危，百姓之治亂，在
> 君之行。夫爵祿賞賜舉，人之所好也，君自行之；殺戮刑罰，民之所
> 惡也，臣請當之。」君曰：「善。寡人當其美，子受其惡，寡人自知
> 不爲諸侯笑矣。」國人知殺戮之刑專在子罕也，大臣親之，百姓畏之，
> 居不期年，子罕遂去宋君，而專其政。故老子曰：「魚不可脱於淵，
> 國之利器不可以示人。」詩曰：「胡爲我作，不即我謀。」（卷七）

可知《韓詩外傳》非唯引《易》證詩，文中還兼引《老子》證詩，顯現書中
之思維非僅侷限於單一儒家詩學脈絡，而屬於會通之思維。不只如此，《韓詩
外傳》中對於天人關係屬於肯定之立場，卷五引〈豐年〉詩曰：

> 夫百姓内不乏食，外不患寒，則可教御以禮義矣。詩曰：「蒸畀祖妣，
> 以洽百禮。」百禮洽則百意遂，百意遂則陰陽調，陰陽調則寒暑均，
> 寒暑均則三光清，三光清則風雨時，風雨時則群生寧，如是、則天

〔註13〕韓嬰之易學雖可能僅爲家學，然其亦爲天人意識之顯現之一，而成爲其内在
思維，參見李學勤，《周易經傳溯源》（台北：麗文文化公司），1995 年 10 月，
頁 146。

道得矣。是以不出戶而知天下，不窺牖而知天道。詩曰：「惟此聖人，
瞻言百里。於鑠王師，遵養時晦。」言相養之至于晦也。

由此考量《韓詩外傳》中的天人思想，應是肯定立場，而兼採儒道兩者，用
陰陽之說。

　　韓詩傳至西漢末以後亦受緯學影響。西漢後期迄東漢之緯學隱然有統整
三家詩之勢，以今日之文獻來說，緯書中即採有韓詩者，《春秋‧說題辭》：

人主不正，應門失守，故歌〈關雎〉以感之。（宋均注：應門聽政之
處也，言不以政事為務，則有宣淫之心，〈關雎〉樂而不淫，思得賢
人與之共化修應門之政者也。）

陳喬樅以為，應門之說唯韓詩有之，而本例並為韓詩「或取春秋」之例，〔註14〕
則韓詩學者或許亦通曉天人之學。除此之外，韓詩學者如薛漢、郅惲、趙曄、
劉寬、杜喬、夏恭、唐檀、公沙穆、武梁、丁鮒、田君、張紘等人，或兼通易、
或擅於災異星占、推步河雒之術，而皆表現出天人意識於其中。〔註15〕

五、論漢代古文學之學風與毛詩學者之天人思想和接受情形

　　兩漢魯、齊、韓三家詩，均屬於今文經學且立於學官，與之相較，則古
文經學的毛詩雖不立於學官（或旋立旋廢），然漢代傳習毛詩者卻不在少數，
這些學者共同的特色在於多兼綜色彩，且不乏兼通今古文者，茲舉劉歆、衛
宏、賈逵、尹敏、許慎、馬融、鄭玄等與本文相關且較重要之學者介紹於下：
　　劉歆可謂西漢末迄王莽古文學之極力提倡者，《漢書‧劉歆傳》：

歆字子駿，少以通詩書能屬文召見成帝，待詔宦者署，為黃門郎。……
河平中，受詔與父向領校祕書，講六藝傳記，諸子、詩賦、數術、
方技，無所不究。……哀帝初即位，大司馬王莽舉歆宗室有材行，
為侍中太中大夫，遷騎都尉、奉車光祿大夫，貴幸。復領五經，卒
父前業。歆乃集六藝群書，種別為七略。語在藝文志。……及歆校
祕書，見古文春秋左氏傳，歆大好之。時丞相史尹咸以能治左氏，
與歆共校經傳。歆略從咸及丞相翟方進受，質問大義。初左氏傳多

〔註14〕見陳喬樅，《韓詩遺說考》（台北：新文豐圖書公司），叢書集成新編本，頁
　　　 565。
〔註15〕上述諸家韓詩學者兼通天人思想之情形，可參見唐晏，《兩漢三國學案》（台
　　　 北：世界書局），龍溪精舍本，卷1頁40～47、卷6頁23～39，輯有各學者
　　　 之相關文獻。

> 古字古言，學者傳訓故而已，及歆治左氏，引傳文以解經，轉相發
> 明，由是章句義理備焉。〔註16〕

此處言劉歆子承父業，承襲家學淵源，而能對六藝傳記，諸子、詩賦、數術、
方技，「無所不究」。顯示其劉歆所學實為淵博，而其採諸方之特質尤明。

　　稍後於劉歆，致力於古文毛詩之學者則為衛宏。關於衛宏，《後漢書·儒
林傳》曰：

> 衛宏字敬仲，東海人也。少與河南鄭興俱好古學。初，九江謝曼卿
> 善毛詩，乃為其訓。宏從曼卿受學，因作毛詩序，善得風雅之旨，
> 于今傳於世。後從大司空杜林更受古文尚書，為作訓旨。時濟南徐
> 巡師事宏，後從林受學，亦以儒顯，由是古學大興。光武以為議郎。
> 宏作漢舊儀四篇，以載西京雜事；又著賦、頌、誄七首，皆傳於世。

可見衛宏兼通古文諸經，並為毛詩作序，且兼傳古文尚書。

　　衛宏之後，古文之大家則為賈逵。賈逵，習毛詩與衛宏屬同一家法，《後
漢書》本傳中記載：

> 賈逵……父徽，從劉歆受左氏春秋，兼習國語周官，又受古文尚書
> 於涂惲，學毛詩於謝曼卿，……逵悉傳父業。

見可賈逵亦通曉諸經。關於尹敏，《後漢書·儒林傳》曰：

> 尹敏字幼季，南陽堵陽人也。少為諸生。初習歐陽尚書，後受古文，
> 兼善毛詩、穀梁、左氏春秋。

可見尹敏除兼善古文經傳外，並同時旁通今文修習歐陽尚書、穀梁春秋，不
限於古文經。

　　就許慎而言，許慎通達五經而兼通今古文之說，其《五經異義》即為治
學之代表。以今日可見《五經異義》之殘存文獻來看，《五經異義》實廣引今
古文經學異說，計有：

> 易孟、京房、施讎、下邳傳甘容；古尚書說、賈逵說、今尚書歐陽
> 夏侯說；古毛詩說、今詩齊魯韓說、治魯詩丞相韋玄成說、匡衡說；
> 古春秋左氏說、奉德侯陳欽說、侍中騎都尉賈逵說、今春秋公羊穀
> 梁說、公羊董仲舒說、大鴻臚時睟說；古周禮說、今戴禮說、今大
> 戴禮說、禮王度記、盛德記、明堂、月令、講學大夫淳于登說；古
> 孝經說；今論語說；魯郊禮、叔孫通禮、古山海經、鄒書；公議郎

〔註16〕見班固，《漢書·劉歆傳》（台北：商務印書館），百衲本。

尹更始、待詔劉更生等議石渠；博存眾說，蔽以己意，或從古，或
從今。〔註17〕

今古文經學異說繁多，許慎博觀約取「博存眾說，蔽以己意，或從古，或從
今」，同時兼採，融會貫通，無怪乎被喻爲「五經無雙」。

東漢馬融，爲當世之「通儒」。不過馬融雖號爲儒生，但爲人行事卻「達
生任性，不拘儒者之節」，《後漢書・馬融傳》曰：

融才高博洽，爲世通儒，教養諸生，常有千數。涿郡盧植，北海鄭
玄，皆其徒也。善鼓琴，好吹笛，達生任性，不拘儒者之節。居宇
器服，多存侈飾。常坐高堂，施絳紗帳，前授生徒，後列女樂，弟
子以次相傳，鮮有入其室者。嘗欲訓左氏春秋，及見賈逵、鄭眾注，
乃曰：「賈君精而不博，鄭君博而不精。既精既博，吾何加焉！」但
著三傳異同說。注孝經、論語、詩、易、三禮、尚書、列女傳、老
子、淮南子、離騷，所著賦、頌、碑、誄、書、記、表、奏、七言、
琴歌、對策、遺令，凡二十一篇。

可見馬融之爲人與爲學，皆不限於一家一經，似亦無儒、道、黃老之界限，
而顯現出開放、會通之精神。

馬融之後，以鄭玄爲大儒。《後漢書・鄭玄傳》云：

（鄭）玄少爲鄉嗇夫，得休歸，常詣學官，不樂爲吏，父數怒之，
不能禁。遂造太學受業，師事京兆第五元先，始通京氏易、公羊春
秋、三統歷、九章算術。又從東郡張恭祖受周官、禮記、左氏春秋、
韓詩、古文尚書。以山東無足問者，乃西入關，因涿郡盧植，事扶
風馬融。……玄自游學，十餘年乃歸鄉里。家貧，客耕東萊，學徒
相隨已數百千人。及黨事起，乃與同郡孫嵩等四十餘人俱被禁錮，
遂隱修經業，杜門不出。時任城何休好公羊學，遂著公羊墨守、左
氏膏肓、穀梁廢疾；玄乃發墨守，鍼膏肓，起廢疾。休見而歎曰：「康
成入吾室，操吾矛，以伐我乎！」初，中興之後，范升、陳元、李
育、賈逵之徒爭論古今學，後馬融答北地太守劉蒼及玄答何休，義
據通深，由是古學遂明。……凡玄所注周易、尚書、毛詩、儀禮、
禮記、論語、孝經、尚書大傳、中候、乾象歷，又著天文七政論、
魯禮禘祫義、六藝論、毛詩譜、駁許慎五經異義、答臨孝存周禮難，

〔註17〕 惠棟，《後漢書補註》（台北：鼎文書局），1977 年。

凡百餘萬言。

可見鄭玄實爲繼馬融後之一代通儒，學識極其淵博。

從上述可知漢代毛詩學者多兼通之情形，可見古文毛詩學者通曉諸說的特質。從古文學家通曉諸說的精神看這些學者的天人思想，亦表現出這些學者明晰漢代流行之災異之說及氣化思想的情形，茲略爲敘述於下：

關於劉歆的天人思想較爲明顯而具代表者當爲《三統曆》，《漢書・律曆志》曰：

> 至孝成世，劉向總六曆，列是非，作五紀論。向子歆究其微眇，作
> 三統曆及譜以說春秋，推法密要，故述焉。

〈律曆志〉其後並對劉歆之《三統曆》有所說解，其說曆法爲主，然融合有陰陽、五行之思想，並有以天時說人事之思維。

賈逵亦通曉諸經，其對於圖籙、符命、讖言等，賈逵所持的態度亦多有知，而抱持與劉歆相同之正面態度，《後漢書・儒林傳》曰：

> 漢自武帝頗好方術，天下懷挾道蓺之士，莫不負策抵掌，順風而屆
> 焉。後王莽矯用符命，及光武尤信讖言，士之赴趣時宜者，皆騁馳
> 穿鑿，爭談之也。故王梁、孫咸名應圖籙，越登槐鼎之任，鄭興、
> 賈逵以附同稱顯，桓譚、尹敏以乖忤淪敗，自是習爲內學，尚奇文，
> 貴異數，不乏於時矣。

其言鄭興、賈逵「以附同稱顯」，此處的「附同」，即爲附同讖緯圖籙。就尹敏而言，其對於天人思想亦有所了解，《後漢書・儒林傳》曰：

> 帝以敏博通經記，令校圖讖，使蠲去崔發所爲王莽著錄次比。敏對
> 曰：「讖書非聖人所作，其中多近鄙別字，頗類世俗之辭，恐疑誤後
> 生。」帝不納。敏因其闕文增之曰：「君無口，爲漢輔。」帝見而怪
> 之，召敏問其故。敏對曰：「臣見前人增損圖書，敢不自量，竊幸萬
> 一。」帝深非之，雖竟不罪，而亦以此沈滯。

本事當在建武二年。由本段文字可知，尹敏對於代表意志之天的「圖讖」似乎持反對的態度，並言其「非聖人之作」。雖然如此，尹敏在事後卻又上疏陳洪範消災之術。〔註18〕如此一來，則尹敏反對意志之天的立場亦有游移不定之處。

尹敏之後，許慎即屬於了解東漢讖緯之學，但持反對意志之天者。就許慎之作品而言，許慎之《說文》中雖引用讖緯之說，然應歸本於學理之需要，不

〔註18〕參見唐晏，《兩漢三國學案》（台北：世界書局），龍溪精舍本，卷4頁26。

足以代表其立場，其對讖緯之態度應見於《五經異義》。以今日可見之材料來看，
《五經異義》一書並未援引讖諱為例，僅一處引及讖諱，卻屬於反對之言論：

> 詩齊魯韓説，聖人皆無父，感天而生。左傳説，聖人皆有父。謹按：
> 堯典「以親九族」。即堯母慶都感赤龍而生堯，堯安得九族而親之？
> 禮讖云，唐五廟。知不感天而生。

對於聖人的出生，今文學家執「感天而生」的立場，然古文學家認定「聖人皆
有父」，許慎歸結出「知不感天而生」，其不持三家意志之天的立場昭然在目。

東漢後期，馬融兼通《莊》、《易》，《莊子》部分已見於今日殘見之詩經
學文獻之中。在易學方面，荀悅《漢紀》曰：

> 桓帝時，馬融作易解，頗生異說，頗行於世。

其言馬融之易「頗生異說，頗行於世」。以今日之資料來說，馬融之易學互體
之說，屬象數易之範圍，是亦顯現漢代宇宙論之興趣。除此之外，馬融亦贊
同災異意志之天之說，《後漢書・馬融傳》曰：

> 又陳：「星孛參、畢，參西方之宿，畢為邊兵，至於分野，并州是也。
> 西戎北狄，殆將起乎！宜備二方。」尋而隴西羌反，烏桓寇上郡，
> 皆卒如融言。

此處以天上星宿對應人世變化，與孔子不語「怪、力、亂、神」之思想，相
去甚遠，卻與當世讖緯思想相應和，足見馬融對於災異思想之肯定。

在天人意識方面，鄭玄亦對漢代流行之天人思想相當關注，而大致表現
在注緯及易學兩方面。鄭玄遍注緯書，《隋書・經籍志》曾稍記其名目曰：

> 鄭玄易緯注八卷、尚書緯注三卷、尚書中候注五卷
> 梁有鄭玄禮緯注三卷、禮記默房注三卷，亡。

可見其對天人感應多所了解，惟今存完整者僅《易緯》而已。另一方面，鄭
玄於易學亦多有研究，《三國志・魏書少帝紀》：

> 帝又問曰：「孔子作彖、象，鄭玄作注，雖聖賢不同，其所釋經義一
> 也。今彖、象不與經文相連，而注連之，何也？」俊對曰：「鄭玄合
> 彖、象于經者，欲使學者尋省易了也。」帝曰：「若鄭玄合之，於學
> 誠便，則孔子曷為不合以了學者乎？」俊對曰：「孔子恐其與文王相
> 亂，是以不合，此聖人以不合為謙。」帝曰：「若聖人以不合為謙，
> 則鄭玄何獨不謙邪？」俊對曰：「古義弘深，聖問奧遠，非臣所能詳
> 盡。」

此段文字言鄭玄合象、象於經，可見鄭玄於易學實多有研究，就今日可見之文獻來說，鄭玄初治京氏易，後注費氏易，費氏易所屬古文之說，然鄭玄注易實不依費氏古文家法，而採《左傳》、《國語》之互體，因此仍然屬於今文象數易學。〔註19〕

　　簡單說來，漢代古文經學家學識淵博，能治數經，而毛詩學雖爲古文學，然或因爲推廣古文，或因爲本身治學之特色，因此毛詩學者對漢代當世流行之天人思想亦多有所知。細部來看，不論古文學家對於今文經的態度是敵對批駁的立場，或是融會貫通的作法。古文毛詩學者如劉歆、賈逵、馬融、鄭玄等，對於當代盛行的災異之說、圖讖、緯書以及天人感應的說法，多是接納的態度。當然兩漢亦有部份古文毛詩學者對於意志之天採取反對的立場，如尹敏、許慎。由是可知，在時代的洪流中，政治力量的提倡下，崇尚史實的古文經學亦不免因而轉變，而接受天人感應之說。

　　前述已對漢代知名之古文學者加以介紹，可見漢代古文學者通擅多經，所知跨越今、古文且明曉當世之天人意識之情形。不過，就西漢末年迄東漢時期之古文學者來說，其通曉諸經並明當世之天人思想落實於學術之實際現象發展上──尤其是詩經學，卻不是一開始即是融合今古文、且摻之以天人之思維者。

　　就實際之情形來看，西漢迄東漢中期以前，古文學者如劉歆、衛宏、賈逵等人，其通曉今古文，並明當世之災異讖緯之說，實是以推廣古文、揚棄今文，並表現出著重古文訓詁大義之篤實，揚棄今文章句之煩瑣者。以劉歆而言，其即因推崇古文先與其父劉向有所論辯，繼又與今文博士力爭者。而賈逵有多種著作，著力於比較今古文經的異同，以推崇《毛詩》、《古文尚書》、《左傳》等古文經的價值，顯示其乃是以提倡古文爲職志而著述者。由此可知，東漢中期以前之古文學者實是以推廣古文之大義、治學之精神爲主要之趨向，而此一時之治毛詩之學者，如衛宏或爲毛詩之續序，然其續序之思想傾向仍保存了早期古文之說，而少有漢人天人感應或氣化宇宙之思想者。〔註20〕就詩經學之發展來說，漢代治毛詩之古文學者眞正將今、古文雜揉，並融入漢代思維者當從許

〔註19〕詳參黃彰健，《經今古文學問題新論》（台北：中央研究所歷史語言研究所），1992 年 9 月，頁 68。

〔註20〕關於這一點，可以從本文第三、四章當中看到古文毛詩中毛傳、大序、小序（古序與續序）之間的詮釋路向大致相同。

愼開始，而馬融發揮爲極至。

　　本節前文已就今日可見許愼之《五經異義》內容大致敘述，而見其「博存眾說，蔽以己意，或從古，或從今」的情形，此種治經之精神至馬融發揮的尤爲徹底。就《詩經》而言，馬融之治詩表現出會通今古文，並時以己意爲之，尤有甚者，馬融之詩學還有不拘於儒家的情形出現，李威熊對今日殘存馬融詩學之資料加以整理，而言馬融治《詩經》之九點特色曰：

1. 馬氏說詩，有採三家之說者。
2. 馬融注詩，較毛傳、鄭箋爲具體者。
3. 馬氏注詩，亦有本之毛傳者。
4. 馬融注詩，有毛傳、鄭箋無記者。
5. 馬融詩傳，亦有與毛傳之說相異者。
6. 馬融詩傳，間亦採莊子之說者。
7. 馬融詩傳，論史實本之孔安國、劉歆之說，並與今文家之說相異者。
8. 馬融詩傳，論史實準之大戴禮，而其說較鄭箋平易近人者。
9. 馬氏論詩，亦取詩序之說。〔註21〕

可見馬融之詩學不拘於古文毛詩，其他如道家典籍的《莊子》、儒家禮學、三家詩學等亦皆有所取，其間並有自出己意者。馬融之後，治毛詩之重要學者鄭玄，亦從許愼、馬融之腳步而有著同樣的表現。前文已述，鄭玄之治詩，先習今文，後習古文，其間並受教於馬融。因此其在毛詩箋釋上表現了兼採今文之三家詩，甚至自出己意的情形。

　　綜觀本節觀察先秦兩漢治詩經學者與天人意識之間，會發現無論是那位思想家、經籍或學者，皆意識到當代天人之思想。而先秦兩漢詩經學學者或著述對天人意識之態度，即在當代天人思想與本身學風和治學傾向之間，表現出各自不同之傾向與差異。就先秦來說，先秦之思想家兼通各經，且致力於實踐，因此天人意識與詩經學無甚藩籬。對兩漢詩經學家而言，魯詩學者因爲本身治學風氣的關係，早期仍然傾向保守之情形，然而至西漢晚期劉向開始，亦充分表現出漢代流行之天人思潮而有相關之著作。相對於魯詩學之發展，齊詩與韓詩學者則在一開始便與漢代之天人思想發生關係。齊詩本身屬齊學，因此學者多半接漢代天人災應之思想。對韓詩而言，韓詩之創始者

〔註21〕李威熊，《馬融之經學》，1975年手抄本，見中央研究院傅斯年圖書館，頁427～437。

韓嬰，一開始便是《易》、《詩》兼治者，因此也通曉天人思維。最後，就漢代古文毛詩學者來說，西漢及東漢早期之古文學者致力倡導古文，一方面爲了自身之志趣，一方面也爲了與今文學分庭抗禮，因此其雖然理解漢代流行之天人思想，卻仍然保持古文之風貌。漢代毛詩學者之治學至許慎開始明顯有變，許慎、馬融、鄭玄等皆通古今文甚至是儒家以外之學說，因此其治毛詩之時亦有所融入。總而言之，從天人意識一面看待先秦兩漢詩經學之藩籬，可以發現先秦兩漢詩經學者皆通天人思想，因而於其著作中或早或晚反映出流行之天人思潮。由此可見，先秦兩漢詩經學實應有一內在之發展與變化，而由天人意識面對先秦兩漢詩經學並加以貫通即爲可能之事。

第二節　先秦兩漢詩經學之學術地位

自孔子授徒以來，《詩經》即在孔門儒學佔有相當之重要地位。《論語·季氏》篇曰：

> 陳亢問於伯魚曰：「子亦有異聞乎？」對曰：「未也。嘗獨立，鯉趨而過庭。曰：『學詩乎？』對曰：『未也。』『不學詩，無以言。』鯉退而學詩。他日又獨立，鯉趨而過庭。曰：『學禮乎？』對曰：『未也。』『不學禮，無以立。』鯉退而學禮。聞斯二者。」陳亢退而喜曰：「問一得三，聞詩，聞禮，又聞君子之遠其子也。」

可見孔門學習之進路，乃是以學《詩》爲根基，自是先秦儒學之中，《詩經》即一直占有固定之地位。以較具代表性之今本《中庸》、《大學》、《孟子》、《荀子》來說，莫不引詩以立言，用詩以表意達理。就用詩之次數來說，《中庸》用詩之次數達 15 次，《大學》12 次，《孟子》39 次，《荀子》83 次，〔註22〕皆對《詩經》頗多徵引。在內容上，上述各書用詩以表達之義理與思想亦佔有核心之地位。〔註23〕《中庸》云：

> 子曰：「鬼神之爲德，其盛矣乎！視之而弗見，聽之而弗聞，體物而不可遺。使天下之人齊明盛服，以承祭祀。洋洋乎！如在其上，如在其左右。詩曰：『神之格思，不可度思！矧可射思！』夫微之顯，

〔註22〕參見附錄一：先秦兩漢重要書籍用詩分析統計表，以及附錄二：先秦兩漢重要書籍用詩詳表。

〔註23〕關於先秦兩漢各個重要書籍引詩以申述其思想的情形，本文第三章第一、二節將有更進一步的討論，本節此處僅就最重要核心概念之引詩略加舉例說明。

誠之不可揜如此夫。」

「誠」爲《中庸》一書核心之思想，而此處引《詩經》文句以言誠之貫通天人之義理，實可與《中庸》首章「天命之謂性，率性之謂道」之旨相互闡發。《大學》方面，其申述義旨時亦多有引用《詩經》者：

> 詩云：「桃之夭夭，其葉蓁蓁；之子于歸，宜其家人。」宜其家人，
> 而后可以教國人。詩云：「宜兄宜弟。」宜兄宜弟，而后可以教國人。
> 詩云：「其儀不忒，正是四國。」其爲父子兄弟足法，而后民法之也。
> 此謂治國在齊其家。

《大學》之要旨，乃是誠正修齊治平之闡發，而本段文字連引《詩經》文句，以明「治國在齊其家」之義，可見《詩經》之於大學之闡述義理，亦佔有相當重要之地位。孟子方面，《孟子·告子上》曰：

> 孟子曰：「乃若其情，則可以爲善矣，乃所謂善也。若夫爲不善，非
> 才之罪也。惻隱之心，人皆有之；羞惡之心，人皆有之；恭敬之心，
> 人皆有之；是非之心，人皆有之。惻隱之心，仁也；羞惡之心，義
> 也；恭敬之心，禮也；是非之心，智也。仁義禮智，非由外鑠我也，
> 我固有之也，弗思耳矣。故曰：『求則得之，舍則失之。』或相倍蓰
> 而無算者，不能盡其才者也。詩云：「天生烝民，有物有則，民之秉
> 彝，好是懿德。」孔子曰：「爲此詩者，其知道乎！」故有物必有則，
> 民之秉夷也，故好是懿德。

「四端之心」爲《孟子》一書發揚性善極其重要之思維，而《孟子》此處引用詩經文句以申其理，可見《詩經》之於《孟子》表達義理之地位。《孟子》除了於書中用詩以言其理外，孟子之學實是以詩書爲其學之中心，《史記·孟荀列傳》曰：

> 孟軻乃述唐、虞、三代之德，是以所如者不合。退而與萬章之徒序
> 詩書，述仲尼之意，作《孟子》七篇。

言《孟子》之立言，即以序詩書之意爲本，可見詩書於《孟子》一系之地位。至於荀子，荀子雖高舉「隆禮義而殺詩書」〔註24〕之主張，詩書於荀子之地位雖不如禮，然仍占相當重要之地位，《荀子》一書首標勸學，其首段即引《詩經》文句以彰其義，〈勸學〉篇云：

> 君子曰：學不可以已。青、取之於藍，而青於藍；冰、水爲之，而

〔註24〕《荀子·儒效》篇（台北：商務印書館），四部叢刊本。

寒於水。木直中繩，輮以爲輪，其曲中規，雖有槁暴，不復挺者，
輮使之然也。故木受繩則直，金就礪則利，君子博學而日參省乎己，
則知明而行無過矣。故不登高山，不知天之高也；不臨深谿，不知
地之厚也；不聞先王之遺言，不知學問之大也。干、越、夷、貉之
子，生而同聲，長而異俗，教使之然也。詩曰：「嗟爾君子，無恆安
息。靖共爾位，好是正直。神之聽之，介爾景福。」神莫大於化道，
福莫長於無禍。

是可見荀子引詩以明義理之舉，而應劭《風俗通義・窮通》篇即明言曰：

孫卿善爲《詩》、《禮》、《易》、《春秋》。

是可見荀子本擅於《詩經》。

在先秦諸子方面，先秦諸子引詩、論詩之舉雖未如儒家多見，然而諸子
書中大多對《詩經》之地位有所認知，《莊子・天下》篇明言云：

古之人其備乎！配神明，醇天地，育萬物，和天下，澤及百姓，明
於本數，係於末度，六通四辟，小大精粗，其運無乎不在。其明而
在數度者，舊法、世傳之史尚多有之；其在於《詩》、《書》、《禮》、
《樂》者，鄒魯之士、搢紳先生多能明之。《詩》以道志，《書》以
道事，《禮》以道行，《樂》以道和，《易》以道陰陽，《春秋》以道
名分。其數散於天下而設於中國者，百家之學時或稱而道之。

可見當時儒家授學經典（包含《詩經》）對先秦學術的影響與地位。《墨子》
一書即有稱引《詩經》以言其思想者，其〈兼愛下〉云：

且不惟誓命與湯說爲然，周詩即亦猶是也。周詩曰：『王道蕩蕩，不
偏不黨，王道平平，不黨不偏。其直若矢，其易若厎，君子之所履，
小人之所視』，若吾言非語道之謂也，古者文武爲正，均分賞賢罰暴，
勿有親戚弟兄之所阿。」即此文武兼也。雖子墨子之所謂兼者，於
文武取法焉。不識天下之人，所以皆聞兼而非之者，其故何也？

「兼愛」爲《墨子》一書之重要主張，而《墨子》此處引詩以明先王之道「不
黨不偏」的情形，可見《詩經》對墨子之思想表述亦佔有重要地位。對道家
老莊以及黃老之學而言，老莊以及黃老之學引用《詩經》文句寡見，而與前
述《莊子・天下篇》理解詩經之地位似乎有所違背。關於此一理解《詩經》
地位，然卻又未能實際體現於實踐之情形的原因，實是與老莊及黃老之學之
天人意識以及天人意識下看待人世之態度相關。而《詩經》之稱引與否，即

屬於人世態度之範疇，關於此一問題，本文第三章第二節將有所討論。

從先秦到漢代，由於先秦之儒家以詩書爲其教之重心，是以對漢代來說詩經學即具有相當代地位。以漢時今文經學者對於五經次第的認定來說，依序爲：《詩》、《書》、《易》、《禮》、《春秋》，其中即以《詩》居首位，充分展現其繼承先秦儒家治學之次序。

就漢代實際之學術而言，治《詩經》者之立爲博士，亦較他經爲早，而可見《詩經》之重要。早在武帝獨尊儒術，設立五經博士以前，治《詩經》之學者申公、韓嬰等即於文帝爲博士，而轅固生亦在景帝時立爲博士：

> 文帝時，聞申公爲詩最精，以爲博士。（《漢書·楚元王傳》）

> 韓嬰，燕人也。孝文時爲博士，景帝時至常山太傅。嬰推詩人之意，而作內外傳數萬言，其語頗與齊、魯間殊，然歸一也。（《漢書·儒林傳》）

> 轅固，齊人也。以治詩。孝景時爲博士。（《漢書·儒林傳》）

由此可知，今文三家詩經學者實早於其他諸經，受到官方之肯定，充分反映出《詩經》在漢初之學術地位及價值。〔註25〕

臻至武帝時期，由公孫弘至董仲舒，標示《公羊春秋》學大盛的局面，其時《公羊春秋》學因能結合災異、天人感應之說，因而鼎盛成爲顯學。然章權才曰

> 考史，董仲舒精於五經。在易學方面，春秋繁露……曾四引周易……。在書學方面……曾六引尚書……在詩學方面，……曾二十六處援引詩經。可以這樣認爲，在五經當中，董仲舒把春秋擺在首位，居其次的，恐怕就是詩經了。〔註26〕

可見董仲舒博通五經，治經以《春秋》爲首，而《詩經》居次，今日可見之《春秋繁露》，引用最爲廣泛即爲《詩經》，且經常以《詩經》與《春秋》相互闡發。《春秋繁露·楚莊王》篇曰：

> 「春秋曰：『晉伐鮮虞。』奚惡乎晉，而同夷狄也？」曰：「春秋尊

〔註25〕皮錫瑞亦云：「困學紀聞後漢翟酺曰：文帝始置一經博士。考之漢史，文帝時，申公、韓嬰以詩爲博士，五經列於學官者，唯詩而已。景帝時以轅固生爲博士，而餘經未立。」見皮錫瑞，《經學歷史》（台北：商務印書館）1996 年 8 月，頁 64～65。

〔註26〕見章權才，《兩漢經學史》（台北：萬卷樓圖書公司），1995 年 5 月，頁 123～124。

　　禮而重信，信重於地，禮尊於身。何以知其然也？宋伯姬疑禮而死

　　於火，齊桓公疑信而虧其地，春秋賢而舉之，以為天下法。日禮而

　　信，禮無不答，施無不報，天之數也。今我君臣同姓適女，女無良

　　心，禮以不答，有恐畏我，何其不夷狄也！公子慶父之亂，魯危殆

　　亡，而齊桓安之，於彼無親，尚來憂我，如何與同姓而殘賊遇我。

　　詩云：『宛彼鳴鳩，翰飛戾天。我心憂傷，念彼先人。明發不昧，有

　　懷二人。』人皆有此心也。今晉不以同姓憂我，而強大厭我，我心

　　望焉，故言之不好，謂之晉而已，婉辭也。」

即以《詩經》文句釋「人皆有此心」之義以明《春秋》「晉伐鮮虞」之事，是
董仲舒以《詩經》闡發《春秋》之證。

　　迄至西漢後期，元帝柔仁好儒，其間經學達至極盛，而《詩經》又為其
中重點，皮錫瑞曰：

　　元帝尤好儒生，韋、匡、貢、薛，並致輔相。自後公卿之位，未有

　　不從經述進者。〔註27〕

韋即韋賢、韋玄成父子，匡為匡衡，貢為貢禹，薛為薛廣德。其中韋賢父子
及薛廣德治魯詩，匡衡治齊詩，五人之中唯貢禹所治為齊論（語），餘四人皆
以詩顯，可見西漢晚期習詩學詩之風氣應更盛於前代。

　　從西漢到東漢，博通諸經之學者尤多，其中對於古文毛詩的研究不在少
數，如：鄭眾、賈逵、衛宏、許慎、馬融、鄭玄等經學大家對於毛詩都有深
入的研究探析，甚至提出三家詩的缺失及毛詩的優點作為比較。《後漢書‧賈
逵傳》：

　　逵數為帝言古文尚書與經傳爾雅詁訓相應，詔令撰歐陽、大小夏侯尚

　　書古文同異。逵集為三卷，帝善之。復令撰齊、魯、韓詩與毛氏異同。

　　并作周官解故。遷逵為衛士令。八年，乃詔諸儒各選高才生，受左氏、

　　穀梁春秋、古文尚書、毛詩，由是四經遂行於世。皆拜逵所選弟子及

　　門生為千乘王國郎，朝夕受業黃門署，學者皆欣欣羨慕焉。

賈逵於東漢前期推廣古文最力，而其倡言古文之方式，即為遍論今古文同異。
此段記載言賈逵受章帝命，而著三家詩與毛詩異同，是可見在當時推廣古文的
風氣之下，《詩經》實佔有一席之地。賈逵之外，許慎、馬融、鄭玄亦是在倡言
古文或折衷今古文之中發揚《詩經》。許慎《五經異義》即有古今文說之比較，

────────────

〔註27〕皮錫瑞，《經學歷史》（台北：商務印書館）1996年8月，頁98。

而馬、鄭二大儒廣注群書之時，亦爲古文毛詩作箋注，其中亦及於今文三家詩學，可見當時古文學者治學廣及諸經，而《詩經》即佔有重要之地位。

除此古文之學者外，東漢今文學者之著述當中亦可見《詩經》之重要，其中較知名之今文學者，如：王充、應劭等學者皆明詩習詩而於自身之撰述中引詩論詩，王充《論衡・奇怪》篇云：

> 儒者稱聖人之生，不因人氣，更稟精於天。禹母吞薏苡而生禹，故夏姓曰姒；卨母吞燕卵而生卨，故殷姓曰子；后稷母履大人跡而生后稷，故周姓曰姬。
>
> 詩曰：「不坼不副」，是生后稷。說者又曰：「禹、卨逆生，闓母背而出；后稷順生，不坼不副。不感動母體，故曰『不坼不副』。逆生者，子孫逆死；順生者，子孫順亡。故桀、紂誅死，赧王奪邑。」言之有頭足，故人信其說；明事以驗證，故人然其文。
>
> 讖書又言：「堯母慶都野出，赤龍感己，遂生堯。」高祖本紀言：「劉媼嘗息大澤之陂，夢與神遇。是時雷電晦冥，太公往視，見蛟龍於上。已而有身，遂生高祖。」其言神驗，文又明著，世儒學者，莫謂不然。
>
> 如實論之，虛妄言也。
>
> 彼詩言「不坼不副」，言其不感動母體，可也；言其闓母背而出，妄也。夫蟬之生復育也，闓背而出。天之生聖子，與復育同道乎？兔吮毫而懷子，及其子生，從口而出。案禹母吞薏苡，卨母嚥鷰卵，與兔吮毫同實也，禹、卨之母生，宜皆從口，不當闓背。夫如是，闓背之說，竟虛妄也。世間血刃死者多，未必其先祖初爲人者，生時逆也。秦失天下，閻樂斬胡亥，項羽誅子嬰，秦之先祖伯翳，豈逆生乎？如是，爲順逆之說，以驗三家之祖，誤矣。

此段文字即以反復舉《詩經》文句「不坼不副」以明聖人非感天而生之說，而爲王充《論衡》著述要旨「疾虛妄」之表現。至於應劭，其著述以《風俗通義》爲代表，《風俗通義・序》云：

> 昔仲尼沒而微言闕，七十子喪而大義乖。重遭戰國，約從連橫，好惡殊心，眞僞紛爭：故春秋分爲五；詩分爲四；易有數家之傳；並以諸子百家之言，紛然殽亂，莫知所從。……由此言之：爲政之要，

辯風正俗，最其上也。

其先言東漢當時各種異說紛呈，其中即有《詩經》。而應劭立書宗旨即是期能在諸說雜亂的情形下，「辯風正俗」，故有《風俗通義》之作。《風俗通義》當中，有不少引詩以正風俗之例，其〈愆禮〉篇云：

> 夫聖人之制禮也，事有其制，曲有其防，爲其可傳，爲其可繼，賢者俯就，不肖跂及。是故子張過而子夏不及，然則無愈；子路喪姊，期而不除，仲尼以爲大譏；況於忍能矯情，直意而已也哉？詩云：「不愆不忘，帥由舊章。」論語：「不爲禮，無以立。」故注近世苟妄曰愆禮也。

乃是引詩以明「制禮」之義。由此可見，對東漢今文學家而言，《詩經》亦佔有重要之思想地位。

簡單的說，《詩經》在先秦兩漢之學術實居重要之地位。自孔子之重詩，即以《詩經》爲本，因此孔門之習《詩經》、用《詩經》在先秦即未曾稍衰。而先秦諸子對於《詩經》之地位亦有所認知，其立論亦以其爲對象，進而表現其主要思想。兩漢之間，《詩經》學者於西漢初年即早於諸經立於學官，即便於西漢中期《春秋》學盛行之時，《詩經》學亦未退居末流，而是成爲學者發揚《春秋》義理之重要輔助，可見《詩經》學仍屬於儒家的基礎學問，仍居要位。在西漢後期元帝以後，匡衡等人位至卿相，《詩經》學一度呈現高度之發展。及至東漢，經學家多爲通儒，然而鄭玄等人仍然重視毛詩，可知《詩經》學在漢代一直居於重要的地位。

綜合本章之論述可以知道，從《詩經》本身來看，先秦兩漢習詩、用詩之學者或論著皆有天人意識於其中。而從思想之角度來說，《詩經》可以說一直都居於先秦兩漢重要思想家習經、治學的重要地位。由此可見，以天人意識對先秦兩漢詩經學進行研究乃是極爲重要而恰當，從天人意識之角度研究先秦兩漢詩經學應可脫離原本經學、思想、文學三者之藩籬，爲先秦兩漢詩經學之發展與內涵提供適當的說解。

第三章　先秦兩漢天人意識與詩經學之表象探索

　　先秦兩漢詩經學之表象可分為用詩與詮釋兩大型態。透過用詩型態所表達的，主要與用詩者之思想有關，而詮釋詩句與詩義所表達的，則直接與作者之志相連。對先秦兩漢的思想而言，天人意識的探索為當時思想之核心論題，而此一核心論題係依循著天的概念進行探索來對人及天人之間的關係加以思考者。隨著對天之概念及天人關係了解的深入，對人的正面思考如性、情與志等概念亦得到發展，而由人反思天之地位與天人關係。換言之，天的概念與人之志兩者正好分別為天人意識中天與人兩個面向，而此兩者則呈現由天而人與由人而天之對應路向。對詩經學來說，先秦兩漢天人意識由天而人與由人而天的兩個面向又正好與用詩與詮釋相應。因此，從天人意識之天、人兩面入手探索先秦兩漢詩經學用詩與詮釋之現象，以明其兩者之內在發展及相互關係以深入了解該時期之詩學思想實為首要之課題。當然，要了解先秦兩漢天人意識與當時期詩經學中用詩與詮釋等現象以及其詩學思想的發展前，必先就天人兩面之思想加以理解，如此方能釐清天人意識與詩經學現象之關係。

第一節　由天而人——先秦兩漢「天」的觀念的發展與天人關係

一、「天」的本義及早期意義

　　「天」字，在殷商時代甲骨文即已出現，甲骨文的「天」作杕、杏、夨、

𡗗、天、呆或夻等形體。〔註1〕從其型態來看，甲骨文的「天」字，為獨體象形字，下部作「人」或「夫」，象人之形，上部作○、囗或一，象人之顛頂。王國維云：

> 古文天字，本象人形。殷虛卜辭或作呆，于鼎大豐敦作𡗗，其首獨巨。是天本謂人顛頂，故象人形。卜辭、盂鼎之呆、𡗗二字所以獨墳其首者，正特著其所象之處也。殷墟卜辭及齊侯壺又作天，則別以一畫記其所象之處也，古文字多有如此者。〔註2〕

可知最早的「天」象人之形，惟特重人之首，而突顯其處。如此，則「天」之初始意義當指人之顛頂，而多半非指「上天」的含義。殷商時期具有今日之天的意義的詞彙，為「上帝」或「帝」等名詞，其內涵則為有意志、能降福禍之人格天。殷商淫祀，「上帝」或「帝」的詞語在卜辭中十分常見，〔註3〕直至商代晚期的甲骨文，「天」的意義，始從人之顛頂意義為基礎發展，而有人頂之上、至高無上的天之意涵，《說文》釋「天」云：

> 天，顛也，至高無上，從一大。〔註4〕

此處《說文》以「一大」為天，顯現著「天」由人之範疇之意義發展到至高無上之天的情形，張立文從「天」之字義的發展看天、人之關係云：

> 從天的本義來看，天便是人的的模擬，是人的引申，即「人的模樣的神」，天與人本就有一種內在的聯繫。〔註5〕

此處言「人的模樣的神」雖非「天」的本義，而為引申義。然而就此「天」之字義從本義到今日常見意義的發展情形來看，中國「天」、「人」之間原本就存在著「內在的聯繫」，而此一內在的聯繫即影響著後世的思維，使中國後來論及「天」的思想之中必然涉及「人」層面，而言人亦必歸於天，天人兩者之間呈現極為密切的關係。

〔註1〕 孫海波編，《甲骨文編》改訂版（東京：中文出版社），1982年9月，卷1-1，頁3～4。

〔註2〕 王國維，〈釋天〉，《觀堂集林》卷六，《王觀堂先生全集第一冊》。

〔註3〕 參見胡厚宣，〈殷代之天神崇拜〉，《甲骨學商史論叢初集》上冊（上海書店），頁283～300。

〔註4〕 段玉裁注，《說文解字注》（台北：黎明文化公司），1991年8月，第一篇上，頁1。

〔註5〕 張立文，《中國哲學範疇發展史‧天道篇》（台北：五南圖書公司），1996年7月，頁69。

二、西周初年「天」的觀念的發展

　　周朝的「天」，承自殷商意義的發展，取代「上帝」或「帝」的位置，成爲有意志的至上神。楊寬論及可能是西周最早文獻〔註6〕《逸周書・商誓》云：

　　武王自稱奉上帝之命前來討伐商紂的，勸導殷貴族順從天命，全篇一連提到十一次上帝，一次單稱帝……孟子解釋「天命」並不是由上帝「諄諄然命之」，而是「以行與事示之」，這是對「天命」的一種理性解釋，但是當初的原始信仰並不如此，上帝不是不言的，確是「諄諄然命之」的。商誓所記載武王講話正是這樣。既說：「在昔后稷，惟上帝之言。」又說：「今在商紂，……上帝弗顯，乃命朕文考曰：殪商之多罪紂。」又有兩處提到「上帝曰必伐之」；又說：「肆上帝命我小國曰：革商國。」武王這樣口口聲聲說是聽到上帝所講命令他殪商和革商的言，這眞是當時史官的實錄。〔註7〕

〈商誓〉可能能是周朝建立前之文字記載，從其言武王得上帝之命伐紂的種種言語可知，周朝初肇時期之天的意義應當爲人格天，而此種人格之天乃是與殷商重天輕人的宗教氣氛密切相關，因此周武王勸服殷民乃是以「上帝」或「帝」之名進行。雖然如此，周人對「天」的思想，卻並非全然的繼承殷商，而是在其人格天的基礎上加以改變，由敬天而突顯人自主性的思想。《詩經》時代較早的頌及部分的大雅等詩篇，即有不少言及「天」而歸於「人」的例子：

　　上天之載，無聲無臭，儀刑文王，萬邦作孚。（〈文王〉）

　　天生烝民，有物有則，民之秉彝，好是懿德。（〈烝民〉）

　　維天之命，於穆不已。於乎不顯，文王之德之純。（〈維天之命〉）

　　敬之敬之，天維顯思，命不易哉。（〈敬之〉）

這類的頌與大雅都是與祭祀相關的詩篇，它們可能是現今可見中國最早完整

〔註6〕　關於《逸周書》的時代後世頗有論辯，《漢志》著錄於六藝的書九家之中，而宋代以來，不少學者如陳振孫《直齋書錄解題》、李燾《跋嘉定五年刊本》等人以爲戰國後人仿效而作。《四庫提要》、朱右曾《逸周書集訓校釋》（台北：復興書局，皇清經解續編本）、唐大沛《逸周書分編句釋》（台北：學生書局，1969年12月）等人則持折衷之說，以爲「其文駁雜」、「眞贗相淆」，筆者從折衷之說。各家相關討論楊寬〈論逸周書〉一文有所論述，參見楊寬，《西周史》（台北：商務印書館，1999年4月）附錄，頁821～833。

〔註7〕　見楊寬，《西周史》（台北：商務印書館），1999年4月，頁461。

的詩歌。這些詩篇中的「天」的含義，雖然仍有著至高無上的人格天的意義。但是在敬天命之餘，「德」取代了人格天的絕對權力，使得天表現出某種特定內容──「德」。這種天命與人德的相合，讓周朝在敬天的思想之中，由天之意志轉為重視人自身的努力。《尚書‧康誥》云：

> 惟乃丕顯考文王，克明德慎罰，不敢侮鰥寡，庸庸祗祗，威威顯民……
>
> 天乃大命文王殪戎殷，誕受厥命。

〈康誥〉此處言唯有「明德慎罰」，文王方能得天命伐殷。由此可知，西周早期的「天」的思想是從敬天而表現出重人之行的思想。而此一時期的「天」的特色，是在宗教氣氛濃厚之中，將天、人地位的輕重扭轉，建立兩者的基本關係。而中國最早的詩歌即產生於此一時期，其間的「詩」與「天」有著緊密不可分的關係。

三、西周末年至春秋時期「天」的觀念的發展

周初文獻中，「天」極少與其他觀念成對搭配，而對人有種種律令之要求，多居至上之地位。〔註8〕「天」的觀念發展至西周末年，人格天的地位逐漸有了鬆動的傾向，而有著新的發展。大致說來，此一時期人格天的觀念依然存在，但「天」至高無上的地位已然動搖，而更加突顯了人的地位。《左傳‧莊公三十二年》〔註9〕史囂曰：

> 吾聞之，國之將興，聽於民；將亡，聽於神。神聰明正直而壹者也，依人而行。

史囂之言將興、亡與民、神對立，而曰「依人而行」，比較西周早期的敬天思維，人的自覺已更進一步。

除了人格天地位的動搖之外，自然之天在西周晚期及春秋時期也漸漸為人所重視體會，《國語‧周語上》曰：

〔註8〕 可能的原因，當是天的至上地位，無其他觀念與其相配。郭沫若云：「金文中天若皇天等字樣多見，均視為至上神，與天為配之地，若后土等字樣，則絕未有見。」見郭沫若，《金文叢考‧金文所無考》，《郭沫若全集》考古編第五冊（北京：科學出版社），頁33。

〔註9〕 《左傳》成書之年代，雖然在春秋末、戰國初期之時，然其中亦記載前人之言語，故本文將《左傳》之記載內容年代，定位於西周晚年至東周時期。關於《左傳》作者之討論參見衛聚賢，〈左傳的研究〉，《古史研究》第一輯（上海：商務印書館）。

> 幽王二年，西周三川皆震。伯陽父曰：周將亡矣！夫天地之氣，不
> 失其序，若過其序，民亂之也。陽伏而不能出，陰迫而不能蒸，於
> 是有地震。

此處言「天地之氣」，言「陽伏而不能出，陰迫而不能蒸」，是以氣的概念釋
「天」。另外，《左傳・哀公十一年》曰：

> 盈必毀，天之道也。

此處的「盈必毀」，即是對天的規律的觀察，可謂後世形上意義之「天」的萌
芽。這些以「氣」、或是以規律意義理解「天」的表現，都是「天」脫離人格
而朝向自然變化的表現。西周晚期至春秋時期除了「天」有著自然化的傾向
外，對於天人之間的關係，也有所進展。《左傳・宣公十五年》：

> 天反時為災，地反物為妖，民反德為亂，亂則妖災生。

是以天道與人事同論，而略有災異的思想。不過此處的天未必是人格天的譴
告與降災，而可能是了解到天、人之間有著某種關聯性，《國語・越語下》：

> 范蠡對曰：夫人事必將與天、地相參，然後乃可以成功。

以人事與天、地相參，是肯定天與人之間有某種聯繫與影響，並提升人的地
位使與天相同。簡單來說，此一時期的天的思想，一方面向自然之天發展，
顯現出對外在客觀世界的注視；另一方面則是突顯人的地位，「人天相參」，
這些都表現出人格化至高無上的天的思維的退潮，而有新的發展。

四、先秦時期儒家「天」的觀念的發展

（一）《論語》一書中孔子的「天」的觀念

　　以今日最為可信的《論語》來說，孔子之言「天」的文字並不多，而略
顯零碎。[註10] 然而，這並不代表「天」之於孔子的思想無重要的地位。《論
語》中言「天」的文字，比較重要的約有以下幾則：

> 天生德於予，桓魋其如予何！（〈述而〉）

> 君子有三畏：畏天命，畏大人，畏聖人之言。（〈季氏〉）

> 子曰：大哉堯之為君也！巍巍乎！唯天為大，唯堯則之。蕩蕩乎，
> 民無能名焉。巍巍乎，其有成功也。煥乎，其有文章。（〈泰伯〉）

[註10] 徐復觀曾將《論語》論天相關之文字加以整理，意者可參見徐復觀，《中國人
性論史》（台北：商務印書館），1994 年 4 月，頁 85。

吾十有五而志于學，三十而立，四十而不惑，五十而知天命，六十
而耳順，七十而從心所欲不踰矩。(〈爲政〉)

不怨天，不尤人，下學而上達。知我者，其天乎！(〈憲問〉)

天何言哉？四時行焉，百物生焉，天何言哉？(〈陽貨〉)

表面上看起來，孔子之「天」似乎兼有人格天（如：「天生德於予」、「畏天命」）、自然天（如：「天何言哉」）並帶有道德意蘊者。〔註11〕然而，孔子之言「天」，實際上並非脫離人，單獨從自然天的角度論述其存在，也非由「天」作爲主宰，主導人之道德踐履的。孔子之言「天」，應該是收攝於其「仁」的思維之中，從人的修德成德著眼，在修德過程中時時「知天命」之存在，義之所在即命之所在，並非外在眞有一人格之天「諄諄然命之」的，唐君毅說：

> 孔子于天，雖不重其人格神之義，然于此命仍存舊義。其即義見命，
> 即直接于人之知其義之所當然者之所在，見天之命令呼召之所在，
> 故無義無命，而人對此天命之知之畏之俟之，即人對天命之直接的
> 回應。〔註12〕

由「知之畏之俟之」作爲「天命之直接回應」可以看出，看似有所主宰的「天命」，乃是「爲人所實感……同時即在人之所以自命之中，而此中之天命，亦除命人以義所當然者外，別無其他內容。」〔註13〕是故，孔子之「天」實是將有意志之人格天，與人自身之「仁」打通，「義命不二」、「即義見命」，使「天」成爲人不斷進德成仁的動力。而「天」的全體朗現，亦在此言仁、求仁，「下學而上達」的過程中，達到「仁者之智之極」〔註14〕、成己成物的境界而成就的。唐君毅云：

〔註11〕張立文主編，岑賢安等人著之《天》一書即將孔子之天分四類加以探究，並言：「孔子……論天，承續夏殷周的傳統觀念。既肯定自然之天，也認爲有天命，並主張效法天，推行以仁禮爲核心內容的『道』」：見張立文編，《天》（台北：七略出版社），1996年11月，頁43～46。筆者按：此說將孔子天人之地位與輕重錯置，成德之進路更有問題，加上以分裂說法言孔子之天人關係而未能打通兩者，謬誤十分明顯。

〔註12〕唐君毅，《中國哲學原論·原道篇（一）》（台北：學生書局），1992年3月，頁119。

〔註13〕唐君毅，《中國哲學原論·原道篇（一）》（台北：學生書局），1992年3月，頁122。

〔註14〕唐君毅，《中國哲學原論·原道篇（一）》（台北：學生書局），1992年3月，頁148。

　　至德至道之天，必爲開朗而向外表現，以發育萬物流行於萬物，亦
　　內在於一切人物之天。此一天的秘密性、神密性，唯是由其發育流
　　行之無盡處所昭顯。即在其發育流行之無盡處，同時有此秘密性、
　　神密性之昭顯，而見此天之原無必然須保留之秘密與神密。〔註15〕

可見孔子之「天」的思想，乃是識天人合德之義命不二、即義見命之意涵，
並由此求仁、成仁之要求，而達到「內有其自己與自己感通之深度，外有與
人相感通之廣度，上有與天相感通之高度」〔註16〕下，成己、成物的思維。

（二）《中庸》對「天」及「天命」思想之開展及天人關係

　　如上所述，由《論語》所載的孔子言「天」思想略嫌片段，但與「仁」
相通，開創出儒家的根本方向與精神，《中庸》、《孟子》、《大學》、《易傳》一
系的「天」的思想，即承自孔子，而發展成熟者。

　　《中庸》主要隨著孔子之思路，進一步從源頭──「性」立論，表現出
天人合德思想，《中庸・第一章》〔註17〕云：

　　　　天命之謂性，率性之謂道，修道之謂教。

首句「天命之謂性」即是對人人皆具之心性價值自覺的肯定，從人自身心性
之本體即見天命之所在，除此之外別無其他天命。由此，《中庸》從根本打通
天人之間，對舊有之意志之天加以改造，強調「天」即存在於人心之內在，
人之本性即「天命」。其後「率性之謂道，修道之謂教」二句則是言人當從此
心性與天命之全然相同出發，「率性」而「不息」地繼性成性，向上提升以完
成自我，在全然發揮自我的同時亦已成就世界而通達於天。〔註18〕由此，《中
庸》將人領域中最根本「性」與天道、天命之思想接通，其天可謂心性天，
而明確開展出儒家心性之學的思想，而此種心性之學就根源來說實與前述孔
子之思路相通，唯《中庸》明確論述並加以重視者。〔註19〕

〔註15〕唐君毅，《中國哲學原論・原道篇（一）》（台北：學生書局），1992 年 3 月，
　　　　頁 135。
〔註16〕唐君毅，《中國哲學原論・原道篇（一）》（台北：學生書局），1992 年 3 月，
　　　　頁 150～151。
〔註17〕《中庸》本文原無分章，本文爲論述方便計，茲以朱熹，《四書集註》（台北：
　　　　學海出版社，1991 年 3 月）爲本，區分各章。
〔註18〕由於本段文字直接與第三節性情之部分相關，故本文將於該節詳細討論，此
　　　　處僅略加解釋，以點明《中庸》所持心性論之立場。
〔註19〕徐復觀點出「天命之謂性」一句在思想上的關鍵地位，以爲乃是「驚天動地
　　　　的一句話」，說見徐復觀，《中國人性論史》（台北：商務印書館），1994 年 4

　　《中庸》提出「天命之謂性」，以性命之途通達於天一路不只是開展心性之學，其還以此心性之思想爲基礎，而展開其天人關係之討論，而表現出較爲完整的形上思想。此一形上之思想，是圍繞著「誠」的概念而發揮的。《中庸》的「誠」，兼及於天、人範疇而通達天人兩者。就人之一面而言，《中庸》以爲人之率性修道成德，即是以此「誠」字始，以「誠」字終，其文云：

> 誠者，天之道也；誠之者，人之道也。誠者不勉而中，不思而得，
> 從容中道，聖人也。誠之者，擇善而固執之者也。《中庸・二十章》
> 自誠明，謂之性；自明誠，謂之教。誠則明矣，明則誠矣。《中庸・
> 二十一章》

此二處《中庸》論「誠」之文字皆著重在人進德之道，而彼此可以互相補充。「天之道」的「誠者」，即是「自誠明」之道，爲「從容中道」之「聖人」。其既代表著人人皆具足之性，也是心之心性完全展現之理想。而「人之道」的「誠之者」則是「自明誠」之路，爲「擇善固執」之常人。前者「天之道」的「誠者」即性，其點明人人皆具有成德之能，同亦有自動生發而得以躋聖的動力；而「人之道」的「誠之者」則爲教，著重在凡人自覺地掌握此動力，後天努力地發揚此天命之性以期躋於聖人。由此，在人成德的過程之中，「天之道」與「人之道」、性與教、聖人與常人恰爲一相對待互動、循環而提升之過程。〔註 20〕更進一步的來說，人在成德躋聖的過程中間，天人、物我兩個對待的範疇乃是兩不落空，而必然兼及而互動的。關於此一思想，《中庸》提出仁、知之性做爲物我、天人之間的關鍵，《中庸・二十五章》云：

> 誠者自成也，而道自道也。誠者物之終始，不誠無物。是故君子誠
> 之爲貴。誠者非自成己而已也，所以成物也。成己，仁也；成物，
> 知也。性之德也，合外內之道也，故時措之宜也。

其言「誠者物之終始，不誠無物」，是以「誠」爲宇宙之源，可以成就宇宙萬物。而宇宙萬物之成就，即是由仁、知等內在具足於人亦合於天之「性」德，在內與外、天與人之互動中得以完成，而人我、天人之間亦得以通達無礙。陳滿銘教授云：

　　　　月，頁 117。

〔註20〕 事實上，《中庸》這樣的順、逆過程，無論就「天之道」之聖人或是就「人之
　　　　道」之常人而言，都是一螺旋之互動提升型態，此爲陳滿銘教授之創見，詳
　　　　參陳滿銘，〈談儒家思想體系中的螺旋結構〉（台北：台灣師範大學國文系），
　　　　《國文學報》第 29 期，2000 年 7 月。

唯其「人、物之性，亦我之性」，故至誠之聖人才有可能「仁且智」
地填補人我、物我的鴻溝，逐步「盡己之性」、「盡物之性」，而臻於
「與天地參」的最高境界。〔註21〕

由此可知，在《中庸》的形上思想之中，外在的「天」所含蘊之物質世界並
未落空，〔註22〕而是在人與天相通之性的基礎上，透過人自我之不息之提升
使外在之宇宙世界得到越來越深入的了解與展現，《中庸・二十二章》云：

唯天下至誠，為能盡其性；能盡其性，則能盡人之性；能盡人之性，
則能盡物之性；能盡物之性，則可以贊天地之化育；可以贊天地之
化育，則可以與天地參矣。

「至誠」，即是人與物、性與教不斷互動提升後臻至的境界，在此一境界之中，
乃是人、我、萬物及宇宙皆得以成就。由此可知，《中庸》的思想透過「誠」
建構了心性論的形上思想架構，在這樣的思想中，天人、主客是可以同時得
到安頓的，而外在之客觀世界也是必然得到成就，《中庸・二十六章》曰：

故至誠無息。不息則久，久則徵，徵則悠遠，悠遠則博厚，博厚則
高明。博厚，所以載物也；高明，所以覆物也；悠久，所以成物也。
博厚配地，高明配天，悠久無疆。如此者，不見而章，不動而變，
無為而成。天地之道，可壹言而盡也：其為物不貳，則其生物不測。
天地之道：博也，厚也，高也，明也，悠也，久也。今夫天，斯昭
昭之多，及其無窮也，日月星辰繫焉，萬物覆焉。今夫地……詩云：
「維天之命，於穆不已！」蓋曰天之所以為天也。「於乎不顯！文王
之德之純！」蓋曰文王之所以為文也，純亦不已。

在最高的境界裏，天與聖人（文王）乃二位一體、融合不分，參贊悠遠博厚
生生不息的天地宇宙。而此處「天地之道」、「生物不測」所呈現的「無窮」「昭
昭之多」的萬物世界，即為儒家心性論思路下外在世界之展現。此種展現，
是從天、人之合德始，自「至誠」始，由至誠之無息而「載物」、「成物」、「生
物」，進而展開萬象之世界。

除了正面地敘述《中庸》言「誠」之意涵，我們還可以從「一──二─

〔註21〕陳滿銘〈《中庸》的性善觀〉（台北：台灣師範大學國文系），《國文學報》第
　　　　28 期，1999 年 6 月，頁 11。
〔註22〕《中庸》所言之「物」，當是外在世界真正之「物」或「事」，相關論述參見
　　　　陳滿銘〈《中庸》的性善觀〉（台北：台灣師範大學國文系），《國文學報》第
　　　　28 期，1999 年 6 月，頁 9～16。

→多」與「多──二──一」的結構型態對《中庸》的形上思想加以觀察。
對《中庸》而言,「誠」即為「一」,乃是通天人、物我者;天之道與人之道、
仁與智則為「二」,而人與萬物為「多」。從人之進德角度言,人乃是透過仁
智之性,面對紛然之萬物與自身之情感,從萬象中統合提升,以期躋於「至
誠」(聖人)的一的境界,故為「多──二──一」的逆向過程。就宇宙萬
物之成就而言,乃是反其道而行,係由此通貫於人我的「誠」出發,透過仁
智理解萬物,使得萬物得以生長成就,故為「一──二──多」的順向過程。
由此可見,《中庸》實具有「一──二──多」與「多──二──一」的順、
逆思想結構,此一思想結構兼及於天、人兩者,有所開展,亦有所收攝,於
根源與最高境界處皆為天人合一者,朱子論《中庸》曰:

> 此篇乃孔門傳授心法,子思恐其久而差也,故筆之於書,以授孟子。
> 其書始言一理,中散為萬事,末復合為一理,「放之則彌六合,卷之
> 則退藏於密」,其味無窮,皆實學也。〔註23〕

「退藏於密」即是《中庸》之「誠」為天、人合德之根源,而「始言一理,中
散為萬事,末復合為一理」,正見《中庸》形上之完足且具體之系統。簡單來說,
《中庸》的形上思想實是儒家對於其根源及宇宙進行思考最重要之核心論述,
其從心性觀點出發而對天、人兩者皆顧及、展開之形上體系,而以「誠」一字
統合言之。就思想的角度而言,《中庸》的思路使儒家心性論立場下「宇宙論」
開展得到了可能,其天的思想乃是心性論之天,此種天乃是見在於自然外物之
範疇,也同樣見在於人的自我之中,其言天實是不斷在自我與外物之互動提升
中得到解釋的。關於《中庸》所開展心性天的天人、心物兩面之特點對於先秦
兩漢的詩經學以及其所呈顯之詩學思想而言,有著相當大的意義。

　　最後附帶一提的是,時時與《中庸》並提的《大學》,其立論之核心亦應
與《中庸》一致,為心性論之路向。由於《大學》對「天」與天人關係之正
面探討十分有限,茲不贅述。

(三)孟子之「天」的思想與天人關係

　　《孟子》的「天」的思想,明顯從有意志主宰的人格天脫離,而以人為
主,具有充分之自覺與主宰之地位,《孟子‧萬章上》曰:

> 萬章曰:「堯以天下與舜,有諸?」孟子曰:「否。天子不能以天下

〔註23〕見朱熹,《四書集註》(台北:學海出版社),1991 年 3 月,頁 17。

與人。」「然則舜有天下也，孰與之？」曰：「天與之。」「天與之者，
諄諄然命之乎？」曰：「否。天不言，以行與事示之而已矣。」曰：
「以行與事示之者如之何？」曰：「天子能薦人於天，不能使天與之
天下；諸侯能薦人於天子，不能使天子與之諸侯；大夫能薦人於諸
侯，不能使諸侯與之大夫。昔者堯薦舜於天而天受之，暴之於民而
民受之，故曰：天不言，以行與事示之而已矣。」曰：「敢問薦之於
天而天受之，暴之於民而民受之，如何？」曰：「使之主祭而百神享
之，是天受之；使之主事而事治，百姓安之，是民受之也。天與之，
人與之，故曰：天子不能以天下與人。舜相堯二十有八載，非人之
所能爲也，天也。堯崩，三年之喪畢，舜避堯之子於南河之南。天
下諸侯朝覲者，不之堯之子而之舜；訟獄者，不之堯之子而之舜；
謳歌者，不謳歌堯之子而謳歌舜，故曰天也。夫然後之中國，踐天
子位焉。而居堯之宮，逼堯之子，是篡也，非天與也。泰誓曰：『天
視自我民視，天聽自我民聽』，此之謂也。」

此章爲《孟子》民本思想極爲有名之一章，其意指十分清楚，即《尚書》中
「天視自我民視，天聽自我民聽」〔註24〕之進一步發揮。人格天在《孟子》
既遭摒棄，是否即意謂孟子所取即爲純粹自然天之立場，恐怕未必。自然之
天雖爲孟子肯定，然而孟子言「天」，實與《中庸》之心性立場一致：

有天爵者，有人爵者。仁義忠信，樂善不倦，此天爵也；公卿大夫，
此人爵也。（《孟子‧告子上》）

仁之於父子也，義之於君臣也，禮之於賓主也，知之於賢者也，聖
人之於天道也，命也，有性焉，君子不謂命也。（《孟子‧盡心下》）

此處以「仁義忠信」爲「天爵」，言「仁、義、禮、知、天道」之爲「性」，
與《中庸》之「天命之謂性」是相一致的。又《孟子‧盡心上》曰：

知其性，則知天矣。

「知其性，則知天矣」即是《中庸》「率性之謂道」的思想，所不同者，唯孟
子側重由心論性而著重在心與志等人的範疇之探討，而《中庸》著重於天、
人兩面之形上型態的表現。雖然如此，《中庸》的成己成物兼及天人兩面的思
想在《孟子》一書中亦隱約可見，《孟子‧盡心上》云：

─────────────────

〔註24〕《尚書‧泰誓中》（台北：藝文印書館），十三經注疏本。

夫君子所過者化，所存者神，上下與天地同流。

《孟子·滕文公》篇亦曰：

天之生物，使之一本。

前者「君子所過者化」是言人心性之成就而成物，係側重人之一面立論。而後者「天之生物，使之一本」則是將物收攝於心性（一本）之中，唯其側重物之一面立言。由「上下與天地同流」與「天之生物，使之一本」可知，在《孟子》與《中庸》的思想中，天人、主客是可以同時得到安頓的，使外在之客觀世界得以落實，而外在之世界的落實與成就，正是以天道與性命之貫通合德爲基礎。

（四）《易傳》的「天」的思想

《易傳》的思想，乃是與先秦儒學《中庸》所開展出來的心性論相通，但論述旨趣卻從「心性論引導到天道論」〔註25〕轉折地位，《易·繫辭傳上》云：

一陰一陽之謂道，繼之者善也，成之者性也。

朱熹註曰：

繼之者善，是天道之流行賦與，所謂命也。成之者性，是人物之稟受成質，所謂性也。〔註26〕

此處由「道」而言善，而至人之「性」，乃是由「天道」的一面立論，言天道之流行與人之參贊天道之思想。此種思想與《中庸》之「天命之謂性，率性之謂道」，由「天人」相貫通之方向立論，同爲一體但表現不同，明確可見《易傳》與《孟子》、《中庸》相承互補之關係。以今日的觀點來說，《易傳》所著重的，當在「天」、「地」、「人」三者之「道」的闡述與貫通，《易·繫辭下》曰：

易之爲書也，廣大悉備。有天道焉，有人道焉，有地道焉。兼三材而兩之，故六。六者非他也，三材之道也。

此處「天」、「地」、「人」三個領域之「道」即是《易傳》所要申述的課題，而「兼三才而兩之」，即對三者分別論述並且以《易》加以聯繫，〈說卦〉傳云：

昔者聖人之作易也，將以順性命之理。是以立天之道曰陰與陽，立地之道曰柔與剛，立人之道曰仁與義。兼三才而兩之，故易六畫而成卦。

「順性命之理」即是以天人相合爲其根本，由此性命相合之理向外以展現宇宙中天、地、人三個範疇。此處言及的「陰陽」、「剛柔」、「仁義」等，即是

〔註25〕戴璉璋，《易傳之形成及其思想》（台北：文津出版社），1989年6月，頁231。

〔註26〕朱熹，《周子通書》（台北：中華書局，1968年）註。

天道、地道，以及人道的內容要義。由此可知，「天」、「地」、「人」三者之道，看似有所分，實貫通於天、地、人之間，以天、地、人之道皆「性命之理」的顯現，而致力於闡釋此天、地、人之理即爲《易傳》一書之旨趣所在。《易傳》的「理」，以今日眼光來說，主要表現爲形上之思維與濃厚的宇宙論旨趣，我們可以從「一──二──多」之思維結構加以觀察，《易・繫辭上》云：

> 易有太極，是生兩儀，兩儀生四象，四象生八卦。八卦定吉凶，吉凶生大業。是故法象莫大乎天地，變通莫大乎四時，縣象者莫大乎日月。

本段文字頗類似於宇宙天地生成變化規律之闡釋，虞翻曰：

> 太極，太一。分爲天地，故『生兩儀』也」。「四象，四時也。『兩儀』謂乾坤也。乾二五之坤，成坎離震兌。震春兌秋，坎冬離夏，故『兩儀生四象』。

虞翻言「兩儀生四象」之過程（「乾二五之坤……」），實乃象數易學下之卦氣說解，其內容於漢代頗有不同解釋，不可盡信。〔註27〕然由〈繫辭上〉篇之文字相較，〔註28〕知虞翻此處之注，除象數易成分外，大致不誤。由此，《易傳》之「太極」，即「一」；而「兩儀」，即「乾、坤」，即「二」，；而「四象」則爲「四時」，爲「多」之體現，可看出《易傳》之言宇宙之創生與變化爲「一──二──多」之順向過程與結構。除了「一──二──多」的順向過程外，逆向的「多──二──一」過程，亦含蘊於「天」、「地」、「人」之道中，帛書《要》篇云：

> 故易又有天道焉，而不可以日月生（星辰）盡稱也，故爲之以陰陽；又（有）地道焉，不可以水火金土木盡稱也，故律之以柔剛；又（有）人道焉，不可以父子、君臣、夫婦、先後盡稱也，故爲之以上下；又四時之變焉，不可以萬勿（物）盡稱也，故爲之以八卦。

《要》篇此段文字可視爲〈說卦〉傳之補充，其云：「不可以日月生（星辰）盡稱也，故爲之以陰陽」即爲「多──二──一」之統攝思維。由此可知，《易傳》之形上思想在透過「天」、「地」、「人」三者之道具體發揮的同時實

〔註27〕關於本段之異說，可參見李道平，《周易集解纂疏》（北京：中華書局，1998年12月）卷8，頁600～602。

〔註28〕「乾、坤」與「四時」之於〈繫辭上〉之地位極爲重要而時有論述，如〈繫辭上〉：「乾知大始，坤作成物」，「揲之以四以象四時」……等，知以「乾、坤」與「四時」解「二」、「多」之思維應該相合。

已俱備完整的順、逆結構。

　　除了形上思想的「一──二──多」與「多──二──一」結構外，《易傳》之形上思維還有一點值得注意的地方，此即陰陽觀念之吸納。陰陽觀念之討論，早自隋代蕭吉即有專書說解，自近代梁啓超開始，一度成為相當關注之課題，如呂思勉、劉節、顧頡剛、錢穆、陳槃、童書業、徐文珊、譚戒甫、謝扶雅等，皆有論述甚至往復辨難，而今人如李漢三、井上聰、孫廣德、鄺芷人等皆有專書進行所討論。〔註 29〕漢代陰陽之資料，則以《黃帝內經》、《淮南子》、《春秋繁露》、《漢書》〈律歷志〉與〈五行志〉，《白虎通》以及緯書較為重要。早期的陰陽觀念，當與「日」有關，而以光亮、陰暗之義為主，並引申為南北與表裏之義，〔註 30〕未具為形上之概念。《詩經》中的陰陽，二字幾為獨立意義，而多為引申之表裏與南北之義。〔註 31〕今日習見的陰陽為本體論或宇宙論的意義自《老子》一書可見，不過《老子》雖有提到陰陽，然亦少見而並未完全運用於系統之中。〔註 32〕至於《易傳》，陰陽二元對待之觀念在《易傳》已處於較重要的地位：

　　　　一陰一陽之謂道。(〈繫辭上〉)

　　　　子曰：乾坤其易之門邪！乾，陽物也；坤，陰物也。陰陽合德，而
　　　　剛柔有體，以體天地之撰，以通神明之德。(〈繫辭下〉)

前者以「陰陽」言「道」乃是以陰陽為「二」的思想；而後者則是以「陰陽」釋「乾坤」，由「陰陽」言「剛柔」，其中「乾坤」、「剛柔」都是《易傳》極

〔註 29〕　分見蕭吉《五行大義》(台北：商務印書館，叢書集成初編本)、梁啓超〈陰陽五行說之來歷〉、呂思勉〈辨梁任公陰陽五行說之來歷〉、劉節〈洪範疏證〉、顧頡剛〈五德終始說下的政治和歷史〉、錢穆〈評五德終始說下的政治和歷史〉、陳槃〈寫在五德終始說下的政治和歷史之後〉、童書業〈五行說起源的討論〉、徐文珊〈儒家和五行的關係〉、譚戒甫〈思孟五行考〉、謝扶雅〈田駢和騶衍〉等，梁啓超等人論述皆見於《古史辨》第五冊(台北：藍燈出版社，1992 年 8 月)，又今人著作則分見李漢三《先秦兩漢之陰陽五行學說》(台北：維新書局，1968 年)、井上聰《先秦陰陽五行》(漢口：湖北教育出版社，1997 年)、孫廣德《陰陽五行說的政治思想》(台北：商務印書館，1994 年 1 月)、鄺芷人《陰陽五行及其體系》(台北：文津出版社，1998 年 2 月。

〔註 30〕　梁啓超，〈陰陽五行說之來歷〉，《古史辨》第 5 冊(台北：藍燈出版社)，1992 年 8 月，頁 343～344。

〔註 31〕　梁啓超，〈陰陽五行說之來歷〉，《古史辨》第 5 冊(台北：藍燈出版社)，1992 年 8 月，頁 344～347。

〔註 32〕　梁啓超，〈陰陽五行說之來歷〉，《古史辨》第 5 冊(台北：藍燈出版社)，1992 年 8 月，頁 348。

爲常見之二元概念，可見陰陽觀念在《易傳》已較《老子》爲重要。不過，必須注意的是在《易傳》當中陰陽並不是最爲常見的，「剛柔」、「乾坤」與「陰陽」同爲《易傳》所習用，而三者之中又以剛柔最爲常見：〔註33〕

> 剛柔相推而生變化。(〈繫辭上〉)

> 剛柔者，立本者也；變通者，趣時者也。(〈繫辭下〉)

此處以「剛柔」言變化、以「剛柔」爲「立本」，皆表現《易傳》之「剛柔」觀念與「陰陽」有著同等重要之地位，而可以納入「二」的思維。

　　由本部分的討論可知，先秦儒家自孔子始，《中庸》、《孟子》與《易傳》實乃一脈相承，或隱或顯地從「天」、「天命」之思維展開其論述，以溝通天人之關係，以論成德之道，表現了心性天一系的天人思維。對詩經學甚至是詩學思想而言，《中庸》與《易傳》相當值得重視，因其深入探討天道、人道兩者，而天、人範疇之內涵實詩學不可或缺之部分。其中《中庸》著眼於心性論立場，而以「誠」爲源，於「天之道」與「人之道」有所論述，然仍不離以人爲本位而展開其論述。而《易傳》雖不離「性」之立場，然其立論已從人之本位轉爲注視宇宙之全貌，故分述「天道」、「地道」「人道」之內容。除此之外，《易傳》以陰陽、四時、八卦對宇宙萬物之細部解釋，在氣化論流行時期，更成爲西漢晚期以降宇宙觀建構的主要對象，而成爲漢人之「顯學」。

(五) 荀子的「天」的思想

　　就某個角度來看，荀子居先秦儒家之集大成的地位，因爲儒家重要的觀念，於《荀子》書中幾乎皆曾論及，而且若就某些文字片段來看，也與早於荀子之儒學心性一系之著作十分類似。〔註34〕不過，這應該是荀子重知、重統會之治學表現，仔細深究其中還是可以發現其與前代之差異。而且在思想之核心上，荀子和先前的《中庸》、《孟子》還是與有著很大的不同，荀子之

〔註33〕戴璉璋將乾坤、剛柔、陰陽等三組詞語在《易傳》出現的次數相比較，發現「《彖》、《象》兩傳對於易卦、易道的論述，是以剛柔爲主要觀念；《繫辭傳》則以乾坤爲主，其次是剛柔，然後才輪到陰陽。事實上，《彖》、《象》、《文言》三傳，對於陰陽都只是偶而提到……《繫辭傳》在陰陽作爲卦卦象、爻象及兩種相對的功能這方面，說得都比前述三傳清楚，也比較有系統。」此係就易傳各篇來說，若以總數來算，則以「剛柔」最多，參見戴璉璋，《易傳之形成及其思想》(台北：文津出版社)，1989 年 6 月，頁 67～68。

〔註34〕就本文所涉及較爲重要的概念來說，荀子對「誠」及「音樂」的論述，與《中庸》、《禮記·樂記》文字有部分雷同。不過，這僅是字面之相似，其思想內涵仍屬不同之路向者，說見本書第三章第五節「音樂的形上思維」部分。

論「天」即爲主要差異的部分。《荀子》一書之論「天」思想，主要在〈天論〉一篇。〈天論〉篇曰：

> 天行有常，不爲堯存，不爲桀亡。應之以理則吉，應之以亂則凶。……
> 故水旱未至而飢，寒暑未薄而疾，祅恠未至而凶——受時與治世
> 同，而殃禍與治世異，不可以怨天，其道然也。故明於天人之分，
> 則可謂至人矣。

則荀子之「天」，當是自然之天，無意志，而重視天、人各有其職之分。〈天論〉又云：

> 不爲而成，不求而得，夫是之謂天職。如是者，雖深、其人不加慮
> 焉；雖大、不加能焉；雖精、不加察焉，夫是之謂不與天爭職。天
> 有其時，地有其財，人有其治，夫是之謂能參。

由「天有其時」而「人有其治」的「能參」之說，可知荀子一反西周以來人格天之思想道路，而是以認識解析的態度，〔註35〕面對天、人，以理性之角度提出天人相參之說。這種天人相參思想下的天、人關係，實際上是站在天人二分的基礎，言天、地、人之各發揮其用，以爲天、地、人各自的發揮，能使人世更加進步和諧。由此可知，荀子之天人相參，實際上仍然是單純從人的角度著眼言天，荀子的制天、報本之說即爲此種思想的表現，〈天論〉云：

> 大天而思之，孰與物畜而制之！從天而頌之，孰與制天命而用之！
> 望時而待之，孰與應時而使之！……故錯人而思天，則失萬物之情。

從「制天」、「用天」及「應時」之說，可以明顯看出荀子取消天命，而以「人」爲主的務實角度對待「天」的思想。〈禮論〉篇云：

> 禮有三本：天地者，生之本也；先祖者，類之本也；君師者，治之本
> 也。無天地，惡生？無先祖，惡出？無君師，惡治？三者偏亡，焉無
> 安人。故禮、上事天，下事地，尊先祖，而隆君師。是禮之三本也。

「無天地，惡生？」肯定了「天」對人的貢獻，但荀子與孟子不同，孟子由天相關的「命」立性，荀子則斷裂這條路子。因此，荀子在認知心下對天人關係的描述，而呈現的「天人分職」，與《中庸》、《孟子》天人合德有所不同。

簡單說來，荀子的「天」的思想，是由自然天出發，而將天人關係予以新的定位。這種思想，了解天雖無意志，然天之於人並非毫無影響，而是站

〔註35〕《荀子·解蔽》：「凡以知，人之性也。可以知，物之理也。」可見荀子以認知角度言心；見《荀子》（台北：商務印書館），四部叢刊本。

在人的角度上，觀察自然世界與人「認知」性的互動關係，其可以是「制天」，也可以是「報本」之思想，這些都與荀子之認知心符合。

五、先秦時期道家、黃老之學及陰陽家思想「天」的觀念的發展

（一）先秦時期道家的「天」的思想

　　先秦道家之代表為《老子》與《莊子》。《老子》之言「天」，首重闡釋天之道，並由天及於道，以道為其論「天」思想之歸宿。《老子‧二十五章》：

> 有物混成，先天地生。寂兮寥兮，獨立而不改，周行而不殆，可以為天下母。吾不知其名，字之曰道。……故道天，天大、地大、人亦大。域中有四大，而王居其一焉。人法地，地法天，天法道，道法自然。

「道」，最早是道路之義，後為抽象意義的理則之義。〔註36〕《老子》之「道」，乃是一切事物的根源與依據，故以「先天地生」，「為天下母」言「道」。而「天法道」，指的是由天無其他意義，以「道」所代表的理則為其意義。由此可知，老子言「天」其所重不在現象的描述，亦不言一有意志之天與天命，而是在闡釋現象背後的律則與關係。因此，《老子》之「天」當為形上意義之天，而此「天」是以「自然無為」為其內容，在「自然無為」之中，萬物得以成就，《老子》云：

> 道常無為而無不為。（〈三十七章〉）

> 致虛極，守靜篤。萬物並作，吾以觀其復。夫物芸芸，各復歸其根。歸根曰靜，是謂復命，復命曰常，知常曰明。不知常，妄作凶。知常容，容乃公，公乃王，王乃天，天乃道，道乃久，沒身不殆。（〈十六章〉）

可知《老子》所肯定乃天道之「自然」、「無為」表現，唯「自然無為」，方能長久。而「人」即當以「無為」、「虛靜」順自然之道自處處世，方能保全自己並成就萬物，使萬物「各歸其根」而「並作」，在此一意義之下，人乃能「王」。

　　對於「道」的思考，《老子》一書還深入探索，其〈四十二章〉云：

> 道生一，一生二，二生三，三生萬物。萬物負陰而抱陽，沖氣以為

〔註36〕《說文解字》：「（道，）所行道也。」段注：「道者，人所行，故亦謂之行道，之引伸為道理。」見段玉裁注，《說文解字注》（台北：黎明文化公司），1991年8月，卷2下，頁13。

和。

由「道生一」、「二」、「三」及「萬物」可知，《老子》以「道」為宇宙萬物之「本」，以「道」能「生」萬物，表現出類似於宇宙論之旨趣。不過，《老子》之言「道」之創生，實非如《易傳》之真正創生，而是歸於形上意義之「創生」，《老子》於其他章描述「道」的情形云：

> 有物混成，先天地生。寂兮寥兮，獨立而不改，周行而不殆，可以
> 天下母。(〈二十五章〉)

> 道沖而用之，或不盈。淵兮似萬物之宗。挫其銳，解其紛，和其光，
> 同其塵。湛兮似若存。吾不知誰之子，象帝之先。(〈四章〉)

> 反者道之動，弱者道之用。天下萬物生於有，有生於無。(〈四十章〉)

此處的「先天地生」、「為天下母」並非謂道真能創生，因此言其「沖」、言「不盈」、言「反者道之動」，都是言「無」作用地保存萬物，而成就萬物。徐復觀說：

> 老子說到道的作用的話很多；但最切要的莫如四十章「反者道之動，
> 弱者道之用」兩句話。所謂反者道之動的「反」，即回歸、回返之意。
> 道要無窮的創生萬物；但道的自身，決不可隨萬物而遷流，應永遠
> 保持其虛無的本性；所以它的動，應同時即為它自身的反。反者，
> 反其虛無的本性。虛無本性的喪失，即是創造力的喪失。同時，道
> 既永遠保持其虛無本性，它便不允許既生的萬物，一直殭化在形器
> 界中，而依然要回到「無」，回到道的自身那裡去：這是萬物之「反」，
> 也即是道之「反」。〔註37〕

因此《老子》之「道」為萬物之源，乃是掌握作用意義下的「無」之特點，就此作用地成物，故能「生」物，能為「萬物之宗」的。而《老子》的形上思維，即是由此「無」而「有」，以「一」為萬物之「有」的開始而展開。從「一」到「二」，《老子》之「二」，作為一形上之概念，其表現即二元對待之思維，《老子》在二元對待之中看出宇宙萬物當中相反相成之情形，此種思維在《老子》之中極為常見：

> 天下皆知美之為美，斯惡已；皆知善之為善，斯不善已。故有無相
> 生，難易相成，長短相形，高下相傾，音聲相和，前後相隨。(〈二

〔註37〕見徐復觀，《中國人性論史‧先秦篇》(台北：商務印書館)，1994年4月，頁347。

章〉〉

　　禍兮福之所倚，福兮禍之所伏。（〈五十八章〉）

「有、無」、「難、易」、「長短」、「高、下」、「音、聲」、「福、禍」等，都是
二元對待之觀念，而《老子》把握「有無」、「難易」等二元對待概念之「相
生」、「相成」之特點，藉以觀照萬物之生，可見《老子》見對宇宙間所有現
象之生成與變化之思考係由「無」而「有」，透過「（0）一、二、多」之結構
加以闡述的。然而此二元對待之思維，在成就萬物的同時，亦向「無」回歸，
以「無」為其本質與動力，《老子》曰：

　　物壯則老。（〈三十章〉）

　　知其雄，守其雌，為天下谿……知其白，守其黑，為天下式……知
　　其榮，守其辱，為天下谷；為天下谷，常德乃足，復歸於樸，樸散
　　則為器。（〈二十八章〉）

「雄、雌」、「白、黑」、「榮、辱」等都是二元對待之思維，基本上乃是相反相
成的。不過在二元對待當中《老子》觀察出「物壯則老」之「反」的規律，因
此在見「雄、雌」、「白、黑」、「榮、辱」等種種二元對待成就萬物的同時，人
須把握二元對待中「柔弱」一面，強調「守其雌」「為天下谿」，在二元對待中
同時由「有」而復歸於「樸」（無），藉以保全成就自己與萬物，而此種由萬物
之有透過二元對待而復歸於無的過程，即為逆向之「多──二──一」之結構。

　　由此可見《老子》之形上系統，係由道的順向──即「一──二──多」
之思維一面加以闡釋宇宙生化之過程，在此一過程之中，同時體現出逆向之
回歸──即「無」的思維，藉「無」以明其動之本質，以保有其動。換言之，
《老子》之「一──二──多」、「多──二──一」之形上架構，乃是境
界型態的保存，並非真能創生的思想。〔註38〕

　　上述對《老子》之道的內涵進行闡述，由其道的思想而可見其天之含義。
在天人關係上，《老子》之道落實於人的層面，就其理路來說，人世之事亦應依
循於道、無法離道而發展。雖然如此，《老子》在實際論述時則經常將人之有為
與（天）道之無為對立，從有為與無為之間強調人之應依循於道。《老子》云：

　　大道廢，有仁義。智惠出，有大偽。六親不和，有孝慈。國家昏亂，
　　有忠臣。（〈十八章〉）

_____

〔註38〕詳參牟宗三，《中國哲學十九講》（台北：學生書局，1991年12月）第七講〈道
　　　　之「作用的表象」〉。

> 絕聖棄智，民利百倍；絕民棄義，民復孝慈；絕巧棄利，盜賊無有。
> 此三者，爲文不足，故令有所屬：見素抱樸，少私寡欲。(〈十九章〉)

由此可見，老子對人的看法實可分成兩面，一是人道應依循於道，以無爲爲其內容，另一則是對人道之有爲進行批評，而這兩者，似乎顯現出老子對人世種種的批評態度。

《莊子》亦爲先秦道家之代表，其思想之核心與《老子》類同。〈大宗師〉云：

> 夫道，有情有信，無爲無形；可傳而不可受，可得而不可見；自本自根，未有天地，自古以固存；神鬼神帝，生天生地；在太極之先而不爲高，在六極之下而不爲深；先天地生而不爲久，長於上古而不爲老。

「自本自根，未有天地，自古以固存」、「先天地生而不爲久」都與《老子》之言「道」的思想一致。而《莊子》之「天」，亦如同《老子》一樣，以形上意義之自然爲「天」，天所體現之道，亦以自然無爲爲內容，〈在宥〉曰：

> 何謂道？有天道，有人道。無爲而尊者，天道也；有爲而累者，人道也。主者，天道也；臣者，人道也。天道之與人道也，相去遠矣，不可不察也。

此言天道與人道之異。天道無爲，而人道有爲，人須棄有爲而從無爲。此種觀點已見於《老子》，而爲道家面對人世之基本立場。至於「一——二——多」、「多——二——一」中由「一」而「多」與由「多」而「一」之形上順逆思維，於《莊子》一書中亦隱約可以得見，其〈天下〉篇曰：

> 古之所謂道術者，果惡乎在？曰：「無乎不在。」曰：「神何由降？明何由出？」「聖有所生，王有所成，皆原於一。」不離於宗，謂之天人；不離於精，謂之神人；不離於眞，謂之至人。以天爲宗，以德爲本，以道爲門，兆於變化，謂之聖人。以仁爲恩，以義爲理，以禮爲行，以樂爲和，薰然慈仁，謂之君子。以法爲分，以名爲表，以參爲驗，以稽爲決，其數一二三四是也，百官以此相齒，以事爲常，以衣食爲主，蕃息畜藏，老弱孤寡爲意，皆有以養，民之理也。古之人其備乎！配神明，醇天地，育萬物，和天下，澤及百姓，明於本數，係於末度，六通四辟，小大精粗，其運無乎不在。

可見莊子以天人、神人、聖人爲「一」，而天人、神人、聖人以精眞爲本，知道、體道，「明於本數，係於末度」，故能明於「小大精粗」無所不在，則爲

由「一」而「多」之思維。〈天下〉篇又云：

> 天下大亂，賢聖不明，道德不一。天下多得一察焉以自好。譬如耳
> 目鼻口，皆有所明，不能相通。猶百家眾技也，皆有所長，時有所
> 用。雖然，不該不遍，一曲之士也。判天地之美，析萬物之理，察
> 古人之全，寡能備於天地之美，稱神明之容。是故內聖外王之道，
> 闇而不明，鬱而不發，天下之人各為其所欲焉以自為方。悲夫！百
> 家往而不反，必不合矣！後世之學者，不幸不見天地之純，古人之
> 大體。道術將為天下裂。

莊子明言當時「天下大亂，賢聖不明，道德不一，天下多得一察焉以自好」
之多的情形，進而言其敝為「不能相通」，而悲百家之說「往而不反」，「不見
天地之純」，而道術為天下裂。由此段文字可知，《莊子》面對多樣之思維、
天下之萬象，實是要求反於道本者。因此，《莊子》之思維亦如《老子》，一
方面看出宇宙萬物由「一」而「多」之律則，一方面也同時指出由「一」以
御「多」，而體現出由「多」返「一」之思想。

　　由上述討論可知，道家之「天」，乃是形上意義之天，其以「自然」、「無
為」為義，而與人世之有為相對。因此，道家之重「道」，亦偏重天之道，其
言人之道在理路上係以天之道為其主要之趨向，但卻對具體之人世有所批
評。這一點，道家對天道之偏重與儒家不同，儒家涉及形上思想的當以《中
庸》、《易傳》為主，無論是《中庸》或《易傳》，二書皆分述天、人，並同時
肯定天、人兩者，將天人之間加以貫通相比，而道家則未曾正面肯定人世之
種種有為之物，因此對人之道的內涵僅能限於批判而自處於無為之境。雖然
如此，本文將《老》、《莊》與《中庸》與《易傳》之思想加以辨別並非意指
著道家與《中庸》、《易傳》毫無關係。事實上，儒家形上、宇宙論思想可能
與道家有關，「孔墨……尚無宇宙論的研討。中國宇宙論之始祖，當推老子」
〔註39〕，老子對日後儒家形上與宇宙論的開展應有相當影響。

（二）先秦時期黃老之學的「天」的思想

　　黃老之學，主要盛行於戰國末期至西漢中期武帝獨尊儒術以前的時間。
先秦黃老思想主要見於《黃老帛書》以及《管子》之〈心術上、下〉、〈內業〉、
〈白心〉等四篇。所謂的《黃老帛書》，指的是 1973 年長沙馬王堆三號漢墓

〔註39〕見張岱年，《中國哲學大綱》（台北：藍燈出版社），1992 年 4 月，頁 67。

出土之〈經法〉、〈十六經〉、〈稱〉、〈道原〉等文獻。各家學者對此四篇之時
代及思想內容的意見不一，就時代言，學者的主張自春秋迄西漢初皆有，但
多數之主張大約在戰國末年至秦漢之際。〔註 40〕就思想內容來說，多數學者
也認為此四篇兼採戰國各家思想，雖然不一定屬同一書，但內容性質多屬同
類思想，〔註 41〕而與《史記》、《漢書》等史料記載之黃老思想相符合，故本
文以《黃老帛書》稱之。以今日可見之資料來看，黃老之學雜揉各家之學說，
然其中道家之道的觀念，在其中佔了相當重要的部分，「道」乃是黃老之學中
為最高之概念，為宇宙萬物之源，《道原》曰：

> 恆先之初，迵同大虛，虛同為一，恆一而止。濕濕夢夢，未有明晦，
> 神微周盈，精靜不配。古未有以，萬物莫以。古无有刑，大迵无名。
> 天弗能復，地弗能載。小以成小，大以成大。盈四海之內，又包其
> 外。……萬物得之以生，百事得之以成。人皆以之，莫知其名；人
> 皆用之，莫見其刑。一者其號也，虛其舍也，无為其素也，和其用
> 也。是故上道高而不可察也，深而不可則也。顯明弗能為名，廣大
> 弗能為刑，獨立不偶，萬物莫之能令。天地陰陽，（四）時日月，星
> 辰雲氣，規行僥重，戴根之徒皆取生，道弗為益少；皆反焉，道弗
> 為益多。堅強而不撌，柔弱而不可化，精微之所不能至，稽極之所

〔註40〕如唐蘭、鍾肇鵬、吳光、陳麗桂以為戰國末至秦漢之際，魏啟鵬以為春秋末，
金春峰以為戰國中前期，祝瑞開以為戰國中後期，高亨、董治安以為戰國時，
葛榮晉認為最晚至戰國末，任繼愈、朱曉海、高祥以為戰國末，康立、姜廣
輝以為漢初。見唐蘭，〈黃帝四經初探〉，《文物》1973 年 10 期，頁 48；鍾
兆鵬，〈黃老帛書的哲學思想〉，《文物》1978 年第 2 期，頁 65；吳光，《黃
老之學通論》（杭州：浙江人民出版社），1985 年 6 月，頁 133；陳麗桂，《戰
國時期的黃老思想》（台北：聯經出版公司），1991 年 4 月；魏啟鵬，〈黃帝
四經思想探源〉，《中國哲學》第四輯，1980 年 10 月；金春峰，《漢代思想
史》（北京：中國社會科學出版社），1997 年 12 月，頁 41～48；祝瑞開，《先
秦社會和諸子思想新探》（福州：福建人民出版社），1981 年，頁 61；高亨、
董治安，〈十大經初探〉，《歷史研究》，1975 年第 1 期；葛榮晉，〈試論黃老
帛書的道和無為思想〉，《中國哲學史研究》第 3 期；任繼愈，《中國哲學發
展史·秦漢》（北京：中國人民出版社），1985 年年 2 月，頁 105。朱曉海，
《黃帝四經考辨》（台北：台大中文研究所碩士論文），1977 年 6 月；高祥，
《戰國末秦漢之際黃老學說之探討》（台北：台灣師大國文研究所碩士論
文），1988 年；康立，〈十大經的思經和時代〉，《歷史研究》，1975 年第 3 期；
姜廣輝，〈試論漢初黃老思想——兼論馬王堆漢墓出土四篇古佚書為漢初
作〉，《中國哲學史集刊》第 1 輯，頁 136。

〔註41〕上述諸家說法之出處見前注。

不能過。……聖王用此，天下服。

此段文字言「道」的先在性和種種性狀皆與《老子》相同，可見《黃老帛書》
與道家《老子》之「道」觀念的共通處，唯言其「濕濕夢夢」略帶有物質之
意味。《黃老帛書》之道既與《老子》類同，其言「天」之內涵亦如同《老子》，
以「自然」為義，兩者之間所不同是，《老子》係以「無為」釋自然之道，而
黃老則以此自然之道與「法」、「刑名」等觀念相結合，以申論其政治之意趣，
為治道提升理論之基礎與方向：

> 凡事无大小，物自為舍；逆順死生，物自為名；名刑已定，物自為
> 正。唯執（道）者能上明於天之反，而中達於君臣之半，富密察於
> 萬物之所終始，而弗為主。（《經法‧道法》）

> 昔天地既成，正若有名，合若有刑，□以守一名。上拴之天，下施
> 之四海。吾聞天下成法，故曰不多，一言而止。循名復一，民无亂
> 紀。（《十六經‧成法》）

「刑名」，即「形名」，乃是事物之名與理。《黃老帛書》由要求事物之「刑」、「名」
自然相符。唯有名實之自然一致，才能合於「道」，如此萬物得其本然之秩序，
而國亦方可得治。由此，黃老實以「刑名」取代道家天道之自然，以「刑名」
之思想作為溝通天、人的橋梁，在考察萬物、人事刑名之中，使刑名成為其思
想之核心，以達到黃老以治道為論述旨趣之目的。《經法‧論約》曰：

> 始於文而卒於正，天地之道也。四時有度，天地之原也。日月星辰
> 有數，天地之紀也。四時時而度，不爽不代，常有法式。□□□□
> 一立一廢，一生一殺，四時代正，冬而復始，□事之理也。……故
> 執道者之觀於天下也，必審觀事之所始起，審其刑名，刑名已定，
> 逆順有立，死生有分，存亡興壞有處。然後參之於天地之恒道，乃
> 定禍福死生存亡興壞之所在。

陳麗桂曰：

> 由自然器物之度，到立政施治之度，透過「名」、「分」、「度」、「位」
> 的觀點，把天、地、人之道串聯起來，統一起來，使一切人事之理
> 和施政之道，都可以有一個堅實的理據可以支撐，或合理的軌則可
> 以依循。〔註42〕

〔註42〕陳麗桂，《戰國時期的黃老思想》（台北：聯經出版公司），1991 年 4 月，頁
　　68。

因此，《黃老帛書》透過「刑名」將天道與治道相連，其「刑名」之講究使人世得以行種種有爲之道，而在實際之指涉上表現出與先秦道家之不同。也就是說，《黃老帛書》之天雖承自《老子》之思路，而與道同一位階。然而《黃老帛書》之天仍然與《老子》有所不同，《老子》所重視者爲天道之無爲，所棄絕者則是人之道的有爲，而《黃老帛書》則將此天道之自然與人的治道相結合，使得天道成爲人道政治意涵的形上本體，進而成爲君王施政所行之依據。

《管子》四篇之思想與《黃老帛書》相同，亦以「道」爲最高觀念，《管子・內業》云：

> 夫道者，所以定形也，而人不能自聞。其往不復，其來不舍，謀乎莫聞其音，卒乃在於心。冥冥乎不見其形，淫淫乎與我俱生。不見其形，不聞其聲，而序其成，謂之道。

此處對「道」的描述與地位，皆與《黃老帛書》相同，由此可見管子之言天與《黃老帛書》類似的地方。值得注意的是，《管子》四篇除了以「道」爲其最高觀念外，有時還以「氣」的觀念言道，《管子・內業》：

> 凡物之精，此則爲生。下生五穀；上爲列星。流於天地之間謂之鬼神；藏於胸中謂之聖人。是故民氣杲乎如登於天，杳乎如入於淵，淖乎如在於海，卒乎如在於己。是故此氣也不可止以力，而可以安以德。
>
> 彼道自來，可藉與謀。靜則得之，躁則失之。靈氣在心，一來一逝，其細無內，其大無外。所以失之，以躁爲害。心能執靜，道將自定。

可知「氣」是一種物質，而爲宇宙萬物根源。因此，天地亦是由此氣而生，可知《管子》四篇中的「天」，當屬氣化天，爲某種物質。《管子》的氣論，乃貫通「天、地、人」三個範疇的，因此，在天人關係上，心物兩者有著內在的聯係，《管子・內業》：

> 摶氣如神，萬物備存，能摶乎？能一乎？能無卜筮而知吉凶乎？能止乎？能已乎？能勿求諸人而得之己乎？思之，思之，又重思之。思之而不通，鬼神將通之，非鬼神之力也，精氣之極也。四體既正，血氣既靜，一意摶心，耳目不淫，雖遠若近。

其言「精氣」言「四體既正，血氣既靜，一意摶心，耳目不淫，雖遠若近」，即是在氣的思路下主張心、身兩者相依之情形。《管子》本段文字以爲心不可離身而獨存以及人欲至神明之境界，也不能離形而單獨施自於心，可知身、

形等物質形體之重要，而見其形神相連的想法。由此，《管子》之天人之間實有著密切的物質性連結，《管子》由物質之氣以探索宇宙生成及萬物的思想在秦漢時期極爲盛行，迄《呂氏春秋》至整個漢朝之世，幾乎都屬於氣化天之路向。〔註43〕

（三）先秦時期陰陽家的「天」的思想

戰國後期，陰陽五行之系統學說開始發展，至秦漢之際及漢朝漸次蓬勃，至後來遂成爲言「天」思想之主要內涵。就陰陽五行觀念之始源來說，陰陽、五行兩組概念之間原本並無太大之關係，以今日可見之資料來看，將陰陽與五行觀念結合而發展成一系統，當以齊國之鄒衍爲較早之代表。由於文獻記載之有限，鄒衍學說之全貌今日不可復見，較可信而重要的當爲《史記》所記載之幾則資料：

> 騶衍，後孟子。騶衍睹有國者益淫侈，不能尚德，若大雅整之於身，施及黎庶矣。乃深觀陰陽消息而作怪迂之變，終始、大聖之篇十餘萬言。其語閎大不經，必先驗小物，推而大之，至於無垠。先序今以上至黃帝，學者所共術，大並世盛衰，因載其禨祥度制，推而遠之，至天地未生，窈冥不可考而原也。先列中國名山大川，通谷禽獸，水土所殖，物類所珍，因而推之，及海外人之所不能睹。稱引天地剖判以來，五德轉移，治各有宜，而符應若茲。以爲儒者所謂中國者，於天下乃八十一分居其一分耳。中國名曰赤縣神州。赤縣神州內自有九州，禹之序九州是也，不得爲州數。中國外如赤縣神州者九，乃所謂九州也。於是有裨海環之，人民禽獸莫能相通者，如一區中者，乃爲一州。如此者九，乃有大瀛海環其外，天地之際焉。其術皆此類也。然要其歸，必止乎仁義節儉，君臣上下六親之施，始也濫耳。……騶衍之術迂大而閎辯；奭也文具難施；淳于髡

〔註43〕詳見李志銳《氣論與傳統思維方式》第一、二章。羅光則以爲：「秦漢的哲學，頗受管子的影響……影響最大的，是他的陰陽五行思想」，見羅光，〈中國生命哲學的發展〉，《儒家哲學的體系續編》，頁153。筆者以爲氣化而帶有形上、宇宙論色彩的陰陽五行思想至遲到秦漢之際當是一種極流行的思想。就地域來說，黃老與齊國密切相關，道家莊子後學亦見有氣的思維，因此與楚地相關，而金春峰言《呂氏春秋》之「天」的思想又與秦國相關參金春峰，《周官之成書及其反映的文化與時代新考》頁125。齊在東方，楚在南方，秦居西側，由此可知，這應是當時流行的一種「知識」或「傾向」。

久與處，有得善言。故齊人頌曰：「談天衍，雕龍奭，炙轂過髡。」（〈孟荀列傳〉）

自齊威、宣之時，騶子之徒論著終始五德之運，及秦帝而齊人奏之，故始皇采用之。而宋毋忌、正伯僑、充尚、羨門高最後皆燕人，爲方僊道，形解銷化，依於鬼神之事。騶衍以陰陽主運顯於諸侯，而燕齊海上之方士傳其術不能通，然則怪迂阿諛苟合之徒自此興，不可勝數也。（〈封禪書〉）

「深觀陰陽消息」、「五德轉移」、「九州」、「談天衍」、「五德之運」、「名山大川，通谷禽獸，水土所殖，物類所珍，因而推之」都是《史記》對鄒衍學說之描述。當然，因爲資料的缺乏，今日要對這些內容做出詳盡的闡釋是很困難的，然而卻可從鄒衍稍後之秦及漢初之記載得知其大要。首先，「談天衍」、「九州」以及「名山大川，通谷禽獸，水土所殖，物類所珍，因而推之」說明鄒衍之說可能致力闡發天文地理和人事之關聯，而此一關聯主要係透過其「深觀陰陽消息」及「五德之運」之基礎，而表現在時令、及政權推移等方面。司馬談《論六家要指》論及與漢初之「陰陽家」曰：

竊觀陰陽之術，大祥而眾忌諱，使人拘而多所畏。然其序四時之大順，不可失也。……夫陰陽，四時八位十二度二十四節，各有教令。順之者昌，逆之者不死則亡，未必然也。故曰：使人拘而多畏。夫春生夏長秋收冬藏，此天道之大經也，弗順，則無以爲天綱紀，故曰：四時之大順，不可失也。

可知陰陽家之陰陽之說與四時之順逆有關，若參以秦漢之際《呂氏春秋》十二紀以天、人各種事物（帝、蟲、神……等）與時令及五行之對應論述，〔註44〕可以推測鄒衍之說可能與時令有關。〔註45〕至於「五德之運」，以今日觀之，至少應當包含以五行觀念爲中心之政權推移說，《呂氏春秋・應同》篇曰：

凡帝王者之將興也，天必先見祥乎下民。黃帝之時，天先見大螾大螻，黃帝曰『土氣勝』，土氣勝，故其色尚黃，其事則土。及禹之時，天先見草木秋冬不殺，禹曰『木氣勝』，木氣勝，故其色尚青，其事則木。及湯之時，天先見金刃生於水，湯曰『金氣勝』，金氣勝，故

〔註44〕《呂氏春秋》的宇宙論，本節下文即將論及。

〔註45〕說見王夢鷗，《鄒衍遺說考》（台北：商務印書館，1966 年 1 月）「四、五德終始說的構造」與「五、五時令與明堂的設計」兩部分。

其色尚白，其事則金。及文王之時，天先見火，赤烏銜丹書集於周
社，文王曰『火氣勝』，火氣勝，故其色尚赤，其事則火。代火者必
將水，天且先見水氣勝，水氣勝，故其色尚黑，其事則水。水氣至
而不知，數備，將徙于土。

而《史記・秦始皇本紀》亦曰：

始皇推終始五德之傳，以爲周得火德，秦代周德，從所不勝。方今
水德之始，改年始，朝賀皆自十月朔。衣服旄旌節旗皆上黑。數以
六爲紀，符、法冠皆六寸，而輿六尺，六尺爲步，乘六馬。更名河
曰德水，以爲水德之始。剛毅戾深，事皆決於法，刻削毋仁恩和義，
然後合五德之數。

《呂氏春秋・應同篇》所載至周爲止，然明言五行相勝之內涵。而《史記》
則明言「周得火德，秦代周德」、「方今水德之始」之五德之說，二說當屬同
一思維記載。總的來說，鄒衍之說今日雖難知其貌，然由隻言片羽可知，其
以陰陽五行爲核心以解釋天文地理及天道人事的情形應該是可以確定的。

六、秦漢之際及漢代早期重要思想家中的「天」的思想

（一）秦漢早期雜家的「天」的思想

　　《呂氏春秋》成書於秦朝統一中國前夕，係一綜合百家之著作。《呂氏春
秋》一書，以十二紀（春、夏、秋、冬）爲主要論述的架構，十二紀各篇的
內容，涵括了天、地、人的範疇，並闡釋其間之物質關係，而建構了龐大的
氣化宇宙論述，如〈孟春紀〉曰：

（孟春之月）昏參中，旦尾中。其日甲乙。其帝太皥。其神句芒。
其蟲鱗。其音角。律中太蔟。其數八。其味酸。其臭羶。其祀戶。
祭先脾。東風解凍。蟄蟲始振。魚上冰。獺祭魚。候雁北。天子居
青陽左个，乘鸞輅，駕蒼龍，載青旂，衣青衣，服青玉，食麥與羊。
其器疏以達。

「日在營室……」爲天，「東風解凍。蟄蟲始振……」爲地，而「天子居青陽
左個……」屬人，明顯可以看出《呂氏春秋》中天、地、人對應的想法。《呂
氏春秋序意》篇明言曰：

凡十二紀者，所以紀治亂存亡也，所以知壽夭吉凶也。上揆之天，
下驗之地，中審之人。若此，則是非可不可無所遁矣。

可見《呂氏春秋》一如《老子》、《管子》及《易傳》，都意圖建構貫通天、地、人三者的思想系統。所不同的是，《老子》、《易傳》之系統偏形上意義，而《呂氏春秋》則是以物質之「氣」爲宇宙之內涵，由此，則《呂氏春秋》之天亦當爲氣化之天，《呂氏春秋》云：

> 天地有始。天微以成，地塞以形。天地合和，生之大經也。以寒暑日月畫夜知之，以殊形殊能異宜說之。（〈有始〉）

> 天氣下降，地氣上騰，天地和同，草木繁動。王布農事。（〈孟春紀〉）

可見《呂氏春秋》之「天」，爲氣化之天、物質之天。而宇宙萬物，亦由此氣化之天而出，《呂氏春秋·大樂》言其過程云：

> 太一出兩儀，兩儀出陰陽，陰陽變化，一上一下，合而成章，渾渾沌沌，離則復合，合則復離，是謂天常。……萬物所出，造於太一，化於陰陽，萌芽始，

此段文字對「太一」、「兩儀」、「陰陽」而「萬物」變化過程之敘述，表面上看與《易傳》之「太極」、「兩儀」、「陰陽」等類同。不過，配合前引之十二紀內容，可知《呂氏春秋》乃是以氣、太一、陰陽之概念，而意圖建立一時序節氣輪轉變化的宇宙圖式，此種宇宙論圖式，即爲《呂氏春秋》言「天」之思想內涵。唐君毅云：

> 秦漢學者之順天應時之道中的天，乃一在時序時運中，見其節度之天。其將空間上之五方、人之感覺世界中之五色、五音等，與天上人間之五帝當令、人王當政之期，依陰陽五行之理，配合于四時、十二月、二十四氣、七十二候與歷史世代之運，亦皆是于時序時運中，見其盛衰終始之節度。人依月令而行事而生活，人王依五行之終始而受命、禪讓革命、改正朔、易服色，亦皆是依時序時運，以爲其有節度之人事，以形成人世之歷史者。此一依天之時序、時運之節度，以形成人事之節度、以及人世歷史之意識，即爲秦漢學者言天人合一之要旨所在。〔註46〕

則十二紀所表現出來的四時、五方、時序、節氣、時政、人事等皆屬宇宙論之範圍，而形成時運的系統，其天亦實爲此一系統。由此，《呂氏春秋》之言天思想，即爲其宇宙論思想，而綜合了天人之範疇。不只如此，此一宇宙論

〔註46〕唐君毅，《中國哲學原論·原道篇（二）》（台北：學生書局），1992年3月，頁192。

之體系中，人亦屬於其中之一環，因此，人惟有順從此一氣化宇宙論之體系以安身，其〈上德〉篇曰：

> 古之王者，德迴乎天地，澹乎四海，東西南北，極日月之所燭，天
> 覆地載，愛惡不藏，虛素以公，小民皆之，其之敵而不知其所以然
> 者，此之謂順天。

「順天」，指的即是人世之事皆應順天地之運行而行事，因為人原本即存在於宇宙論之鉅大架構。

　　簡單說來，《呂氏春秋》建構了龐大的氣化宇宙觀，其宇宙觀之思維即為其言「天」之思想，並可在此一宇宙論思維中看出天人之間的內在聯繫與外在對應表現。

（二）漢代早期的黃老思想及黃老影響下的儒家

　　漢代早期的思想，以黃老思想最為盛行，漢代黃老思想的重要代表之一，即為司馬談，其《論六家要指》論曰：

> 道家……其為術也，因陰陽之大順，采儒墨之善，撮名法之要，與
> 時遷移，應物變化，立俗施事，無所不宜，指約而易操，事少而功
> 多。……其術以虛無為本，以因循為用，無成勢，無常形，故能究
> 萬物之情。不為物先，不為物後，故能為萬物主。有法無法，因時
> 為業，有度無度，因物與合，故曰：聖人不朽，時變是守。〔註47〕

此處的「道家」，實是黃老思想。而所謂的「陰陽之大順，采儒墨之善，撮名法之要，與時遷移，應物變化」都與先秦時期的黃老思想一致，為道法之結合體。漢初政治以休養生息為主，因此黃老的刑名無為之術盛極一時，影響所及，儒家亦有所改變，賈誼《新書・六術》篇云：

> 德有六理，何謂六理？道、德、性、神、明、命，此六者，德之理
> 也。六理無不生也，已生而六理存乎所生之內，是以陰陽天地人，
> 盡以六理為內度，內度成業，故謂之六法。六法藏內，變沕而外遂，
> 外遂六術，故謂之六行。是以陰陽各有六月之節，而天地有六合之
> 事，人有仁義禮智信之行。

而《新書・道德說》亦曰：

> 道者，德之本也。

〔註47〕司馬遷，《史記・太史公自序》（台北：商務印書館），百衲本。

可見賈誼已有將黃老之道與儒家之德義相連的想法。除此之外，賈誼《新書》喜言「六」，並建立了「六」的體系。此處言「陰陽天地人」、言「六理」、「六法」、「六術」、「六行」，並摻以十二月節序之概念而歸之於「道」，明顯表現出黃老思想以及節序概念的形上思維。而對於先秦兩漢詩經學而言，賈誼兼及於黃老的情形有著相當重要的發展意義。

七、西漢中期至東漢時期儒家天人感應「天」的觀念的發展

本時期係自西漢武帝採董仲舒獨尊儒術始，至東漢時期爲止。在這段時間之中，主要盛行以董仲舒爲首，易學、讖緯爲繼的天人感應之學。

（一）董仲舒的「天」的思想

董仲舒爲漢代之大儒，其居於西漢思想由黃老轉向儒家而達到極盛的關鍵地位。董仲舒的「天」的思想，主要見於《春秋繁露》以及其多篇《對策》之中，從其中可見其以「天」爲思想之最高概念：

> 天，群物之祖也，故徧覆包函而無所殊，建日月風雨以和之，經陰陽寒暑以成之。（《漢書・董仲舒傳》）

> 天者，百神之大君也。（《春秋繁露・郊祭篇》）

由「群物之祖也」以及「百神之大君」可知，董仲舒的「天」實兼有意志天與宇宙論色彩，而爲最高範疇。具體的說，「天」是有意志的，會透過「災異」以示警，〔註48〕而從另一方面來看，董仲舒的「天」又與氣化之思想結合，表現出宇宙生成論之興趣，《春秋繁露・順命》曰：

> 父者，子之天也，天者，父之天也，無天而生，未之有也。天者，萬物之祖，萬物非天不生，獨陰不生，獨陽不生，陰陽與天地參然後生。

「獨陰不生，獨陽不生，陰陽與天地參然後生」，意謂著陰陽二氣方爲萬物生化之材料或動力，而所生成之世界，亦爲氣化之世界。董仲舒的氣化世界觀，爲其論天之具體內容，係承自鄒衍以降的陰陽五行說以及《呂氏春秋》之氣化宇宙論，而爲漢代儒家陰陽五行之氣化宇宙觀最重要之代表思想，影響極

〔註48〕《春秋繁露・必仁且智》篇云：「凡災異之本，盡生於國家之失，國家之失乃始萌芽，而天出災害以譴告之；譴告之，而不知變，乃見怪異以驚駭之；驚駭之，尚不知畏恐，其殃咎乃至。以此見天意之仁，而不欲陷人也。」見董仲舒，《春秋繁露》（台北：商務印書館），四部叢刊本。

鉅。《漢書・五行志》言西漢儒家吸收陰陽五行之情形云：

> 漢興，承秦滅學之後，景、武之世，董仲舒治《公羊春秋》，始推陰陽，爲儒者宗。宣、元之後，劉向治《穀梁春秋》，數其禍福，傳以〈洪範〉，與仲舒錯。至向子歆治《左氏傳》，其《春秋》意亦已乖矣；言〈五行傳〉，又頗不同。是以攟仲舒，別向、歆，傳載眭孟、夏侯勝、京房、谷永、李尋之徒所陳行事，訖於王莽，舉十二世，以傳《春秋》，著于篇。

董仲舒之學以《春秋公羊傳》爲主要對象，此處言其「始推陰陽，爲儒者宗」，可見其吸收並重視陰陽五行之理論，而影響漢代儒家甚鉅。董仲舒吸收陰陽五行之思想，將其與儒家德性、德政之觀念結合，而建構了龐大的宇宙論體系，其《春秋繁露・五行相生》篇曰：

> 天地之氣，合而爲一，分爲陰陽，判爲四時，列爲五行。行者，行也，其行不同，故謂之五行。五行者，五官也，比相生而間相勝也，故爲治，逆之則亂，順之則法。

此處的「一」、「陰陽」、「四時五行」，即分別爲「一」、「二」以及「多」，而此種言氣由「一」而「二」而「多」之過程所構成的世界，即是漢代常見之氣化宇宙之生成過程。

　　進一步觀察董仲舒的氣化宇宙論，會發現董仲舒宇宙論之中亦含有順逆思想。不過董仲舒氣化宇宙觀之順逆思想，與先秦《老子》、《易傳》皆不相同，乃是透過五行相生、相勝的觀念而呈現者，《春秋繁露》曰：

> 天有五行：木、火、土、金、水是也。木生火，火生土，土生金、金生水。水爲冬，金爲秋，土爲季夏，火爲夏，木爲春。春主生，夏主長，季夏主養，秋主收，冬主藏，藏，冬之所成也。是故父之所生，其子長之；父之所長，其子養之；父之所養，其子成之。諸父所爲，其子皆奉承而續行之，不敢不致，如父之意，盡爲人之道也。故五行者，五行也。（〈五行對〉）

> 「金勝木……水勝火……木勝土……火勝金……土勝水」（〈五行相勝〉）

「相勝」，應與鄒衍、秦始皇之「五德之運」相同。而「相生」之觀念，以今日文獻而言，此名詞雖首見於董仲舒，然推溯其源，會發現董仲舒言五行之相生多配以時序，這一點與《呂氏春秋》以五行合四時之順序輪轉之情形相

類似。由此，五行相生、相勝之系統可能在《呂氏春秋》即已奠下基礎。在相生與相勝概念的背後，我們會發現此五行之相勝、相生之說實即為宇宙論順、逆規律的「另一種」表現。所謂的「另一種」表現即是此一順、逆規律並非次序固定、方向之相反之順逆，而是指事物性質之間，互相含蘊、或互相對抗的表現。就董仲舒理論而言則是陰陽五行本身即有順、逆，而表現為五行之相生、相勝以及陰乘陽、陽勝陰之說。此種順、逆思想與先前《老子》、《中庸》及《易傳》不同，先前《老子》、《中庸》及《易傳》之言順、逆仍然是就心或者是性的立場而言，而董仲舒之規律則是氣化的、物質觀下追求系統下各存在元素彼此之間的客觀關係。

上述已對董仲舒論天之內涵加以討論，可知董仲舒之天乃是意志之天，而其天係以氣化宇宙論為實質內涵者。由此氣化宇宙論觀看天人關係，董仲舒之宇宙論亦涵蓋人之範疇，而主張天人相通、相類與天人感應的思想。在天人相通上，董仲舒之天人相通乃是肯定天人之間有著內在的聯繫，《春秋繁露‧為人者天》曰：

> 為生不能為人，為人者，天也，人之人本於天，天亦人之曾祖父也，此人之所以乃上類天也。人之形體，化天數而成。人之血氣，化天志而仁。人之德行，化天理而義。人之好惡，化天之暖清。人之喜怒，化天之寒暑。人之受命，化天之四時，人生有喜怒哀樂之答，春秋冬夏之類也。喜，春之答也，怒，秋之答也，樂，夏之答也，哀，冬之答也，天之副在乎人，人之情性有由天者矣，故曰受，由天之號也。

其言人之「上類天」，言人之喜怒哀樂由天之四時而來，皆是由人之一面言天人內在聯繫。然而此一相通，與《易傳》、《呂氏春秋》之相通有所不同，董仲舒的天人關係，係吸收了陰陽五行及節序之思想將自然與人、事一一對應，「以類合一」，顯示了天人同類並且相應的看法，《春秋繁露》曰：

> （人副天數）小節三百六十副日數也；大節十二分，副月數也；內有五藏，副五行數也；外有四肢，副四時數也。（〈人副天數〉）
>
> 天有陰陽，人亦有陰陽。天地之陰氣起，而人之陰氣應之而起；人之陰氣起，而天地之陰氣亦宜應之而起，其道一也。（〈同類相動〉）

前者以「人副天數」論天人之同類，而後者則以陰陽闡發天人互動、感應之說，而天人之所以互動感應的原因，自然是「同類相動」，故言「其道一也」。

董仲舒明確言「天人同類」而言天人感應的思想，直接影響了後來漢代災異之學，而爲其身爲儒家學者特有之開創。

（二）西漢中、末期至東漢初、中期易學及緯學的「天」的思想

漢代易學自西漢中期漸漸發展，至西漢後期最爲昌盛之學問，取代了《春秋》的地位。《漢書‧藝文志》云：

> 六藝之文：樂以和神，仁之表也；詩以正言，義之用也；禮以明體，明者著見，故無訓也；書以廣聽，知之術也；春秋以斷事，信之符也。五者，蓋五常之道，相須而備，而易爲之原。

《漢志》之說當本劉歆而來。揚雄亦曰：

> 經莫大於《易》，故作《太玄》。傳莫大于《論語》，作《法言》。
> 〔註49〕

皆見易學於西漢後期之地位。此一時期的易學，乃是偏象數之易學，而此象數易學的主要內容之一爲卦氣之思想。所謂的「卦氣說」，在西漢應推源於孟喜，其主張「六日七分」說，以卦爻合時間，建構起一套精細、複雜的易學氣化宇宙論，其用途在解釋宇宙萬物與時序之間的關係與變化，在時序與人事之間建構起天人兩者的關係。《漢書‧律曆志》云：

> 《易》與《春秋》，天人之道也。

顯示易學實與先前董仲舒力倡之春秋學相同，皆以天人爲其主要論述的內涵。西漢後期易學的昌盛，其影響遍及各經，當時言「天人關係」最盛的緯學，即與易學氣化宇宙論爲其內涵。漢代之易學所重多在象數的開展，〔註50〕以期於釋經並建立系統。而漢代之緯學則運用象數之卦氣概念而側重感應與災異之說。就詩經學的角度而言，由於緯學較易學之於詩經學的關係要來的直接，加上西漢後期緯學實運用易學重要之思想，而皆以卦氣爲主，因此本文爲方便計，僅就此一時期之緯學思想加以探索，以利後文之進行。不過在實際探討緯學之天及天人關係之前，仍應略述此一時期災異思想盛行之情形，以明緯學之天及天人關係的實際影響，以助未來之論述。錢穆《劉向、歆父子年譜》云：

> 時學者可分兩派，一好言災異，一好言禮制。言災異者，上本之天

〔註49〕見班固《漢書‧揚雄傳》（台北：商務印書館），百衲本。
〔註50〕本文此處所指主要在今文易學，關於費氏古文易，本文第二章第一節已言及東漢學者馬融及虞翻等人亦皆有象數之色彩，其中互體之說即爲其例。

> 意。言禮制者，下揆之民生。京房、翼奉、劉向、谷永、李尋之徒
> 言災異，貢禹、韋玄成、匡衡、翟方進、何武之徒言禮制。雖不盡
> 然，大較如是。向之晚年，議興辟雍，與昌言禮樂矣。〔註51〕

則錢穆以為西漢晚期學者大致可分兩派，一派重禮，一派好言災異。事實上，
錢穆之語並非以兩派學者為衝突，以今日文獻來看，錢穆所言西漢晚期重禮之
學者，亦有兼及災異者，匡衡、翟方進即為較為明顯之例子，《漢書·匡衡傳》：

> 臣聞天人之際，精祲有以相盪，善惡有以相推，事作乎下者象動乎
> 上，陰陽之理各應其感，陰變則靜者動，陽蔽則明者晻，水旱之災
> 隨類而至。今關東連年饑饉，百姓乏困，或至相食，此皆生於賦斂
> 多，民所共者大，而吏安集之不稱之效也。陛下祗畏天戒，哀閔元
> 元，大自減損，省甘泉、建章宮衛，罷珠崖，偃武行文，將欲度唐
> 虞之隆，絕殷周之衰也。……昭無欲之路，覽六藝之意，察上世之
> 務，明自然之道，博和睦之化，以崇至仁，匡失俗，易民視，令海
> 內昭然咸見本朝之所貴，道德弘於京師，淑問揚乎疆外，然後大化
> 可成，禮讓可興也。

是匡衡明確持災異感應之態度。又《漢書·翟方進傳》：

> 方進雖受穀梁，然好左氏傳、天文星曆，其左氏則國師劉歆，星曆
> 則長安令田終術師也。

其言翟方進好左氏、天文星曆，而左氏多巫，天文星曆於西漢末年幾以天人
感應之說為內涵，可見翟方進亦持災異之看法，而翟方進最後竟亦因災異而
見誅。上述錢穆所言無明確感應之言語者，當為韋玄成，韋玄成極重禮，而
好詩，其生平大致見於《漢書·韋玄成傳》。漢書本傳中雖無玄成感應之說，
然其與匡衡為友，同上書議省祭祀，且於西漢末年位居丞相，其身居廟堂，
處乎高位，考之西漢朝廷上下盛行之災異風氣，很難讓人相信韋玄成不信災
異。總而言之，西漢晚期學者重禮與災異應是其學者治學之旨趣，並非對立
二分之兩派，即使真的反對意志之天，也當如本節下部分王充之思想一樣，
仍然以氣化宇宙論理解天，唯有意志之天色彩已失耳。

　　前述已對西漢晚期之災異盛行作一討論，茲回到緯學之「天」及天人關
係的討論。緯學之論「天」與宇宙之源，實乃是溝通《老》、《易》兩者：

〔註51〕　見錢穆，《兩漢經學今古文平議》（台北：東大圖書公司）1989 年 11 月，頁
　　　　53。

> 元氣以爲天，渾沌無形體。(《春秋‧說題辭》)
>
> 元者，端也，氣泉。(《春秋‧元命包》)

是以「元」爲宇宙之根源。鄭玄注《元命包》曰：

> 「元」爲氣之始，如水之有泉，泉流之源，無形以起，有形以分，
> 窺之不見，聽之不聞。宋氏注云：「無形以起，在天成象，有形以分，
> 在地成形也。」

而宋均注《說題辭》亦曰：

> 言元氣之初如此也。渾沌，未分也，言氣。在《易》爲「元」，在《老》
> 爲「道」，義不殊也。

由其中的「在《易》爲『元』，在《老》爲『道』，義不殊也。」與「無形以
起，有形以分，窺之不見，聽之不聞」可知，緯學之宇宙論實際上是通易學
與《老子》而來，而爲由無生有之系統。何休《公羊》注《元命包》云：

> 變「一」爲「元」，「元」者氣也，無形以起，有形以分，造起天地，
> 天地之始也。

皆以爲緯學之天即元氣，而元則是通於易、老兩者。鄭玄、宋均、何休之語
並非無據，《易‧乾鑿度》：

> 夫有形者生於无形，乾坤安從生？故曰：易有太易、有太初、有太
> 始、有太素也。太易者，未見氣也；太初者，氣之始也；太始者，
> 形之始也；太素者，質之始也。氣形質具而未離，謂之渾淪。渾淪
> 者，言萬物相渾成，而未相離也。視之不見，聽之不聞，循之不得，
> 故曰易也。

而鄭玄注之曰：

> ……以其寂然無物，故名之爲「太易」。元氣之所本始，太易既自寂
> 然無物矣，焉能生此太初哉，則太初者，亦忽然而自生。(太始)形
> 見此天象，形之所本始也。(太素)地質之所本始也。雖舍此三始，
> 而猶未有分判，《老子》曰：「有物渾成，先天地生。」

明顯可見「太易」之概念與《老子》之「無」相通，再經由「太初」、「太始」、
「太素」……多個氣化階段，萬物得以形成。而「天」即爲由此「元」之無
形化爲有形之氣而生，爲氣化之天。至於氣化之天的具體內容，緯學仍承襲
《呂氏春秋》十二紀之路向，而著重時序的探討，由於時序之觀點與詩經學
關係極爲密切，爲本文重心之一，爲論述之整體與方便計，本文暫置於後。

在天人關係方面，緯學之觀念與董仲舒類同，皆肯定天人之相通而明確主張天能降災示警。《易・乾鑿度》云：

> 孔子曰：「易有六位、三才，天、地、人道之分際也。」三才之道，天、地、人也；天有陰陽，地有柔剛，人有仁義，法此三者，故生六位。六位之變，陽爻者制於天也，陰爻者繫於地也，天動而施曰仁，地靜而理曰義，仁成而上，義成而下，上者專制，下者順從，正形於人，則道德立，而尊卑定矣。

是肯定天、人之內在聯繫。至於災異中「以天正人」的觀念，在緯書中更爲常見，《春秋・元命包》曰：

> 以元之深，正天之端；以天之端，正王者之政。

> 天重文象人行其事，謂之教。教，俲也，言上爲而下俲也。

> 凡天象之變異，皆本於人事之所感，故逆氣成象，而妖星見焉。

明顯可以看出緯學在天人關係上繼承董仲舒的思想，天乃是人世一切之道德事物之基準，且爲有意志者。簡單來說，西漢末期以至東漢盛行的緯學，其論「天」明顯吸取了道家《老子》與《易傳》的思想，而完成了完整的氣化宇宙論架構。這樣的架構與思維隨著易學與緯學在這段時間的極盛，廣及儒家各個經典，使各個經典的內在產生了相當程度的改變。另外，天人關係上，緯學則繼承了董仲舒的思想，盛言災異的天人感應思想。

八、東漢時期災異之漸變下「天」的觀念的發展

（一）災異思想之反思變化

有意志之人格天與天人感應的災異思想盛行於西漢末年及東漢時期，雖然如此，在這段時間之中，亦有不少學者針對讖緯喜言之意志之天，及其以災異爲人世之準的說法進行反動，[註52] 王充的《論衡》即爲此一思想的代

〔註52〕謝大寧以爲王充的反災異並非反對天人之感應，而是反對意志之天。王充一方面主張無意志之天，力爭以人事之立場爲主，主張「天與人同道，欲知天，以人事」，一方面仍保持漢代經學災異之立場，在自然之天的立場對其重新解釋。王充之「天道觀與災異典範固有矛盾，卻絕不代表他們就反災異，災異作爲一個現象和經典所載的事實，它是根本不容反對的，因此他們事實上只是質疑天的人格性，從而抑低災異說的支配地位，將聖人的重要性提高到天之上而已。」參見謝大寧，《從災異到玄學》（台北：台灣師大國文研究所博士論文），1989 年 5 月，頁 221～224。

表。王充《論衡》中的「天」，乃是天地之天、自然之天，《論衡》云：

> 夫天，體也，與地無異。（〈變虛〉）

> 天地，含氣之自然也。（〈談天〉）

「自然」的物體，即爲王充論「天」的主要思想。王充的「天」，「與地無異」，因此爲無意志之物質存在，何以知天爲自然之無意志之天？王充《論衡》一書曾持理性態度多次加以論述，如〈自然〉篇曰：

> 何以〔知〕天之自然也？以天無口目也。案有爲者，口目之類也。口欲食而目欲視，有嗜欲於內，發之於外，口目求之，得以爲利，欲之爲也。今無口目之欲，於物無所求索，夫何爲乎？何以知天無口目也？以地知之。地以土爲體，土本無口目。天地，夫婦也，地體無口目，亦知天無口目也。使天體乎？宜與地同。使天氣氣若雲煙，雲煙之屬，安得口目？

由於「天無口目」，而言「天之自然」，因此所謂的善惡、吉凶禍福等有意志之行爲，皆無可能行使。天地既爲含氣之自然，那麼天、地與人如何生，王充持提出「元氣」之說，以「元氣」爲天、地、人所以生之根本，《論衡》云：

> 天稟元氣，人受元精。（〈超奇〉）

> 元氣，天地之精微也。（〈四諱〉）

> 天地合氣，萬物自生。（〈自然〉）

可知王充以「元氣」爲天、地、人之基。而天地「因爲歷年長久，聚氣眾多的緣故」，〔註53〕方能成爲施氣之對象，使萬物得由而生。由此可見王充之宇宙，實元氣氣化之宇宙論，萬物源此自然而生。王充除了盛言自然之觀念外，更進一步論證「天人異體」，反對自董仲舒以降喜言之天人同類之說，《論衡·變虛》曰：

> 天聞人言，隨善惡爲吉凶，誤矣。四夷入諸夏，因譯而通。同形均氣，語不相曉，雖五帝三王，不能去譯獨曉四夷，況天與人異體，音與人殊乎？人不曉天所爲，天安能知人所行？使天體乎？耳高，不能聞人言；使天氣乎？氣若雲煙，安能聽人辭？

「同形均氣，語不相曉」、「天與人異體，音與人殊」皆針對天人同類之思想

〔註53〕王充曾言「天，體，非氣也。」，因此對於天與氣之地位關係曾有疑義。然金春峰以爲究天地之體「產生和形成的歷史……還是歸因於氣」，參見金春峰，《漢代思想史》（北京：中國社會科學出版社），1997 年 12 月，頁 512～513。

而發，斷言天人之間並無任何關係。由天地爲自然與天人異體可知，王充實以理性態度面對世界，故能自災異盛行之時代獨樹一幟，有所開創。

王充代表著東漢部分今文學者代表對災異意志之天不滿的情形，應劭之《風俗通義》亦有部分類似不滿災異的情形，其〈正失〉篇云：

> 國家畏天之威，思求譴告，故於上西門城上候望，近太史寺令丞躬親；靈臺位國之陽，又安別在宮中？懼有得失，故參之也，何有伺一飛鳥，遂建其處乎？世之矯証，豈一事哉！

反映出應劭反對災異主流下完全依天象變異而行人事的情形，而歸之以「懼」。其〈怔神〉篇曰：

> 禮：天子祭天地、五嶽、四瀆，諸侯不過其望也，大夫五祀，士門戶，庶人祖。蓋非其鬼而祭之，諂也。又曰：「淫祀無福。」是以隱公將祭鍾巫，遇賊蒍氏；二世欲解濫神，閻樂劫弒；仲尼不許子路之禱，而消息之節平；荀罃不從桑林之祟，而晉侯之疾間。由是觀之：則淫躁而畏者，災自取之，厥咎嚮應，反誠據義，內省不疚者，物莫能動，禍轉爲福矣。傳曰：「神者，申也。怔者，疑也。」孔子稱「土之怔爲墳羊」，論語：「子不語怪、力、亂、神。」故采其晃著者曰怔神也。

可以明顯看出應劭雖不棄災異，而以反誠、內省爲上，表現出應劭著重人而輕天的思維，和王充略爲類似。應劭《風俗通義‧正失》篇又曰：

> 俗言：東方朔太白星精，黃帝時爲風后，堯時爲務成子，周時爲老聃，在越爲范蠡，在齊爲鴟夷子皮。言其神聖能興王霸之業，變化無常。

> 謹按：《漢書》：「東方朔，平原人也。孝武皇帝時，招延賢良、文學之士，待以不次之位，故四方多上書言得失自衒鬻者。於是朔詣闕自陳：『十二失父，長養兄嫂，年十三學書，十四擊劍，十六誦詩，十九習孫、吳兵法，又常服子路之言。臣朔年二十三，長九尺三寸，目若懸珠，齒若編貝，勇若孟賁，捷若慶忌，廉如鮑叔，信若尾生，若此可以爲天子大臣矣。』朔文辭不遜，高自稱譽，由是見偉，稍益親幸，官至太中大夫，倡優畜之，不豫國政。劉向少時，數問長老賢人，通於事，及朔時人，皆云：「朔口諧倡辯，不能持論，喜爲凡庸誦說，故今後世多傳聞者。」而揚雄亦以爲『朔言不純師，行

不純德，其流風遺書，蔑如也。然朔所以名過其實，以其恢誕多端，不名一行，應諧似優，不窮似智，正諫似直，穢德似隱，非夷、齊，是柳惠，其滑稽之雄乎！』朔之逢占射覆，其事浮淺，行於眾，僮兒牧豎，莫不眩耀，而後之好事者，因取奇言怪語附著之耳，安在能神聖歷世為輔佐哉？

其批評東方朔為太白星精之俗說，而就東方朔當世之表現論其人，亦是表現出反對當時災異主流下以天人相副之說言人的立場。簡單說來，西漢晚期盛行之讖緯災異之說至東漢已有所轉變，部分今文學家已流行的以天象論人和意志之天的說法有所異議。對於災異之天的思想批評最力者，當屬東漢興起的古文學家，許慎《五經異義》云：

> 詩齊魯韓、春秋公羊說：「聖人皆無父，感天而生。」左氏說：「聖人皆有父。」謹案：「堯典以親九族，即堯母慶都感赤龍而生堯，堯安得九族而親之？禮讖云：『唐五廟。』知不感天而生。」〔註54〕

此處明言今文學家如齊、魯、韓三家詩皆持聖人無父感天而生的立場，《史記‧三代世表》云：

> 張夫子問褚先生曰：「詩言契、后稷皆無父而生。今案諸傳記咸言有父，父皆黃帝子也，得無與詩謬乎？」褚先生曰：「不然。詩言契生於卵，后稷人迹者，欲見其有天命精誠之意耳。鬼神不能自成，須人而生，奈何無父而生乎！一言有父，一言無父，信以傳信，疑以傳疑，故兩言之。堯知契、稷皆賢人，天之所生，故封之契七十里，後十餘世至湯，王天下。堯知后稷子孫之後王也，故益封之百里，其後世且千歲，至文王而有天下。詩傳曰：『湯之先為契，無父而生。契母與姊妹浴於玄丘水，有燕銜卵墮之，契母得，故含之，誤吞之，即生契。契生而賢，堯立為司徒，姓之曰子氏。子者茲；茲，益大也。詩人美而頌之曰「殷社芒芒，天命玄鳥，降而生商」。商者質，殷號也。文王之先為后稷，后稷亦無父而生。后稷母為姜嫄，出見大人蹟而履踐之，知於身，則生后稷。姜嫄以為無父，賤而弃之道中，牛羊避不踐也。抱之山中，山者養之。又捐之大澤，鳥覆席食之。姜嫄怪之，於是知其天子，乃取長之。堯知其賢才，立以為大農，姓之曰姬氏。姬者，本也。詩人美而頌之曰「厥初生民」，深修

〔註54〕見孔穎達，《毛詩正義》（台北：藝文印書館），十三經注疏本，卷17之1頁8。

益成，而道后稷之始也。』」

此處的褚先生或即爲褚少孫，而張夫子或爲張長安，〔註55〕二人皆習魯詩而
文中明言詩傳，加上三家詩皆主此說，可知三家詩實皆持聖人感天的立場，
而此說極可能是承自荀子所傳之先秦舊說。雖然如此，就荀子言天之立場來
說，荀子傳詩雖傳舊說，但聖人感生之立場極可能爲其詆毀反對者，而漢
代三家詩則加以承繼接受，並有所發揚。〔註56〕簡單說來，「今文學家以聖人
無父，感天而生；古文家以爲聖人皆有父」，〔註57〕此種看法應是存在於西漢
以降今、古文經學家之間的差異。不過，由習魯詩之王充對其反動可知，古
文學者與東漢之部分今文學者對於帝王受命於天實持較謹慎之看法，而主張
「天」無意志的立場。

　天的思想至東漢時期既已發生漸變，但不代表天人之間的關係就此斷
絕。對古文學家而言，其由意志之天的方向轉折，但對於天人之間仍有所肯
定，而接受氣化意義下的自然意義之下「天人同類」〔註58〕的思想，此即氣
化宇宙論之系統。事實上，對天人感應之體系加以改良，去其原有意志之天
之思想傾向，而爲純粹之氣化宇宙論者在西漢末年的揚雄已有所表現。揚雄
的《太玄》，論述了其獨特的氣化宇宙論，試圖取代當時流行的易學系統。太
玄的氣化宇宙論，係以「玄」爲宇宙論之「一」，成爲宇宙萬物之源頭，〈玄
攡〉云：

> 玄者，幽攡萬類而不見形者也。資陶虛無而生乎規，攡神明而定摹，
> 通同古今以開類，攡措陰陽而發氣。一判一合，天地備矣；天日迴
> 行，剛柔接矣；還復其所，終始定矣；一生一死，性命瑩矣。

其「玄」與易學之「太極」無異。至於其系統則見於〈玄瑩〉一章：

> 大陽乘陰，萬物該兼，周流九虛，而禍福絓羅。凡十有二始，群倫
> 抽緒，故有一二三，以絓以羅，玄術瑩之。鴻本五行，九位施重，
> 上下相因，醜在其中，玄術瑩之。天圜地方，極植中央，動以曆靜，
> 時乘十二，以建七政，玄術瑩之。斗振天而進，日違天而退，或振

〔註55〕陳喬樅語，轉引自王先謙，《詩三家義集疏》下冊（台北：明文書局），1988
　　年10月，頁876。
〔註56〕荀子對詩學頗有微言，而三家詩之聖人觀與荀子大異，說見本章第四節。
〔註57〕見黃永武，《許慎之經學》（台北：中華書局），1972年9月，頁580。
〔註58〕王充《論衡·亂龍》篇（台北：商務印書館，四部叢刊本），即以「土龍」爲
　　對象，展開其對於天人同類的討論。

或違，以立五紀，玄術瑩之。植表施景，榆漏率刻，昏明考中，作者以戒，玄術瑩之。泠竹爲管，室灰爲候，以揆百度，百度既設，濟民不誤，玄術瑩之。東西爲緯，南北爲經，經緯交錯，邪正以分，吉凶以形，玄術瑩之。鑿井澹水，鑽火難木，流金陶土，以和五美，五美之資，以資百體，玄術瑩之。奇以數陽，偶以數陰，奇偶推演，以計天下，玄術瑩之。六始爲律，六間爲呂，律呂既協，十二以調，日辰以數，玄術瑩之。方州部家，八十一所，畫下中上，以表四海，玄術瑩之。一辟三公九卿、二十七大夫、八十一元士，少則制眾，無則治有，玄術瑩之。古者不迓不虞，慢其思慮，匪筮匪卜，吉凶交瀆，於是聖人乃作蓍龜，鑽精倚神，箭知休咎，玄術瑩之。

本段文字可知《太玄》之包括了天文曆象、律曆術數、地理政治等內容，而爲一個龐大的系統。謝大寧以爲，「太玄經表現了揚雄的一項野心，亦即他冀望透過對漢代天文曆數研究成果的掌握和歸納，鑄造一個在他認爲是與時推移的新易經系統」，〔註59〕此一系統表面上是一個新的體系，實際上仍然是西漢中期流行易學與氣化宇宙論下卦氣思想的一支，司馬光云：

易卦氣起中孚，除震離兌坎四正卦二十四爻主二十四氣外，其餘六十卦每卦六日七分，凡得三百六十五日四分日之一，中孚初九冬至之初也，頤上九大雪之末也，周而復始。玄八十一首，每首九贊，凡七百二十九贊，每二贊合爲一日，一贊爲晝，一贊爲夜，凡三百六十四日半，益以踦贏二贊，成三百六十五日四分之一，中初一冬至之初也，踦贏二贊大雪之末也，亦周而復始。凡玄首皆以易卦氣爲秩序而變其名稱，始者中孚也，周者復也，礥閑者屯也，少者謙也，戾者睽也，餘皆倣此。故玄首曰八十一首歲事咸貞，測曰：巡辰六甲，與斗相逢，曆以記歲，而百穀時雍，皆謂是也。〔註60〕

明顯可見揚雄《太玄》之系統仍爲卦氣說之範疇。簡單的說，揚雄的太玄的旨趣主要在展現玄之爲理的系統體系，而少爲天之意旨的探求與做爲人事之指導的想法，此種對天的系統的重新解釋，與東漢的古文學家立場基本一致。

〔註59〕見謝大寧，《從災異到玄學》（台北：台灣師大國文研究所博士論文），1989年5月，頁165。

〔註60〕見司馬光，《太玄經集注》（台北：商務印書館，四部叢刊本）注〈說玄〉篇「皆當蓍之曰」條。

（二）鄭玄之修正氣化宇宙觀

以詩經學角度而言，鄭玄之天的思想及其宇宙觀最值得關注，因此本節特予以討論之。

鄭玄所學甚爲駁雜，其先習今文，後學古文，並且遍注群經，兼及於緯書。其對「天」的理解，與古文家之宇宙觀近，然災異者少，而氣化之義多，鄭玄《駁五經異義》云：

> 玄之聞也：《爾雅》者，孔子門人所作，以釋六藝之文，言蓋不誤矣。春氣博施，故以廣大言之；夏氣高明，故以遠言之；秋氣或生或殺，故以旻天言也；冬氣閉藏而清察，故以監下言之；昊天者，其尊大號。六藝之中諸稱天者，以己情所求言之，非必正順於時解，浩浩昊天，求之博施；蒼天，求之高明；旻天不弔，則求天之殺生當得其宜；上天同雲，求之所爲當順於時。此之求天，猶人之說事，各從主耳。〔註61〕

鄭玄此處言「天」，由「以情所求之耳」而言天之種種性狀：「至尊」、「博施」、「高明」、「得宜」以及「順時」等等，又言春夏秋冬之「氣」，可見其氣化天的立場。更深入的來看，鄭玄此處之語乃是駁許愼之「昊天不獨春」之語，許愼《五經異義》云：

> 天號等六，今尚書歐陽說曰：欽若昊天（春曰昊天），夏曰蒼天，秋曰旻文，冬曰上天，揔爲皇天。《爾雅》亦然，故尚書說云：天有五號，各用所宜稱之，尊而君之，則曰皇天：元氣廣大，則稱昊天：仁覆愍下，則稱旻天；自上監下，則稱上天；據遠視蒼蒼然，則稱蒼天。謹案：《尚書》堯命義和，欽若昊天，揔勑四時，知昊天不獨春。春秋左氏曰：夏四月己丑，孔子辛，稱旻天不弔，時非秋天。〔註62〕

許愼在此引尚書之「欽若昊天，揔勑四時」駁今文家以「春、夏、秋、冬」四季配「昊天、蒼天、旻天、上天」之機械式宇宙觀，是爲古文家之立場。然鄭玄的看法並不否定「春、夏、秋、冬」四季「天」所呈現的質性「特色」，然亦不機械化死板的固定兩者之關係，而是以「情」、以現象爲依歸，表現出相當彈性的看法。由此可知鄭玄之氣化宇宙論雖肯定天人之內在關連，然未

〔註61〕《周禮·大宗伯》疏（台北：藝文印書館），十三經注疏本，卷18頁4。
〔註62〕《周禮·大宗伯》疏（台北：藝文印書館），十三經注疏本，卷18頁4。

如董仲舒及緯書一般，爲機械化的體系所主宰，而與揚雄、王充等人類似，持修正之說。

面對災異的見解，鄭玄也如同其氣化論一般，對於天之示警的災異觀，抱持著新的看法，其《駁五經異義》云：

> 玄之聞也，洪範五事，二曰言，言作從，從作乂。乂，治也。言於
> 五行屬金。孔子時周道衰亡，已有聖德，無所施用，作春秋以見志，
> 其言少從，以爲天下法，故天應以金獸，性仁之端，賤者獲之，則
> 知將有庶人受命而行之，受命之徵已見，則於周將亡，事勢然也。
> 興者爲瑞，亡者爲災，其道則然，何吉凶不並，瑞災不兼之有乎？
> 如此脩母致子，不若立言之說密也。〔註63〕

所謂的「脩母致子」，乃是五行相生之論。毛傳云：「麟信而應禮」，而鄭玄之立論，則是「脩當方之事，則當方之物來應」〔註64〕的「異類相應」之說，毛鄭之差異乃是宇宙論內部詮釋之問題。不過，就鄭玄此處之立意來看，鄭玄此處所駁實乃許慎之《五經異義》：

> 公羊說：「哀十四年獲麟，此受命之瑞，周亡失天下之異。」左氏說：
> 「麟是中央軒轅大角獸，孔子脩春秋者，禮脩以致其子，故麟來爲
> 孔子瑞。」陳欽說：「麟，西方毛蟲，孔子作春秋，有立言，西方兌，
> 兌爲口，故麟來。」許慎謹按：公議郎尹更始，待詔劉更生等議石
> 渠，以爲吉凶不並，瑞災不兼，今麟爲周亡天下之異，則不得爲瑞，
> 以應孔子至。〔註65〕

許慎以「吉凶不並，瑞災不兼」駁今文公羊之「獲麟受命」說，蓋古文家之立場。而鄭玄則採取另一道路，其一方面引尙書洪範之「二曰言，言作從，從作乂。乂，治也。言於五行屬金。」故「天應以金獸」，肯定了天人有著內在的關係，爲同一系統；另一方面，對於「災異」則曰：「興者爲瑞，亡者爲災，其道則然」。由此，天本身之意向實已遭到質疑，「事勢然也」，可見鄭玄之興趣當在宇宙論內在法則之探索，然又以事實爲依歸，與董仲舒「災異」之說實有差異。

　　　　※　　　　　※　　　　　※　　　　　※

〔註63〕《禮記‧禮運》疏（台北：藝文印書館），十三經注疏本，卷22頁15。
〔註64〕《禮記‧禮運》疏（台北：藝文印書館），十三經注疏本，卷22頁15。
〔註65〕《禮記‧禮運》疏（台北：藝文印書館），十三經注疏本，卷22頁15。

　　由以上的討論可以知道，先秦兩漢的「天」的思想，最早從宗教意義下的人格天開始，以「天命」爲主要內容，從中貞定人之地位與意義。至春秋、戰國時期，「天」的意義有著不同的開展，以較重要的儒、道二家來說，儒家孔子將天命與仁義貫通，「即義見命」，以見人自我之主宰。《學》、《庸》、《孟子》、《易傳》承其緒，將「天」、「天命」之思維收入心性之中，開展出心性天之思想，使得天道、人道兩者都有所立，其中《易傳》尤其致力於儒家天道系統方面的論述。相異於儒家，道家離開了天命思維的傳統，致力於開展形上部分的天道思想。《老子》提出「道」以統攝天、人領域，在現象世界的解釋上則以天道與人道相對立，主張以天道之無爲自然對治人道之有爲。戰國末年氣化及陰陽五行之思想逐漸盛行，《管子》以氣的思想與道家之形上思維結合，陰陽家則以陰陽五行之概念意圖統攝天人兩者，以建立宏觀之宇宙論。《呂氏春秋》承以氣化與陰陽五行之說，嘗試建立龐大的氣化宇宙思想。漢代則爲氣化宇宙思想流行之時代，一方面是延續道家、黃老思想的《淮南子》，其以道家、黃老爲主要的論述架構完成了氣化宇宙論的建構。另一方面，儒家的董仲舒也吸收黃老思想氣化思想、陰陽五行之思維以及傳統之天命觀，使得「天」成爲其氣化宇宙論的最高觀念，有主宰生成之義，建立了漢代儒家特有的天人感應體系。隨後，漢代之象數易學對氣化思想、天人感應都有所承繼與發揮。至西漢末、東漢時期，已有對意志之天的天人感應說進行反動，自桓譚、王充始，皆試圖自災異至上的思想中掙脫，但仍在氣化思想下對宇宙及人事做出解說。另外，在天人之關係，先秦兩漢的天人關係主要有四種：一爲天人合德，一爲天人二分而相參，一爲天人感應，另一則爲法天自然。〔註66〕天人合德爲孔、孟、《學》、《庸》、《易傳》所主張，而荀子及王充則主張天人二分與相參；至於意志之天下的天人感應，則主要爲董仲舒與讖緯所接受；而法天自然，則是爲道家、黃老所取。由此可知，先秦兩漢的「天」的思想實與「人」的思維密不可分，先秦兩漢重要的思想家與典籍大多是透過「天」的思維對人、對世界進行解釋，使得「天」的思想與天人關係成爲先秦兩漢思想中極其重要之核心論題。

〔註66〕楊慧傑亦提出四種類型：天人感應、天人合德、因任自然、天生人成，其內涵與對應之思想學派，與本文大同小異，所異之處僅在於對《易傳》的看法不同。參見楊慧傑，《天人關係論》（台北：水牛出版社）1994年8月，頁193～194。

第二節　先秦兩漢天人意識的發展與用詩

　　本文第一章第一節已述，本文之用詩乃是指狹義之「用詩」而言，其體現於先秦兩漢之實際情形則可以為賦詩與引詩兩種。就表面來言，用詩的產生和形式與外在的須要有關，不過外在須要的本身或外在須要現象後的背後仍然存在著用詩者本身之思維，因此對用詩進行探索以明其背後之思維乃是可能之事，而用詩亦可由此思維之探索加以觀察，以探知其間發展之脈絡與特點。如同本文第二章及第三章第一節所述，「天」的思想及天人關係乃是先秦兩漢思想的最為重要的核心，而此一時期學者亦透過用詩作為其表達思想表達之重要方式，因此，從「天」之思想與天人關係的角度探索用詩以明其詩學思想是十分重要的，本節即針對循此思路對先秦兩漢詩經學之用詩進行探索。

一、用詩之前：西周、春秋時期「天」的意識與「詩歌創作」

　　以《詩經》而言，其最早之詩篇當是以祭祀之詩為始，祭祀之詩做為「人」與「天」之間的橋樑，表現出詩與「天」的思想之間，實有著緊密不可分的關係。此一時期詩歌的特色有二：一是當時的詩歌是實踐性的，係結合音樂與舞蹈帶有宗教性質的典禮儀式；二是此時期的詩歌意涵係將天、人地位的輕重扭轉，建立兩者的基本關係，而這兩點皆已見於本章第一節之討論。

　　詩自西周初期發展到末期，詩歌的創作由祭祀轉為士士夫、諸侯或民間。就創作言，此時期係以人的社會活動為主，原本與「天」的直接關係消失，轉為疏離。雖然如此，本時期的詩歌創作也顯現了當時「天」的觀念——一方面承繼敬天重人的傳統，一方面從人格天脫離，而有自然天的意識。以大多作於此一時期的《詩經》小雅為例：

> 昊天不傭，降此鞠訩。昊天不惠，降此大戾。（《小雅・節南山》）

> 昊天疾威，弗慮弗圖。舍彼有罪，既伏其辜。若此無罪，淪胥以鋪。
> （《小雅・雨無正》）

〈節南山〉與〈雨無正〉二詩，毛詩序皆云：「刺幽王也。」，而三家詩則略有異同。齊詩方面，董仲舒云：「及至周室之衰，其卿大夫緩於誼而急於利，亡推讓之風而有爭田之訟。故詩人疾而刺之，曰：『節彼南山，惟石巖巖，赫赫師尹，民具爾瞻。』」，〔註67〕又《易林・乾之臨》云：「南山昊天，刺

〔註67〕見《漢書・董仲舒傳》（台北：商務印書館），百衲本。

政關身，疾悲無辜，背憎為仇。」此處《易林》之「昊天」，陳喬樅以為即〈雨無正〉一詩，〔註68〕而「南山」當為〈節南山〉，《易林》此處以「南山」與「昊天」並稱，而言其「刺政關身」，當屬同一時代之敘述，為「周室之衰」之作。魯詩方面，鄭玄箋毛詩〈十月之交〉云：「當為刺厲王作，詁訓傳時移其篇第，因改之耳。〈節〉刺師尹不平，『亂靡有定』。」又鄭玄《詩譜》云：「小雅之臣何以獨無刺厲王？曰：有焉，〈十月之交〉、〈雨無正〉、〈小閔〉、〈小宛〉之詩是也。」陳喬樅以為當為魯詩之說，〔註69〕則魯詩以為周厲王時之詩。比較起毛、齊、魯三家，各家之說法並不相同。然幽王為西周亡滅之國君，〔註70〕而厲王則為西周後期「無道」之君，〔註71〕若時間拉長來說，皆屬「周室之衰」，〔註72〕三說並無嚴重衝突。在世衰人危的時代裏，對天命有所質疑而疑天、怨天其實是對人格天的挑戰與質疑。而這種情感所導致的，乃是人對其自己存在的重視，使人的自主意識更為顯豁。

　　另外，在自然傾向的「天」方面，《詩經》國風及小雅中也有不少這樣的例子：

　　　　知我者，謂我心憂，不知我者，謂我何求。悠悠蒼天，此何人哉。(〈王風·黍離〉)

　　　　綢繆束薪，三星在天。今夕何夕，見此良人。(〈唐風·綢繆〉)

　　　　鴥彼飛隼，其飛戾天。(〈小雅·采芑〉)

　　　　有鳥高飛，亦傅于天。(〈小雅·菀柳〉)

毛詩序以「王風」及「唐風」皆屬變風，〈菀柳〉為幽王時作，〈采芑〉為宣

〔註68〕陳喬樅，《齊詩遺說考》(台北：新文豐圖書公司)，叢書集成新編本，卷2頁2～3。

〔註69〕見陳喬樅，《魯詩遺說考》(台北：新文豐圖書公司)，叢書集成新編本，頁4、頁1～2。

〔註70〕《國語·晉語一》：「周幽王伐有褎，褎人以褎姒女焉，褎姒有寵，生伯服，于是乎與虢石甫比，逐太子宜臼而立伯服。太子出奔申，申人、鄫人召西戎以伐周，周于是乎亡。」見《國語》(台北：商務印書館，四部叢刊本)，卷7。

〔註71〕《史記·秦本紀》：「周厲王無道，諸侯或叛之。西戎反王室，滅犬丘、大駱之族。」見司馬遷，《史記》(台北：商務印書館)，百衲本。

〔註72〕《史記·周本紀》曰：「懿王之時，王室遂衰，詩人作刺」，類似之言語亦見〈匈奴傳〉，如此則以漢的角度言，周室之衰，或應始於西周中期之周懿王。見司馬遷，《史記》(台北：商務印書館)，百衲本。

王時詩。「變風」爲王道既衰而作，而宣王雖有中興之說，與幽王皆西周晚期君王，三家詩並類同。〔註73〕是故，上述四詩時代當在西周晚期至春秋之間，詩中的所言之「天」，爲自然界之天，非人格化之天。

我們可以檢討一下，本時期的「天」與詩歌的關係。本時期的詩歌創作，主要是國風、小雅等篇章。這些篇章的數量，要遠較大雅與頌與祭祀相關的詩篇爲多。其來源或自民間，或來自士、卿、諸侯階層。就「天」與詩歌關係來看，這些詩篇與「天」之間，不如頌與「天」的緊密結合。頌本身是爲天而作，在意義上爲由天而定人。而國風、小雅則並非如此，其「寫作」並非爲「天」，而是爲「人」，天人之間表現的也不若人格天之命令那樣直接。然而「天」與天人思想和詩之間並非就此削弱而結束，而是進入一種新的關係之中，此即西周末年至春秋時期之間，引用《詩經》之文字爲「用」的用詩。

二、西周末年至春秋時期天人意識與用詩

最能代表西周末年至春秋時期用詩的是《左傳》與《國語》。《左傳》與《國語》的寫作年代，雖然未早到西周末年，然其部分內容則記載了西周末年人物的言行，因此，探索《左傳》與《國語》應可了解此一時期用詩與「天」的概念兩者的關係。

由於《左傳》和《國語》內容龐大，且《左傳》之用詩遠超過《國語》而大約可以涵蓋《國語》，〔註74〕因此爲方便計，本文僅取《左傳》爲例進行探討，此涵括本文對此時期用詩的討論。要探索《左傳》「天」的概念與用詩之關係，可以從兩方面著手：一是從用詩之結構來看，另一則是從用詩詮釋之內容來看，

〔註73〕《淮南子・氾論訓》：「王道缺而詩作，周室廢、禮義壞而春秋作。《詩》、《春秋》，學之美者也，皆衰世之造也，儒者循之以教導於世，豈若三代之盛哉！」見劉安，《淮南子》（台北：商務印書館），四部叢刊本。又《漢書・陳湯傳》記劉向曰：「昔周大夫方叔、吉甫爲宣王誅獫狁而百蠻從，其詩曰：『嘽嘽焞焞，如霆如雷，顯允方叔，征伐獫狁，蠻荊來威。』」見班固，《漢書》（台北：商務印書館，百衲本）。向習魯詩，是以三家詩與毛詩類同。

〔註74〕據趙翼統計，《左傳》引詩217條，《國語》引詩31條，是《左傳》引詩遠超過國語一百多條。實際上，依據曾勤良統計，《左傳》之用詩計有255條，是較《國語》多出兩百餘條，而本文綜合曾勤良與董治安二文並略加增補所得《左傳》之用詩達261條，如此則《左傳》與《國語》在用詩之次數差距更大。參見趙翼《陔餘叢考》卷2「古詩三千之非」條；曾勤良，《左傳引詩賦詩之詩教研究》；以及董治安〈從《左傳》、《國語》看「詩三百」在春秋時期的流傳〉，《先秦文獻與先秦文學》。

茲分別論述於下：〔註75〕

（一）天人意識與《左傳》用詩之結構

　　一個完整而典型的用詩從結構來說包含兩大部分：一為所引之詩句或詩篇，另一則為作者或記敘者說理、敘事或抒情的部分，而這兩者之間有著意義的關聯，在互動之中進而表達出用詩者眞正的意圖。因此，要對用詩結構做考察，有必要釐清所引用之詩句（或詩篇），以及用詩者眞正的意圖之間的關係。而這兩部分之間的關係，又可以從型態與意義兩方面加以考慮：型態方面，用詩者所選用的詩句的部分、詩句本身的位置，和詩句所發揮的功能等等，都是必須要考慮的範圍。意義方面，要從用詩之內部觀察「天」的觀念與用詩的關係，必須注意用詩中所引詩句或詩篇的範疇，用詩者眞正意圖的範疇，以及兩者之間的關係。而配合本文天人意識之角度，用詩結構中對意義範疇的考慮有二：一為「天人」範疇，一為「人」的範疇。由於下文將有為數不少的實際說明，本處僅舉一例以助了解。《左傳‧襄公二十七年》：

　　　齊慶封來聘，其車美。孟孫謂叔孫曰：慶季之車，不亦美乎！叔孫
　　　曰：豹聞之，服美不稱，必以惡終，美車何為？叔孫與慶封食，不
　　　敬，為賦〈相鼠〉，亦不知也。

本段文字所引詩篇為〈相鼠〉，全詩藉「鼠」咒罵人之無儀、無止、無禮，故屬「天人」範疇。就本段用詩言，叔孫賦〈相鼠〉譏刺慶封，其意在人，故為「人」的範疇。

　　值得注意的是，我們實在很難找到先秦兩漢用詩純粹言「天」的例子，這是因為中國的天、人意識之間一開始便有著內在聯繫的緣故。除此之外，對「用詩者意圖」的範疇判斷比較容易，因為其通常有較長文字的解說；而對所引詩句文字的範疇加以判斷有時則有著想像的空間。因為當用詩者引到像「命」這種字眼時，其字義本身多義（「天命」、「壽命」、「命定」……），又恰好和兩個範疇都有關係。遇到這樣情形，本文採取的方法是以該用詩整體之天人傾向為主要考慮要點，判斷其最可能的情形。最後必須一提的是，就用詩結構而言，其型態與意義範疇之間的關係是十分密切的，因此在進行探索時必須同時加以觀察，欲對其加以明確二分，分別考慮對用詩結構的了

〔註75〕　本文對《左傳》進行分析的基礎係以曾勤良，《左傳引詩賦詩之詩教研究》與
　　　　董治安〈從《左傳》、《國語》看「詩三百」在春秋時期的流傳〉二文為據，
　　　　相互校改查閱《左傳》並經筆者略加增補而成，謹此誌之。

解可能會有所妨礙。

　　《左傳》之用詩，共計二百六十一條，其中包含逸詩十三條，引用今日《詩經》文本者二百四十八條。〔註76〕在統計表中，國風中解讀爲「天人」相關範疇的有二十九條，「人」的範疇的有三十一條。小雅中解讀爲「天人」相關範疇的有三十九條，「人」的範疇的有四十七條。大雅，解讀爲「天人」相關範疇範疇的有三十八條，「人」的範疇的有三十八條。而頌解讀爲「天人」相關範疇的有二十一條，「人」的範疇的有五條。

　　我們很容易將國風與小雅合併、大雅及頌合併加以觀察；或者是將「天人」範疇相加，「人」的範疇相加，來思索其間的關係與意義。不過，以上的兩種方法都不盡圓滿，還須要進一步仔細考慮。因爲若依前者的方法，將國風與小雅合併得一百四十六條，大雅與頌合併得一百零二條，似乎顯現著對國風、小雅重視的傾向。而純粹從《左傳》用詩之「天人」與「人」兩個範疇來看，屬「天人」範疇相加得一百二十七條，「人」的範疇一百二十一條，兩者十分接近。事情的情況確是如此，《左傳》之用詩已體現某種對「人」的重視。巧合的是，《左傳》用詩這兩個情形和《荀子》之用詩十分接近，但《左傳》在天人立場上「其失也巫」眞能在用詩的範疇上表現的如同荀子「天人相分」一樣，卻在意義上持相反立場嗎？如前文所述，要觀察《左傳》用詩之結構，不但引用文字之範疇必須考慮，其詮釋之意旨亦爲重要；同時，引用詩句本身及其位置、功能亦須深入觀察。考量《左傳》用詩結構之內部，發現《左傳》之用詩表現出以下幾點，而使《左傳》與《荀子》在用詩意涵上有所不同：

　　（1）國風、小雅、大雅、頌混合相配的情形。
　　（2）大雅及頌對詩的理解，詮釋爲「人」的範疇的情形。
　　（3）引用全詩或全章的情形。
　　（4）所引詩之文字成分屬「人」的範疇，而詮釋之意旨爲「天人」範疇者。

　　茲分別解說於下：

　　（1）國風、小雅、大雅、頌混合相配的情形。《左傳》中國風、小雅、大雅、頌混合相配的情形，多半即是外交或社會生活上吟誦唱和詩歌的情形。在《左傳》上互相吟誦《詩經》的情形很多，計四十六處（不計算逸詩與《詩

經》的搭配）。〔註77〕每處所引用或吟唱的詩歌從兩個單元（引詩兩次）到六個單元（引詩六次）不等，牽涉到的引詩達一百二十個單元，也就是一百二十次。扣除掉同類（國風、小雅、大雅、頌自身內部）引詩的十二處，二十五個單元（次），《左傳》用詩裏國風、小雅、大雅、頌之間混合相配的情形有三十四處，計九十五個單元（次），已超過三分之一。由此可見，對《左傳》來說，國風、小雅、大雅、頌之間的差別是很小的，而相互搭配的詩篇在意義詮釋上也互有關聯。由此可知，意圖從國風、小雅與大雅、頌這樣的二分法看出某些意義很可能是十分粗略的。

（2）如前所述，大雅及頌，原來是和「天」緊密相關的。然而大雅與頌卻有不少詮釋為「人」的範疇的情形，尤其是大雅，詮釋「人」的範疇與「天人」範疇的次數相同，何以如此？觀察這些詮釋為「人」範疇的例子，會發現大部分是以「斷章取義」〔註78〕型態出現，像是《左傳·文公四年》：

> 楚人滅江，秦伯為之降服，出次，不舉，過數。大夫諫，公曰：「同盟滅，雖不能救，敢不矜乎！吾自懼也。君子曰：『詩云：惟彼二國，其政不獲，惟此四國，爰究爰度。』其秦穆之謂矣。」

本處之引用詩句源自《大雅·皇矣》，其原詩首章云：

> 皇矣上帝，臨下有赫。監觀四方，求民之莫。維此二國，其政不獲。
>
> 維彼四國，爰究爰度。上帝耆之，憎其式廓。乃眷西顧，此維與宅。

就原詩來說，首章言昔日文王之居憂患之世，能修德為民，得天眷顧之事。而本處用詩乃因秦國當時面對晉楚之擴張，「美秦穆公不唯自反己之不能芘江，思其政事以自警也。」〔註79〕由此，則穆公處危難之際「自警」一如昔日周文王之處境，而文王之自警係體會天在其身之呈顯，敬天畏天、自厲修德而來。由此可知《左傳》此處之大雅用詩之「斷章取義」，就明顯表現處乃是言己須不忘「自警」，隱隱然以文王為法。而以文王為法的背後，即是寄憂患意識於己與天的關係之中，自厲不息而來。

這樣隱藏性的天人思維在《左傳》運用大雅及頌詮釋為「人」的範疇的「斷章取義」型態佔了很大部分。是故，大雅及頌「斷章取義」所刻意省略

〔註77〕參附錄三：先秦兩漢重要書籍混合性用詩之風、雅、頌搭配表。

〔註78〕《左傳·襄公二十八年》：「盧蒲癸曰：宗不余辟，余獨為辟之；賦詩斷章，余取所求焉？惡識宗？」，見《左傳正義》（台北：藝文印書館），十三經注疏本。

〔註79〕見李石，《方舟集》（台北：商務印書館，四庫全書本），卷21頁19。

的部分，即是該段落文字上「天人」範疇的部分，存在下來的是「人」的範疇為士大夫或諸侯們所運用，其所省略的「天人」範疇的文字雖消失，然而其內在之思維——敬天與畏天而自屬並未遭到摒棄。

（3）據統計表來看，《左傳》引用全詩或全章的情形，以國風和小雅最為常見。國風中引全詩（全章）的有三十七次，屬「天人」範疇的有十九次，「人」的範疇的有十八次。小雅引全詩（全章）計三十七次，其中屬「天人」範疇的有二十次，「人」的範疇的有十七次；分別與國風全部的六十次，以及小雅的八十六次相比，佔的比例亦大。這些全詩或全章的文字，大部分都是天、人範疇兼具，兩者同時呈現的。例如《左傳·昭公元年》所賦的〈鵲巢〉全詩：

> 維鵲有巢，維鳩居之。之子于歸，百兩御之。維鵲有巢，維鳩方之。
>
> 之子于歸，百兩將之。維鵲有巢，維鳩盈之。之子于歸，百兩成之。

又如《左傳·成公九年》所賦〈綠衣〉之卒章：

> 絺兮綌兮，淒其以風。我思古人，實獲我心。

二詩中的「維鵲有巢」以及「風」都是屬「天」的範疇，而與「人」的範疇文字相連，同時為《左傳》用詩者所引用者。

我們將（2）及（3）的情形加以考慮會發現：斷章取義的情形，在國風及小雅比較少，而大雅及頌中斷章取義的情況則較多；相反的，引用全詩（全章）在大雅和頌比較少，而國風及小雅較多，兩者呈現對應的情形。此種情形當是詩歌文字本身和天人意識兩種因素影響下而呈現的結果。大雅及頌的產生早在西周早期便已確定，表現出由天而明人，天人相參的狀況。因此，在《左傳》的西周末年迄春秋時期，圍繞著對「天」的理解有所變化，而「人」的意識漸漸突顯之際，對大雅及頌加以「斷章取義」，也就理所當然。這種情形，表現在外的是對人世的關注，隱藏在背後的則是，「人」的意識乃是由「天」的意識轉化出來的，兩者呈現隱性的關聯。我們依循同樣的途徑，依據實際用詩之情形加以觀察，進而考慮引用全詩（全章）何以在國風及小雅最多的情形，《左傳·襄公十四年》：

> 夏，諸侯之大夫從晉侯伐秦，以報櫟之役也。晉侯待于竟，使六卿
> 帥諸侯之師以進。及涇，不濟。叔向見叔孫穆子，穆子賦〈匏有苦
> 葉〉。叔向退而具舟，魯人、莒人，先濟。鄭子蟜見衛北宮懿子曰：
> 「與人而不固，取惡莫甚焉，若社稷何？」懿子說，二人見諸侯之
> 師，而勸之濟，濟涇而次。

本段亦見於《國語‧魯語下》，其文曰：「夫苦匏不材於人，共濟而已。魯叔孫賦〈匏有苦葉〉，必將涉矣。」而杜預注《左傳》之文則云：「取於深則厲，淺則揭。言己志在於必濟。」，杜預注與《國語》異，當從《國語》。是本處之用詩當取全詩之義，而不限於「深則厲，淺則揭」二句而已。〈匏有苦葉〉全詩內容爲：

> 匏有苦葉，濟有深涉。深則厲，淺則揭。有瀰濟盈，有鷕雉鳴。濟
> 盈不濡軌，雉鳴求其牡。雝雝鳴鴈，旭日始旦。士如歸妻，迨冰未
> 泮。招招舟子，人涉卬否。人涉卬否，卬須我友。

共四章，全篇自然的「天」範疇與「人」的範疇相雜，而《國語》言「匏不材於人」顯現當時人對叔孫賦詩心中天人相關連的看法。當然，我們也可以從另一個角度來看，如果《左傳》對國風及小雅的「運用」真的要表現完全的「天人之分」大可以僅取須要的人事部分，「斷章取義」，一如大雅和頌一樣，但實際情形卻非如此。或許有人認爲這是由於實際場合賦詩應賦全章或全詩的結果，筆者亦贊同此一說法，然而筆者要指出的是，即使在實際場合的賦詩，賦詩者所選擇的詩篇，和賦詩時仍不能避免背後思維活動的存在而有所選擇。而這些賦詩時的思維，實有天人意識在背後影響著：此即國風與小雅的文字，是天人成分兼具的，其內容則是較進步的，人格天的成分較少，或言自然天，或言天人之相參，與大雅和頌當中全篇可看出人格天的情形有所不同。因此，在社會生活或外交場合所賦的詩篇和詩章可以充分反映出當時的人的思想：脫離人格天傾向日益明顯，又肯定天人相參的情形。是故，我們可以說，表現在國風及小雅的用詩上，引用天人相參雜的全詩或全章，和大雅及頌的「斷章取義」相同，乃是隱性天人意識狀態。

（4）所引詩句之文字成分屬「人」的範疇，而詮釋意旨爲「天人」範疇者類的情形在《左傳》用詩中出現不少，分別爲國風有兩次；小雅出現七次，大雅出現八次，頌出現三次，共計二十次。與此一情形相對的，將原本屬「天人」範疇的文字詮釋爲「人」的範疇的，則僅有四次（小雅二次，大雅二次）。前者將「人」的文字範疇詮釋爲「天人」範疇的例子遠較「天人」範疇詮釋爲「人」的範疇多，顯示著《左傳》當時人與天之間所存在的關連。

由此，我們可以將隱性的天人意識影響獨立成一類，觀察《左傳》一書的對詩經的理解（用詩）與天的關係。國風中詮釋爲「天人」範疇的計有二十九例，詮釋爲「人」之範疇但屬「隱性天人」範疇的十八例、單純屬人範

疇的僅十三例；小雅中詮釋爲「天人」範疇的計有三十九例，詮釋爲「人」
之範疇但屬詮釋爲「隱性天人」範疇的十七例，單純屬人範疇的爲三十例；
大雅中詮釋爲「天人」範疇的有三十八例，原本詮釋爲「人」的範疇的三十
八例，在意義上全屬「隱性天人」意識的表現。頌的情形亦同，「天人」範疇
的有二十一例，原本詮釋爲「人」的範疇實爲「隱性天人」範疇的有五例。《左
傳》全部用詩在「天人」、「隱性天人」、「人」三個範疇大約是一百二十七、
七十八，以及四十三，這種情形充分顯示出由天而人、天人相參的詮釋傾向。

　　簡單說來，從範疇來看《左傳》的用詩可以發現，發生於西周末年至春秋
時期用詩的詮釋路向大多是由天而人、或是言天人相參的。而用詩之型態：詩
篇文字的選擇以及互相搭配的方式，也受天人意識的影響而有「斷章取義」與
「全章、全詩」之差異，這顯示著天人意識與早期用詩有著相當密切的關係。

（二）天人意識與《左傳》用詩之內容

　　從《左傳》用詩之結構來看，可見天人意識與用詩有著密切的關係。純
粹屬「天」、或純粹屬「人」的範疇很少，大多數都是跨越「天人」範疇的。
這這種密切的關係，具體於內容來說，顯示在人類世界與天的觀念之間，有
著思想上的聯結。在人類世界的種種思想與活動中，天人意識都佔在重要位
置，對人自身的定位與處世行爲產生相當的影響。《左傳》的用詩當中，以外
交政事、論史、論禮等內容較爲重要，茲分別就這幾類舉例闡述於下，以明
天人意識居《左傳》用詩內容之地位。

　　（1）外交政事方面，外交因應實際場合的須要，因此《左傳》中有不少
爲賦全詩或全章的例子，這類的例子，如前所述，屬隱性天人意識之情形，
由此前已討論，茲不贅述。此處就《左傳》政事方面加以論述，首先是有關
國君施政用人的一段評論文字，《左傳‧文公三年》：

> 秦伯伐晉，濟河焚舟，取王官及郊。晉人不出，遂自茅津濟，封殽
> 尸而還。遂霸西戎，用孟明也。君子是以知秦穆之爲君也，舉人之
> 周也，與人之壹也。孟明之臣也，其不解也，能懼思也。子桑之忠
> 也，其知人也，能舉善也。詩曰：「于以采蘩，于沼于沚。于以用之，
> 公侯之事。」秦穆有焉。「夙夜匪懈，以事一人」，孟明在焉。「詒厥
> 孫謀，以燕翼子」，子桑有焉。

本段文字依順序分別來自《召南‧采蘩》、《大雅‧烝民》以及《大雅‧文王
有聲》，分別因爲秦霸西戎之事，讚美秦國君臣（穆公、孟明、及子桑三人）

之所爲而引詩美之。在第一則〈采蘩〉中，乃是藉祭祀「采蘩」、「用蘩」之禮，以其「敬」之舉止「昭忠信」之義，〔註80〕用此言秦穆公身爲「公侯」，能敬守其「公侯之事」，故能有知人用人之明。從「于以采蘩，于沼于沚」到「于以用之，公侯之事」可知，其思想和文字都是天人並具的，由此，本處在意義之上使用雖然稱美「人」——穆公，而內在之思維實是「天人相參」而生的。而二、三則皆爲大雅的「斷章取義」，如上所述，此亦屬隱性的天人思維。由此可知，此處《左傳》對施政的評論雖然主要的論述內容在「人」的作爲範疇中，然其中實有天人相參、或是隱性的天人思維存在。

除了施政用人之外，政事方面還以廢立大事爲重要之關注焦點，《左傳·襄公七年》：

> 冬，十月，晉韓獻子告老，公族穆子有廢疾，將立之。辭曰：「詩曰：『豈不夙夜，謂行多露。』又曰：『弗躬弗親，庶民弗信。』無忌不才，讓其可乎？請立起也，與田蘇游，而曰：好仁。詩曰：『靖共爾位，好是正直。神之聽之，介爾景福。』恤民爲德，正直爲正，正曲爲直，參和爲仁。如是則神聽之，介福降之，立之不亦可乎！」

本處所言爲人世間廢立之大事。韓獻子之語，分別引《召南·行露》、《小雅·節南山》、以及《小雅·小明》三詩。由「豈不夙夜」的人情、至「弗躬弗親，庶民弗信」強調人的努力，最後歸於「神之聽之，介爾景福」的天，三者之中，以德、正直、仁貫穿，天人合德，這樣的詮釋方式表現出本時期天人意識中由人歸於天的特點。

（2）論史方面，《左傳·昭公二十六年》：

> 齊有彗星，齊侯使禳之。晏子曰：「無益也，祇取誣焉。天道不諂，不貳其命，若之何禳之？且天之有彗也，以除穢也，君無穢德，又何禳焉！若德之穢，禳之何損。詩曰：『惟此文王，小心翼翼，昭事上帝，聿懷多福。厥德不回，以受方國。』君無違德，方國將至，何患於彗。詩曰：『我無所監，夏后及商，用乱之故，民卒流亡。』若德回乱，民將流亡，祝史之爲，無能補也。」公說，乃止。

前段所引詩爲《大雅·文王》，而後段所引爲逸詩。此處以文王之興，夏商衰亂之歷史爲據，論文王之敬天重德方能興國，以明禳彗之無用。在《左傳》

〔註80〕《左傳·隱公三年》：「風有采蘩、采蘋，雅有行葦、泂酌，昭忠信也。」，見《左傳正義》（台北：藝文印書館），十三經注疏本。

－116－

論史上，時常以文、武時期或其影響爲根據，而言修德及德治之重要。而由此例可知，言文、武之修德，其背後實乃敬天重人之天人思想。

（3）《左傳》之中有部分論及禮的文字，如〈文公二年〉：

> 秋，八月，丁卯，大事于大廟，躋僖公，逆祀也。於是夏父弗忌爲宗伯，尊僖公，且明見曰：「吾見新鬼大，故鬼小。先大後小，順也。躋聖賢，明也。明順，礼也。」君子以爲失礼，礼無不順。祀，國之大事也，而逆之，可謂禮乎？子雖齊聖，不先父食久矣！……是以《魯頌》曰：「春秋匪解，享祀不忒，皇皇后帝，皇祖后稷。」君子曰：「礼，謂其后稷親而先帝也。」詩曰：「問我諸姑，遂及伯姊。」君子曰：「礼，謂其親姊而先姑也。」

本段主要言「禮」的觀念。此處引詩兩次，分別出自《魯頌・閟宮》以及《邶風・泉水》。文字的內容，係由祭祀之禮討論至人倫禮節，而分別引詩爲證。〈閟宮〉詩爲祭祀之禮，屬天；而由天至人，乃有〈泉水〉之論姑姊之禮。由此可知，禮之本爲天，本段文字由祀「天」之禮而論「人」世之禮，可看出就禮而言實兼有天人之思維。

我們從內容來看，會發現在後來存在於人的世界中的外交政事、禮、歷史等方面，在《左傳》中大多與「天」的思想有所關連。在天、人之間，其思維方式：或由天而人，或由人而天，或天人相參，其表現之手法：或直接論述，或藉由引全詩、全章、「斷章取義」等隱微手法。而這些天人思維，如放在思想的脈絡來看，乃是從西周早期敬天思想中發展而來，在天人相關的思維裏轉出人自身努力的重要。

由上述對《左傳》用詩的討論會發現，《左傳》用詩的結構對國風、小雅之運用多採全章或全詩，而大雅與頌則爲斷章取義的型態，這些型態或顯或隱地表現出天人兩者緊密之思考和關係，而此種由《左傳》用詩之結構表現出來的特點，與用詩之內容一致。若將《左傳》用詩之表現與西周早期大雅與頌「本義」共同觀察，會發現兩者之間的精神是一致的。大雅與頌的思維方式乃是順著由天而人的進路，強調人本身「敬」與「敬德」的思想，而《左傳》之用詩亦屬此一思想之脈絡，這一點揭示著後世用詩之途徑。除此之外，我們會發現西周中、晚期至春秋時期的詩歌創作與用詩之間有著一致性：一爲以人爲主、天爲輔的創作，一爲由天而人，從天人相參之中提升人自覺的內容。這兩者外貌看似有異，其內在之精神其實是兩條發展方向相同，都是

當時天人意識的表現。

三、先秦時期儒家天人意識與用詩的發展

（一）孔子及其弟子的「天」的思想與用詩

要觀察孔子及其弟子用詩之情形應以《論語》為主，《論語》中與詩相關共十八條，在這十八條之中，與用詩相關者約有六條，分別為〈子罕〉篇兩條、〈憲問〉篇一條，〈學而〉篇一條，〈泰伯〉篇一條以及〈八佾〉篇一條。〔註81〕在這六條之中，引用國風者有三條，引用小雅、周頌、逸詩各一條，而這些用詩所詮釋之範疇，全屬於人之範疇。考察《論語》用詩之情形，約有幾點值得注意：

1. 《論語》用詩無引用全詩與全章之情形

考察《論語》六條用詩，並無引用全詩與全章之情形，此種用詩情形與左傳相較，會發現左傳中原本存在不少之國風與小雅引用全詩之情形已然消失，換而為國風、小雅、大雅、頌皆為斷章取義的情況。

2. 《論語》用詩詮釋為人之範疇的情形以隱性天人之情形佔多數

《論語》中的用詩雖然全屬於人之範疇，然而仔細觀察，會發現《論語》中的用詩多半屬於隱性天人的情形，純粹屬於人之範疇者在六例中僅佔二例，〔註82〕其餘四例皆屬隱性天人的情形。考察此種用詩中隱性天人意識之表現情形約可歸納為兩種，茲分別說明於下：

《論語》中第一種隱性天人與音樂之直觀相關，計有兩個例子：

> 子擊磬於衛。有荷蕢而過孔氏之門者，曰：「有心哉！擊磬乎！」既
> 而曰：「鄙哉！硜硜乎！莫己知也，斯己而已矣。深則厲，淺則揭。」
> 子曰：「果哉！末之難矣。」（〈憲問〉）

> 三家者以雍徹。子曰：「『相維辟公，天子穆穆』，奚取於三家之堂？」
> （〈八佾〉）

〔註81〕 〈八佾〉篇與〈為政〉篇亦各有一條引用《詩經》之詩句。其中〈八佾〉篇
所引乃是《衛風・碩人》之文字，然此條應屬論述詩篇大義，說見本章第三
節「孔子及孔門詩學」部分。〈為政〉篇所引《魯頌・駉》之詩句，此應用
詩指向論詩之例，故本文此處不加討論，而置本章第五節加以論述。
〔註82〕 二例分別為：〈子罕〉篇引用《邶風・雄雉》「不忮不求，何用不臧」詩句，
以及〈泰伯〉篇援引《小雅・小旻》「戰戰兢兢，如臨深淵，如履薄冰」詩句。

－118－

觀察這兩篇的例子會發現，這兩篇皆與音樂之欣賞相關，而從欣賞音樂之直觀當中發揚大義。前者以「擊磬」展現聯想，其在直觀之中已兼及天人之範疇，並由此天人之相融引用《邶風・匏有苦葉》詩句；而後者之情形則是言音樂之人文意義，其引詩出自《周頌・雝》。全篇文字則敘述頌詩本身之天人意蘊以興起孔子論禮樂之制。上述二個與音樂相關之例子，一是樂之直觀思維以引詩論理之情形，一是言頌詩之人文意義。兩者一音樂之直觀，一爲頌詩本身之特點，皆屬於天人之範疇。因此此二例在文句上雖然屬人之範疇，然實屬隱性的天人思維。

　　另一種隱性天人的情形亦有兩例，乃是引用詩句爲天人範疇，而詮釋爲人之範疇的例子：

　　　　子貢曰：「貧而無諂，富而無驕，何如？」子曰：「可也。未若貧而樂，富而好禮者也。」子貢曰：「詩云：『如切如磋，如琢如磨。』其斯之謂與？」子曰：「賜也，始可與言詩已矣！告諸往而知來者。」（〈學而〉）

　　　　「唐棣之華，偏其反而。豈不爾思？室是遠而。」子曰：「未之思也，夫何遠之有？」（〈子罕〉）

上述二例之詩句皆屬天人之範疇，一是以玉之成就以言人，一是就「唐棣之華」一段詩句起意。這兩個例子之引詩皆屬天人範疇，然釋爲人之範疇的情形，表現出天人兩者內在相通之意涵。

　　簡單說來，《論語》中的用詩雖然多數詮釋爲人的範疇，然而觀察其引用詩句與詮釋意向兩者，會發現《論語》中的用詩實多爲隱性天人的情形。而《論語》用詩中隱性天人的表現，與孔子之天人思想從天以立人的情形一致，應爲天人意識之顯現。

（二）《中庸》、《大學》、《孟子》天人意識與用詩

　　相異於《論語》，《中庸》、《大學》、《孟子》的篇章中，其用詩的情況較多。一如《左傳》之探索，本文對《中庸》、《大學》、《孟子》之用詩亦依照《左傳》對用詩的討論，分別從「用詩之結構」以及「詮釋之內容」兩方面加以觀察。

　　《中庸》之用詩共計十五次，其中並無賦詩的情形，而全爲引詩。〔註83〕

〔註83〕一般以爲《中庸》另外有引逸詩「衣錦尚絅」一句，本文依據余培林教授之說，以爲其應爲引用〈碩人〉詩，其義與詩篇大義直接相關。關於本處引詩之討論參見本章第四節「孔子及孔門詩學」，

《大學》之用詩如同《中庸》，其中並無賦詩之情形，引詩則有十二次。而《孟子》一書中涉及詩者最多，共計四十三次，其中論詩四次，用詩三十九次，全部為引詩，而無賦詩，在三十九次的用詩當中還包含兩次《詩經》以外的逸詩。〔註84〕由於《中庸》、《大學》、《孟子》三者在成德理論上皆屬心性論，而三者又以《孟子》之用詩次數最多，為清晰與敘述方便計，茲依《孟子》、《大學》、《中庸》之順序分析其用詩之情形於下：

1. 天人意識與《孟子》、《大學》、《中庸》一系用詩之結構

（1）天人意識與《孟子》用詩之結構

就《孟子》而言，其引國風計六次，小雅八次，大雅二十次，頌三次，逸詩二次，總計三十九次。同樣的，本文依照前文對《左傳》之分析就其用詩之內部構成成分與詮釋之範疇傾向討論《孟子》一書之天人傾向。

觀察《孟子》用詩之結構，其引用國風的詩篇中詮釋為「天人」範疇的有三次，詮釋為「人」的範疇的亦有三次；引用小雅詩篇將其詮釋為「天人」範疇的有兩次，詮釋為「人」的範疇的則有六次；大雅詩篇將其詮釋為「天人」範疇的有十次，詮釋為「人」的範疇的亦有十次；而頌方面，將其詮釋為「天」或「天人」範疇的有兩次，詮釋為「人」的範疇的有一次。其中引用全詩或全章的有三次，而相互搭配的則有九處，九處之中包含十九次的引詩。〔註85〕

就相互搭配而言，《孟子》用詩的混合搭配有十九次，佔全部用詩三十九次將近二分之一。至於搭配的內部，大多是國風、小雅、大雅，和頌之間跨類的搭配，計七處，十五次；例外有兩處，都是發生在大雅。我們將此一情形與《孟子》用詩大量引用大雅合併思考，可知對《孟子》的用詩而言《詩經》的這四個部分在其「天人」角度的認知上並無太大的差異，大雅的頻繁使用可能是思想內容上較合使用者的須要而已。

其次，《孟子》的用詩在大雅及頌詮釋為「人」的範疇的情形異於《左傳》，此點相當值得關注。其〈萬章上〉篇云：

> 咸丘蒙曰：「舜之不臣堯，則吾既得聞命矣。詩云：『普天之下，莫
> 非王土；率土之濱，莫非王臣。』而舜既為天子矣，敢問瞽瞍之非
> 臣，如何？」曰：「是詩也，非是之謂也；勞於王事，而不得養父

〔註84〕詳參附錄一：先秦兩漢重要書籍用詩分析統計表，以及附錄二：先秦兩漢重要書籍用詩詳表。

〔註85〕參附錄三：先秦兩漢重要書籍混合性用詩之風、雅、頌搭配表。

> 母也。曰：『此莫非王事，我獨賢勞也。』故說詩者，不以文害辭，
> 不以辭害志。以意逆志，是爲得之。如以辭而已矣，雲漢之詩曰：
> 『周餘黎民，靡有孑遺。』信斯言也，是周無遺民也。孝子之至，
> 莫大乎尊親；尊親之至，莫大乎以天下養。爲天子父，尊之至也；
> 以天下養，養之至也。詩曰：『永言孝思，孝思維則。』此之謂也。
> 書曰：『祗載見瞽瞍，夔夔齊栗，瞽瞍亦允若。』是爲父不得而子
> 也。」

此段分別引用《小雅・北山》、《大雅・雲漢》，以及《大雅・下武》三詩。其引〈雲漢〉詩之「靡有孑遺」而言「信斯言也，是周無遺民也」，其內容完全與前文之「兢兢業業，如霆如雷」的敬天思想無關，而是就文字作爲一種媒介加以論證，討論文字的可靠性問題，並曰：「說詩者，不以文害辭，不以辭害志。以意逆志，是爲得之。」由此，則《孟子》的用詩在「斷章取義」上，明顯拓展了抽象思維，而不拘於文字、以及來源的情形。這樣的情形與《左傳》有所不同。如前所述，《左傳》、《論語》用詩引用大雅及頌的例子詮釋爲「人」的範疇，其背後仍有相當的「天」的思維。而《孟子》則頗能就「人」論「人」、就「事」論「事」，其「斷章取義」要遠較《左傳》、《論語》來得成功。《孟子》與《左傳》用詩在「斷章取義」有不同表現的原因應該是《左傳》時期對於人的自覺沒有《孟子》時代來得那麼清楚，因此在用詩論理之時，背後「天」的影響仍在。

第三、與《左傳》之用詩相較，《孟子》引全章的次數變得極少，僅三次。其原因應當是《左傳》用詩的引用全詩或全章，不少都是社會生活或是宴會場合的賦詩。而《孟子》則用以論理，此一情形可謂直承孔子。就論理而言，引用詩句講求準確，因此斷章取義的情形也就多的多，《學》、《庸》的情形在這點上也與《孟子》大致類同。

由此可見，《孟子》用詩在詮釋所涉及範疇的傾向應就原本的範疇加以考慮，不須如《左傳》一樣加以修正。總計《孟子》一書引用《詩經》文句將其詮釋爲「天」或「天人」範疇的計有十七次，「人」的範疇則有二十次。由此可見，《孟子》的用詩對「人」及「天人」的範疇進行思考，有著同等的重視與發展，這一點，與單獨從大雅的使用次數多寡判定，有著相同大的不同。另外，在型態上《孟子》之用詩也轉爲簡潔，引用全詩或全章的情形較少，而代之以斷章取義的情形。

（2）天人意識與《大學》用詩之結構

就用詩結構之型態來說，《大學》、《中庸》與《孟子》近似，以斷章取義者較多，引用全章或全篇者較少；相互搭配的情形亦時有所見。然而在意義的範疇層次，則不然，《大學》的十二次用詩中主要以大雅爲主。這十二次的用詩中，詮釋爲「天」或「天人」範疇的有七次，詮釋爲「人」的範疇的則有五次。在《大學》五次詮釋爲「人」的範疇的用詩中，出現在國風有兩次，小雅有三次。然而這五次都不是眞正的單純以人的文字詮釋人世的範疇。首先，《大學》云：

> 詩云：「桃之夭夭，其葉蓁蓁；之子于歸，宜其家人。」宜其家人，
> 而后可以教國人。詩云：「宜兄宜弟。」宜兄宜弟，而后可以教國人。
> 詩云：「其儀不忒，正是四國。」其爲父子兄弟足法，而后民法之也。
> 此謂治國在齊其家。

所引詩分別爲國風《周南‧桃夭》、《曹風‧鳲鳩》兩條與《小雅‧蓼蕭》一條，三條相互搭配。其中〈桃夭〉所引係第三章全章，其內容隱含天人思維。因此處之用詩應屬隱性之天人範疇。另外，《大學》另一段用詩所引之《小雅‧南山有臺》、《小雅‧節南山》互相搭配的情形也是如此。由此，則《大學》所有的用詩全部籠罩在天人思維之下，從大學之用詩可知，《大學》引用文字之表面雖多言人，然其內在之思維實是以天人之意識爲本。

（3）天人意識與《中庸》用詩之結構

《中庸》用詩之結構與《大學》相當類似，在型態上多爲斷章取義，就詮釋之範疇而言則幾乎全爲天人之範疇，僅有一處例外，《中庸‧第十五章》：

> 君子之道，辟如行遠必自邇，辟如登高必自卑。詩曰：「妻子好合，
> 如鼓瑟琴；兄弟既翕，和樂且耽；宜爾室家；樂爾妻帑。」子曰：「父
> 母其順矣乎！」

其文字與詮釋之意旨皆屬「人」的範疇，其餘十五次用詩，皆詮釋爲「天」或「天人」之思想。

我們由以上的討論可知，《中庸》、《大學》、《孟子》一系用詩在詮釋之型態上與《左傳》有所差異，多爲斷章取義的部分，但仍然存在相互搭配的情形。範疇表現上，《孟子》的「天人」和「人」的範疇並重，而《學》、《庸》，則幾乎全部都屬「天人」的範疇，《學》、《庸》與《孟子》之差異或許是《學》、《庸》本身的行文之精要和理論內容取向。若將《孟子》與《左傳》之差異加以觀察會發現，隨著天人意識發展下人的自覺的醒豁，用詩之結構型態與

其詮釋之範疇也隨之產生變化，雖然如此，《孟子》用詩之型態在「斷章取義」、就事論事之餘，其天人相貫通之思想仍在存在，而表現於相互搭配之中。

2. 天人意識與《孟子》、《大學》、《中庸》一系用詩之內容

（1）天人意識與《孟子》用詩之內容

　　《孟子》用詩結構在「人」及「天人」的範疇同時有所進展，並不代表《孟子》的天人之間就此斷裂。如前所述，《孟子》的天、人之間是相通的，並且重視由人躋天，天人合一的思想。這一點，在《孟子》用詩之內容也表現出同樣的傾向，茲就「人」方面的主題加以論述，以明其天及天人意識之於用詩的關係。《孟子》的用詩詮釋為「人」的範疇，其內容相當多樣，有歷史的關注，有禮之闡釋，有關於人之「樂」的討論，茲舉例論述於下：

　　《孟子》的用詩，有其對歷史的關注，如〈梁惠王下〉篇引《大雅・緜》曰：

> （孟子）對曰：「昔者大王好色，愛厥妃。詩云：『古公亶甫，來朝走馬，率西水滸，至于岐下。爰及姜女，聿來胥宇。』當是時也，內無怨女，外無曠夫。王如好色，與百姓同之，於王何有？」

此段敘及「大王好色」的歷史記載，然而《孟子》此處之敘述歷史，實是為辨明有德之人能以推己心，以「好色」與「百姓同之」，而國以治的的德化境界。同時，此處論及「好色」之德，亦可見《孟子》重視人情之表現。《孟子》對歷史的討論亦見於另一處用詩，〈梁惠王下〉引《周頌・昊天有成命》云：

> 齊宣王問曰：「交鄰國有道乎？」孟子對曰：「有。惟仁者為能以大事小，是故湯事葛，文王事昆夷；惟智者為能以小事大，故大王事獯鬻，句踐事吳。以大事小者，樂天者也；以小事大者，畏天者也。
> 樂天者保天下，畏天者保其國。詩云：『畏天之威，于時保之。』」

此處將外交的問題提升至德化天下的層次，而藉由文王、大王、句踐等歷史人物之行為，從「仁」、「智」的角度加以討論，並將將「仁」、「智」與「樂天」、「畏天」等「天」的層次打通，實為孔子天人合德思維之體現。

　　在孟子對禮的闡釋方面，《孟子》之用詩有言及禮者。〈萬章下〉篇引《小雅・大東》云：

> 曰：「敢問招虞人何以？」曰：「以皮冠。庶人以旃，士以旂，大夫以旌。以大夫之招招虞人，虞人死不敢往。以士之招招庶人，庶人豈敢往哉。況乎以不賢人之招招賢人乎？欲見賢人而不以其道，猶

欲其入而閉之門也。夫義，路也；禮，門也。惟君子能由是路，出

入是門也。詩云：『周道如底，其直如矢；君子所履，小人所視。』」

「夫義，路也；禮，門也」是《孟子》言禮義之重要，而言「周道如底」，是
將仁義等德性視爲周朝立國成國之精神，並成爲人行事、相處之準則。另外
在「人」的「樂」上面，〈梁惠王〉引《大雅・靈臺》云：

孟子對曰：「賢者而後樂此，不賢者雖有此，不樂也。詩云：『經始

靈臺，經之營之，庶民攻之，不日成之。經始勿亟，庶民子來。王

在靈囿，麀鹿攸伏，麀鹿濯濯，白鳥鶴鶴。王在靈沼，於牣魚躍。』

文王以民力爲臺爲沼，而民歡樂之，謂其臺曰靈臺，謂其沼曰靈沼，

樂其有麋鹿魚鱉。古之人與民偕樂，故能樂也。湯誓曰：『時日害喪？

予及女偕亡。』民欲與之偕亡，雖有臺池鳥獸，豈能獨樂哉？」

此章言靈臺之「樂」，就人遊於靈臺之「樂」本身的體會而言，其表現爲天人
相融的喜悅。然《孟子》不僅只於此，其言「古之人與民偕樂，故能樂也。」，
此推己及人而言王者之用心，體現了王者應推德於民而宇宙和同之思想。

整體而言，《孟子》之用詩在內容上天、人領域都有所呈現，狀似多樣，
然其背後，實有一貫的思想，此即成德之思維。而這種思維實際皆歸根於前
文所言的天人相合之性，並由繼性成性而上達於天者。孟子與公都子論人性
本質時云：

詩云：「天生烝民，有物有則，民之秉彝，好是懿德。」孔子曰：「爲

此詩者，其知道乎！」故有物必有則，民之秉夷也，故好是懿德。

〔註86〕

本段文字緊接於以四端之心論性善之後，故此處之言「知道」、「有物必有則」，
亦就其性善與天道之思想發揮，李杜云：

孔子是以此詩爲「知道」的詩。此所説的「知道」依照後面所要引

的孔子對天人關係的了解，及孟子對人性與天道的了解，應涵有以

下三點主要意義：一、孔子肯定烝民篇所説人爲天所生的本義；二、

此爲天所生的人具有天所賦予的善良的天性；三、人可以依其天性

而從事道德實踐的工夫而內在上達於天。〔註87〕

如果《孟子》所述孔子之語爲無誤，孔子此處之言詩爲「斷章取義」，爲道德

〔註86〕見《孟子・告子上》（台北：藝文印書館），十三經注疏本。

〔註87〕見李杜，《中國古代天道思想論》（台北：藍燈出版社），1992 年 9 月，頁 144。

實踐意義所發的言語，似乎還未形成系統。雖然如此，《孟子》此處對《詩經》文句的再解釋實已將詩學之言志概念與性、天道相連，而有著一定脈絡。又〈離婁上〉篇云：

> 孟子曰：「愛人不親反其仁，治人不治反其智，禮人不答反其敬。行有不得者，皆反求諸己，其身正而天下歸之。詩云：『永言配命，自求多福。』」

所謂的「命」即是「仁」、「智」、「敬」等天人相通之「性」。而「行有不得」時「反求諸己」，即是反求己之性。人若由此砥礪修己，「自求多福」，乃能達「身正而天下歸之」之境界。由此可知，《孟子》之用詩對人本身以及人之世界皆有所拓展，然在此拓展之中同時深探其源，而為其天人合德思想之表現。

（2）天人意識與《大學》用詩之內容

如前所述，《中庸》、《大學》皆為極精要之作，因此其用詩之內容表現亦循其思想體系而展現。以《大學》言，全篇先敘其綱目，後言其本末，言人為學進德之道，層次井然，在用詩之內容上亦是如此：

> 詩曰：「周雖舊邦，其命惟新。」是故，君子無所不用其極。(〈第二章〉)

> 詩云：「邦畿千里，惟民所止。」詩云：「緡蠻黃鳥，止于丘隅。」子曰：「於止，知其所止，可以人而不如鳥乎！」

> 詩云：「穆穆文王，於緝熙敬止！」為人君，止於仁；為人臣，止於敬；為人子，止於孝；為人父，止於慈；與國人交，止於信。

> 詩云：「瞻彼淇澳，菉竹猗猗。有斐君子，如切如磋，如琢如磨。瑟兮僩兮，赫兮喧兮。有斐君子，終不可諠兮！」如切如磋者，道學也；如琢如磨者，自脩也；瑟兮僩兮者，恂慄也；赫兮喧兮者，威儀也；有斐君子，終不可諠兮者，道盛德至善，民之不能忘也。詩云：「於戲前王不忘！」君子賢其賢而親其親，小人樂其樂而利其利，此以沒世不忘也。(〈第三章〉)

關於〈第二章〉之義，朱子云：「釋新民」。〈第三章〉之義，朱子云：「釋止於至善」。其餘出現用詩的地方如：〈第九章〉，引詩三條，言「治國必先齊其家」；〈第十章〉，言「平天下在治其國」，皆意義明確，層次井然。因此，從用詩之內容可知，《大學》之用詩與天人意識可謂相融無間，完全地表達其天人之意識。

（3）天人意識與《中庸》用詩之內容

《中庸》用詩的情形與《大學》類似，其所論及之內容，亦幾乎全與天人意識相關，茲舉其用詩最具代表性之〈三十三章〉解說於下：

> 詩曰「衣錦尚絅」，惡其文之著也。故君子之道，闇然而日章；小人之道，的然而日亡。君子之道：淡而不厭，簡而文，溫而理，知遠之近，知風之自，知微之顯，可與入德矣。
>
> 詩云：「潛雖伏矣，亦孔之昭！」故君子內省不疚，無惡於志。君子之所不可及者，其唯人之所不見乎。
>
> 詩云：「相在爾室，尚不愧于屋漏。」故君子不動而敬，不言而信。
>
> 詩曰：「奏假無言，時靡有爭。」是故君子不賞而民勸，不怒而民威於鈇鉞。
>
> 詩曰：「不顯惟德！百辟其刑之。」是故君子篤恭而天下平。詩云：「予懷明德，不大聲以色。」子曰：「聲色之於以化民，末也。」
>
> 詩曰「德輶如毛」，毛猶有倫。「上天之載，無聲無臭」，至矣！

此處連舉八詩以為立論，分別是《衛風・碩人》〔註88〕、《小雅・正月》、《大雅・抑》、《商頌・烈祖》、《周頌・烈文》、《大雅・皇矣》、《大雅・烝民》、以及《大雅・文王》等篇。而此八處之用詩與《中庸・三十三章》之論述由首至尾交叉相融，朱子言本章之義云：

> 子思因前章極致之言，反求其本，復自下學為己謹獨之事，推而言之，以馴致乎篤恭而天下平之盛。又贊其妙，至於無聲無臭而後已焉。蓋舉一篇之要而約言之，其反復丁寧示人之意，至深切矣，學者其可不盡心乎！〔註89〕

則本章以詩言《中庸》「一篇之要」，慎獨篤恭而天下平之境界。由此，亦可知《中庸》與《大學》同，其「用詩」內容和天人意識相合無間。

整體而言，《中庸》、《大學》及《孟子》之用詩，其型態已轉為斷章取義並且相互搭配為主。就範疇而言，《孟子》之用詩對人的範疇已有所拓展，其引用文字與詮釋意向之間也愈趨一致，而能就詩之文字以「用」詩。在內容

〔註88〕〈碩人〉：「碩人其頎，衣錦褧衣。」此處之「衣錦尚絅」應即是變化此二句來，而中庸所發揮之「惡其文之著也」當與詩意直接相關。

〔註89〕見朱熹，《四書集註》（台北：學海出版社），1991年3月，頁40。

上，《中庸》一系點出性的重要，表現出由心性以躋天之天人相通思想。

　　除此之外，從《中庸》、《孟子》用詩重視「性」之思想內容還可以看出《中庸》、《孟子》一系之於先秦兩漢詩學思想的重要。《孟子》在用詩當中對「人」範疇的拓展顯現著對人的深入了解，並在深入了解當中，以「性」的概念建立了天、人根本上的聯繫。而《中庸》、《大學》之用詩雖然無此範疇表現，但在用詩之內容上則相同。《中庸》、《孟子》詩經學這樣的情形對於詩學來說有著相當重要的意義：

　　第一、《中庸》、《孟子》一系以天命釋「性」而拓展人的領域，就詩學來說，「性」的範疇乃是與詩歌中的「情」、「志」直接相關。

　　第二、由「天」而展現的天道本身又與外在世界之認識、接觸相關，因此外在世界在此思維當中得到對待與落實。由此，詩學中情、世界二大重要內容在《孟子》、《學》、《庸》一系的思想中得到詮釋之可能。而這樣的思想究其根本實乃承自孔子而發揮者：孔子的「天」的思想兼有天、人兩路。在這種思維之下，周代的詩，無論是太史所掌管的頌，或是太師轄下所編采的風、雅等，其「祭天」、「祭祖」或是由天論人的「教化」都收納於孔子的天人合德思維之中。而《中庸》、《孟子》一系的思想即繼承此一思維，並進一步展現天、人各自的範疇與關係，這種思想對天人的拓展展現日後即為儒家詩學中最為重要的核心，並為後世系統化詮釋詩歌開創了可能性，此為本章下兩節、以及下一章所要詳論的課題。

（三）荀子的天人意識與用詩

　　《荀子》論詩、用詩及詩歌創作共計九十九次，其中荀子自創之詩兩首，論詩十四次，用詩八十三次，其中包含七次《詩經》以外的逸詩。〔註90〕茲分別從「用詩之結構」以及「詮釋之內容」兩方面加以觀察討論於下：

1. 天人意識與《荀子》用詩之結構

　　《荀子》用詩引用國風的詩篇中詮釋為「天人」範疇的有四次，詮釋為「人」的範疇的有七次；引用小雅詩篇將其詮釋為「天人」範疇的有九次，詮釋為「人」的範疇的則有十六次；大雅詩篇將其詮釋為「天人」範疇的有七次，詮釋為「人」的範疇的有二十五次；而頌方面，將其詮釋為「天人」

〔註90〕詳參附錄一：先秦兩漢重要書籍用詩分析統計表，以及附錄二：先秦兩漢重要書籍用詩詳表。

範疇的有五次，詮釋爲「人」的範疇的有三次。另外，《荀子》用詩引用全詩或全章的有十四次，而相互搭配的則有三處，三處之中包含九次的引詩。〔註91〕就《荀子》用詩之結構而言有以下三點值得注意：

（1）引用大雅詩句，詮釋爲「天人」範疇的數量和詮釋爲「人」的範疇的數量不對稱。

（2）詩歌互相搭配的情形很少。

（3）引用全詩的意義改變

茲分別討論於下：

（1）《荀子》之引用大雅詩句，詮釋爲「天人」範疇的數量和詮釋爲「人」的範疇在數量上差距很大，分別是七次和二十五次，顯示了《荀子》對於「人」的範疇方面有著相當的關注。不只如此，就整體而言，詮釋爲「人」範疇的用詩也較詮釋爲「天人」的範疇的用詩多，分別是五十一比二十五。而且在詮釋爲「天人」範疇的用詩裏，大多都是說明天、人相分的觀念，〈王制〉篇：

> 故天之所覆，地之所載，莫不盡其美，致其用，上以飾賢良，下以養百姓而安樂之，夫是之謂大神。詩曰：「天作高山，大王荒之；彼作矣，文王康之。」此之謂也。

此處的「大神」，並非意志之人格天，能有所作爲者。而是言天地之材，可爲人之所用，而就其所用可成就人之世界言「神」。〈禮論〉篇講得更清楚：

> 天地合而萬物生，陰陽接而變化起，性僞合而天下治。天能生物，不能辨物也，地能載人，不能治人也；宇中萬物生人之屬，待聖人然後分也。詩曰：「懷柔百神，及河喬嶽。」此之謂也。

言「天能生物，不能辨物也，地能載人，不能治人也；宇中萬物生人之屬，待聖人然後分也」可明顯看出，天地之生物載人實爲自然意義，而人方居於運用主宰之地位。由此可知，《荀子》用詩詮釋爲「天人」範疇的情形，雖涉及「天」的部分，而有「天人相參」的思維，實以人爲關注之焦點，故爲隱性之「人」的範疇。

（2）《荀子》用詩與先前之《左傳》、《孟子》不同，其詩歌互相搭配的情形很少，只有三處，九次，佔所有用詩將近十分之一。從用詩之結構與功能來看，用詩中兩首或兩首以上的詩篇（句）互相搭配，以闡述或表達用詩者之思想情感，乃是以這些詩句做爲論述的一環，成爲用詩結構的一部分，

〔註91〕參附錄三：先秦兩漢重要書籍混合性用詩之風、雅、頌搭配表。

藉以闡明其思想情感。因此，互相搭配的詩句本身參與了用詩者思維之進行，成為思維運作的一部分。而《荀子》用詩互相搭配的情形很少，其所引詩句只以一段或數句詩句為主，並且常出現於句末之中，顯示著《荀子》的用詩不再是論述結構中必要的一環，而僅為結論之功能。

（3）《荀子》引用全詩的例子不少，有十四例。就次數與所佔比例來看，和《左傳》相差不多，然而代表之意義則有所不同。微觀來看，《荀子》用詩引用全章，其文字屬「天人」範疇的僅有三例，其餘十一例雖為全章，然其文字全屬「人」之範疇。然先前已知《荀子》用詩即使是詮釋為「天人」範疇也是用來強調天、人之分，實質歸屬於「人」。因此，《荀子》之引用全詩其文字雖屬天人範疇，實轉為隱性之「人」的範疇闡述，其文字上的天人敘述並無作用。此外，《荀子》用詩引用全詩也多半位於最末的位置。

進一步觀察《荀子》的用詩會發現（2）、（3）的現象絕非偶然。《荀子》之用詩，通常是用做結語，詩或詩句本身並不參與論理的運作，不成為論述結構之一部分。因此，不管是相互搭配也好，引用全詩也罷，對《荀子》的用詩來說都沒有實際之論述作用。於是，在這樣的情況之下，相互搭配的情形減到了相當低的程度；而引用全詩，也無須拐彎抹角，直接以「人」的文字範疇敘述「人」的事情，運用「天人」範疇的隱性敘述方式，因為作為結論或理據，平鋪直敘是最有力的。這也就是說，用詩——在《荀子》以前，為思想或現象表述中必要的一環，參與了思維之運作過程；而《荀子》則將詩視為一種理據，直接涵括了整個論述。在論述過程，其思維進行不須透過詩，「詩」只是因其經典之地位被運用而已。也就是說，《荀子》之前的用詩，其本身即為天人關係或人世思索的一部分，為現象表述之媒介與一環而非結論，因此可以用詩思考或對話，但《荀子》則否。這一現象所代表的意義十分重要，因為用詩來思考、對話和引詩為據的背後涉及了兩種不同的詩歌理解，一是詩本身即是現象表述之一，其內涵在對話或思想之進行中方得以完成。另一則是以詩為理據，直接涵括整個論述。前者將用詩視為現象的一部分象徵，而後者則真正是將「詩」當成了「用」，其背後隱藏現象（本義）之情形。由此，《荀子》之用詩，是今日認為的「用」（真正的？）；而先前的用詩，並不是今日以為的「用」，存在在當時人心中的詩，應該是現象的一種表喻，而《左傳》和《孟子》用詩對詩句或詩篇的使用，即是在表現現象、或是探索現象之理，成為現象思考的一部分。是故，《左傳》迄《孟子》的用詩

是否真的是今日以爲用詩，在此一思考下值得懷疑。當然，《左傳》或《孟子》之用詩未必不存在一本義之思維，但詩歌本義的基源在於自我情志的覺醒，自我意識越顯豁，本義的表達與認識也就越全面而完整。因此，先秦兩漢詩學對本義之理解程度必須從義理之申述中來，而從先秦兩漢詩學之現象來看，義理之申述主要在於「用詩」。因此，本義之探求與自覺與用詩之發展習習相關，先秦的用詩乃一方面顯示著情志的普遍性（理），一方面情志普遍性認可的同時，詩篇本義閱讀也更進步，最直接的證據即爲近年出土的《孔子詩論》。《孔子詩論》的內容與形式即雜揉著本義與用詩兩者〔註92〕，《詩論》云：

> 孔子曰：〈宛丘〉吾善之，〈於（猗）差（嗟）〉吾喜之〈鳲鳩〉吾信之，〈文王〉吾美之，〈清【廟】吾敬之，剌（烈）文〉吾悦〈第21 簡〉【之，〈昊天又（有）城（成）命〉吾□之】（〈第22 簡〉）。
>
> 〈宛丘〉曰：「洵有情」，「而亡（無）望」，吾善之。〈於（猗）差（嗟）〉曰：四矢弁反，「以御（禦）亂，吾喜之。〈鳲鳩〉曰：「其義（儀）一氏（兮），心女（如）結也」，吾信之。〈文王〉曰：「文王在上，於昭於天」，吾美之。」（〈第22 簡〉）
>
> 〈清廟〉曰：「肅雝顯相，濟濟多士，秉文之德，吾敬之。〈烈文〉曰：「乍（亡/無）敬隹（維）人，不（丕）顯隹（維）德。於乎！前王不忘」，吾悦之〈昊天又（有）城（成）命〉，「二句（后）受之」，貴且顯矣，訟□□□□□□□□〔註93〕（〈第6 簡〉）

此章文字分兩大段，兩段同樣針對〈宛丘〉、〈猗嗟〉、〈鳲鳩〉、〈文王〉、〈清廟〉、〈烈文〉、〈昊天有成命〉等詩進行論述，但不同的是，前段針對各詩分別以一句話加以評論，近於本義；而後段則舉詩句爲例，加上已經在前段評論的同樣話語，近於用詩。由兩段文字內容的近似，形式的差異來說，《詩論》在說詩的同時，也同時指向現世現象的運用。因此，就本義與用詩的現象來看，詩之本義與詩之用這樣的區分在《荀子》以前的確可能存在，〔註94〕只

〔註92〕說見本章第五節對用詩與詮釋關係，以及第五章本義之討論等部分。

〔註93〕本段文字【】處，係採用李零、李學勤、季旭昇等校改，參見李零，《上博楚簡三篇校讀記》（台北：萬卷樓圖書公司），2002 年 3 月；李學勤，〈詩論分章釋文〉，《中國哲學》第 24 輯，頁 135～138；季旭昇主編，《上海博物館藏戰國楚竹書（一）》（台北：萬卷樓圖書公司），2004 年 6 月，頁 69。

〔註94〕筆者以爲，即使「本義」存在，其內容也應該是十分簡單而原始的，說見本

是其間的差異不爲當時人所重視，因爲無論是本義或用詩，都是自我情志顯豁的一種嘗試和表現。而這種嘗試與表現，乃是隨著天人意識的發展而不斷變化。具體來說，當時人所重視的──乃是在「天」的思維中，確立天、人間的關係，並對人加以定位。而詩在一開始，便因實踐上（樂舞）與本義上（文字）的合一而和「天」及「天人」的思想緊密結合而成爲其知識運用、踐履、傳播的傳統。因此，在先秦由天及人的思潮流變當中，詩無論是本義或是用詩自然而然也就也爲天人思考的重要表達方式。因此在此一情形下，詩之體（本義）和詩之用的差別也就沒有那麼重要了。這一點，我們可以從本節第一小部分《左傳》用詩和小雅、國風內容所表達的多半合於天人意識的發展，並反映當時的天人思想；以及《孟子》以心言性而重志所提出「以意逆志」的本義之說，其本義之重視實與《孟子》用詩之理解互相融通支援兩者得到印證，〔註95〕只是我們很難在《左傳》中找到直接討論詩本義這樣的例子。不過，左傳的用詩與本義相關的本事卻層出不窮，此一用詩與本義的密切相關的現象表現出本義與用詩的相同性是內在的，都是隨著天人意識的發展表現在外的兩個不同形式，因爲如果是眞正的用──「斷章取義」，用詩與本義的關係可以十分自由，但先秦時期的用詩卻非如此。

　　必要一提的是，《荀子》和《左傳》、《孟子》用詩雖然有所不同，但是此種不同並非是對立的關係，而同爲天人意識下用詩之自然發展。從用詩現象來說，詩與詩的搭配以及用詩中全篇或全章引用的改變，自《孟子》始。《孟子》之用詩，在全篇或全章的數量已經有所減少；而詩與詩雖有搭配，其用詩最末也曾出現「此之謂也」的語句。將此一詩經學現象與《孟子》對於「天」和「天人關係」之思想觀察，會發現《孟子》在天人意識及用詩上所呈顯的，即是對「人」範疇的深入探索。而從《孟子》到《荀子》，用詩從天人並重到向人傾斜，此種用詩之發展所表現之重人傾向，恰爲相應於用詩的另一面──詮釋之發展。而對所謂的詩的本義來說，詩的作者論的強調是其必不可缺的預設。作者之重視，就其根源言，乃是導源於對人之心、人之本的重視，然後表現於人之動機加以探索思考者。因此我們可以說，從《孟子》在心性上的追求、從其由「天」將人之本加以肯定開始，對詩本義的深入探索亦已隨之展開，《荀子》爲承其軌迹

　　　章第五節及第五章之部分。
〔註95〕下文還將證明，儒家詩學中詩歌創作和用詩之間，在某個高度上來看乃是一致的，參見本文第五章。

者。由此可見用詩與詮釋兩者隨著天人意識發展而表現出途徑相異，卻同攝於
天人思維的情形。也就是說，《孟子》與《荀子》之用詩還是必須回歸於天人意
識的認知上。《孟子》之用詩是現象的，而《荀子》之用詩乃是以爲論據的。但
現象與論據之間仍是同一天人思維趨勢下之發展。而《荀子》將詩作爲理據涵
蓋全篇，也爲《詩經》的經典地位加以確立，替後來的詩經學的獨立發展立下
基石。而後來的詩經學即在《荀子》之用詩涵蓋全篇的情形變化，使用詩重新
擔負起現象表述之責任，而且是完整之現象表述。

2. 天人意識與《荀子》用詩之內容

如前項所述，《荀子》之用詩，係以「人」爲主軸，顯示著詩的詮釋方向
朝人的領域傾斜。由此，本項從內容觀察「天」之觀念與《荀子》用詩之關
係，亦當以「人」的範疇的用詩爲討論焦點。

《荀子》之用詩屬於「人」的範疇其內容頗爲廣泛，然亦有以下幾點特色：

（1）以禮爲核心。

（2）重視君道及教化者很多。

（3）意向在人之「天人相參」境界

茲分別解說、討論於下：

（1）泛觀《荀子》用詩之內容，直接論及「禮」的有十次，分別爲〈大
略〉篇三次，〈修身〉篇二次，〈君道〉、〈臣道〉、〈禮論〉各一次。茲舉較重
要之例證於下，〈禮論〉篇曰：

> 於是其中焉，方皇周挾，曲得其次序，是聖人也。故厚者，禮之積
> 也；大者，禮之廣也；高者，禮之隆也；明者，禮之盡也。詩曰：「禮
> 儀卒度，笑語卒獲。」此之謂也。

此處「厚」、「大」、「高」讚美聖人之治，而所以「厚」、「大」、「高」的原因
在於禮之「積」、「廣」、「隆」。由此可知，聖人能成就天下的原因皆在於禮，
可見禮爲《荀子》最重要觀念。又〈修身〉篇曰：

> 禮者、所以正身也，師者、所以正禮也。……故學也者，法禮也。
> 夫師、以身爲正儀，而貴自安者也。詩云：「不識不知，順帝之則。」
> 此之謂也。

可知禮不惟爲君及聖人所法，老師、學生亦皆以禮爲學習之對象。簡單來說，
禮的觀念在荀子思想之核心，這一點在《荀子》之用詩上亦表現出來。

（2）《荀子》之用詩除了以禮爲核心，其尊君及教化之思想，亦爲用詩

所反覆申述者，茲舉重要者介紹於下，〈正論〉篇曰：

> 故主道明則下安，主道幽則下危……傳曰：「惡之者眾則危。」書曰：
> 「克明明德。」詩曰：「明明在下。」故先王明之，豈特玄之耳哉！

「主道明則下安，主道幽則下危」，可見荀子重君、尊君之思維。由尊君之思維，荀子乃推重由上至下的教化思想，〈正論〉又云：

> 堯舜者，至天下之善教化者也。南面而聽天下，生民之屬，莫不振
> 動從服以化順之。……故作者不祥，學者受其殃，非者有慶。詩曰：
> 「下民之孽，匪降自天。噂沓背憎，職競由人。」此之謂也。

明白可見荀子之教化內容。

（3）《荀子》用詩之意向在於人之「天人相參」境界。荀子之尊君及教化思想，最終的目的，即是以人為主，能盡天地之用，以成人治，〈王制〉篇曰：

> 故天之所覆，地之所載，莫不盡其美，致其用，上以飾賢良，下以
> 養百姓而安樂之。夫是之謂大神。詩曰：「天作高山，大王荒之；彼
> 作矣，文王康之。」此之謂也。

「大神」，不是人格天之神，而是「致天地之用」而化成人文世界之情景，言其廣大之德澤為「神」。因此，荀子之「天」的思想亦歸屬於人世。

簡單說來，荀子之用詩以闡釋人世之禮、君道及教化為主要內容，而這些內容，實根於其天人之辨的思想而成。

最後，先秦時期論述天人意識及關係頗多的《易傳》雖無用詩，然而並未意指著《易傳》與詩經學的關係淺薄或無關。相反的，《易傳》對天、人之道的闡述，與詩經學甚至是詩學思想的根本關係更大，戴璉璋說：

> 《易傳》作者把討論的興趣從心性論引導到天道論。從此以後，天
> 道論就成為儒學研究的主要課題，人們在儒學中所要探究的，不只
> 是如何面對自我、面對社會，而且還要追問如何面對自然、面對宇
> 宙。於是性命與天道的關聯、人與萬物的關聯、生命的終極意義、
> 宇宙的終極歸趨，凡此等等都成為儒者所關懷的課題……〔註96〕

此處的「性命與天道」與「生命的終極意義」，與詩學中情感之根本與歸宿直接相關。而「人與萬物」則是天人互動之基礎。至於「宇宙的終極歸趨」更是詩學中天人合一境界之展現。這些論題雖不直接涉及本節對用詩的討論，卻將成為本節之後各個章節討論的重心。

〔註96〕見戴璉璋，《易傳之形成及其思想》（台北：文津出版社），1989 年 6 月，頁231。

四、先秦時期墨家天人意識與用詩的關係

　　先秦時期墨家的代表著作爲《墨子》，《墨子》用詩出現的次數約有十二次。
〔註97〕其中引用小雅而詮釋爲人之範疇者二次、詮釋爲天人者一次，引用大雅
詮釋爲天人範疇者三次、詮釋爲人範疇者兩次，引用頌詮釋爲天人與人之範疇
者各一次，其餘逸詩兩次。以《墨子》用詩之表現來看，有三種特點值得討論：

1. 風雅頌混合搭配用詩僅有一處，且屬於現象之表述

　　就比例而言，《墨子》用詩風雅頌混合搭配之情形界於《孟子》與《荀子》
之間，僅有一處，三次，而見於〈尚同中〉一篇，其文云：

> 故古者聖人之所以濟事成功，垂名於後世者，無他故異物焉，曰唯
> 能以尚同爲政者也。是以先王之書周頌之道之曰：『載來見彼王，聿
> 求厥章。』則此語古者國君諸侯之以春秋來朝聘天子之廷，受天子
> 之嚴教，退而治國，政之所加，莫敢不賓。當此之時，本無有敢紛
> 天子之教者。詩曰：『我馬維駱，六轡沃若，載馳載驅，周爰咨度。』
> 又曰：『我馬維騏，六轡若絲，載馳載驅，周爰咨謀。』即此語也。
> 古者國君諸侯之聞見善與不善也，皆馳驅以告天子，是以賞當賢，
> 罰當暴，不殺不辜，不失有罪，則此尚同之功也。」

本段文字引用《周頌・載見》與《小雅・皇皇者華》二詩，其中〈皇皇者華〉
詩出現兩次。考察《墨子》風雅頌混合搭配之情形，會發現其引詩以爲現象
表述作爲思考的情況十分明顯，而與《孟子》之用詩思維類同。

2. 引用詩句與詮釋結果之範疇相異者僅有一例

　　《墨子》用詩還有一點與孟子之用詩相類似者，即爲引詩範疇與用詩意
向範疇相異的情形較《論語》與《左傳》爲少，其例外僅有一例，且是屬於
逸詩，〈非攻中〉云：

> 子墨子言曰：「……昔者晉有六將軍，而智伯莫爲強焉。計其土地之
> 博，人徒之眾，欲以抗諸侯，以爲英名。攻戰之速，故差論其爪牙
> 之士，皆列其舟車之眾，以攻中行氏而有之。以其謀爲既已足矣，
> 又攻茲范氏而大敗之，并三家以爲一家，而不止，又圍趙襄子於晉
> 陽。及若此，則韓、魏亦相從而謀曰：『古者有語，脣亡則齒寒』。

〔註97〕詳參附錄一：先秦兩漢重要書籍用詩分析統計表，以及附錄二：先秦兩漢重
　　　　要書籍用詩詳表。

趙氏朝亡，我夕從之，趙氏夕；亡，我朝從之。詩曰『魚水不務，
陸將何及乎！』」是以三主之君，一心戮力辟門除道，奉甲興士，韓、
魏自外，趙氏自內，擊智伯大敗之。」

本段文字引用詩句「魚水不務，陸將何及乎！」爲逸詩，其文字屬天人之範
疇，而用詩整體則借以申「非攻」之旨，屬於人的範疇。《墨子》引用詩句與
詮釋結果之範疇相異情形的寡見應與孟子之用詩一樣，皆表現用詩之熟練情
形，故能就人而論人，就天人論天人。

3. 用詩內容天人兼及，一方面引詩以申天志之義，一方面歸結於兼愛

《墨子》用詩之內容雖然不多，然而卻表現出墨子之核心思想，〈兼愛下〉
云：

然而天下之非兼者之言，猶未止，曰：「意不忠親之利，而害爲孝乎？」
子墨子曰：「姑嘗本原之孝子之爲親度者。吾不識孝子之爲親度者，
亦欲人愛利其親與？意欲人之惡賊其親與？以說觀之，即欲人之愛
利其親也。然即吾惡先從事即得此？若我先從事乎愛利人之親，然
後人報我愛利吾親乎？意我先從事乎惡人之親，然後人報我以愛利
吾親乎？即必吾先從事乎愛利人之親，然後人報我以愛利吾親也。
然即之交孝子者，果不得已乎，毋先從事愛利人之親者與？意以天
下之孝子爲遇而不足以爲正乎？姑嘗本原之先王之所書，大雅之所
道曰：『無言而不讎，無德而不報，投我以桃，報之以李。』即此言
愛人者必見愛也，而惡人者必見惡也。

本段文字引用《大雅‧抑》詩句，其以「投我以桃，報之以李」而言「無德
而不報」，是《墨子》申述兼愛之利，以倡言兼愛之行。《墨子》用詩之內容
除了闡述落於人事的兼愛意蘊外，亦對兼愛之源，即天人之思想有所論述，
此即墨子倡言之天志之義，〈天志中〉云：

且吾所以知天之愛民之厚者，不止此而已矣。曰愛人利人，順天之
意，得天之賞者有之；憎人賊人，反天之意，得天之罰者亦有矣。
夫愛人利人，順天之意，得天之賞者誰也？曰若昔三代聖王，堯舜
禹湯文武者是也。堯舜禹湯文武焉所從事？曰從事兼，不從事別。
兼者，處大國不攻小國，處大家不亂小家，強不劫弱，眾不暴寡，
詐不謀愚，貴不傲賤。觀其事，上利乎天，中利乎鬼，下利乎人，
三利無所不利，是謂天德。聚斂天下之美名而加之焉，曰：此仁也，

義也，愛人利人，順天之意，得天之賞者也。不止此而已，書於竹
帛，鏤之金石，琢之槃盂，傳遺後世子孫。曰將何以爲？將以識夫
愛人利人，順天之意，得天之賞者也。皇矣道之曰：『帝謂文王，予
懷明德，不大聲以色，不長夏以革，不識不知，順帝之則。』帝善
其順法則也，故舉殷以賞之，使貴爲天子，富有天下，名譽至今不
息。故夫愛人利人，順天之意，得天之賞者，既可得留而已。

本段文字引《大雅・皇矣》詩句。其中的「不識不知，順帝之則」即與《墨
子》「順天之意」相同。

　　總的說來，《墨子》用詩在結構上與《孟子》相近，皆體現了就人論人、
就事論事以及引詩以爲思考的情形。在內容上，《墨子》之用詩亦表達了墨子
兼愛與天志的核心思維。從《墨子》在結構與內容之表現出可以看見，《墨子》
用詩當是承繼了《左傳》、《論語》以降用詩的進一步發展與表現。

五、先秦時期道家和黃老之學天人意識與用詩的關係

　　先秦時期道家和黃老之學在當時與《詩經》和詩學思想的直接關係少之
又少。《老子》本身即是韻文，但不引詩或論詩。其原因可能是《老子》本身
地域的關係，然就其對詩的態度，無疑是冷漠的。《莊子》則極少言詩，其論
及詩的文字有五次，詩歌創作有一次，引逸詩兩次。《黃老帛書》幾乎沒有論
及詩，而《管子》全書，與詩相關者，亦只有七次，其中論詩四次，引鄭風、
大雅各一次，引逸詩一次，若僅就最爲可信的《管子》四篇來說，則完全看
不到。由此可知，就歷史現象來看，先秦道家、黃老思想，在當時與詩學之
間應該是相當疏離的，尤其是《詩經》，引用《詩經》的情形可謂一次也沒有。

　　就思想的角度來看，道家與黃老之學的形上旨趣與宇宙觀念，對後世的
自然觀，有著相當的重要的影響。不過，從另一角度來說，道家與黃老之學
的形上旨趣與宇宙觀，無疑地也和儒家的《中庸》、《易傳》十分類似，但《中
庸》和《易傳》所代表的儒家則相當重視詩。這一點，適巧可以爲我們對儒、
道兩家與詩學的親疏遠近做一釐清的工作。

徐復觀以爲，道家的自然以及對自然觀照的態度，和文學較爲接近，〔註98〕
但這一點在歷史現象上並不完全相合，尤其是先秦兩漢的詩學。對詩青眼有

〔註98〕見徐復觀，《中國藝術精神》（台北：學生書局，1992 年 7 月），「第二章中國
　　　藝術精神的呈現」，頁 133～134。

加，一再的用詩與論詩，並對人的情感與文字加以肯定的無疑是儒家。當然，我們可以說先秦兩漢儒家之重詩是因爲儒家學術本身「教育」的選擇，然而我們也可以從思想之內在理路釐清兩者的關係。王葆玹云：

> 戰國秦漢儒道兩家的旨趣幾乎是相反的，道家治學力圖超乎形名，務在簡、易和貫通；儒家則試圖全面解釋周代文獻，治學不免於博雜。〔註99〕

而由荀子對於詩經學之批評亦爲博雜，〔註100〕可知王葆玹之說當合於當時詩學觀念之特點。此種先秦兩漢詩學本身之特點即是以承認現象界之多樣存在，並致力表現此種存在，而此種思緒乃是不容於道家之思維者。就道家來說，道家致力於天道之簡易條理，〔註101〕而詩學之特點即非簡易，而必然要落實於多樣之事物與情感。此點對照先秦時期其他諸子也有「言志」之語，〔註102〕但卻極少運用到與詩相關的範疇，可以發現這樣的現象「空缺」，似乎顯示兩點意義：

　　第一、志的理解本身並不具備詩歌傳佈或創作的動力，志必須同時指向多元的現象界與內在兩者，才有詩歌發展的可能。而對先秦來說，此一發展不可能脫離當時對天及對人的同時肯定。

　　第二、儒家思想本身具有詩歌發展必須具備的志的雙向特質，在孔子的思想方向下，儒家的思想係同時通過現象與志兩者加以發展。

　　由上述兩點，我們還可以更進一步從天人思維探討詩經學的用詩現象，以明儒道思想與詩學之關係和詩歌本身的特點。

　　先秦儒家之用詩，界於天人之間者多。就思想而言，儒家因天以立人，而道家則以人從天，人道之有爲必須跟從天道之無爲。另一方面，在歷史現象上，儒家與詩相關者多，而道家與詩相關者少。要探求先秦詩學和儒道之「天」及「天人關係」的思想有何關係，我們必須先回到當時詩歌之認識與運用之實際環境上來看。先秦時期的用詩，大多歸宿在人，而不離於天，就其主要之思想核心則爲天人之合；至於論詩則以詩言志爲主要主張。因此，

〔註99〕見王葆玹，《西漢經學源流》（台北：東大圖書公司），1994年6月，頁286。
〔註100〕《荀子・儒效》篇（台北：商務印書館，四部叢刊本）：「上不能好其人，下不能隆禮，安特將學雜識志，順詩書而已爾」
〔註101〕《荀子・解蔽》（台北：商務印書館，四部叢刊本）：「莊子蔽於天而不知人。」
〔註102〕見曾守正，《先秦兩漢文學言志思想及其文化意義——兼論與六朝文化的對照》（台北：台灣師範大學國文研究所博士論文），1998年12月。

我們可以說，先秦時期的詩，是以「人」爲主，而跨越天、人範疇，並且對
這兩個範疇的內容發展都相當重視。從詩在先秦時期的這一特點，我們可以
從儒道的天、人思維角度，加以觀察以明其中的關係。

就其思想理路來說，詩對於老、莊來說是人文世界的產物（無論是用詩
或言志），根本是必須加以超越或鄙棄的；另外，對「人」本身內在及人世現
象的探索也是次要的、或有意忽視的課題。而儒家則由於本身對人的重視，
不斷深化其思想之基礎，並擴大其關注之世界及方法。自《孟子》以降，儒
家之言「天」，必及於「性」，並且以「性」爲主要的關注對象，而道家則未
必然。〔註103〕此一重「性」的態度，對詩而言，乃是一絕對必要的因素。蓋
就論詩而言，因詩由志生發，對「性」的重視與解釋關係到詩言志的內涵；
而用詩方面，因爲「性」而重視「人」而發生的影響也極爲重大。另一方面，
儒家以《中庸》與《易傳》融合道、黃老的思維特點，擴大其形上及宇宙論
之思辨，爲詩學的「天」——自然部分奠定基礎。由此可見，先秦儒家對天、
人兩端深入的探索與滙通，無疑的與詩學或詩歌中必然具備的人與自然、或
人與天較道家或黃老要接近的多。因此，從對「天」的理解我們可以看出儒
家比其他學術在內在理路上與詩學密不可分的關係，從而解釋儒家、道家及
黃老在「詩」和用詩上所呈現的態度和現象。如此一來，不少人以爲道德與
詩（或文學）的緊張關係即必須重新探索，或許對先秦兩漢的詩（經）學家
而言，道德與詩之間並沒有「想當然爾」的緊張對立。簡單來說，無論就先
秦兩漢的詩經學或是詩學本身之特點，直接與詩學相關的應該是儒家，而間
接相關的則爲其他思想。由此，我們可以知道研究先秦兩漢之詩經學絕非只
限於儒家路向之須要，也不是爲了追求或體現儒家思維之於詩歌的看法。對
先秦兩漢詩經學的理解在根本上即是在探尋先秦兩漢各種思想的內部面對詩
歌之態度、認識和理解，而此種態度與理解的根源即是自身天人意識與天人
關係之體現。除此之外，在對先秦道家與詩學之關係有所了解，而認知到儒
家與詩學之緊密內在聯結之後必須注意的是，先秦道家、黃老與詩經學關係

〔註103〕李杜亦以爲若就人性論而言，儒家乃是「由整個人的生命要求而說人性爲
何」，道家及法家則是「僅由人的生命的一方面要求而爲說而表現，是一有
缺陷的爲說與表現」，而所謂的「整個人的生命要求」乃是「由人內在的生
命本質」和「外地的表現」兩者。李杜此處對儒家與道、法家對人生命的
看法，即近於本文所言儒、道兩家對「性」的基本關注態度，說見李杜，《中
西哲學思想中的天道與上帝》（台北：藍燈書局），2000 年 9 月，頁 22～31。

之淡泊並不代表道家與詩經學或詩學思想毫無關係或不重要，基本上，隨著歷史的發展，各個學說學派之間或在爭勝之中彼此學習，在無形與有形之間相近時代中學術彼此間產生影響，是十分常見的事。因此，在面對先秦兩漢的詩經學以及詩學思想時所要注意的並不是將當時之思想斷然二分，而是以本末、主從之思路加以面對。也就是說，要探索先秦兩漢的詩經學或當時的詩學思想，應該以儒家爲重心，並觀察儒家與其他思想，尤其是道家、黃老一系之間，相互影響與吸收的關係。

六、秦漢之際迄西漢中期天人意識與用詩之發展

　　秦漢之際的用詩以《呂氏春秋》爲代表，《呂氏春秋》的用詩出現的次數不多，共十九次，其中有四次爲逸詩，其他的十五次之中，屬人的範疇的有十次，屬天人範疇的有五次。考察《呂氏春秋》的用詩，會發現其內容與結構型態與《荀子》接近，而以人爲主，與其著重天人之宇宙論系統思想不相應，顯現出秦漢之際的雜家在詩經學上仍未有大的變化，故本文不多著墨而予以省略。〔註104〕自秦漢迄西漢中期有所轉變且最具代表性的用詩，當推《韓詩外傳》。

（一）天人意識與《韓詩外傳》用詩之結構

　　《韓詩外傳》爲漢代詩經學的專門作品，考察該書用詩結構之範疇與型態，有三點值得注意：

1. 國風與大雅次數都差不多，甚至勝過小雅

　　《韓詩外傳》引國風爲八十九次，小雅爲七十七次，大雅爲九十七次，頌爲五十一次，總計用詩三百一十四次。此一情形或許是因爲《韓詩外傳》乃是專門爲羽翼《詩經》而作。因此對國風、小雅、大雅及頌都有所「用」。就全書之編排來看，卷一、二以國風爲主，例外僅兩次；卷三以頌爲主，例外有十次；卷四以小雅爲主，例外有三次；卷五以大雅爲主，例外有九次。其餘卷六、七、八、九、十分別以大雅、小雅、兼採、國風、大雅爲主。

2. 「人」的範疇較「天人」範疇爲多，此爲受到荀子之影響

　　《韓詩外傳》在國風、小雅、大雅及頌都有所「用」，然而在範疇上，仍

〔註104〕詳參附錄一：先秦兩漢重要書籍用詩分析統計表，以及附錄二：先秦兩漢重要書籍用詩詳表。

舊以「人」的範疇爲主。根據統計，國風詮釋爲「天人」範疇者有三十六次，詮釋爲「人」的範疇者五十三次；小雅詮釋爲「天人」範疇者有二十二次，詮釋爲「人」的範疇者五十五次；大雅詮釋爲「天人」範疇者有三十五次，詮釋爲「人」的範疇者六十二次；頌詮釋爲「天人」範疇者次有二十五次，詮釋爲「人」的範疇者二十六次。總計詮釋爲「天人」範疇者有一百一十八次，詮釋爲「人」的範疇者一百九十六次。將《韓詩外傳》與《荀子》相比，可以發現「天人」範疇的比例有所增加，這是因爲《外傳》除了承繼《荀子》之外，還受到當時盛行之黃老思想的影響。由於天人思維在黃老思想中佔有相當重要之地位，因此《韓詩外傳》對天人相關之論題亦有所著墨，而表現於範疇之中。

3. 在詩歌的搭配上型態相當特別

　　風雅頌混合搭配的情形在《韓詩外傳》約二十一處，計五十二次。就《外傳》大量用詩的數量而言所佔比例不高，佔全部用詩百分之十六，其界於《左傳》與《荀子》之間而接近於《荀子》的百分之十。雖然如此，《外傳》的用詩在詩歌搭配的型態上相當特別，值得進一步探究。首先觀察《韓詩外傳》卷八的例子：

> 梁山崩，晉君召大夫伯宗，道逢輦者，以其輦服其道，伯宗使其右下，欲鞭之。輦者曰：「君趨道豈不遠矣，不知事而行，可乎？」伯宗喜，問其居。曰：「絳人也。」伯宗曰：「子亦有聞乎？」曰：「梁山崩，壅河，顧三日不流，是以召子。」伯宗曰：「如之何？」曰：「天有山，天崩之；天有河，天壅之。伯宗將如之何！」伯宗私問之。曰：「君其率群臣，素服而哭之，既而祠焉，河斯流矣。」伯宗問其姓名，弗告。伯宗到，君問，伯宗以其言對。於是君素服，率群臣而哭之，既而祠焉，河斯流矣。君問伯宗何以知之，伯宗不言受輦者，詐以自知。孔子聞之，曰：「伯宗其無後，攘人之善。」詩曰：「天降喪亂，滅我立王。」又曰：「畏天之威，于時保之。」

過去的用詩在詩歌互相搭配的情形幾乎都是分開的，而此處之搭配卻是以兩首不一樣的詩相連，對該事進行說明。此一情形的出現顯示出《韓詩外傳》對詩歌間的藩籬以更加自由的態度面對，因此可以將兩首不同來源的詩句進行組合，共同說明某一見解。類似的情形，在《韓詩外傳》其他部分也可以看得到，如《外傳》卷一：

賢者不然，精氣闐溢，而後傷時不可過也。不見道端，乃陳情欲，
以歌道義。詩曰：「靜女其姝，俟我乎城隅，愛而不見，搔首踟躕。
瞻彼日月，悠悠我思，道之云遠，曷云能來。」急時辭也，是故稱
之日月也。

此處所引用之兩首詩相連的情形比前一例更加明顯。我們會發現，作為兩首
詩之間的區隔「又曰」消失了，而直接將詩句相連表達出《外傳》所欲敘述
之事。另外，還有如卷五這樣例子走的更遠：

孔子抱聖人之心，彷徨乎道德之域，逍遙乎無形之鄉。倚天理，觀
人情，明終始，知得失，故興仁義，厭勢利，以持養之。于是周室
微，王道絕，諸侯力政，強劫弱，眾暴寡，百姓靡安，莫之紀綱，
禮儀廢壞，人倫不理，於是孔子自東自西，自南自北，匍匐救之。

此處連「詩曰」二字顯示其為詩的字句都沒有，且其所引詩句「自東自西，
自南自北，匍匐救之」為兩首詩之結合，可知《韓詩外傳》之所引《詩經》
之文字與本文融合無間。同樣的情形還在《外傳》卷五可以看到：

孔子曰：「……關雎之事大矣哉！馮馮翊翊，自東自西，自南自北，
無思不服。子其勉強之，思服之，天地之間，生民之屬，王道之原，
不外此矣。」子夏喟然嘆曰：「大哉！關雎乃天地之基也。」

此則言〈關雎〉之義，而在對〈關雎〉進行敘述時，運用了「自東自西，自
南自北，無思不服」等文字，可是以在論詩之際還同時用詩的包孕型態。這
一類用詩的新的組合方式，是十分自由的，就表面而言顯示著《韓詩外傳》
對《詩經》詩句的運用更為嫻熟。然而，我們可以說《韓詩外傳》此種對用
詩搭配型態的解放，和先前《左傳》及《孟子》用詩的內在思維一樣，都是
以詩句來進行論述或敘述某一現象，而不是以詩句做為論理證據。而《外傳》
之所以可能從《荀子》之用詩掙脫，不專以詩論理，而以詩作為現象之表達，
或多或少可能是受到當時黃老及道家天人思維對現象的「觀照」態度。當然，
若就整體比例而言，《外傳》這樣的情形還算少數，真正將（用）詩作為現象
使用還要到西漢晚期才大量出現。

（二）天人意識與《韓詩外傳》用詩之內容

《韓詩外傳》用詩的內容，較傾向對人間世界之關心，與荀子之旨趣相
接近，《外傳》卷二云：

傳曰：「雩而雨者，何也？」曰：「無何也，猶不雩而雨也。」「星墜

木鳴，國人皆恐，何也？」「是天地之變，陰陽之化，物之罕至者也，
怪之、可也，畏之、非也。夫日月之薄蝕，怪星之黨見，風雨之不
時，是無世而不嘗有也，上明政平，是雖並至，無傷也；上闇政險，
是雖無一，無益也。夫萬物之有災，人妖最可畏也。」曰：「何謂人
妖？」曰：「枯耕傷稼，枯耘傷歲，政險失民；田穢稼惡，糴貴民飢，
道有死人；寇賊並起，上下乖離，鄰人相暴，對門相盜，禮義不脩；
牛馬相生，六畜作妖；臣下殺上，父子相疑，是謂人妖，是生於亂。」
傳曰：「天地之災，隱而廢也；萬物之怪，書不說也。無用之變，不
急之災，棄而不治；若夫君臣之義，父子之親，男女之別，切瑳而
不舍也。」詩曰：「如切如瑳，如琢如磨。」

則《外傳》此處可謂全抄《荀子·天論》篇，表現出依循荀子天人二分之思
想。事實上，《韓詩外傳》對於荀子之「天」的思想，可謂全盤接收，《韓詩
外傳》卷一云：

傳曰：在天者、莫明乎日月，在地者、莫明於水火，在人者、莫明
乎禮義。故日月不高，則所照不遠；水火不積，則光炎不博；禮義
不加乎國家，則功名不白。故人之命在天，國之命在禮。君人者、
降禮尊賢而王，重法愛民而霸，好利多詐而危，權謀傾覆而亡。詩
曰：「人而無禮，胡不遄死！」

此處《外傳》亦抄自同篇〈天論〉，而發揮荀子之「天人相參」之語。由此可
見，韓詩之學為荀子所傳，荀子之影響在《外傳》中明顯可見。

如前所述《韓詩外傳》雖承自荀子，其全篇之內容卻不僅限於荀子。《外
傳》之作者韓嬰，為漢代初年人，其時黃老之學盛行，因此在《外傳》之中，
亦有不少受到黃老、道家之天道觀念的影響，時有發揮黃老天道思維、天人
體系的觀點，而表現出此時期儒學思想上的變化。以下就《外傳》受到黃老、
道家思想部分影響所表現之重要內容敘述於下：

1. 政治歸於天道

《韓詩外傳》言政治之相關言語甚多，其中有將政治歸於天、地、人之
體系者。《韓詩外傳》卷八云：

三公者何？曰：司空、司馬、司徒也。司馬主天，司空主土，司徒
主人。故陰陽不和，四時不節，星辰失度，災變非常，則責之司馬。
山陵崩竭，川谷不流，五穀不植，草木不茂，則責之司空。君臣不

> 　正，人道不和，國多盜賊，下怨其上，則責之司徒。故三公典其職，
> 　憂其分，舉其辯，明其隱，此三公之任也。詩曰：「濟濟多士，文王
> 　以寧。」又曰：「明照有周，式序在位。」言各稱職也。

「天」、「土」、「人」實即為習言之「天」、「地」、「人」。由此，則《外傳》將政治上最高職位的三公「司馬、司空、司徒」分別與「天、地、人」相連，並分配其職位，可見《韓詩外傳》亦與董仲舒相同，建立起天人相參之政治體系。除了政治制度與天道體系相關外，政治之舉措，亦與天道相關，《外傳》卷二：

> 　傳曰：國無道，則飄風厲疾，暴雨折木，陰陽錯氛，夏寒冬溫，春
> 　熱秋榮，日月無光，星辰錯行，民多疾病，國多不祥，群生不壽，
> 　而五穀不登。當成周之時，陰陽調，寒暑平，群生遂，萬物寧，故
> 　曰：其風治，其樂連，其驅馬舒，其民依依，其行遲遲，其意好好，
> 　詩曰：「匪風發兮，匪車偈兮。顧瞻周道，中心怛兮。」

此處之言「國無道，則飄風厲疾……」幾乎與董仲舒之天人感應相同矣。

2. 禮推源於天

　　除了政治之外，《韓詩外傳》之言禮，亦有推源於天道者，《外傳》卷五：

> 　禮者、則天地之體，因人情而為之節文者也。無禮，何以正身？無
> 　師、安知禮之是也。禮然而然，是情安於禮也；師云而云，是知若
> 　師也。情安禮，知若師，則是君子之道。言中倫，行中理，天下順
> 　矣。詩曰：「不識不知，順帝之則。」

此處首言「禮者，天地之體」，可見於禮推源天地之觀念。而最末，引詩言「不識不知，順帝之則」，此處的「帝」當為「天」，言禮為天道世界之自然展現，與「天地之體」之語首尾呼應。

3. 歷史之敘寫

　　敘寫歷史事件及人物在《韓詩外傳》時有所見，例如《外傳》卷三之例：

> 　有殷之時，穀生湯之廷，三日而大拱。湯問伊尹曰：「何物也？」對
> 　曰：「穀樹也。」湯問：「何為而生於此？」伊尹曰：「穀之出澤，野
> 　物也，今生天子之庭，殆不吉也。」湯曰：「奈何？」伊尹曰：「臣
> 　聞：妖者、禍之先，祥者、福之先。見妖而為善，則禍不至，見祥
> 　而為不善，則福不臻。」湯乃齊戒靜處，夙興夜寐，弔死問疾，赦
> 　過賑窮，七日而穀亡，妖孽不見，國家昌。詩曰：「畏天之威，于時

保之。」

此段文字引用《周頌・我將》篇，其內容則是敘述殷商之時湯與伊尹對於「災異」之討論。值得注意的是，這一段歷史陳述的眞實性令人存疑，不但無史料佐證，且因商朝重淫祀，充滿宗教迷信之氣氛，此處成湯作爲「聖王」會有戒愼惕厲的行爲恐怕是周朝立國之觀念。

　　陳澧、徐復觀、龔鵬程認爲，《外傳》的這種歷史敘事方式是先秦用詩中歷史成分的傳統。〔註105〕就外表看來似乎如此，若深入觀察，會發現《外傳》的這種歷史敘事方式和先秦有所不同。首先，以《外傳》和《左傳》來說，《左傳》之引用《詩經》在其歷史敘述上擔任的是現象的一部分，而《外傳》的引用詩句部分則通常用於結論，並涵括整個歷史敘述，此點《外傳》與《荀子》在型態之表現相同。其次，《外傳》此類的「歷史」多半是自由發揮，在今日可見之歷史材料上能找到佐證的大概不多，其眞實性不得而知，而表現出虛構的情形。相較於《孟子》雖言「說詩者不以文害辭、不以辭害志」，希冀在文辭與情志當中找到一平衡點走的更遠。〔註106〕第三，也是最重要的，就是《左傳》、《孟子》用詩涉及有關歷史的內容時，著重在理的討論，而非現象的重現；而《外傳》之用詩的則著重於歷史某一情境之「重塑」。這種重塑與《孟子》之用詩同中有異，《孟子》用詩之允許「虛構」，乃是標榜著重志以言理，而明言其文辭指涉之「歷史」不可盡信。而《外傳》之用詩則根本是塑造某一種情境，此一情境就內容而言即歷史事件，其用詩之文字部分做爲整個歷史「重塑」之結論，而以理涵括了該歷史之現象全部，此種情形可能與道家、黃老之觀照態度有關。〔註107〕由此可知，《外傳》用詩在歷史敘事方面，其配置主要定型於《荀子》；而發明故事，透過「歷史」故事以得出古今相通之理，則不得不推源於《左傳》、《孟子》以降說詩之傳統，或許還溶入道家、黃老觀照之態度。因此我們可以說，《外傳》的用詩在歷史敘事方

〔註105〕見陳澧，《東塾讀書記》(台北：商務印書館)，人人文庫本，卷6頁87；徐復
　　　　觀，〈韓詩外傳研究〉，《兩漢思想史・卷3》(上海：華東師範大學) 2001年
　　　　12月；龔鵬程，〈論韓詩外傳〉，《漢代文學與思想學術研討會論文集》(台北：
　　　　文史哲出版社)，1990年6月。

〔註106〕關於孟子論詩之言語，後文將有所論述。而孟子此處之「論詩言志」，在思路
　　　　上乃是兼及文辭者，此部分可參曾守正，《先秦兩漢文學言志思想及其文化意
　　　　義——兼論與六朝文化的對照》(台北：台灣師範大學國文研究所博士論文)，
　　　　1998年12月，頁74～76。

〔註107〕關於這一部分，本章第五節還將詳細討論，以明以詩之言理之特質。

面，結合了先秦《左傳》《孟子》傳統、《荀子》和道家三者而有所轉變。

是故，《韓詩外傳》用詩的歷史敘事現象，可謂用詩的一個轉折，其後劉向的《列女傳》對詩句或詩歌的運用上，常常著眼於敘事並鋪敘出某一情境的情形應與《韓詩外傳》有關。

4. 天人感應

由前面一、二點可知，《韓詩外傳》有著將種種人間世界之內容歸於天道系統的作法。事實上，《外傳》受到黃老思想的影響其對於氣化宇宙論下幾個重要的觀念亦有所吸收而表現，天人感應的思想即爲其中之一，《韓詩外傳》卷七：

> 傳曰：善爲政者、循情性之宜，順陰陽之序，通本末之理，合天人之際，如是、則天氣奉養，而生物豐美矣。不知爲政者、使情厭性，使陰乘陽，使末逆本，使人詭天氣，鞠而不信，鬱而不宣，如是，則災害生，怪異起，群生皆傷，而年穀不熟，是以其動傷德，其靜亡救，故緩者事之，急者弗知，日反理而欲以爲治。詩曰：「廢爲殘賊，莫知其尤。」

此處言情性、陰陽、本末、天人之際，皆肯定天人之間有著實際之關聯，此種天人思想，在《外傳》中時時可見，其卷三云：

> 人事倫，則順于鬼神；順于鬼神，則降福孔皆。詩曰：「以享以祀，以介景福。」

則在儒學之中久已不見的「鬼神」、「降福」等觀念，又重新在《韓詩外傳》中出現。

5. 德的思想

除了天人感應的思想，黃老及道家思想的核心——德的觀念亦可見於《韓詩外傳》，其卷五云：

> 德也者、包天地之大，配日月之明，立乎四時之周，臨乎陰陽之交。寒暑不能動也，四時不能化也，斂乎太陰而不濕，散乎太陽而不枯。鮮潔清明而備，嚴威毅疾而神，至精而妙乎天地之間者、德也，微聖人，其孰能與於此矣。詩曰：「德輶如毛，民鮮克舉之。」

可見此處外傳以「德」爲其最高之觀念，而此種言德之地位的言論與第一節賈誼之重德言論極爲相似，可能都是儒家受到黃老影響後的表現。

由所述的分析可知，《韓詩外傳》實界於《荀子》與漢代黃老思想之間，受到荀子的天人思維及當時盛行之宇宙論的影響，因此在內容上或可謂《外

傳》爲雜揉有所矛盾者，然亦可從另一角度而將《外傳》之用詩視爲先秦與漢代之間轉折的地位。在《韓詩外傳》相近的時期西漢中期重要經學家及思想家的用詩，如劉安之《淮南子》與董仲舒之《春秋繁露》等，其用詩之表現都可以在《韓詩外傳》的用詩中看出其發展的情形與原因。〔註108〕就用詩之次數而言，《春秋繁露》較多，《淮南子》則較少。就範疇與內容來看，魯詩之《淮南子》、韓詩之《外傳》、齊詩之《春秋繁露》的表現皆兼及「天人」及「人」之論述，這種情形似乎表現出儒家與道家之差異並未影響到當時的用詩，顯現出西漢前期之用詩表現一致而未受到作者之意趣或思想之影響，而承自《荀子》之學的情形。

七、西漢後期至東漢初期天人意識與用詩之轉化

如前節所述，西漢中、末期至東漢中期以天人感應之災異思想爲主，尤其是西漢末至東漢初期，讖緯之學與象數易學極爲盛行。而此一時期與詩相關之文獻以魯詩之劉向，和基本上屬齊詩之《詩緯》、《易林》爲主。對用詩來說，《詩緯》的用詩雖然不少，然其較不明顯，相形之下《易林》則表現出相當之特點，由此，本部分即以劉向之用詩與《易林》爲對象加以討論，以明此一時期用詩之發展及特點。

（一）劉向用詩之特點

以今日可見之材料來看，劉向與詩經學相關之作品主要以《說苑》、《新序》、《列女傳》等較爲重要。在這些作品當中，《說苑》、《新序》二書主要是劉向集錄所見各書、取其以爲重要者而成，其間文字劉向或略有改寫，然幅度不大。在《說苑》、《新序》以外，《列女傳》亦爲劉向作品。就內容而言，《列女傳》在劉向先前或已有所本，然其中多由劉向所寫定者。因此，若以作品之文字而言，《說苑》與《新序》之文字劉向介入改動之部分較少，其內容在劉向先前各書中多少皆可以找到。而《列女傳》則少見其本，劉向創作之痕跡顯現可見。以本文之角度而言，前述劉向三書皆可見劉向之思想，因爲即使《新序》與《說苑》之內容多非劉向所作，然劉向加以輯錄，可見劉向對其內容認同之態度，因此本文後文將予以引用。不過，就用詩而言，由於本節討論用詩係涉及結構

〔註108〕關於《淮南子》、《春秋繁露》用詩之統計，請參看附錄一：先秦兩漢重要書籍用詩分析統計表，以及附錄二：先秦兩漢重要書籍用詩詳表。

方面，因此《新序》與《說苑》文字上承襲前人或前代之書的情形即不適合作為本節討論之對象，而僅能就《列女傳》加以討論。

就用詩之角度觀察《列女傳》之內容，會發現劉向之《列女傳》表現了幾點特色，而可謂西漢後期用詩另一個大轉折之開始，茲分別敘述其要點於下：

1. 就《列女傳》整體而言，《列女傳》幾乎全用《詩經》。以今日眼光來說，《列女傳》之用詩詩有言作者及作詩之本事者，亦有將詩句與作詩本事混用者，顯現出劉向對作者本事之重視。茲舉例說明於下：

《列女傳・貞順傳》云：

> 黎莊夫人者，衛侯之女，黎莊公之夫人也。既往而不同欲，所務者異，未嘗得見，甚不得意。其傅母閔夫人賢，公反不納，憐其失意，又恐其已見遣，而不以時去，謂夫人曰：「夫婦之道，有義則合，無義則去。今不得意，胡不去乎？」乃作詩曰：「式微式微，胡不歸？」夫人曰：「婦人之道，壹而已矣。彼雖不吾以，吾何可以離於婦道乎！」乃作詩曰：「微君之故，胡為乎中路？」終執貞壹，不違婦道，以俟君命。君子故序之以編詩。

此段文字言黎莊夫人創作〈式微〉詩之本事。劉向在此將〈式微〉之詩句有所選擇後融入本事之中，而致力營造出黎莊夫人創為此詩之背景與心情，從中可見劉向讀詩時觀照、重要詩篇情境已超越《韓詩外傳》，更超越《孟子》與《呂氏春秋》。劉向《列女傳》如上例〈貞順傳〉「黎莊夫人」一樣方式言詩篇之本事者極多，俯拾即是，幾乎皆表現出致力情境之色彩。除此之外，下述之例於《列女傳》雖不常見，然因為十分特別故予以討論，〈母儀傳〉：

> 衛姑定姜者，衛定公之夫人，公子之母也。公子既娶而死，其婦無子，畢三年之喪，定姜歸其婦，自送之，至於野。恩愛哀思，悲心感慟，立而望之，揮泣垂涕。乃賦詩曰：「燕燕于飛，差池其羽，之子于歸，遠送于野，瞻望不及，泣涕如雨。」送去歸泣而望之。又作詩曰：「先君之思，以畜寡人。」君子謂定姜為慈姑過而之厚。定公惡孫林父，孫林父奔晉。晉侯使郤犨為請還，定公欲辭，定姜曰：「不可，是先君宗卿之嗣也。大國又以為請，而弗許，將亡。雖惡之，不猶愈於亡乎！君其忍之。夫安民而宥宗卿，不亦可乎！」定公遂復之。君子謂定姜能遠患難。詩曰：「其儀不忒，正是四國。」此之謂也。定公卒，

立敬姒之子衎爲君，是爲獻公。獻公居喪而慢。定姜既哭而息，見獻
公之不哀也，不內食飮，嘆曰：「是將敗衛國，必先害善人，天禍衛
國也！夫吾不獲鱄也使主社稷。」大夫聞之皆懼。孫文子自是不敢舍
其重器於衛。鱄者，獻公弟子鮮也。賢，而定姜欲立之而不得。後獻
公暴虐，慢侮定姜。卒見逐走，出亡至境，使祝宗告亡，且告無罪於
廟。定姜曰：「不可。若令無神，不可誣。有罪，若何告無罪也。且
公之行，舍大臣而與小臣謀，一罪也。先君有冢卿以爲師保，而蔑之，
二罪也。余以巾櫛事先君，而暴妾使余，三罪也。告亡而已，無告無
罪。其後賴鱄力，獻公復得反國。君子謂定姜能以辭教。詩云：「我
言惟服。」此之謂也。鄭皇耳率師侵衛，孫文子卜追之，獻兆於定姜
曰：「兆如山林，有夫出征而喪其雄。」定姜曰：「征者喪雄，禦寇之
利也。大夫圖之。」衛人追之，獲皇耳於犬丘。君子謂定姜達於事情。
詩云：「左之左之，君子宜之。」此之謂也。

本例之文字頗長，由首至尾，與《詩經》相關係計有五處。分別爲〈燕燕〉
詩之首尾、劉向將其拆開分置，以爲劉向敘述定姜創作本事之內容。另三處
則分別爲《曹風・鳲鳩》、《大雅・板》以及《小雅・裳裳者華》三首。本例
之最大特色在於劉向以衛姑定姜之行爲爲本事，其間將多則用詩與作詩之詩
句統合起來，重複多次，顯現出以情境統合用詩的色彩。因此，劉向之用詩
雖然仍有《荀子》的「此之謂也」的文字，然實已從論理轉由整體情境之角
度注視，發揮統合的作用，而與前代大不相同，顯現出用詩的另一個轉折。

2. 細部觀察劉向之用詩，會發現劉向以用詩之詩句隱括整個故事，此類
之用詩已經很接近象的思維。這樣的情形在《列女傳》中極爲常見，而與《荀
子》不同，以下分別介紹兩種較具代表性之型態，以明其情形。

（1）劉向《列女傳》有直接連綴兩篇不同詩句以明其本事者。仔細觀察
此類連綴之情形，會發現其連綴乃是將原本來自不同詩之詩句相連，將其與
所描述之女子本事對應。就這些引《詩經》的不同詩句本身來看，這些《詩
經》詩句的內容不僅不同，也各自指涉、描述本事中不同之階段，似乎有藉
短語之結合以達全篇之義者。〈母儀傳〉曰：

契母簡狄者，有娀氏之長女也。當堯之時，與其妹娣浴於玄丘之水。
有玄鳥銜卵，過而墜之。五色甚好，簡狄與其妹娣競往取之。簡狄
得而含之，誤而吞之，遂生契焉。簡狄性好人事之治，上知天文，

樂於施惠。及契長，而教之理順之序。契之性聰明而仁，能育其教，卒致其名。堯使爲司徒，封之於亳。及堯崩，舜即位，乃敕之曰：「契！百姓不親，五品不遜，汝作司徒，而敬敷五教在寬。」其後世世居亳，至殷湯興爲天子。君子謂簡狄仁而有禮。詩云：「有娀方將，立子生商」。又曰：「天命玄鳥，降而生商。」此之謂也。

本段本事用商頌〈長發〉與〈玄鳥〉二篇詩句，而這兩篇詩句分別指涉簡狄感天生契，以及能養契、教契，爲契典範之本事內容。不僅如此，此二段詩句位於本事之後，兩者緊密相連，就其角度而言實擔任起統合全篇內容之角色。如此一來則劉向《列女傳》連綴不同詩句的情形應與象的思維近似，而爲《易林》以詩爲象的前驅。

（2）劉向《列女傳》有以詩句內容直接用典，納入本事之情形。〈貞順傳〉：

> 蔡人之妻者，宋人之女也。既嫁於蔡，而夫有惡疾。其母將改嫁之，女曰：「夫不幸，乃妾之不幸也，奈何去之？適人之道，壹與之醮，終身不改。不幸遇惡疾，不改其意。且夫采采芣苢之草，雖其臭惡，猶始於捋采之，終於懷擷之，浸以益親，況於夫婦之道乎！彼無大故，又不遣妾，何以得去？」終不聽其母，乃作〈芣苢〉之詩。君子曰：「宋女之意甚貞而壹也。」

本例言〈芣苢〉詩之本事。就本段文字之表面來看，似乎找不到《詩經》之文句，然而事實上劉向乃是以《詩經》文句加以化用，直接納入本事之中，成爲女子表明心跡之內容。由此可見，劉向對《詩經》之文句實與後世之用典有點類似，其將《詩經》文句重新塑造一情境，只是劉向此處之情境仍未脫作者本事而已。又同屬〈貞順傳〉之另一例子：

> 孟姬者，華氏之長女，齊孝公之夫人也。好禮貞壹，過時不嫁。齊中求之，禮不備，終不往。（不）躡男席，語不及外。遠別避嫌，齊中莫能備禮求焉。齊國稱其貞。孝公聞之，乃脩禮親迎於華氏之室。父母送孟姬不下堂，母醮房之中，結其衿縭，誡之曰：「必敬必戒，無違宮事。」父誡之東階之上曰：「必夙興夜寐，無違命。其有大妨於王命者，亦勿從也。諸母誡之兩階之間，曰：「敬之敬之，必終父母之命。夙夜無怠，爾之衿縭。父母之言謂何。」姑姊妹誡之門內，曰：「夙夜無愆。示之衿鞶，無忘父母之言。」孝公親迎孟姬於其父母，

三顧而出。親迎之綏，自御輪三，曲顧姬與。遂納於宮。三月廟見，
而後行夫婦之道。既居久之，公游於琅邪，華孟姬從，車奔，姬墮車
碎，孝公使駟馬立車載姬以歸，姬使侍御者舒帷以自障蔽，而使傅母
應使者曰：「妾聞妃后踰閾，必乘安車。輜軿下堂，必從傅母。保阿
進退，則鳴玉環佩。內飾則結紐綢繆，野處則帷裳擁蔽。所以正心壹
意，自斂制也。今立車無軿，非所敢受命也。野處無衛，非所敢久居
也。三者失禮多矣。夫無禮而生，不如早死。使者馳以告公，更取安
車。比其反也，則自經矣，傅母救之不絕，傅母曰：「使者至，輜軿
已具。」姬氏蘇，然後乘而歸。君子謂孟姬好禮。禮，婦人出必輜軿，
衣服綢繆。既嫁，歸問女昆弟，不問男昆弟。所以遠別也。詩曰：「彼
君子女，綢直如髮。」此之謂也。

本條所言乃孟姬孝禮之本事，而先後引用《周頌·敬之》、《小雅·都人士》
二詩詩句。在劉向本處所引二詩詩句中，最可注意者乃是〈敬之〉之例。〈敬
之〉之詩句在本處並非以「此之謂也」的形式出現，而是成為孟姬諸母訓示
孟姬之語。由此，則本處〈敬之〉實已與後世之用典完全相同。

　　由上述的討論可知，劉向《列女傳》實是以發揚女子之德義為目的，透
過一條條本事之創作加以表現者。在這當中，劉向將這些女子與《詩經》完
全結合，運用詩經之文字、篇意以闡述之，因此亦為用詩之發展。觀察劉向
《列女傳》之用詩會發現，劉向《列女傳》實致力以本事、情境之開拓，在
其開拓的同時，將用詩實融入本事之中，使得用詩全面脫離《荀子》之理據，
而轉為情境之表現。不只如此，就細部而言，劉向《列女傳》之用詩還表現
出兩種情形：第一、《列女傳》大量出現將兩篇不同詩句組合，分別指涉本事
之一面，並位於本事之後，擔任起全篇統合之角色，此點實與象的思維近似，
而為《易林》以詩為象的前驅。第二、《列女傳》已見完全與後世用典的例子。
考察上述劉向《列女傳》用詩之種種表現，《列女傳》實為兩漢用詩之另一轉
折的開始，此一轉折在《易林》當中將完全得以呈現。

（二）《易林》之特點及其意義

　　《易林》的作者，舊說為西漢人焦延壽作，自鄭曉、顧炎武、牟庭相以降，
始疑其當是王莽、東漢年間崔篆所作，[註109] 牟庭相《易林校略·序》云：

〔註109〕關於《易林》一書之作者之考辨，余嘉錫考證甚詳。詳參余嘉錫，《四庫提要
　　　　辨證》卷13，《四庫全書總目》（台北：藝文印書館，1989年1月），第七冊，

傳稱焦延壽長於災變，分卦直日用事，以風雨寒溫爲候，而京房奏
考功法，論消息卦氣、皆傳焦氏學，殊不似《易林》。《易林》乃玩
象觀辭，非言災變者也。何以爲焦延壽之書。……一日檢《後漢書·
儒林傳》：「孔禧拜臨晉令，崔駰以《家林》筮之。」又檢〈崔駰傳〉
云：「祖篆王莽時爲建新大尹，稱疾去。在建武初，著《周易林》六
十四篇。」余於執卷而笑曰：「《易林》者，王莽時建新大尹崔延壽
之所撰也。……崔篆蓋字延壽。」

牟論爲大多數學者所接受，唯尚秉和仍持其爲西漢焦延壽作，並舉多項《易
林》書中所見西漢易學之觀念爲證，而以爲西漢易學至東漢已絕，故當爲西
漢時作品。〔註110〕考量尚秉和舉《易林》有西漢易學之說亦爲有據，不過尚
氏以西漢易與東漢易對立而斷其年代，則立論恐爲武斷。因爲，《易林》即使
爲東漢崔篆所作，其內部之思想承自西漢而來亦應屬可能，故本文以《易林》
爲西漢晚期迄東漢初期齊詩經學之用詩代表。至於《易林》之內容，並非與
災異全然無關，而很可能用於占筮，然其法不傳，由今日存在之內容來看，「玩
象觀辭」的意味很重，且其各條之內容，係以詩爲之。因此，對於兩漢之詩
經學以及詩學思想來說，《易林》實有極其重要之地位。朱彝尊《經義考》摘
錄諸家論及《易林》特色之言語：

楊愼曰：焦氏《易林》，西京文辭也。辭皆古韻，與毛詩叶韻相合，
或似詩，或似樂府童謠，觀者但以占卜書視之過矣。

鍾惺曰：焦延壽用韻語作易占，似讖似謠，有數十百言，所不能盡
者，回翔於一字一句之中，寬然有餘，其鍛鍊精簡，未可謂無意爲
文也。

王弘撰曰：自焦氏爲詩以代占辭，而後之筮者，不復用文王周公孔
子之辭矣，此焦氏之罪也。〔註111〕

各家言《易林》之作者雖可議，然其言《易林》之特色，不但爲「占卜書」——
——「詩之用」，同時其體製也是詩歌，其「鍛鍊精簡，未可謂無意爲文」。由
此，則可見《易林》之內容，係兼「寫詩」與「詩之用」兩者。就用詩一路

頁 733～749。

〔註110〕說見尚秉和，《焦氏易詁》（台北：中華書局，1971 年 10 月）卷 2，頁 10～
15「焦氏易林之平議」。

〔註111〕見朱彝尊，《經義考》（北京：中華書局，四部備要本），卷 6 頁 47。

的發展來看，《易林》引用《詩經》頗多，計三百九十一處，〔註112〕其用詩對先前之成果有所承繼，亦有相當重要的開創，茲綜合用詩結構與內容兩者而分五點闡明於下：

1. 《易林》之用詩承繼了先前用詩引用《詩經》詩句之特點

用詩發展至《荀子》，多半爲一處一首，聯合兩首以上者少見。而《易林》之用詩通常爲一則引用一首詩，偶而有引用兩首詩者，約二十次，兩首以上者則幾乎沒有。因此，一處一首以上的情形在全部三百九十餘處用詩當中所佔比例極少，此一表現繼承了《荀子》以降用詩之特點。

2. 《易林》之用詩，全係變化《詩經》詩句融合爲詩，打破先前分用詩「詩句與論述」明顯二分之情形

《易林》融合《詩經》以爲詩的方式約有三種：

（1）僅引用《詩經》之文字者

此處所言《易林》引用《詩經》之文字，原則上以一句爲最低限度。若爲單詞，則明顯屬於《詩經》所用之特殊詞彙才收入，因爲如「南山、昊天……」等漢代常見詞彙，論及源頭雖可能推至《詩經》，然因其在漢代已爲人所習用，爲謹愼計，本文不將其視爲引用《詩經》文字之例。考察《易林》引用《詩經》之文字之例，有完全引用某句者，例如：

　　羔裘豹袪，東與福遇，駕迎吾兄，送我鸝黃。（〈蹇之家人〉）

首句「羔裘豹袪」即據今本毛詩《唐風·羔裘》：「羔裘豹袪，自我人居居」來。又有略爲變化，而有所增減者，如：

　　騋牝龍身，日馭三千，南止蒼梧，與福爲婚，道里夷易，安全無忌。
　　（〈小畜之無妄〉）

毛詩《鄘風·定之方中》：「騋牝三千」，此處《易林》作「騋牝龍身，日馭三千」，當是對詩句有所增減而來。

（2）用《詩經》之句意者

《易林》引用《詩經》，於文字上未必相同，然有用某句、或某幾句之句意者，例如：

　　桃李花實，累累日息，長大成就，甘美可食。（〈否之剝〉）

本則本於〈桃夭〉：「桃之夭夭，有蕡其實」詩句。關於此二句之解釋，毛傳

〔註112〕詳參附錄四：《易林》用詩詳表。

云：「蕡，實貌。非但有華色又有婦德。」而魯、韓詩無相關解釋。以毛傳之義，則當指桃樹之實之盛，而《易林》言「花實」，言其「長大成就，甘美可食」，與毛傳之義在桃之理解上大致相合。

（3）用《詩經》之篇意者

《易林》引用《詩經》，有逕引篇名而言篇意者，例如：

> 桃夭少葉，婚悅宜家，君子樂胥，長利止居。（〈困之觀〉）

本條亦〈桃夭〉詩之例，關於本詩，魯、韓詩俱無相關說解，毛詩小序云：「〈桃夭〉，后妃之所致也。不妒忌，則男女以正，婚姻以時，國無鰥民也。」后妃之說，雖多半不爲三家詩所接受，然《易林》此處言「婚悅宜家，君子樂胥，長利止居」，與毛詩之「男女以正，婚姻以時」則並無不同。

從《易林》融合詩經文字或句意、篇章來看，《易林》之引用《詩經》，可謂達到一「文學上」的要求，用詩發展至此，已無《荀子》「此之謂也」之老調，而與後世詩歌用典之形式極爲接近。

3. 《易林》用詩之本體結構即爲「象」，爲天人合一思想之表現

如前所述，《易林》本身之「用」，極可能是用於占筮。因此，對《易林》而言，無所謂「天」的範疇或「人」的範疇的區別，因占筮本身即爲顯現「天」意，溝通天人之方式。是故，無論在文字上是「天」或是「人」，都是在內在思維之中肯定天人之聯繫，而《易林》中所描述天、地、人各個範疇，都是通貫包含天地人三者之氣化宇宙論表現。

4. 《易林》引用國風、小雅、大雅及頌的詩句次數與先前用詩大有不同

此一現象可以從四個方面加以觀察：〔註113〕

（1）從引用之次數來看，《易林》引用《詩經》以國風最多，計達二百二十二次；小雅次之，達一百一十九次；而大雅及頌次數不多，分別爲三十七次與十三次。相較於先前的用詩，多半以小雅和大雅爲多的情形，表現出很大的差異。《易林》之用詩，對國風特爲重視，佔《易林》全部用部的一半以上，而原先相當受到重視的大雅，則降到極低的分量，不到十分之一，此一現象十分值得深究。

（2）《易林》用詩之重複情形不少。所謂的重複情形，指的是相同或幾乎相同之用詩，其可能之情形有三：一爲完全相同者；一爲字之差異，疑爲

〔註113〕詳參附錄五：《易林》引用風、雅、頌次數統計表。

抄寫錯誤者；第三則是爲句數略有增減者，然原意未滅，其內容、字句大致
與另一條近似者。前兩種可視爲相同；而後者，則可視爲由原型略有增減而
變形者。茲將前兩種合爲一類，並分別介紹此兩類情形於下：

　　第一類爲完全相同，或是字有所差異者，《易林》此類的情形相當多，分
別是引用國風有七十四次，小雅三十一次，大雅五次，頌三次，計一百一十
三次。茲舉例於下：

　　　　葛藟蒙棘，華不得實，讒佞亂政，使恩雍塞。（〈師之中孚〉）

本條引用《王風・葛藟》。與〈師之中孚〉完全相同的內容，又見於〈蠱之明
夷〉、〈節之蹇〉兩處；而〈泰之蒙〉「讒佞亂政」作「讒言亂政」、〈噬嗑之坎〉
「使恩雍塞」作「使忠壅塞」差距僅在一字，因此可視爲同一條的重複。

　　至於第二類，於句數、句意略有增減者，此類出現的情形不如第一類，
計國風出現十三次，小雅八次，大雅及頌則未出現此情形。茲舉例如下：

　　　　孔德如玉，出於幽谷。升高鼓翼，輝光照國。（〈坤之比〉）

　　　　孔德如至，出於幽谷，飛上喬木。斂其羽翼，大光照國。（〈同人之
　　　　坎〉）

此二例引用《小雅・伐木》：「出自幽谷，遷于喬木」二句。將〈坤之比〉與
〈同人之坎〉相比會發現，兩者除了某些字的差別外，比較明顯的差別在後
者多出「飛上喬木」一句。很明顯的，〈同人之坎〉多出一句無害於〈坤之比〉
一則之內容，而僅可視爲衍生的型態。

　　整體從次數來看，國風之中重複之情形最多，計八十七條；小雅其次，
爲三十九條；大雅爲五條；頌爲三條，四者之間的差距比例大致與四者總次
數之比例相合。也就是說，重複的情形會隨著引用詩篇的情形增加而增加，
事實上，《易林》一書重複的情形很常見，這或許與其自身占筮之體系有關。
不過，就討論《易林》用詩的角度來說，第二類或許還可以視爲來自同一型
態的伸縮改變，其間或許有作者用心之所在，然第一類字句的問題必須扣除。

　　（3）前述《易林》用詩之重複情形，顯示著《易林》之用詩存在著一個
個的群聚，而這些群聚有著相同的源頭，從其中可以看出原型與衍生型態的
區別。事實上，此種易林存在的原型及衍生型態除了重複類同的群聚外，還
有出自相同的詩篇或詩句（同源），但是在內容及文字差異頗大，明顯呈現不
同之型態者。此類之用詩雖不爲前述（2）之重複用詩，然亦出自同源，因此
這一類的用詩，明顯可看出《易林》作者從同一來源而表現的創作改造能力。

茲舉數例說明如下：

> 三女求夫，伺候山隅，不見復關，泣涕漣洳。（〈坤之井〉）

> 三婦同夫，志不相思，心懷不平，志常愁悲。（〈小畜之歸妹〉）

> 氓伯以婚，抱布自媒，棄禮急情，卒罹悔憂。（〈蒙之困〉）

此三篇明顯來自《衛風‧氓》之詩意，前兩則內容較爲接近，然〈坤之井〉
著重情節刻劃，〈小畜之歸妹〉則著重情感抒發，至於第三則〈蒙之困〉則側
重全面的觀照描寫。除了此類情形之外，《易林》創造性用詩還有一種表現：

> 北風牽手，相從笑語，伯歌季舞，譴樂以喜。（〈否之損〉）

> 北風寒涼，雨雪益冰，憂思不樂，哀悲傷之心。（〈晉之否〉）

此兩則之來源爲《邶風‧北風》：「北風其涼，雨雪其雱，惠而好我，携手同
行。」一段。比較《易林》此兩則對〈北風〉的創造可以發現，這兩則創造
性用詩在內容上大爲不同，一憂一喜，表現出相反的情形。實際上，《易林》
此二則引用〈北風〉的用詩，其原因乃是漢代兩種以上說詩者詩意之表現，
毛詩小序云：

> 〈北風〉，刺虐也。衛國並爲威虐，百姓不親，莫不相攜持而去焉。

而毛傳鄭箋針對「北風其涼」等四句：「興也。北風，寒涼之風。雱，盛貌。
惠，愛。行，道也。」鄭箋：「寒涼之風，病害萬物。興者喻君政教酷暴，使
民散亂。性仁愛而又好我者，與我相攜持，同道而去。疾時政也。」則毛詩
以爲北風實亂世百姓散亂，相持而去之詩，可見毛詩以〈北風〉之人實有憂
患。魯詩則有所不同，《張衡‧西京賦》：

> 樂〈北風〉之同車。〔註114〕

則以〈北風〉爲相伴喜樂之詩。則毛詩與魯詩一喜一憂，與《易林》此處兩
則之創造性表現正好相符，或許可見《易林》創造性用詩之有據，與緯學一
樣有著兼綜各家之色彩。

就次數來說，《易林》的創造性用詩以國風最多，計四十一例；小雅其次，
計十五例；大雅又其次，爲七例；頌則完全沒有。針對《易林》創造性用詩
加以統計分析，可以看出《易林》時期《詩經》國風、小雅、大雅及頌各部
分的創造率。所謂的創造率，指的是《易林》從同一來源創造出兩種以上內
容的比例，而創造率計算之方式爲：創造率＝創造性用詩÷引詩來源數。創

〔註114〕見蕭統編，《文選》（台北：藝文印書館，宋淳熙本），卷2頁21。

造率可顯示《詩經》各部分可創造性之百分比，國風的創造率達百分之 43.6%，小雅為 23%，大雅為 28%，頌則為 0。〔註115〕創造率不但顯示著西漢末年及東漢初年《詩經》各部分受到重視的程度，更反映出在天、地、人合一的宇宙觀下，《詩經》各部分的內在發展潛力。《易林》以國風為基礎所表現的種種重視與創造，與後世言詩或引詩時之傾向國風的情形一致。

我們還必須注意《易林》此類創造性的用詩，會發現此類用詩在內容上雖與重複性用詩不同，然創造之結果上，各組創造性用詩幾乎都有其來源，並非無中生有。例如前述的〈氓〉以及〈北風〉，由〈氓〉所創造出來的詩，三首之細節雖然不同，然皆刻劃女子遭夫捨棄而失意傷悲之情，而〈北風〉則因詮釋各有所源，故表現出不同情感。由此，我們可以看出《易林》之用詩實創造與確立了詩歌中主題之原型以及衍生型態，在中國詩歌的發展有著重要地位。

5. 內容方面，《易林》之用詩對先前重要題材有所繼承而加以變化，開拓了新的題材。

茲揀選重要內容討論於下：

（1）政治方面

《易林》之用詩，有描寫國家政治方面之內容，例如是非黑白顛倒之亂國、危國之刻劃：

> 辯變白黑，巧言亂國，大人失福，君子迷惑。（〈隨之夬〉）

> 腐臭何在，青蠅集聚，變白為黑，敗亂邦國。（〈豐之咸〉）

〈隨之夬〉引用《小雅・巧言》、《小雅・青蠅》二詩，而〈豐之咸〉則為〈青蠅〉一詩。其中言「巧言亂國，大人失福，君子迷惑」之情景能不令人感慨。另外，還有忠良被害之事，〈革之小畜〉：

> 子車鍼虎，善人危殆，黃鳥悲鳴，傷國无輔。

此條源自《秦風・黃鳥》詩，為描寫秦穆公以三良殉葬之悲。《易林》之「子車」，當即為「子輿氏」，《史記・秦本紀》：

> 三十九年，繆公卒，葬雍。從死者百七十七人，秦之良臣子輿氏三人名曰奄息、仲行、鍼虎，亦在從死之中。秦人哀之，為作歌〈黃鳥〉之詩。

〔註115〕參見附錄五：《易林》引用風、雅、頌次數統計表。

而毛詩小序亦云：

〈黃鳥〉，哀三良也。國人刺穆公以人從死，而作是詩也。

則本詩言「善人危殆」、「傷國无輔」可見對當政者行事之看法。

（2）歷史方面

《易林》之用詩，亦頗有言及歷史者，顧炎武《日知錄》卷十八云：

今《易林》引左氏語甚多，又往往用《漢書》中事。如曰：彭離濟東遷之上庸，事在武帝元鼎元年。曰：長城既立，四夷賓服，交和結好，昭君是福，事在元帝竟寧元年。曰：火入井口，陽芒生角，犯歷天門，窺見太微，登上玉牀，似用李尋傳語……

則顧炎武注意到《易林》對歷史的重視，不過其著重僅在《左傳》、《漢書》等史書。事實上，《易林》之引用《詩經》史事者亦不少，尤其以大雅為多：

周師伐紂，尅於牧野，甲子平旦，天下悅喜。（〈謙之噬嗑〉）

文王四乳，仁愛篤厚，子畜十男，無有折夭。（〈頤之節〉）

大姒文母，乃生聖子。昌發受命，為天下主。（〈損之巽〉）

第一條引用《大雅·大明》：「矢于牧野」一句；而二、三條則同源於《大雅·思齊》：「大姒嗣徽音則百斯男」句。大雅之內容，原本就存有部分西周開國之歷史，而《易林》此處，係用大雅之事而加以發揮，敘述西周早期之歷史。《易林》除了運用大雅之歷史而創作之外，《詩經》其他部分如國風、小雅、頌亦有用史、詠史之情形，如〈比之家人〉：

懿公淺愚，不深受諫，無援失國，為狄所滅。

是用〈載馳〉之詩。劉向《列女傳·仁智傳》：「許穆夫人者，衛懿公之女，許穆公之夫人也。初許求之，齊亦求之，懿公將與，許女因其傅母而言曰……衛侯不聽，而嫁之於許。其後翟人攻衛，大破之。而許不能救，衛侯遂奔走涉河，而南至楚丘。齊桓往而存之，遂城楚丘以居。衛侯於是悔不用其言。」劉向習魯詩，毛詩亦類同於魯詩，《鄘風·載馳》小序云：「〈載馳〉，許穆夫人作也。閔其宗國顛覆，自傷不能救也。衛懿公為狄人所滅，國人分散，露於漕邑。許穆夫人閔衛之亡，傷許之小，力不能救，思歸唁其兄，又義不得，故賦是詩也。」則齊、魯、毛三家皆同，而《易林》此處係詠衛懿公失國之事。

將《易林》用詩之歷史內容與《韓詩外傳》相比較，會發現《易林》在對歷史的處理較《外傳》更進一步。《易林》之敘寫歷史，幾乎都是用史以為材料敘述史事著重情境的呈現，而少論理，而《外傳》則多保留有引史論理

的尾巴。當然《外傳》純粹用詩以敘寫歷史者也不是沒有，只是數量甚少，例如《外傳》卷三記曰：

> 武王曰：「於戲！天下未定也！」周公趨而進曰：「不然。使各度其宅，而佃其田，無獲舊新。百姓有過，在予一人。」武王曰：「於戲！天下已定矣。」乃脩武勒兵於宵，更名邢丘曰懷，宵曰脩武，行克紂于牧之野。詩曰：「牧野洋洋，檀車皇皇，駟騵彭彭，維師尚父，時維鷹揚，涼彼武王，肆伐大商，會朝清明。」既反商，及下車，
> 封黃帝之後於薊，封帝堯之後於祝，封舜之後於陳。

此處援引〈大雅‧大明〉詩，以言武王於牧出師伐紂之情景，全為敘事體裁。由此可知，用史、詠史之情形在東漢以前已經出現，於《易林》則發展成熟蔚成大國，我們可以說《易林》用詩之歷史內容方面已開後世詠史詩之先聲。

（3）禮

《易林》之用詩中，有部分言及禮之內容，例如：

> 行露之訟，貞女不行，君子無食，使道壅塞。（〈无妄之剝〉）
>
> 婚禮不明，男女失常，行露反言，出爭我訟。（〈大壯之姤〉）

此二條引用〈行露〉詩。劉向《列女傳‧貞順傳》條：「召南申女者，申人之女也。既許嫁於酆，夫家禮不備而欲迎之，女與其人言：『以為夫婦者，人倫之始也，不可不正……』頌曰：召南申女，貞一脩容，夫禮不備，終不肯從，要以必死，遂至獄訟，作詩明意，後世稱誦。」而毛詩更明言指其後有「召伯聽訟」之事，毛詩小序：「〈行露〉，召伯聽訟也。衰亂之俗微，貞信之教興，彊暴之男不能侵陵貞女也。」可見魯、齊、毛詩對〈行露〉詩之解釋當無大異。此處《易林》之言〈行露〉之訟，乃著重於事件之描寫，而與魯詩之「後世稱誦」、毛詩之「貞信之教興」明文強調禮教略有不同。事實上，《易林》此種側重情境的描寫與前述（2）歷史部分類似，而十分常見，例如〈噬嗑之困〉：

> 二女寶珠，誤鄭大夫，君父無禮，自為作笑。

本條用《周南‧漢廣》詩。劉向《列仙傳》卷上：「江妃二女者，不知何所人也。出遊於江漢之湄。逢鄭交甫，見而悅之，不其神人也。謂其僕曰：我欲下請其佩，……二女曰：橘是柚也，我盛之以笥，令漢水將流而下，我遵其傍采其芝而茹之，遂手解佩與交甫，交甫悅受而懷之中當心。趨去數十步，視佩。空懷無佩，顧二女忽然不見。詩曰：『漢有游女，不可求思』，此之謂也。」毛詩小序：「〈漢廣〉，德廣所及也。文王之道被于南國，美化行乎江漢

之域，無思犯禮，求而不可得也。」則齊、魯詩應同，而毛詩異。而此處《易林》與《列仙傳》十分接近，皆以敘事鋪陳情境爲主。

由以上對《易林》用詩言禮的內容可以發現，禮，在過去用詩之中爲論理的重要部分，而易林中對於禮的闡釋，明言教化之詞少，以刻劃情境或事件代替，而將禮教之概念隱藏。

（4）社會生活

《易林》之用詩，頗有描寫社會生活之內容，例如，描寫農村遭害之情形，〈同人之節〉：

> 螟虫爲賊，害我稼穡。盡禾殫麥，秋無所得。

此條源自〈桑柔〉：「降此蟊賊，稼穡卒痒」二句。針對本詩，揚雄《大司農箴》云：

> 季周爛漫，而東作不勅。膏腴不穫，庶物並荒。府庫藏單虛，靡積倉箱。陵遲衰微，姬卒以亡。〔註116〕

揚雄習魯詩。而毛詩方面，鄭箋注此二句曰：

> 蟲食苗根曰蟊，食節曰賊，耕種曰稼，收斂曰穡，卒、盡，痒、病也。天下喪亂，國家之災以窮盡我王所恃而立者，謂蟲孽爲害，五穀盡病。

則「庶物並荒」、「蟲孽爲害，五穀盡病」兩家詩皆解釋其爲農村遭蟲害而損失之情景。除此之外，《易林》還有述及社會人民行役之苦者，〈泰之否〉：

> 陟岵望母，役事不已，王政無鹽，不得相保。

本條引用〈陟岵〉：「陟彼屺兮，瞻望母兮，母曰：嗟予季行役，夙夜無寐」等句。針對此詩，魯、韓詩無相關言語，毛詩小序云：

> 〈陟岵〉，孝子行役思念父母也。國迫而數侵削，役乎大國，父母兄弟離散，而作是詩也。

則毛詩以〈陟岵〉爲行役思念父母之詩，而《易林》此處之改寫，與毛詩類同。

（5）個人情感

《易林》用詩之內容，言個人情感者極多，有言失志不遇之情者，有抒發行役過途中之情者，有言婚姻、愛情不順遂者，茲介紹一二於下：

甲、失志不遇之情。屬此類情感的有：

〔註116〕見歐陽詢，《藝文類聚》（台北：新興書局，1973年），卷49。

鶴鳴九皋，避世隱居，抱朴守真，竟不隨時。(〈師之艮〉)

此條引用〈鶴鳴〉詩。首句「鶴鳴九皋」與〈鶴鳴〉詩首二句「鶴鳴于九皋，聲聞于野」之第一句幾乎相同。《張衡‧思玄賦》云：

遇九皋之介鳥兮，怨素意之不逞，遊塵外而瞥天兮，據冥翳而哀鳴。

〔註117〕

則魯詩以此詩為隱居之詩。毛詩亦類似，毛傳注〈鶴鳴〉詩首二句云：

興也。皋，澤也，言身隱而名著也。

鄭箋解釋曰：

皋，澤中水溢出所為坎，自外數至九，喻深遠也。鶴在中鳴焉，而野聞其鳴聲。興者，喻賢者雖隱居，人咸知之。

則魯詩與毛詩俱以為〈鶴鳴〉與隱相關。《易林》此處僅用「鶴鳴于九皋」一句之「隱」意，以不隨「時」言士避世之情感。事實上，以「時」的觀念言不遇之情，在《易林》中頗為常見，例如：

下泉苞稂，十年無王，荀伯遇時，憂念周京。(〈蠱之歸妹〉)

汎汎柏舟，流行不休，耿耿寤寐，心懷大憂，仁不逢時，復隱窮居。(〈屯之乾〉)

「荀伯遇時」、「仁不逢時」明顯都表現出此類的情感。

乙、行役途中之情，屬此類情感的有：

厭浥晨夜，道多湛露，沾我濡襦，重難以步。(〈未濟之損〉)

本詩取材自《召南‧行露》：「厭浥行露，豈不夙夜，謂行多露」三句。言行役之苦者，前面〈泰之否〉已有所言，為社會生活之刻劃。此處乃是截取夜深行役之時，抒發其沈重難行之情感。

丙、婚姻、愛情不遂之情，屬於此情感的有：

伯去我東，首髮如蓬，長夜不寐，憂繫心胷。(〈節之謙〉)

江水沱汜，思附君子，仲氏爰歸，不我肯顧，姪娣恨悔。(〈明夷之噬嗑〉)

前者取材自〈伯兮〉：「自伯之東，首如飛蓬……願言思伯，使我心痗」，而後者取材自〈江有汜〉：「江有汜，之子歸，不我以，不我以，其後也悔。」兩者皆言妻子失偶之情。除夫妻之情外，《易林》還有描寫未婚男女失戀之情：

采唐沫鄉，要我桑中，失信不會，憂思約帶。(〈師之噬嗑〉)

〔註117〕見蕭統編，《文選》(台北：藝文印書館，宋淳熙本)，卷15頁5。

　　三十无室，寄宿桑中，上宮長女，不得來同，使我失期。（〈艮之解〉）

兩條皆源自《鄘風‧桑中》：「爰采唐矣，沬之鄉矣，云誰之思，美孟姜矣，期我乎桑中，要我乎上宮，送我乎淇之上矣。」針對此詩的解釋，韓、魯詩皆無，而毛詩小序云：

　　　　桑中，刺奔也。衛之公室淫亂，男女相奔，至于世族在位，相竊妻

　　　　妾，期於幽遠，政散民流，而不可止。

則毛詩雖亦言男女相奔，與《易林》類似，然其歸於「刺奔」，與《易林》停留於「失信」、「失期」憂思之刻劃有所不同。由此，可以看出毛詩面對情感的態度與《易林》有異，本文將於第四章深入分析這種不同之情感對待觀之現象。

　　由前面的對《易林》用詩內容之討論可知，《易林》之用詩已很少論理，而代之以刻劃情境之敘事或言情。將此一現象與前代相比，可以看出用詩發展至《易林》在內容上實有相當大的不同。若把用詩當成是就詮釋之一個面向來看，前代引用詩句以論理為主，而《易林》引用、面對詩句時則朝情感、敘事方向移動。將政治、歷史、禮等過去重要的用詩內容從嚴肅有明確政治教化的傾向轉移成以描述政治、歷史等事件，或是刻劃時代之情感，此一用詩內容「詮釋」轉變的現象，值得進一步探究。

　　《易林》先前的用詩的進行方式，通常是在描述現象之後，會就此現象言其理，直接表達其意圖，並且以理為依歸。而《易林》的用詩，在描述或刻劃歷史、事件與情感的背後，其著重點在於現象之呈現。這兩種對現象側重面的不同，實與《易林》所代表之易學對「天」的概念的理解有著密切的關係。在漢代易學未昌明之時，「天」的概念雖然為現象或思想討論之重要核心課題，然而對先前儒學來說，重心在概念之闡釋。思想家或儒學家們主要關注於某些概念之探索，意圖用概念對紛雜之現象加以解釋而予以統合，進而希冀發揮實際的作用。而易學之旨趣則著重現象系統之呈現，以及現象之間的關係。其對實際世界的關注乃是透過系統內部現象之呈現以及現象之間的關係而後彰顯的。換言之，對《孟子》或《荀子》來說，或由於其主觀之意趣、或客觀上思想之發展，而表現用詩以直接闡釋義理的情形，因此「說教」、「論理」的情形會出現在用詩結構之中也就可以理解。而屬於易學一支的《易林》則並非如此，其主要焦點在現象之呈現，並透過對現象之呈現（包含內容的選擇及型態）將其對政治、禮、歷史之概念隱微的表現出來。由此可知，西漢中、末期易學之發

展詩經學進一步變化以及此種變化所顯現出來的詩學文學化的密切關係。

最後，我們可以爲《易林》之用詩歸納出以下特點：

1. 融合《詩經》以爲詩，已無先前大部分用詩之明顯痕跡。
2. 對國風之重視，此點表現於引用次數以及創造性用詩上。
3. 《易林》之用詩，本身即是「象」，即爲天人合一的思維之表現。
4. 詩歌原型及衍生型態的初步建立。
5. 從論理朝向敘事與情感移動，著重世界中種種現象的呈現。

由以上幾點可以看出，《易林》之用詩實已顯示出用詩與詩歌本體兩者融合的情形，其「用詩以言情」，「用詩以爲詩」象徵著用詩的發展達到前所未有的高度，而與寫詩合流。因此，後來東漢時期之學者雖有用詩，如王充之《論衡》及徐幹之《中論》，然其數量及內容皆有限而無足觀，明顯表現出用詩生命力的消亡。

除此之外，我們可以明顯地看到，無論是那一點，《易林》用詩之表現都與後世所謂「緣情」說時代面對《詩經》之表現相類似。今日常有人以爲漢代早、中期詩歌寡見，而援引辭賦來塡補本時期詩學思想發展之空白，實際上就《易林》對《詩經》的吸收與發揮來講，實已表現出後世詩歌之種種特色，較之漢賦毫不遜色。《易林》的出現表現出先秦兩漢用詩之大轉變，其應在漢代詩經學以及詩學思想中佔有極重要的地位。

※   ※   ※   ※

用詩的產生和形式，當然與外在的須要有關，不過外在須要的本身或外在須要現象後的背後，仍然存在著用詩者之思維，因此對用詩進行探索是必要的。如同本章第一節所述，對先秦兩漢學者來說，「天」的思想與天人關係佔有極其重要之地位。由此「天」與天人關係之思想加以探索，會發現此一時期之天人思想即與用詩者之思維實有著或隱或顯的密切關係，本節即針對先秦兩漢詩經學中用詩之內容與範疇進行探索，點出《左傳》、《中庸》《孟子》一系（《墨子》與《孟子》類同）、《荀子》、《韓詩外傳》以及《易林》等五種較具典型之用詩，以明其間之發展與特色，並由此檢討儒、道兩者與詩經學，甚至是傳統詩學思想之關係。

在最早的《左傳》用詩中，用詩多半爲了實際的場合而生，因此，「天」的思想與天人之意識與《左傳》用詩的關係時顯時隱，然在其結構及內容上，表現出由天而重人的思維方式。而先秦諸子之用詩主要在思想之論述，而「天」以及由天而論人的「天人」思想，爲諸子思想的主要部分。因此，就諸子而言，

「天」的思想與天人意識與諸子有直接的關係。表現在外的是儒家特重「詩」而廣泛用詩，而道家、黃老則否。《孟》、《荀》對天及天人思想之岐見，也表現在用詩之搭配型態與內容上。漢代初期的《韓詩外傳》係為羽翼《詩經》而作，本書居於黃老盛行之期，因此就其用詩內在之內容及結構來說，其與「天」、天人思想之關係表現出雜揉不一的現象。不過，就韓嬰作《詩經》之「內」、「外」傳而言，此一「內」、「外」之思維仍是天道思想的表現。至西漢末期至東漢初年的《列女傳》和《易林》，已致力於營造情境。尤其是《易林》，其寫詩亦即用詩，因此今日詩歌強調之情境可謂隨處可見。而《易林》此種變化之背後思想在於溝通天人，亦可見「天」的觀念及天人關係對於用詩發展之關鍵影響。

　　總而言之，先秦兩漢之用詩，係隨著此時期由天而言人，而天人合一的思維過程而有著或顯或隱的表現，茲將先秦兩漢的重要書籍的用詩與天人意識之間的主要關係和表現加以整理，以利讀者。

用詩\書籍	結構			主要內容
	詮釋範疇	型態特點		
左　傳	天人	斷章；全篇／章	搭配多／思考	論理、敘事；天人相關
孟　子	天人、人	斷章	搭配多／思考	論理；天人合德
荀　子	人	斷章	搭配少／理據	論理；天人二分
韓　詩	人	斷章	搭配少／現象	論理、敘事；雜揉
易　林	即人即天	用詩即寫詩		情感、敘事之表現即理

第三節　由人而天──先秦兩漢性情觀念之探索

　　相較於天的概念的發展與由天而展開之人的思考與定位，性情觀念的探索走的是另一路向。性情觀念無疑是屬於人自身的探索，然而從先秦兩漢天人意識的角度而言，性情觀念一方面向內探尋至極至，另一方面則向外界開展，這兩者都必然歸向於天，而合於天人關係的呈現。性情觀念本於人而通貫天人的特點與詩學之詮釋十分類似。因為先秦兩漢之詩經學詮釋乃是以情志為主，然又不止於情志，而通向外在之世界。由此，要探索先秦兩漢詩經學詮釋之主體與架構，以明該時期之詩學詮釋思想必然要從性情之觀念入手。由本章一、二節之討論可知，先秦兩漢之詩經學以及詩學觀念係以儒家為主，至漢代雖然儒家吸收了不少道家、陰陽家之思想，然其本仍應屬儒家，因此本節對性情之討論亦當以儒家為依歸。

一、性與天 ── 「性」的觀念與發展

就理論角度來說，性與天之關係於先秦儒家至為重要，因其所涉及著乃
道德自覺的理解。今日之《論語》少見孔子直接言性與天之關係，其中論及
性與天之關係最為明顯者，當屬〈公冶長〉篇引記子貢之語：

> 夫子之文章，可得而聞也。夫子之言性與天道，不可得而聞也。

子貢之語似乎意味著孔子少言性及天道兩者（或兩者之關係），然而這並不代
表孔子完全未曾觸及這個問題。孔子直接言性與天的文字雖然極其有限，然
而其面對性與天道之基本態度或兩者間之關係，仍然可以隱約地從其思想取
向中看出。孔子之言性，較為明顯者，為〈陽貨〉篇：

> 性相近也，習相遠也。

此處的性仍應以以孔子之仁的角度解釋之，徐復觀曰：

> 子貢曾聽到孔子把性和天道（命）連在一起說過。性與天命的連結，
> 即是在血氣心知的具體性質裡面，體認出它有超越血氣心知的性
> 質。這是在具體生命中所開闢出的內在人格世界的無限性顯現。要
> 通過下學而上達，才能體認得到的……從血氣心知之中，而發現其
> 有共同之善的傾向……僅從血氣心知處論性，便有狂狷等等之分，
> 不能說「性相近」；只有從血氣心知之性的不同型態中，而發現其有
> 共同之善的傾向，才能說出「性相近」三個字。〔註118〕

則孔子之性應是兼及形下之氣質之性與先天之超越之性，並從血氣心知的氣
質之性中加以超越，而見其有共同的善的傾向，這種善的傾向，對孔子而言，
即是仁。《論語》曰：

> 仁遠乎哉？我欲仁，斯仁至矣。（述而）
>
> 君子去仁，惡乎成名。君子無終食之間違仁；造次必於是，顛沛必
> 於是。（〈里仁〉）

徐復觀云：

> 孔子實際是以仁為人生而即有，先天所有之人性，而仁的特質又是
> 不斷地突破生理的限制，作無限的超越，超越自己生理欲望的限制。
> 從先天所有而又無限超越的地方來講，則以仁為內容的人性，實同
> 於傳的天道、天命。……子貢曾聽到孔子「言性與天道」，是孔子在

〔註118〕見徐復觀，《中國人性論史・先秦篇》（台北：商務印書館），1994 年 4 月，
頁 88～89。

自己生命根源之地——性，證驗到性即是仁；而仁的先天性、無限
地超越性，即是天道；因而使他感到性與天道是上下通貫的。〔註119〕

由此可知，孔子之言性與天之關係雖然隱而未彰，然從其重仁、論仁之思想
內涵來看，從仁是具有先天又超越之特點，看出孔子之性亦當如仁一般，乃
是內在於人又超越者，須透過下學而上達而達性命天道相貫通之天人境界，
成爲後來儒家《中庸》、《孟子》一系性情論之主要方向。

（一）《中庸》、《孟子》一系之性論

如本章第一節所言，《中庸》承繼了孔子攝天命於仁之路向，表現爲天、
性、命相貫通之思想，《中庸》之性，即在此天人之思維中佔有相當關鍵之地
位，其〈第一章〉云：

天命之謂性，率性之謂道，修道之謂教。

徐復觀釋之曰：

孔子所證知的天道與性的關係，乃是「性由天所命」的關係。天命
於人的，即是人之所以爲人之性。……天的無限價值，即具備於自
己的性之中，而成爲自己生命的根源。……（次句）順著人性向外
發而爲行爲，即是道。這意味著道即含攝於人性之中；人性以外無
所謂道。……（三句）中庸之道，出於人性；實現中庸之道，即是
實現人性；人性之外無治道。〔註120〕

由此可知，《中庸》之性係承孔子所開出之路向，內在於人，同時又爲打通天
人世界之關鍵，對人而言是兼具普遍性與特殊性的。徐復觀云：

天即爲一超越而普遍性的存在；天進入於各人生命之中，以成就各
個體之特殊性。而各個體之特殊性，既由天而來，所以在特殊性之
中，同時即具有普遍性。此普遍性不在各個體的特殊性之外，所以
此普遍性即表現而爲每一人的「庸言」「庸行」。〔註121〕

可見性即爲每個個體之人所共有，即爲天，即爲道，在人與人的差異殊別之
中見普遍相通之處。而《中庸》之性的內容爲何？其〈二十五章〉云：

誠者，非成己而已也，所以成物也。成己，仁也；成物，知也；性
之德也，合外內之道也。

〔註119〕見徐復觀，《中國人性史論》（台北：商務印書館），1994 年 4 月，頁 98～99。
〔註120〕見徐復觀，《中國人性史論》（台北：商務印書館），1994 年 4 月，頁 118～120。
〔註121〕見徐復觀，《中國人性論史》（台北：商務印書館），1994 年 4 月，頁 119。

陳滿銘教授云：

> 「仁」和「知」（智），都是「性」真實內容，而「誠」則是人性的全體顯露，即是仁與知（智）的全體顯露。如此說來，在中庸作者的眼中，「性」顯然包含了兩種能互動、循環而提昇的精神潛能：「一是屬『仁』的，即仁性，乃人類與生俱來的一種成己（成德）力量；一是屬『知』的，即知性，為人類生生不已的一種成物（認知）動能。」〔註122〕

可知《中庸》之性，就其內容言即為仁與智。而仁與智落在人自我之進境而言，即為《中庸》所言之「自明誠」與「自誠明」兩者互動而提升之道，是仁智互動之道，也是天人互動之道，而這些都呈現了互動循環而提升之關係而表現為螺旋之結構，陳教授續言之曰：

> （仁、知）兩者非但為人人所共有，而且也交相作用的，也就是說：如果顯現了部分的仁性（誠），就能連帶地顯部分的知性（誠）；同樣地，顯現了部分的知性（明），就能連帶地顯現部分的仁性（誠）。正由於這種相互的作用，有先後偏全之差異，故使人在盡性上也就有了兩條內外，天人銜接的路徑。一是由誠（仁性）而明（知性），這是就先天潛能的提發來說的；一是由明（知性）而誠（仁性），就是就後天修學的努力而言的。……這種「天然」（性）與「人為」（教）的兩種作用，如能互動、循環而提昇不已，使天人融合無間，則所謂「誠則明矣，明則誠矣」，必臻於亦誠亦明的至誠境界。〔註123〕

由此可知，《中庸》之透過仁智之性之互動與提升，於物我、天人之間日益精進，以迄於「至誠」之境界，於此「至誠」之境界，同時成己與成物，故〈三十二章〉曰：

> 唯天下至誠，為能經綸天下之大經，立天下之大本，知天下之化育，夫焉有所倚。肫肫其仁，淵淵其淵，浩浩其天。苟不固聰明聖知達天德者，其孰能知之。

明確地表現出由人而成就天下萬物，兼達主體與客體兩者之極的思想。簡單

〔註122〕參見陳滿銘，〈談儒家思想體系中的螺旋結構〉（台北：台灣師範大學國文學系），《國文學報》第 29 期，頁 25～28。

〔註123〕詳參見陳滿銘，〈談儒家思想體系中的螺旋結構〉（台北：台灣師範大學國文學系，《國文學報》第 29 期）一文，並繪有明確之圖表。

說來，《中庸》的性與天道之思想，係了解性即天道，性外無天道，由此通貫
天人兩個範疇，並深入闡述自覺互動之仁智之性，而兼及主體客體，最後並
達主客合一的境界。這種思想架構，與先秦兩漢詩經學所呈現之詩學思想由
主體出發，而涉及主、客兩者有著類似之處。因此，《中庸》的思想架構與先
秦兩漢之詩學理論發展關係十分值得探究。

　　《孟子》之性與天之關係和內涵，承自《中庸》之路，《孟子・盡心下》
曰：

> 口之於味也，目之於色也，耳之於聽也，鼻之於臭也，四肢之於安
> 佚也，性也，有命焉，君子不謂性也。仁之於父子也，義之於君臣
> 也，禮之于賓主也，知之於賢者也，聖人於於天道也，命也，有性
> 焉，君子不謂命也。

《孟子》本段文字為性命分立，此處的命乃是指命運，而非天命之命，其性
則是莫之致而至者，故為超越之天所命，因此不稱其為命，而與天道同稱而
「有性焉」，而不為命，明顯表現出性命與天道相通，天道即體現於人之性之
態度，表現出與孔子、《中庸》一致的思想。《孟子》之論性，雖與《中庸》
相通，然其立論突顯心之地位，明確以心言性，從心闡釋了性之義蘊，而有
性善之言論，〈公孫丑上〉曰：

> 孟子曰：人皆有不忍人之心……所以謂人皆有不忍人之心者，今人
> 乍見孺子將入於井，皆有怵惕惻隱之心。非所以內交於孺子之父母
> 也，非所以要譽於鄉黨朋友也，非惡其聲而然也。由是觀之，無惻
> 隱之心，非人也：無羞惡之心，非人也：無辭讓之心，非人也：無
> 是非之心，非人也。惻隱之心，仁之端也：羞惡之心，義之端也；
> 辭讓之心，禮之端也：是非之心，智之端也。人之有是四端也，猶
> 其有四體也。有是四端而自謂不能者，自賊者也。

徐復觀曰：

> 「乍見」二字，是說明在此一情況之下，心未受到生理欲望的裏脅，
> 而當體呈露……可見四端為人心之所固有，隨機而發，由此而可證
> 明「心善」。孟子便把這種「心善」稱為「性善」。〔註124〕

可知《孟子》以心言性之立場。《孟子》之論性，實是為了立道德之自覺於心，
為德尋求一先天之依據與動力，以此先天之道德價值之自覺，存養向外擴充，

〔註124〕見徐復觀，《中國人性論史》（台北：商務印書館），1994 年 4 月，頁 172。

即為人成德成聖之道，無須假借外物之刺激，《孟子・公孫丑上》續言之云：

> 凡有四端於我者，知皆擴而充之矣，若火之始然，泉之始達。苟能
> 充之，足以保四海；苟不充之，不足以事父母。

由此可知人只須掌握此四端，而加以擴充，由此四端之心推擴而出而「充塞
於天地之間」，即是如《中庸》所言之境界，〈盡心上〉曰：

> 孟子曰：盡其心者，知其性也。知其性，則知天矣。存其心，養其
> 性，所以事天也。殀壽不貳，脩身以俟之。所以立命也。

此種思想即是盡心、知性以知天、事天之思想，與孔子、《中庸》一脈相通，
在最終之境界裏，都是成己成物者。

　　如本章第一節所述，《易傳》之理論型態與《中庸》、《孟子》同一思路，其
側重在天道之闡述一面，此點同樣見於《易傳》對性之解釋，《易傳・說卦》曰：

> 昔者聖人之作易也，幽贊於神明而生蓍，參天兩地而倚數，觀變於
> 陰陽而立卦，發揮剛柔而生爻，和順於道德而理於義，窮理盡性以
> 致於命。

> 昔者聖人之作易也，將以順性命之理。

前者言聖人之參於天地，透過「窮理盡性」完全之發揮「性德」，最終與天相
連。而後者則將性、命相連，強調「性命之理」。由此可知，《易傳》之性，
實與命相通，而側重在理之表現。

　　由上述可知，《中庸》是就天人相通之角度言性，而《孟子》則以心言性，
《易傳》偏重客觀之理之角度言性。而在性之展現和天人相接方面，近年所
發現之文獻《性自命出》一文則填補了此段空白，十分重要。《性自命出》云：

> 未教而民恆，性善者也。

可知《性自命出》一文亦採性善之立場。在性與天、命之關係上，《性自命出》
又云：

> 性自命出，命自天降。

則是將性與天命之觀念相連，繼承了孔子、《中庸》之思路。《性自命出》一
文之特點在於其取性與外物相接的角度，充分探索性的本質和表現，《性自命
出》云：

> 凡人唯有性，心無定志，待物而後作，待悅而後行，待習而後定。
> 凡性為主，物取之也。金石之以有聲，（弗扣不鳴。人之）雖有性，
> 心弗取不出。

此處言「凡人唯有性，心無定志，待物而後作」，以及「（人之）雖有性，心弗取不出」即意指性若未與外物相接，就其本身而言，並無可見，是故在現象中未有表現出善惡之現象。性本身既待物而後現，人成德之道，係承此性之展現而得以成就者，《性自命出》云：

> 凡性，或動之，或逆之，或交之，或屬之，或絀之，或養之，或長之。

> 凡動性者，物也；逆性者，悅也；交性者，故也；屬性者，義也；絀性者，勢也；養性者，習也；長性者，道也。

> 凡見之謂物，快於己者之謂悅，物之勢者之謂勢，有為也者之謂故。

> 義也者，群善之蕝也。習也者，有以習其性也。道者，群物之道。

丁原植以為，「簡文此七種可能的方式，也具有一種規劃的指向性」，〔註125〕由此，本段文字之言性與物之種種關係，實意謂著「性」的提升過程。其言曰：

> 「動性者，物」，說明對「性」的影響始於「物」，有「物」之「動」，產生「性」的「迎受（逆）」，而有「悅」。「性」能「通達（悅）」，所以有「應合（交）」，應合於「性」者，稱之為「合於本性的人文規劃（故）」。此種人文規劃礪「性」的作為，稱之為「義」。「義」針對現實之人倫關係產生價值性的約制，因此「性」的「收斂（絀）」來自於「名份的位列（勢）」。「性」的約制與收斂，也就是對「性」的教養，可稱之為「調節（習）」。而撫育「性」的主導者是「道」。此或即《中庸》所稱「率性之謂道」。〔註126〕

因此，《性自命出》之言成德之道，實即成性之道。而性之「長」，對人而言實為「悅」、「故」、「義」、「勢」、「習」而為「道」之所行者。由此可知，《性自命出》一文之思想，實與《中庸》、《孟子》一系相同，性不僅為善者，且其性與天命相通，而性之成長，亦隨物之道而得以成。

《性自命出》出除了提及性接物之前之情況，以及人性本身之善外，其於人之情感，亦從性裏尋其根源，其文云：

> 喜怒哀悲之氣，性也。及其見於外，則物取之也。

〔註125〕見丁原植，〈《性自命出》解析〉，《郭店楚簡——儒家佚籍四種釋析》，頁41。
〔註126〕見丁原植，〈《性自命出》解析〉，《郭店楚簡——儒家佚籍四種釋析》，頁41～42。

「喜怒哀悲」四者均隱含在「性」中，由「物」的引發，產生喜怒哀悲不同的表現。由此可知，《性自命出》明確地以性為情之本，而情之生係由性與物之相接而成。

簡單說來，《性自命出》承繼《中庸》、《孟子》思路，其著眼主要在於性與物相接的部分上。此種對於性與物之關聯和表現的探索，有助於本文對《禮記・樂記》思想型態之釐清，也在先秦兩漢詩經學以及詩學理論中，關於人、物之相接，和情感之源和表現有著相當重要的意義。

（二）荀子的性論及其與天之關係

本章第一節已論及，荀子之「天」為自然之天，其主張天人二分，否認天命之存在。因此，荀子之論性與《中庸》、《孟子》一系言性與天命相貫通不同，而從自然生物之角度言性，其〈正名〉篇曰：

> 生之所以然者謂之性；性之和所生，精合感應，不事而自然謂之性。性之好、惡、喜、怒、哀、樂謂之情。情然而心為之擇謂之慮。心慮而能為之動謂之偽；慮積焉，能習焉，而後成謂之偽。正利而為謂之事。正義而為謂之行。所以知之在人者謂之知；知有所合謂之智。

所謂「精合感應，不事而自然」可知荀子從人為生物之一種，由生物面對外物之種種自然表現以言性。因此，荀子雖言性為「生之所以然」，其「性」似乎觸及人之存在的問題，終不似《孟子》之以心言性，強調人之自覺主宰，而從心性對價值自覺之根源加以樹立有所不同。因此，荀子論人性之善惡，即此一入手，〈性惡〉篇曰：

> 人之性惡，其善者偽也。今人之性，生而有好利焉。

「今人之性，生而有好利焉」即為人作為生物而有的欲望表現。由此「好利」之表現，而言人之生物本能裏即有為惡之傾向，因此斷言人性為惡。至於人之為善，即是針對此生物之種種求利之表現在後天加以改造而得，〈儒效〉篇：

> 師法者，所得乎情，非所受乎性。性不足以獨立而治。性也者，吾所不能為也，然而可化也。情也者，非吾所有也，然而可為也。注錯習俗，所以化性也；并一而不二，所以成積也。習俗移志，安久移質。并一而不二，則通於神明，參於天地矣。

透過「師法」，即可改造人之生物性的種種表現。而此一改造師法之源，「非所受乎性」，乃是後天外來者，由此後天外來之師法，化性起偽，即為荀子之成德、成聖之道，使人得以「參於天地矣」。由此可知，荀子之言性，源自其

自然之天之立場，在人得以成聖以參天地之過程中，性是爲其轉化之對象。換言之，在聖人之境界中，自然之生物本能傾向，經由改造之後已不復存在，其性與天之關係在此一層面之中是矛盾的。

（三）氣化宇宙觀下的性論

本章第一節已提及，氣化宇宙觀自《呂氏春秋》始具系統而完整，然對儒家而言，充分承繼了《呂氏春秋》以降的氣化宇宙論與儒家之說法而成爲完整之架構學說者，當以漢代之董仲舒爲最早。因此本文論氣化宇宙觀之的性與天之關係和性的含義，亦當以董仲舒爲首要對象。

1. 董仲舒之性論與天道

董仲舒之性的內涵，係順荀子之自然之義而延伸者，《春秋繁露・深察名號》：

> 如其生之自然之資，謂之性。性者，質也。

又《漢書・董仲舒傳》對策亦云：

> 臣聞命者，天之令也；性者，生之質也。

性，乃是質性，「如其生之自然之資」。而此生之自然之資的根源，乃是董仲舒所主張的意志天所生者。由此，董仲舒之性已喪失其自覺主宰之地位，其《春秋繁露・玉杯》篇曰：

> 人受命於天，有善善惡惡之性，可養而不可改，可豫而不可去。

將人性之覺——「善善惡惡」及價值皆歸之於天，使人之主動自覺和提升之能力有所不足。至於性之善惡，董仲舒亦持材質論性之立場加以討論，《春秋繁露・深察名號》篇：

> 民之性如繭、如卵，卵待覆而成雛，繭待繰而爲絲，性待教而爲善，此之謂眞天。天生民性有善質而未能善，於是爲之立王以善之，此天意也。民受未能善之性於天，而退受成性之教於王，王承天意以成民之性爲任者也……或曰：「性有善端，心有善質，尚安非善？」應之曰：「非也。繭有絲，而繭非絲也；卵有雛，而卵非雛也。比類率然，有何疑焉。」天生民有六經，言性者不當異，然其或曰性也善，或曰性未善，則所謂善者，各異意也。性有善端，動之愛父母，善於禽獸，則謂之善，此孟子之言。循三綱五紀，通八端之理，忠信而博愛，敦厚而好禮，乃可謂善，此聖人之善也。……聖人之所

命，天下以爲正，正朝夕者視北辰，正嫌疑者視聖人，聖人以爲無
王之世，不教之名，民莫能當善，善之難當如此，而謂萬民之性皆
能當之，過矣。質於禽獸之性，則萬民之性善矣；質於人道之善，
則民性弗及也。萬民之性善於禽獸者，許之。聖人之所謂善者，弗
許。吾質之命性者，異孟子。孟子下質於禽獸之所爲，故曰性已善；
吾上質於聖人之所善，故謂性未善，善過性，聖人過善。春秋大元，
故謹於正名，名非所始，如之何謂未善已善也。

「性如繭、如卵」，「待教而爲善」，都顯示出董仲舒之論善惡，係就人後天之
表現或行爲而言，而性只是材質，其材質中雖有成善之潛能，然而在表現上
則未必爲善，因此董仲舒主張性不可言善。在本段文字的討論中，董仲舒雖
然引《孟子》之言，意圖對《孟子》之性善說加以修正或補充，實是董仲舒
不識《孟子》心性論肯定人有價值主動自覺之立場，遂就材質之觀點，申論
性之無所謂善惡以修正《孟子》之說。由於董仲舒持材質與善端以言性，因
此其以爲「聖人及斗筲之人不可言性」，《春秋繁露·實性》篇曰：

聖人言中本無性善名，而有善人吾不得見之矣，使萬民之性皆已能
善，善人者何爲不見也，觀孔子言此之意，以爲善甚難當；而孟子
以爲萬民性皆能當之，過矣。聖人之性，不可以名性，斗筲之性，
又不可以名性，名性者，中民之性。

由此，董仲舒之性的觀念實就常人而言，聖人與斗筲之人不可言性，乃是因
其無法改變，此種三分之說，實亦其氣化觀下材質立場之反映。性既專對常
人而言，且其僅爲善端、材質之義，爲天所予，而未內在於心中，因此在成
德之途徑上，只有乃如荀子一般，強調外在之教化力量，〈實性〉篇：

性者，天質之樸也。善者，王教之化也。無其質則王教不能化，無
其王教則質樸不能善。

「無其質則正教不能化，無其正教則質樸不能善」可以看出董仲舒教化之重
要。

簡單的說，董仲舒之論性，係以意志之天爲最高概念，而隨著其氣化之
宇宙論而展現者。其性採材質之義，此材質之義雖是天人相通，然與天道並
非同一位階，而受到意志之天之主宰。凡此種種，皆與先秦孔子、《中庸》一
系之心性論不同。董仲舒以意志天及氣化論思想爲本的性觀，影響其後讖緯
及漢代之易學。

2. 災異觀念之變化與氣質之性的突顯

　　性的觀念發展至東漢，由於當時對意志天的看法有了部分的反動，因此性的內涵也有了變化。此種新的性的意義，可以以王充爲代表。王充之論性，係採取氣化之立場，《論衡‧率性》篇曰：

　　　　人之善惡，共一元氣，氣有多少，故性有賢愚。

「善惡」、「賢愚」皆由氣而來，而由「氣有多少」以定「賢愚」，是以人之稟賦爲先天所決定。可知王充乃是以氣言性，性之優劣賢愚，甚至善惡，皆由氣而定，與董仲舒所主張之意志之天無關。王充以氣解性，實際上是因爲將人視爲物質之形體，從物質之層面對人加以思考，〈道虛〉篇：

　　　　夫人，物也。雖貴爲王侯，恒不異於物。

又〈辨崇〉篇：

　　　　（人）萬物之中有知慧者也。

可見王充視人爲物，而物源於氣。由此，原先儒家種種心性之自覺以及價值等層面的問題王充皆取此一立場而說，〈本性〉篇曰：

　　　　實者，人性有善有惡，猶人才有高有下也，高不可下，下不可高。
　　　　謂性無善惡，是謂人才無高下也。稟性受命，同一實也。命有貴賤，
　　　　性有善惡。謂性無善惡，是謂人命無貴賤也。

王充將人之善惡之性以及貴賤之命，相提並論，以爲「同一實」，此種同一之實，即爲氣，在氣之下，性命皆爲氣所決定，〈命義〉篇曰：

　　　　凡人受命，在父母施氣之時，已得吉凶矣。夫性與命異，或性善而
　　　　命凶，或性惡而命吉。操行善惡者，性也；禍福吉凶者，命也。

〈無形〉篇亦曰：

　　　　用氣爲性，性成命定。體氣與形骸相抱，生死與期節相須。形不可
　　　　變化，命不可減加。以陶冶言之，人命短長，可得論也。

人之吉凶爲命定，善惡由性定，而性與命皆源於自然之氣，毫無主動自覺可言，是故王充之言成德，僅能從後天著手，〈程材〉篇：

　　　　蓬生麻間，不扶自直；白紗入緇，不染自黑。此言所習善惡，變易
　　　　質性也。

「習善惡，變易質性」，即爲後天之教化。不過，王充以爲性善或性惡或善惡混皆可因外在環境及教化而變，此點與董仲舒不同。

　　簡單說來，王充所持亦材質之性的立場，唯其不認同災異占驗，而持純

粹氣化的說法。王充的思想影響東漢古文學者，而鄭玄注詩時所言之性的想法亦主要爲氣化材質之性的思維，偶而有意志之天的占驗思想。由於鄭玄注詩中的性、情的概念直接影響其詩經學詮釋，故本文將於下一節一併討論。

二、先秦兩漢諸家之性情關係與情感之初步理解

對先秦兩漢而言，性、情兩者乃是一對密切相關之概念，要了解情之實際意涵通常無法脫離性的觀念，而須性情並關方能眞正明白先秦兩漢諸家對於情的解釋和態度。從性情關係看待先秦兩漢情感之意義，東方朔〈《性自命出》篇的心性觀念初探〉以爲有三：

> 一爲性所趨發之情，即情感；一爲性所興作之情，爲情態；另一爲
> 性之實然之情，爲情實。〔註127〕

其說大致可信，本文遂以情感、情態、情實爲情感之實際內涵與意義進行探討。

（一）《中庸》、《孟子》思路下的性情關係及其情感之初步理解

由本節前文所述，《中庸》、《孟子》一系以性與天命相通，而著心性之價值自覺之推擴，因此，對《中庸》與《孟子》思路而言，其情感之意義即由此心性之推擴而得到解釋，《中庸・第一章》云：

> 喜怒哀樂之未發謂之中，發而皆中節謂之和。

徐復觀釋之曰：

> 順著純白之姿的精神狀態，發而爲喜怒哀樂，則此時之喜怒哀樂，
> 實自性而發。自性而發的喜怒哀樂，即率性之道，故此喜怒哀樂的
> 對象得到諧和……「發而皆中節」實在是「率性之謂道」的落實下
> 來的說法。〔註128〕

喜怒哀樂，即爲人之情感，而喜怒哀樂爲「率性之謂道」落實的說法，可知中庸之情感爲係以性爲本而越發展現者。類似的思想在《孟子》亦然，《孟子》以心善闡釋性善，因此，由此心善之推擴而發出之活動，即情態，其體現爲四端之心之活動。《孟子・告子上》：

> 乃若其情，則可以爲善矣，乃所謂善也。

〔註127〕見東方朔〈《性自命出》篇的心性觀念初探〉，《郭店楚簡國際學術研討會論文集》（武漢：湖北人民出版社），頁325～327。

〔註128〕見徐復觀，《中國人性論史》（台北：商務印書館），1994年4月，頁127。

此處之情，即為四端之心之發，由此善心、善端之發而成之情，自然也應當是善的，故曰：「乃所謂善也」，由《孟子》對由心性推擴而出之情持絕對肯定之態度。然而此說係就全德之人來說，落實於現象世界上，生而為人者，各自有其稟賦之差異，此即偏全之分。對偏至之人，其初始由性而推擴之情，未免有不盡周延之處，因此而生的種種情意感官欲望等。《孟子》面對人之血氣心知方面的情意感官欲望等，並非以情欲與道德情感對立，而是以主、次之分加以對待，《孟子·公孫丑上》：

> 夫志，氣之帥也。氣，體之充也。夫志至焉，氣次焉。

關於志的部分本節後文將進一步討論，然此處之氣，實即涉及人之血氣等形體感知層面，此一層面即為情之範圍，《孟子》不否認氣之地位，故曰：「氣次焉」。由此生理層面因此除了在情欲與道德之自覺衝突時，方才言其抉擇，〈告子上〉曰：

> 生亦我所欲，所欲有甚於生者，故不為苟得也；死亦我所惡，所惡
> 有甚於死者，故患有所不辟也。

此處之言「生亦我所欲」也，即為人之血氣心知之求生欲念，然而「二者不可得兼」而「所欲有甚於生」可知，情欲與道德情感並非對立，僅是有主、次之分，面對主、次兩者有衝突時，自然是選擇合於「人之本」之仁義等善性、善端，期待由此善性發展，由偏而全，而達聖人之境界。專就情欲來說，《孟子》雖不否認情欲，然其仍點出人生理情欲之流敝，而主張寡欲。〈盡心下〉曰：

> 孟子曰：「養心莫善於寡欲。其為人也寡欲，雖有不存焉者，寡矣；
> 其為人也多欲，雖有存焉者，寡矣。」

「寡欲」之說，即為《孟子》以言血氣之感官知覺而生之欲望也有可能會對人之心造成影響，然而此寡欲之說畢竟是消極的，對《孟子》而言，立志、持志、性善等從根本上立論，才是《孟子》真正的立場，《孟子·告子上》：

> 耳目之官不思而蔽於物，物交物則引之而已矣。心之官則思，思則
> 得之，不思則不得也，此天之所與我者。先立乎其大者，則其小者
> 弗能奪也。

「先立乎其大者，則其小者弗能奪也」明確可知《孟子》之情與性之關係應放在主次本末之關係上。

　　《孟子》此種對情之本末及主次之立場，在《性自命出》則持更為正面

之立場加以立說，《性自命出》云：

> 道始於情，情生於性。

首句言「道始於情」，此處之道，當為人道，而以情為人道之源，可知情之重要和肯定情之立場。而情由性而生，則顯示出《性自命出》為《中庸》、《孟子》一系之思想特徵。實際上，《性自命出》對情實多所著墨，而內容傾向肯定情者，其文曰：

> 凡人情為可悅也。苟以其情，雖過不惡；不以其情，雖難不貴。苟
> 有其情，雖未之為，斯人信之矣。
>
> 凡人偽為可惡也。偽斯吝矣，吝斯慮矣，慮斯莫與之結矣。

以「人情」為「可悅」，而「人偽」為「可惡」，而以為「苟以其情，雖過不惡」且「雖未之為，斯人信之矣」，此種對情的態度較《孟子》更為積極而肯定。

（二）荀子之性情關係及其情感之初步理解

荀子秉持一貫認知心之態度言情，而有「天情」之說，《荀子・天論》：

> 形具而神生，好惡喜怒哀樂臧焉，夫是之謂天情。

「天情」，指的的人「形具而神生」後自然而然具備的情感，即為情實，其中並無任何意志之天的作用，〈正名〉篇曰：

> 性者，天之就也；情者，性之質也；欲者，情之應也。

人生來即具備者即稱之為性，而性以情感為其實質之內容，欲望則是情與外物相接而生者，即情態。於此，性、情、欲三者，有著一貫而層次的關係。〔註129〕荀子對於情，分別就正反兩面言之，就反面而言，荀子言情感興作之流敝，〈榮辱〉篇：

> 食欲有芻豢，衣欲有文繡，行欲有輿馬，又欲夫財蓄積之富也，然
> 而窮年累世不知足，是人之情也。

乃是就人之欲望而言情，人由於欲望「累世不知足」，因此會造成種種之惡行。〈性惡〉篇又曰：

〔註129〕張立文云：「欲──情──性三者，既相互蘊含，又依次上升。欲望是由外物刺激而產生的，道德情感是性的實質內涵，性是自然生成也。」筆者贊同其肯定欲、情、性三者間有著通貫又不同的關係，但不贊同張立文「欲──情──性」為上升的次序，以及其以此處之情為道德情感，就理而言荀子所肯定之情自然為道德化的情感，但此處文字似乎看不出這樣的意義。參張立文，《中國哲學範疇發展史・人道篇》（台北：五南圖書公司），1997 年 1 月，頁 453～454。

> 從人之性，順人之情，必出於爭奪，合於犯分亂理而歸於暴。……
> 是以爲之起禮義，制法度，以矯人之情性而正之，以擾化人之情性
> 而導之也。

明確可以看出其言情欲流敝之觀點。就另一方面言，情做爲天生之資，卻也是成德不可缺少者，〈王霸〉篇曰：

> 夫人之情，目欲綦色，耳欲綦聲，口欲綦味，鼻欲綦臭，心欲綦佚。
> ── 此五綦者，人情之所必不免也。養五綦者有具。無其具，則五
> 綦者不可得而致也。

此處言人的五種由感官而生的欲望，乃是「人情之所必不免也」，因此「養五綦者有具。無其具，則五綦者不可得而致」。由此可知，情感雖有流敝，然仍然爲荀子所肯定，而爲其成就德性的落實之處，〈禮論〉篇曰：

> 人生而有欲，欲而不得則不能無求，求而無度量分界則不能不爭，
> 爭則亂，亂則窮。先王惡其亂也，故制禮義以分之，以養人之欲，
> 給人之求，使欲必不窮於物，物必不屈於欲。兩者相持而長，是禮
> 之所以起也。

由「欲不窮於物，物不屈於欲」可知，情對於荀子而言，並非毀滅的對象，而是以情爲成德之資，使情感得到「適當的」滿足，故荀子言「兩者相持而長」。然而何謂適當的滿足？對荀子而言應當是道德意義下的情感，而非物質或感官的情感，換言之，荀子之情應是其禮化世界下，經由理智或教化後而生之道德情感。

（三）漢代氣化觀下的性情關係及其情感之初步理解

1. 漢代天人感應說下的性情對待說

漢代天人感應說下的性情觀以董仲舒之說法最早且最具代表性，《漢書‧董仲舒傳》董仲舒對策曰：

> 性者，生之質也。情者，人之欲也。

可以看出董仲舒的性情意義與荀子之方向大致相同，性乃是人之質具，而情即爲此氣化之人欲望之表現。不過，董仲舒之性情觀雖然承自荀子，然實大異於荀子，如前所述，董仲舒乃主張天人感應之氣化宇宙論者，其理論旨趣主要亦在於此，因此，董仲舒將此一天人感應之氣化宇宙思想收攝入性情之概念，以陰陽解釋性、情兩者，而性與情乃成爲一對不離之概念，《春秋繁露‧

深察名號》篇曰：

> 天兩有陰陽之施，身亦兩有貪仁之性。天有陰陽禁，身在情欲柜，
> 與天道一也。……天地之所生，謂之性情，性情相與爲一瞑，情亦
> 性也，謂性已善，奈其情何？故聖人莫謂性善，累其名也。身之有
> 性情也，若天之有陰陽也，言人之質而無其情，猶言天之陽而無其
> 陰也，窮論者無時受也。名性不以上，不以下，以其中名之。

本段文字以陰陽言性情，其以宇宙本體之觀點言性情本然存在，是將情感分成二個相依相對的「情實」。但爲兩種潛能，而性情之互動乃能成就其善，而體現天人之道。由此，性之與情對董仲舒而言雖可言離，實不可分，往往以成對之思想呈現，故其言「天地之所生，謂之性情，性情相與爲一瞑，情亦性也」，成德亦須在性情上做，缺一不可，《漢書・董仲舒傳・對策三》：

> 質樸之謂性，性非教化不成；人欲之謂情，情非制度不節。

從本處董仲舒以性與情同時並言其「教化」與「制度」，可見兩者爲同位，此點與前代大異。張立文曰：

> 人之情欲猶如天的陰陽，普遍具有而不可逃。乃是對存性減情的否
> 定。肯定情感活動的重要性與地位。〔註130〕

此種對情欲等情感活動的肯定，實爲董仲舒大異於前人之處。蓋《中庸》、《孟子》雖承認情，然其情、其欲就其理論而言乃是其善心善性而發而推擴，並且不斷透過仁智之性而提升者。而荀子雖肯定情，然其對於情仍持有部分否定與戒懼，而須轉化爲「適當地」道德情感，是皆與董仲舒之承認情欲，將其提高至天的表現層次大有不同。董仲舒的此種觀點，實乃其氣化宇宙論下因重視規律而納仁貪情欲於其體系的結果。

董仲舒之性情觀不只是其陰陽二元對待之表現。其性情觀還與其天人感應說，以及龐大完整之氣化宇宙論相結合，《春秋繁露・爲人者天》篇曰：

> 人之形體，化天數而成；人之血氣，化天志而仁；人之德行，化天
> 理而義；人之好惡，化天之暖清；人之喜怒，化天之寒暑；人之受
> 命，化天之四時；人生有喜怒哀樂之答，春秋冬夏之類也。喜，春
> 之答也，怒，秋之答也，樂，夏之答也，哀，冬之答也，天之副在
> 乎人，人之情性有由天者矣，故曰受，由天之號也。

〔註130〕見張立文，《中國哲學範疇發展史・人道篇》（台北：五南圖書公司），1997
年1月，頁457。

是以人之喜怒哀乃承於天之四時，乃是從人的角度解釋性情通達於天人之間。《春秋繁露·陽尊陰卑》篇又曰：

> 夫喜怒哀樂之發，與清暖寒暑其實一類也，喜氣爲煖而當春，怒氣
> 爲清而當秋，樂氣爲太陽而當夏，哀氣爲太陰而當冬，四氣者，天
> 與人所同有也，非人所能蓄也，故可節而不可止也，節之而順，止
> 之而亂。人生於天，而取化於天，喜氣取諸春，樂氣取諸夏，怒氣
> 取諸秋，哀氣取諸冬，四氣之心也。

此處言「夫喜怒哀樂之發，與清暖寒暑其實一貫也，喜氣爲暖而當春，怒氣爲清而當秋，樂氣爲太陽而當夏，哀氣爲太陰而當冬，四氣者，天與人所同有也」，如此一來，天道本身可看出情感之表現，乃是從天的一面解釋性情乃天人所共同具有者。性情對於董仲舒即然通於天人之間，因此，董仲舒之言治國及天下，亦即就性情開始，董仲舒論性情與天之關係云：

> 聖人之治國也，因天地之性情，孔竅之所利，以立尊卑之制，以等
> 貴賤之差。（《春秋繁露·保位權》篇）
>
> 極理以盡情性之宜，則天容遂矣。（《春秋繁露·符瑞》篇）

由「天地之性情」可知，人之性情皆承自天，亦普遍存在於天人宇宙之中。因此，性情之掌握，係通於天人範疇，而人之盡性情，亦與天之盡性情互爲感應，故言「極理以盡情性之宜」以成就世界。對於董仲舒此種性情兼於天人，而天人感應之盡情性以成世界之說，張立文曰：

> 人之性情與天容相合，即達天人合一之境界，如此，性情便轉化爲
> 形上之道德本體。〔註131〕

明確道出董仲舒性情說本身具有的形上理論特點。

　　董仲舒以天人感應說結合氣化宇宙論之立場，以解性情之內涵對後漢代的影響很大。自西漢末年開始盛行的讖緯及東漢時期寫就之《白虎通》，其性情系統亦法董仲舒，至於讖緯中與詩經學相關者爲《詩緯》，其性情觀以齊詩爲主，因此將於本章第四節詳加討論，故本處僅舉《白虎通》爲例略爲說明。

《白虎通·情性》篇：

> 性情者，何謂也？性者陽之施，情者陰之化也。人稟陰陽氣而生，
> 故內懷五性六情。情者，靜也。性者，生也。此人所稟六氣以生者

〔註131〕見張立文，《中國哲學範疇發展史·人道篇》（台北：五南圖書公司），1997
　　　　年1月，頁458。

也。故《鉤命決》曰：情生于陰，欲以時念也。性生于陽，以理也。

陽氣者仁，陰氣者貪，故情有利欲，性有仁也。

「性陽情陰」、「性仁情貪」皆與董仲舒之觀點相同。而其言「五性六情」、言「性生情靜」，對性情之內容與情狀加以解說，則是其完整之氣化宇宙論下的進一步之發展，〈情性〉篇續曰：

故人生而應八卦之體，得五氣以爲常，仁義禮智信也。六情者，何謂也？喜怒哀樂愛惡謂六情，所以扶成五性。性所以五，情所以六何？

人本含六律五行之氣而生，故內有五藏六府，此情性之所由出入也。

八卦、五氣、六情，與人之「五藏六府」對應，明確表現出其易學與天人感應結合的思想。因此，《白虎通》之性情亦與董仲舒相同，不只存在於人，亦存在於天，其〈情性〉篇曰：

喜在西方，怒在東方，好在北方，惡在南方，哀在下，樂在上何？

以西方萬物之成，故喜。東方萬物之生，故怒。北方陽樂始施，故好。南方陰氣始起，故惡。上多樂，下多哀也。

陳立注曰：「此齊詩說也」〔註132〕，西、東、北、南、上、下，屬天的範疇，而分別以喜、怒、好、惡、哀、樂分別對應之，即爲其性情觀兼有形上思想之表現。

簡單地說，天人感應說下的性情觀係承認天人之間的感應關係，以及氣化宇宙論思想架構的結果。因此其性係兼天人範疇而言，由性情即可成就天人宇宙。其性情之關係亦由氣化思想而發爲爲陰陽二元對待之關係，並由此而承認情欲之地位。

2. 天人感應說轉向下的性情關係及其情感之初步理解

（1）性情對待說的變化

天人感應說普遍在西漢後期流行，因此董仲舒所立之性情觀點與關係，亦普遍爲時人接受，然而亦有部分相異之觀點出現。《論衡・本性》篇引劉向（子政）語：

劉子政曰：「性，生而然者也，在於身而不發；情，接於物而然者也，（出）形〔出〕於外。形外，則謂之陽；不發者，則謂之陰。」

表面上爲性陰情陽，同屬一個位階，然其以情爲「形外」而爲陽，性爲「不

〔註132〕陳立，《白虎通疏證》（北京：中華書局），1997年10月，卷8。

發」而爲陰，已與董仲舒之言性情不同，而是採取動靜之觀點言性情。〔註133〕此種以動靜觀點看待性情的思想，最早可溯自《禮記‧樂記》之「人生而靜」的思維，不過，對樂記而言，其仍然保持著心性論之思維，而劉向之想法則純粹就性情相互之關係而立言，此種關係表現在在性情之內涵上，乃是以性情混同善惡的想法，荀悅《申鑒‧雜言下》篇曾論劉向之言性情曰：

> 性情相應，性不獨善，情不獨惡。

「性不獨善，情不獨惡」可知，劉向之性情觀已與董仲舒之以性仁情貪不同，性情之間已由相互對待而爲同質。受限於材料的關係，劉向之性情觀全貌雖今日已不可復知，然其說已與董仲舒之說不同。以今日之觀點言之，劉向以性情皆有善惡爲後來的王充所接受，而對天人感應結合氣化論之性情說有所改造。

（2）王充之氣化性情說

以意志之天爲立場的天人感應災異之說發展至東漢爲王充所質疑，而持氣化之觀點加以反對。《論衡‧初稟》曰：

> 所謂「大命」者，非天乃命文王也，聖人動作，天命之意也，與天合同，若天使之矣。書方激勸康叔，勉使爲善，故言文王行道，上聞於天，天乃大命之也。詩曰「乃眷西顧，此惟予度」，與此同義。天無頭面，眷顧如何？人有顧眄，以人倣天，事易見，故曰「眷顧」。「天乃大命文王」，眷顧之義，實天不命也。何以驗之？「夫大人與天地合其德，與日月合其明，與四時合其序，與鬼神合其吉凶，先天而天不違，後天而奉天時。」如必須天有命，乃以從事，安得先天而後天乎？以其不待天命，直以心發，故有先天後天之勤；言合天時，故有不違奉天之文。……推自然之性，與天合同，是則所謂「大命文王」也。自文王意，文王自爲，非天驅赤雀，使告文王，云當爲王，乃敢起也。

表現了王充反對意志之天的說法，而持「自然之性」的純粹氣化觀。在性情之關係上，王充反對先前董仲舒及劉向理論之中，以陰陽之規律一面論性情的說法，《論衡‧本性》篇批評劉向以內外言性情曰：

> 不論性之善惡，徒議外內陰陽，理難以知。

可以知道王充要求回歸原先善惡討論性情的態度。在性情善惡方面，王充持

劉向之立場，以爲性情皆有善惡，〈本性〉篇又曰：

> 夫人情性，同生於陰陽，其生於陰陽，有渥有泊。玉生於石，有純
> 有駁；情性〔生〕於陰陽，安能純善？

其持性情皆有善惡之立場，使得性情之間的互動關係消失，而成爲同一位階。加上王充從氣化角度持「性成命定」之立場，使得性與情淪爲人作爲一氣化物的命定和實際之情狀表現，即「情態」，故兼有善惡，幾無價值之義。王充的這種性情觀，其肯定情欲之立場較董仲舒更爲前進，因董仲舒雖性情仁貪二分並言，然其仍以仁爲主，而王充之性情兼有善惡，遂使性情幾失道德倫理提升之義，而爲氣性之呈現。

※　　　※　　　※　　　※

就先秦兩漢天人意識而言，性、情乃是相應於天的觀念的發展，立足於人，對人之自我的提升所展現之正面思考，其表現乃由人而天而藉由天人之關係對性情加以定位。先秦兩漢言性之思想約有二個大的方向，其一爲心性論之方向，另一則爲材質之性的方向。以心性論言性爲《中庸》、《孟子》爲代表，至於材質之性，則又可從荀子、董仲舒、王充之天人思維看出其間的較小差異。性情之關係方面，亦相應於性之各種說法而可分爲四種：其一爲《中庸》、《孟子》思路，以性之所發爲情感，其性情之關係爲本末之關係。其二爲荀子之思路，以性之實然表現情感，性情實爲一體二名。其三爲氣化宇宙觀之思路，性情之間爲陰陽二元對待關係之兩個「情」之「實」。最末則爲劉向、王充之說，其揚棄天人感應說與陰陽互動之說，而純以氣性言性情之表現樣態。

第四節　先秦兩漢性情觀與詩經學詮釋思想之取向與架構

綜合本章一、三節對天人意識的說解，性情之說係對人道德本體以及成德可能之窮究。由此性情之觀念向外延伸也涉及外王等論題，因此性情之概念實源於人而貫通天人之際者。對先秦兩漢的詩經學詮釋來說，性情的此種特點與詮釋若有符合。以今日的可見之材料來說，先秦兩漢《詩經》之詮釋，可以說是以作者爲基礎而展開的，而作者之範疇當中，又以其志意最爲重要。毛詩大序首云：

> 詩者，志之所之也。在心爲志，發言爲詩。情動於中而形於言，……

　　　　故正得失，動天地，感鬼神，莫近於詩。

是毛詩以志為本，也就是所謂的「詩言志」的思想。「詩言志」，首見於《尚書・堯典》：

　　　　詩言志。

此時的志「含意較廣，包括了知、情、意，而主要指的是心之所趨向」〔註134〕與毛詩大序中的志含義相同，而此處毛詩序中的志，表現為情，而可通於天地、鬼神，可知毛詩由志展開的詮釋實兼天、人兩範疇。由此，則毛詩的詩言志一方面自心之所趨開始，而貫通於天人之際，此一點即可見毛詩詮釋中的志，實直接與性情觀念相關，可見毛詩應當是以性情為最基源之概念，而成就其詮釋架構。

　　類似的立場在三家詩也可以看的到，屬魯詩之《淮南子・泰族訓》曰：

　　　　今夫雅、頌之聲，皆發於詞，本於情，故君臣以睦，父子以親。故
　　　　韶、夏之樂也，聲浸乎金石，潤乎草木。今取怨思之聲，施之於絃
　　　　管，聞其音者，不淫則悲，淫則亂男女之辯，悲則感怨思之氣，豈
　　　　所謂樂哉！

「本於情」是魯詩以性情為本，而欲達「君臣」、「父子」外王成就之境界，而「悲則感怨思之氣」亦可見《淮南子》實承認人情與外界之物有著相當之影響關係。又齊學之代表人物董仲舒《春秋繁露・玉杯》篇亦曰：

　　　　君子知在位者之不能以惡服人也，是故簡六藝以贍養之。詩書序其
　　　　志，禮樂純其美，易春秋明其知，六學皆大，而各有所長。詩道志，
　　　　故長於質；禮制節，故長於文；樂詠德，故長於風；書著功，故長
　　　　於事；易本天地，故長於數；春秋正是非，故長於治人，能兼得其
　　　　所長，而不能偏舉其詳也。

「詩道志，故長於質」是詩本於志，而「在位者不能以惡服人」則涉及外王之範疇。至於韓詩雖無直接言及詩與情志之關係，然由韓嬰作內、外傳，分述詩歌作者之情志以及詩之用可知，韓詩亦以志為源，而通達於外在之世界。

　　　由此可知，性情之於先秦兩漢之詩經學實位居天人之關鍵地位，由性情為基源而展現之成德之道，亦是先秦兩漢詩經學詮釋思想主要展開之進路。過去先秦兩漢詩學主政教之說，對先秦兩漢而言，政教實屬外王之範疇。很明顯的，政教之表現與功用並非徒具形式，也不是純粹之德性條目之操作，

〔註134〕見羅宗強，〈詩的實用與早期的詩歌理論〉，《文學遺產》，1983 年第 4 期。

而是與人之內在情志緊密相關。在這樣的情形下，政教爲迹，性情方爲本，而外王之種種皆由性情之成就德性而來，因此，以性情之角度論成德之道實貫通內外，較之舊說以政教之說言先秦兩漢詩學要來得恰當。是故，本節即依循先秦兩漢性情發展之脈絡，探索該時期之性情觀點與詩經學詮釋之進路及其所展現之架構。

一、詩學詮釋方向之建立：先秦之性情論及早期《詩經》之認知

以現有的材料而言，我們很難在先秦時期諸子各家之中找到較爲完整之詮釋架構，雖然如此，卻可從片言隻羽之中看出先秦諸家對詩歌的看法中看出詩學詮釋之方向已大致確立。

春秋時期，詩便與情志發生關聯，《左傳·襄公二十七年》：

> 鄭伯享趙孟子垂隴。……文子告叔向曰：「伯有將爲戮矣。詩以言志，志誣其上而公怨之。以爲賓榮，其能久乎？幸而後亡。」

此處的「詩以言志」雖然屬於用詩，然其已與情志有關。毛傳亦云：

> 明王使公卿獻詩以陳其志，遂爲工師之歌焉。〔註135〕

又《漢書·藝文志》曰：

> 古者諸侯卿大夫交接鄰國，以微言相感，當揖讓之時，必稱詩以諭其志，蓋以別賢不肖而觀盛衰焉。

或即從上述《左傳》之文，以及《左傳》中種種所載本事而來。〔註136〕「詩以言志」，在外表上看，或有外交之用以申己之心，爲現實種種須要而生。然對於春秋之人而言實不僅於此，而是與用詩者內在之德性相關，《國語·楚語上》：

> 叔時曰：教之春秋，而爲之聳善而抑惡焉，以戒勸其心；教之世，而爲之昭明德而廢幽昏焉，以休懼其動；教之詩，而爲之導廣顯德，以耀明其志；教之禮，使知上下之則；教之樂，以疏其穢而鎮其浮……

「爲之導廣顯德」，可以說是詩的教化作用，但未嘗不是深入人之內心，強調人內在心志之進德。另外，《左傳·昭公九年》還有這樣的一段話：

> 味以行氣，氣以實志，志以定言，言以出令。

其與《國語·周語中》「五味實氣」相類似，〔註137〕則志與氣相關，透過「氣」

〔註135〕毛傳〈卷阿〉「矢詩不多·維以遂歌」句。

〔註136〕此於本章第一節已多有舉例。

〔註137〕韋昭《國語注》即以《左傳·昭公九年》之語注「五味實氣」一句。見左丘

的觀念而建立起與外界之聯繫，而「言以出令」。因此，詩在現實當中的時時作爲外交辭令的「言志」，亦未嘗不涉及人內在之心以及外在之客觀世界，由此可此，春秋時期之「詩以言志」實意謂著詩同時與情志與世界兩者相關，而涉及天、人兩範疇。

（一）孔子及孔門詩學之詮釋思想

孔子之言詩，較爲常見的，首推《論語・爲政》篇的記載：

> 子曰：「詩三百，一言以蔽之，曰『思無邪』。」

本段話可能爲用詩之概括，也可能是釋詩之語。不管那一種說法，「思無邪」三字已然與心志相關。此外，還有《論語・泰伯》篇：

> 子曰：「興於詩，立於禮。成於樂。」

何晏注：「興，起也。」「興」、「立」、「成」，依序爲成德之階，而「興於詩」即意指習詩位於成德之道之初階，〔註138〕而由「思無邪」可知，孔子之成德之道又推源於人的心志。如此，孔子之以詩爲教的背後應是以人心爲要點，而與情志發生關聯。孔子之言詩還涉及外在之世界，《論語・季氏》曰：

> 陳亢問於伯魚曰：「子亦有異聞乎？」對曰：「未也。嘗獨立，鯉趨而過庭。曰：『學詩乎？』對曰：『未也。』『不學詩，無以言。』鯉退而學詩。他日又獨立，鯉趨而過庭。曰：『學禮乎？』對曰：『未也。』『不學禮，無以立。』鯉退而學禮。聞斯二者。」陳亢退而喜曰：「問一得三，聞詩，聞禮，又聞君子之遠其子也。」

「不學詩，無以言」則明顯表現出詩在成德之階中，涉及了外在之世界中言語對談的道德踐履層面。從人心的重視到外在的世界踐履，曾子的「辭氣」說可以協助我們了解兩者之間的關係，《論語・泰伯》曰：

> 曾子有疾，孟敬子問之。曾子言曰：「鳥之將死，其鳴也哀；人之將死，其言也善。君子所貴乎道者三：動容貌，斯遠暴慢矣；正顏色，斯近信矣；出辭氣，斯遠鄙倍矣。籩豆之事，則有司存。」

此處曾子言「君子所貴乎之道」涉及「動容貌」、「正顏色」、「出辭氣」三者，其中的「出辭氣」與孔子「不學詩，無以言」之言語對談有著直接之相關。關於《論語》中的「氣」，日人小野澤精一曰：

　　　明，《國語》（台北：商務印書館），四部叢刊本，卷2頁10。
〔註138〕刑昺，《論語疏》（台北：藝文印書館，四部叢刊本）注：「興，起也，言脩身當先學詩。」

> 《論語》中的氣，是作爲人體精力基礎的血氣、氣息和辭氣，由穀
> 物產生的生氣來理解的。〔註139〕

以穀物而生的生氣爲基礎來理解辭氣，即意指「學詩以言」的現實用處之中，
實意謂著「誠於中」而「踐形」〔註140〕的要求，故小野又云：

> 上述「辭氣」的內容，如進一步區分，還可以分爲辭是言語，氣是聲
> 氣，它們在容貌、顏色形成一體，作爲組成表現內在狀況的態度被一
> 起列舉出來……人的心理要在外貌上表現出來，也可從外貌來捕捉心
> 理，在把心理和外貌視爲一體這一點上，可以說是相同的。〔註141〕

「心理和外貌視爲一體」即意謂著「詩以言志」的當中，即表現孔子德性踐
履以內外兼及、情志與行爲彼此通達的特點。由此，氣與人之情有關，辭氣
相連則泛指一切之言語對應表現，而涵蓋了當時用詩之領域，而《論語》中
之用詩，亦當是由此情志之認識產生之後，從而形成之簡單詮釋中來，《論語·
八佾》篇曰：

> 子曰：「〈關雎〉，樂而不淫，哀而不傷。」

本段文字即應爲詮釋詩篇大義之語，而極其精要。〈八佾〉篇還有另一個例子，
其文曰：

> 子夏問曰：「『巧笑倩兮，美目盼兮。』素以爲絢兮，何謂也？」子
> 曰：「繪事後素。」曰：「禮後乎？」子曰：「起予者商也！始可與言
> 詩已矣。」

子夏所問乃是自《衞風·碩人》二章之詩句「巧笑倩兮，美目盼兮」生發，「素
以爲絢兮」舊說以爲乃今本所逸之詩句，〔註142〕不過，「素以爲絢兮」應爲〈碩
人〉該二句之義，子夏於其有所疑問，故向孔子提出望其解答。而孔子答其
以「繪事後素」，此義雖爲孔子針對子夏之問題而答，然實應即爲該篇實際之
義旨，此義於首章即已得見，而通貫於二章之中，〈碩人〉首章云：

〔註139〕見小野澤精一，《氣的思想·中國自然觀和人的觀念的發展》（上海：上海人
民出版社，1999 年 10 月），頁 33。

〔註140〕關於「踐形」的思想，首見於《孟子·盡心》篇，至清代王夫之及顏習齋頗
爲重視而多所闡述，今人張岱年、楊儒賓等學者亦有專文論述之。參見王夫
之《周易外傳》、《尚書引義》，顏習齋《存人篇》，張岱年《中國哲學大綱》
〈踐形〉篇，楊儒賓編《中國古代思想中的氣論及身體觀》等書。

〔註141〕見小野澤精一，《氣的思想·中國自然觀和人的觀念的發展》（上海：上海人
民出版社，1999 年 10 月）第二章戰國諸子中的氣，頁 31～32。

〔註142〕說見邢昺，《論語疏》（台北：藝文印書館），《十三經注疏》本，卷 3 頁 5。

碩人其頎，衣錦褧衣。齊侯之子……

關於本章之義，約可從《中庸》中得之，其文曰：

詩曰「衣錦尚絅」，惡其文之著也。故君子之道，闇然而日章；小人
之道，的然而日亡。

其言「惡其文之著也」，即與「繪事後素」相類，而鄭玄箋釋本詩亦化用《中
庸》文字以爲說解，可見孔子所答即爲〈碩人〉一詩之旨。而孔子贊子夏能
從詩篇大義「繪事後素」體認到更爲根源的「禮後乎」之普遍性情理，一方
面可見孔子重視內在情志本源勝過禮，而可能看出其本末先後之思維，亦可
見孔子從人心情志出發，從而引用詩句據以申述義理的情形。由此，則孔子
之詩學實乃明確由內及於外，由情志而生發義理者，故《論語・陽貨》篇曰：

子曰：「小子！何莫學夫詩？詩，可以興，可以觀，可以群，可以怨。
邇之事父，遠之事君。多識於鳥獸草木之名。」

邢昺疏曰：「詩可以興者，又爲說其學詩有益之理也，若能學詩，詩可以令人
能引譬連類，以爲比興也。」「興、觀、群、怨」以及事父、事君即表現孔子
所傳詩學內外、遠近兼及的特色。簡單說來，孔子對於詩之詮釋雖然沒有大
量的文字流傳，然而由其論詩、用詩之文字可知，孔子所言之詩學實應有簡
單之詮釋出現，不只如此，孔子明示人心的重要性，而透過實際之踐履兼及
於情志與外在之世界兩者，並且建立主客之關聯，從而涉及內外、天人等概
念與範疇，後世之詩經學詮釋與用詩大致皆循孔子之詩學道路，在孔子所開
出之路向發展。

孔子既已開出以人心爲主而兼及內外、天人等範疇的詩學方向，孔子之
後的儒家學者，即可能在此一基礎上加以發展，並隨著性情理論的認識自覺，
而展現出以情志爲本，兼及於天人、內外範疇的詩學思想。此一孔門詩教隨
著性情思維發展的表現，即爲《孔子詩論》。

如前所述，《孔子詩論》之內容在解讀上尚存在有不少的爭議。本文仍從
思想之角度嘗試對其做出解釋，或可爲今日空白的孔門詩教有所說解。

《孔子詩論》一文最重要的，即是對情志做出正面的肯定，此點於孔子詩
學中雖然較爲隱微，然而在《孔子詩論》中卻爲明確立論者，《孔子詩論》云：

詩亡隱志。

各家學者對本句之解釋之歧議已見本文第一章第三節。大體而言，除了周鳳
五、邱德修外，其他學者如馬承源、李學勤、饒宗頤、廖名春等人皆將本句

釋爲相當或接近「詩無隱志」之義。筆者認同此一說法，因爲從思想之角度
來看，與《孔子詩論》一起面世的簡帛《性情》一篇與《性自命出》前半之
內容十分接近。而前文已述，《性自命出》乃是《中庸》一系之思想者。由此，
從心性之學的角度來說，「詩無隱志」的解釋正呈現了心性論一系對情志本身
的肯定，而此種思想不但直承於孔子對仁的看法，也與後來毛詩之肯定情志
的立場一致。〔註143〕如此一來從《孔子詩論》可以看出孔子所傳詩學之大概，
亦似乎可見毛詩諸說之淵源，而爲毛詩之先導。從更大的角度來看，「詩亡隱
志」也是「詩言志」思想的反映，而此種正面肯定情志的立場似乎代表著孔
門之後、荀子以前「詩言志」的一種看法。

　　由於《孔子詩論》表現了詩學詮釋上「詩言志」之根本思想，因此在此
一情志之基礎上，詩篇之大義已能略見其面貌。《孔子詩論》云：

　　〈關雎〉之改，則其思瞞矣。（〈第十一簡〉）

　　〈關雎〉之好反納於禮，不亦能改乎？（〈第十二簡〉）

　　〈十月〉善諀言，〈雨無政〉、〈即南山〉皆言上之衰也，王公恥之。

　　〈小文〉多疑，疑言不中志也。〈小鬷〉其言不惡，少有惎焉。〈小
　　弁〉、〈考言〉，則言讒人之害也。（〈伐木〉〈第八簡〉）

　　〈鹿鳴〉以樂詞而會，以道交見善而效，終乎不厭人。〈兔罝〉其用
　　人，則吾取。（〈第十七簡〉）

若將後來的毛詩小序之釋詩篇大義與《孔子詩論》相較，會發現詩序之說大
多可從《詩論》見其要義。而從第十一、十二簡對〈關雎〉之說明文字來看，
《詩論》言「〈關雎〉之反，則其思瞞矣」、言「〈關雎〉之好反於禮，不亦能
改乎」，應即是孔子所開出之「〈關雎〉樂而不淫」的更爲詳盡之闡釋，其不
止是說明詩篇大義，亦兼及詩句而言。〔註144〕由此可知今日可見之《孔子詩
論》所言詩篇之大義實是以揭示作者之志意爲內涵，其已初步表現出詮釋之

〔註143〕關於毛詩對情志的肯定下文將有所敘述。值得一提的是，對「詩亡隱志」此
　　　　句之解釋有不少學者即引用詩大序的說法，此雖爲顛倒《詩論》與毛詩先後
　　　　之舉，然亦可見兩者之間應有類同之處。

〔註144〕毛詩序云：「〈關雎〉樂得淑女以配君子，憂在進賢，不淫其色，哀窈窕，思
　　　　賢才，而無傷善之心焉，是〈關雎〉之義也。」而毛傳釋「關關雎鳩，在河
　　　　之洲」云：「后妃說樂君子之德，無不和諧又不淫其色，慎固幽深，若關雎之
　　　　有別焉。」是可見詩序、毛傳與《詩論》之義類同，而《詩論》精要，毛傳、
　　　　毛詩序較詳。

規模，雖然此種詮釋仍然含有部分申論義理的成分。〔註145〕不過，就《詩論》明示情志為詩之本，以及《詩論》言及詩篇之志意、要旨來說，後世流傳之詩序或毛傳都應與《孔子詩論》相關，為承自《詩論》說法的開展。

　　除了「詩亡隱志」所顯現出對情志的正面肯定與簡單的詩篇大義詮釋外，《孔子詩論》對風、雅、頌似乎也表現出某種完整架構的意圖。《孔子詩論》云：

> ⋯⋯寺也，文王受命矣。頌，平德也。多言後，其樂安而屢，其歌紳而篤，其思深而遠，至矣。大夏，盛德也。多言⋯⋯（〈第二簡〉）
> 〔註146〕
> ⋯⋯也。多言難，而悁懟者也，衰矣少矣。邦風其納物也，溥觀人俗焉，大斂材焉，其言文，其聲善。孔子曰：唯能夫⋯⋯（〈第三簡〉）

「大夏」即大雅，「邦風」即國風。其先言頌、次言大雅，而次簡又言國風，其間所缺漏者很可能為小雅。此種次序與《左傳》所記載季札觀樂的次第相反，其中極可能顯示了《孔子詩論》對頌、大雅、小雅、風等部分的地位輕重先後。其以頌為「平德」、大雅為「盛德」、小雅不詳、而國風為「納物」，似乎顯示著德性之境界層次，而隱約地表現出某種完整的架構，〔註147〕而此種境界層次與毛詩架構中所展現之德性意義十分接近。

　　簡單說來，《孔子詩論》雖然因為有殘缺與解釋上而造成的困難，不過從現有之內容來看，應可將其視為直承於孔子之詩學發展，而深刻的影響後來的毛詩。

（二）《孟子》性情論與其詩學詮釋思想

　　先秦時期對詩的詮釋，提出清楚的方法的，首推《孟子》。而《孟子》言詩其最為有名的，即為「以意逆志」與「知人論世」的理論，《孟子‧萬章上》云：

〔註145〕說見本章第五節。

〔註146〕「⋯⋯」乃簡文缺漏，非筆者之刪略，本文以下所引《孔子詩論》之簡文皆同此。

〔註147〕濮茅左曾針對《孔子詩論》簡文之內容類序進行詳細之討論，其以為《孔子詩論》全文大部分存在著頌、大雅、小雅、國風之逆序。不只如此，濮茅左還指出，在《孔子詩論》對國風的論述中，還存在著「由簡單到詳細，由結論到展開，逐步深入」的說解。如此一來則《孔子詩論》存在著德性意義的層次理解看來即應為明顯，說見濮茅左，〈《孔子詩論》簡序解析〉，《上博館藏戰國楚竹書研究》（上海：上海書店），2002 年 3 月。

咸丘蒙曰：「舜之不臣堯，則吾旣得聞命矣。詩云：『普天之下，莫
非王土；率土之濱，莫非王臣。』而舜旣爲天子矣，敢問瞽瞍之非
臣，如何？」曰：「是詩也，非是之謂也；勞於王事，而不得養父
母也。曰：『此莫非王事，我獨賢勞也。』故說詩者，不以文害辭，
不以辭害志。以意逆志，是爲得之。如以辭而已矣，〈雲漢〉之詩
曰：『周餘黎民，靡有孑遺。』信斯言也，是周無遺民也。孝子之
至，莫大乎尊親；尊親之至，莫大乎以天下養。爲天子父，尊之至
也；以天下養，養之至也。詩曰：『永言孝思，孝思維則。』此之
謂也。書曰：『祗載見瞽瞍，夔夔齊栗，瞽瞍亦允若。』是爲父不
得而子也。」

本條即「以意逆志」之說。《說文》云：「逆，迎也。」〔註148〕然此處的迎，
舊說仍有兩種說解，一是趙岐、朱熹所持的以己意逆古志之說，一是吳淇主
張的以古意逆主志之說。〔註149〕由孟子的心性論立場觀之，志之源頭——性
（善），乃是跨越時空不變者，可知《孟子》此處言「說詩者，不以文害辭，
不以辭害志。以意逆志，是爲得之」實著重古今人相通之情理，從情感互通
的角度打破時間的界限，雖循於文辭然不泥於文辭。《孟子》雖然明確提出說
詩者說詩之原則，然而對於情感何以互通，以及文辭本身的問題，《孟子》並
未加以說明，但很可能與其肯定古今相同之心性論立場相關，因爲《孟子》
之說詩仍然不離其成德之要求。以現代的眼光看，「以意逆志」明確的以詩歌
作者之志意爲闡釋對象，其標識著用詩的初步轉化，而提出解詩、說詩之基
本原則，與《孔子詩論》皆可謂爲詩學詮釋思想之始，而《孟子》明確言明
性情之關係以及肯定情志之地位和普遍性較之《孔子詩論》之論詩、說詩尤
爲自覺而明確。也就是說，在《孟子》明言性情天人之義的同時，其發揚人
之成德必然透過普遍而人人具足之情志，順著由人而天的進路而完成。而此
種兼及內聖與外王之路向之思維表現於詩學之中，即爲詩學詮釋追求作詩者
之情志並期以成德者。由此則詩學詮釋之專力追求志意，並以志意爲成德之
必然、必須的思維最遲至《孟子》即已成立，而此種「以意逆志」下對情志

〔註148〕見段玉裁注，《說文解字注》（台北：黎明文化公司，1991 年 8 月）第二篇下，
頁 5。
〔註149〕分見焦循，《孟子疏》（台北：藝文印書館），四部叢刊本，頁 377；朱熹，《四
書集註》（台北：學海出版社），頁 306；吳淇《六朝選詩定論》（濟南：齊魯
書社），四庫全書存目叢書補編本。

肯定的天人思維應即爲先秦詩學詮釋充分自覺的體現。

　　「以意逆志」之外，《孟子》還有「知人論世」之說，《孟子·萬章下》曰：

> 孟子謂萬章曰：「一鄉之善士，斯友一鄉之善士；一國之善士，斯友一國之善士；天下之善士，斯友天下之善士。以友天下之善士爲未足，又尚論古之人。頌其詩，讀其書，不知其人，可乎？是以論其世也。是尚友也。」

本段文字言「頌其詩」有兩個要點：其一、讀詩以「知其人」爲要。此處的「知」乃是德性的實踐之知，而「知其人」之目的主要在於「尚友」，對《孟子》來說，透過「頌其詩，讀其書」而體會德性實踐之知，進而尚友古人，乃成德途徑之一。其二，即爲「論其世」的說法。《孟子》由個人情志發揮之詩以知其今日及古代之世，乃是打破個人與群體，以及古今的時間界限的。當然，《孟子》此處的知，仍然是透過讀與踐履之過程，方能通古今、小大爲一的。由此可知，《孟子》的「知人論世」之說，跨越了今古時間、以及個人國家空間的侷限，表現了由小而大，由內而外，通貫古今之思想。

　　除了成德之目的外，對《孟子》而言，詩還有某種現實政治世界的功能，《孟子·離婁下》篇曰：

> 孟子曰：「王者之迹熄，而詩亡，詩亡然後春秋作。晉之乘，楚之檮杌，魯之春秋，一也。其事則齊桓、晉文，其文則史。孔子曰：『其義則丘竊取之矣。』」

對於「詩亡」的含義，歷來的說解不一，孫奭以爲詩亡即歌詠衰亡，趙岐以爲詩亡指頌亡，朱熹、李惇以爲指雅亡，劉光蕡以爲是風亡，朱駿聲以爲是采詩之官亡，廖平則以爲「詩亡」當作「詩作」，指《詩》與《春秋》相繼而作。〔註150〕筆者傾向於孫奭之說，但無論是那一種，由《孟子》此段文字將《詩》與《春秋》並提，而以王教之概念通貫可知，情志之發所展現的內容，即在於「事」之「義」，此義應當不是廣泛自由解釋之義，而是與《春秋》有

〔註150〕上述諸說中，孫奭、趙岐說見焦循，《孟子疏》（台北：藝文印書館），四部叢刊本，頁146；朱熹，《四書集註》（台北：學海出版社），頁295；李惇，《群經識小》（台北：復興書局），皇清經解本，卷7；劉光蕡，《前漢書藝文志注》（台北：開明書店），二十五史補編本，頁1715；朱駿聲，《說文通訓定聲》（武漢：古籍書店），1983年6月，頁181；廖平，《廖平選集（上冊）》（成都：巴蜀書社），1988年7月，頁181。

若干的同質性，應是展現「王者之跡」影響下人民臣子及君王的種種情志、行為之表現。由此，顯示《孟子》言讀詩識詩人之志的目的之一，在於實踐地知曉德義，以知王教世界之化成，其間含有某種教化之功能。

由上述的討論可知，無論是「以意逆志」或是「知人論世」，皆是以情志為基礎，而肯定了詩歌詮釋的兩個層面：一是就時間言，個人之情志實可通於古人之情志。就空間言，由內在之個人，通於外在之世界的。在古今對話、尚友古人的同時，詩歌還有著教化之作用。凡此種種皆表現出由人而天、由內而外之連續性思考，而體現了《孟子》盡心、知性知天之成德思路與過程。

（三）荀子性論及其詩學詮釋思想

荀子對《詩經》秉持著貶抑的態度，《荀子・儒效》篇：

> 逢衣淺帶，解果其冠，略法先王而足亂世術，繆學雜舉，不知法後王而一制度，不知隆禮義而殺詩書；其衣冠行偽已同於世俗矣，然而不知惡者；其言議談說已無所以異於墨子矣，然而明不能分別；呼先王以欺愚者而求衣食焉；得委積足以揜其口，則揚揚如也；隨其長子，事其便辟，舉其上客，億然若終身之虜而不敢有他志：是俗儒者也。

明確可見荀子對《詩經》有所微辭的情形，而「繆學雜舉」即為荀子殺詩書之原因。《荀子・勸學》又云：

> 學之經莫速乎好其人，隆禮次之。上不能好其人，下不能隆禮，安特將學雜識志，順詩書而已爾。則末世窮年，不免為陋儒而已。將原先王，本仁義，則禮正其經緯蹊徑也。若挈裘領，詘五指而頓之，順者不可勝數也。不道禮憲，以詩書為之，譬之猶以指測河也，以戈舂黍也，以錐飡壺也，不可以得之矣。故隆禮，雖未明，法士也；不隆禮，雖察辯，散儒也。

明言「以詩書為之，譬之猶以指測河也」，可知荀子以為詩（書）的特點（缺點）乃是紛雜無一中心思維，且有所偏無法兼及全局者。

荀子對詩的態度已如上述。而荀子之詩學論述，主要見於《荀子・儒效》篇的一段文字：

> 聖人也者，道之管也。天下之道管是矣，百王之道一是矣。故詩書禮樂之道歸是矣。詩言是其志也，書言是其事也，禮言是其行也，樂言是其和也，春秋言是其微也，故風之所以為不逐者，取是以節之也，小雅之所以為小雅者，取是而文之也，大雅之所以為大雅者，

　　　　　取是而光之也，頌之所以爲至者，取是而通之也。天下之道畢是矣。

此處首言「詩言是其志也」亦荀子亦如《孟子》一般，肯定志爲詩之源，不
過，此處的志，並非泛指一切情感，而是在荀子禮樂之統下的「聖道之志」，
〔註151〕，因此其下文並分就國風、小雅、大雅及頌分別加以解釋。荀子對國
風等的解釋十分重要，可以從中看出荀子論詩之內容傾向。

　　對於國風，荀子上文以「節」而言其「所以不逐」，似乎表現其對國風本
身之情並非持正面的看法。《荀子・大略》曰：

　　　　　國風之好色也，傳曰：「盈其欲而不愆其止。其誠可比於金石，其聲
　　　　　可内於宗廟。」

此處的「傳曰」對荀子而言應是古義，然而國風「好色」「盈其欲」而能「不
愆其止」，或許是因爲國風「取是而節之」的原因。由此，荀子對國風取「節」
的立場實與其性情論中「養欲節情」的態度相一致。而小雅「取是而文之」
則意味著隱晦諷諫之義，《荀子・大略》曰：

　　　　　小雅不以於汙上，自引而居下，疾今之政以思往者，其言有文焉，
　　　　　其聲有哀焉。

則可見隱晦諷諫的背後，實是以「疾今之政以思往者」思想爲其實質，而此
一疾今而思往的思維，亦荀子取法聖人以範今的性情觀表現。

　　對於大雅及頌，上述言大雅爲「取是而光之者」，頌爲「取是而通之」，
似乎對大雅、頌有著正面的看法，《荀子・樂論》亦曰：

　　　　　故聽其雅、頌之聲，而志意得廣焉；執其干戚，習其俯仰屈伸，而
　　　　　容貌得莊焉；行其綴兆，要其節奏，而行列得正焉，進退得齊焉。
　　　　　故樂者、出所以征誅也，入所以揖讓也；征誅揖讓，其義一也。

就文字來看，荀子言大雅、頌能使「志意得廣」與前述一致而持肯定的態度，
然而這並不意味著荀子對大雅、頌的肯定並不意味著荀子全然肯定詩人心志
所流露的自然情感。實際上，荀子心目中的大雅、頌，乃是經過選擇、修正
後而改造的感情，《荀子・王制》曰：

　　　　　脩憲命，審詩商，禁淫聲，以時順脩，使夷俗邪音不敢亂雅，大師
　　　　　之事也。

其以「審」與「禁」言大雅與頌，可見荀子不止是對風持著情感抑制之態度，
即使大雅及頌之肯定，也是以同一性情觀、同一情感立場而發，而講究改造

<hr>

〔註151〕林耀潾，《先秦儒家詩教研究》（台北：天工書局），1990 年 8 月，頁 241～242。

情性者，使大雅和頌成爲後天的選擇安排下的產物。歸根究底，荀子對風、雅、頌的認知仍不脫離其性惡理論下對情感的態度，風、雅、頌之不同意義對荀子來說只是同一性情觀不同面向的呈現而已。

除此之外，我們會發現上述荀子對風、小雅、大雅及頌的解釋皆是以「取是」開頭成句而言風、小雅、大雅及頌的種種。何謂「取是」？似乎意謂著荀子以選擇性之態度運用風、雅、頌，將此一現象與前述荀子以爲詩爲「謬學雜舉」、「以指測河」相對照，可知荀子此言可能不是隨意而發。如果由風、雅、頌所組成的詩經乃是情志之表現，而情志之發對荀子而言未成系統，而須歸之於禮，此種現象即表現了荀子性情之思想於其間。

（四）黃老之學及雜家之詩學詮釋思想

黃老之學論及詩學詮釋之材料雖然不多，然而有一條論詩文字值得注意，《管子·內業》篇曰：

> 凡人之生也，天出其精，地出其形，合此以爲人：和乃生，不和不生。察和之道，其精不見，其微不醜。平正擅匈，論治在心，此以長壽。忿怒之失度，乃爲之圖。節其五欲，去其二凶。不喜不怒，平正擅匈，凡人之生也，必以平正；所以失之，必以喜怒憂患，是故止怒莫若詩，去憂莫若樂，節樂莫若禮，守禮莫若敬，守敬莫若靜，內靜外敬，能反其性，性將大定。

其言詩能「止怒」而使性返於道，而有「內靜」修心之用，可謂黃老之學對道家有意無意忽視詩之傳統的改造，而對詩有著部分功能性的肯定。雖然如此，黃老思想仍未能就情志持正面之論述與態度，而與儒家的立場相距仍遠。

除了黃老之學外，屬雜家的《呂氏春秋》亦有部分言詩之文字值得注意，其〈音初〉篇曰：

> 夏后氏孔甲田于東陽萯山，天大風晦盲，孔甲迷惑，入于民室，主人方乳，或曰「后來是良日也，之子是必大吉」，或曰「不勝也，之子是必有殃」。后乃取其子以歸，曰：「以爲余子，誰敢殃之？」子長成人，幕動拆橑，斧斫斬其足，遂爲守門者。孔甲曰：「嗚呼！有疾，命矣夫！」乃作爲〈破斧〉之歌，實始爲東音。

> 禹行功，見塗山之女，禹未之遇而巡省南土。塗山氏之女乃令其妾待禹于塗山之陽，女乃作歌，歌曰「候人兮猗」，實始作爲南音。周

公及召公取風焉，以爲〈周南〉、〈召南〉。

周昭王親將征荊，辛餘靡長且多力，爲王右。還反涉漢，梁敗，王及蔡公扟於漢中。辛餘靡振王北濟，又反振蔡公。周公乃侯之于西翟，實爲長公。殷整甲徙宅西河，猶思故處，實始作爲西音，長公繼是音以處西山，秦繆公取風焉，實始作爲秦音。

有娀氏有二佚女，爲之九成之臺，飲食必以鼓。帝令燕往視之，鳴若謚隘。二女愛而爭搏之，覆以玉筐，少選，發而視之，燕遺二卵，北飛，遂不反，二女作歌一終，曰「燕燕往飛」，實始作爲北音。

上述四條皆《呂氏春秋》明確言及《詩經》詩篇作者之文字。〈音初〉篇之外，《呂氏春秋》其他各篇亦偶有言詩作者之文字：

周文王處岐，諸侯去殷三淫而翼文王。散宜生曰：「殷可伐也。」文王弗許。周公旦乃作詩曰：「文王在上，於昭于天，周雖舊邦，其命維新」，以繩文王之德。（〈古樂篇〉）

其遇時也，登爲天子，賢士歸之，萬民譽之，丈夫女子，振振殷殷，無不戴說。舜自爲詩曰：「普天之下，莫非王土，率土之濱，莫非王臣」，所以見盡有之也。（〈慎人篇〉）

晉文公反國，介子推不肯受賞，自爲賦詩曰：「有龍于飛，周徧天下。五蛇從之，爲之丞輔。龍反其鄉，得其處所。四蛇從之，得其露雨。一蛇羞之，橋死於中野，懸書公門，而伏於山下。」文公聞之曰：「譆！此必介子推也。」（〈介立篇〉）

前兩則皆見於《詩經》，而末條則爲逸詩。《呂覽》之作者記載雖不盡可信，然而由其明確對作者進行討論，也足以證明詩學發展至秦漢之際，詩歌詮釋已對作者本身進行直接的關注與重視，而此種詮釋應是《孟子》以降詩學詮釋的發展。

二、毛詩性情論及其詮釋之進路與架構

（一）性情觀念與毛詩詮釋實踐之重要概念——論毛詩之重「教化」、「禮」及「友賢」

今日研究毛詩之學者，除了對在毛詩本身理論進行研究，於毛詩之詮釋實踐方面常就經常出現之概念，如：「教」、「禮」、「賢」，以及「歷史（本事）」等

加以論述,其立說不可謂不細密。〔註152〕然而,如本節一開始所述,毛詩之詮釋係以性情爲其出發點,因此,就毛詩詮釋實踐,如「教化」、「禮」、「友賢」等重要觀念深入探索,闡明這種觀念與毛詩性情之關係,當有助於今日深入了解毛詩這些概念的深切意涵,而能突顯性情於毛詩實際詮釋之核心地位。

1. 性情爲教化之源

毛詩之重教化,此於今日大約是中國傳統詩經學之「常識」。在毛詩實際的批評上,毛詩對教化之來源,以及教化所以成,曾明言其與性情之關係,毛詩〈緜蠻〉小序云:

〈緜蠻〉,微臣刺亂也。大臣不用仁心,遺忘微賤,不肯飲食教載之。
故作是詩也。

此處言「大臣不用仁心,遺忘微賤」,而「不肯飲食教載之」,明顯可以看出毛詩之教化實本於性情之立場,因此以「仁心」之性爲本出發,要求大臣「教載之」。事實上,毛詩之教化歸本於性情,已於大序明言之,毛詩大序云:

風,風也,教也。風以動之,教以化之。

大序又云:

是以一國之事,繫一人之本,謂之風。

則有教化作用之風,係出於一人之本,而此一人之本的風與教化有著直接的關係。關於此一人之本的實際內容,可以舉〈關雎〉爲例,以明其即爲志之表現,毛傳〈關雎〉「關關雎鳩,在河之洲」詩句云:

興也。關關,和聲也。雎鳩,王雎也,鳥摯而有別。水中可居者曰
洲。后妃說樂君子之德,無不和諧,又不淫其色。慎固幽深,若關
雎之有別焉。然後可以風化天下。

此處言「后妃說樂君子之德,無不和諧,又不淫其色。慎固幽深」,皆后妃志之表現,而有此志,乃得以風化天下,可知教化實本於志。至於志的展現如何得以風化世界,則不得不推於毛詩性情觀爲基礎所呈現之成德進程。

2. 禮歸於性情

禮於毛詩中時時可見,前人於此亦多所論及,茲舉毛詩在實際批評中較

〔註152〕如,《詩經周南召南發微》(台北:學海出版社),1986 年 8 月、《詩經毛傳鄭箋辨異》(台北:文史哲出版社),1989 年 10 月、《孔子詩學研究》(台北:學生書局),1996 年 3 月;林耀潾,《先秦儒家詩教研究》(台北:天工書局),1990 年 8 月。

具代表性者以明其地位，毛傳云：

> 婦人待禮以成爲室家。（毛傳〈竹竿〉）
>
> 言禮樂不可一日而廢。（毛傳〈子衿〉）
>
> 國家待禮然後興。（毛傳〈蒹葭〉）
>
> 礼亦所以救亂也。（毛傳〈桑柔〉）

又毛詩小序云：

> 〈草蟲〉，大夫妻能以禮自防也。
>
> 〈東方之日〉，刺衰也。君臣失道，男女淫奔，不能以禮化也。

無論外在的禮以成家、興國或「救亂」，還是內在的「以禮自防」，皆可見毛詩中禮「不可一日而廢」的重要地位。毛詩之言禮，實推本於性情，其情形可分爲直接與間接兩種。在直接以禮歸言於性情方面，毛傳〈素冠〉「我心蘊結兮，聊與子如一兮」曰：

> 子夏三年之喪畢，見於夫子，援琴而絃，衎衎而樂作而曰：「先王制礼，不敢不及。」夫子曰：「君子也。」閔子騫三年之喪畢，見於夫子，援琴而絃，切切而哀作而曰：「先王制礼，不敢過也。」夫子曰：「君子也。」子路曰：「敢問何謂也。」夫子曰：「子夏哀已盡，能引而致之於礼，故曰君子也。閔子騫哀未盡，能自割以礼，故曰君子也。夫三年之喪，賢者之所輕，不肖者之所勉。」

此處子夏與閔子騫於哀禮之踐履在表現上雖然有異，然孔子皆肯定之，而以「哀已盡」、「哀未盡」言之，可知其以性情言禮之立場。又毛詩小序云：

> 〈漢廣〉，德廣所及也。文王之道被于南國，美化行乎江漢之域，無思犯禮，求而不可得也。

此處言「無思犯禮」之「思」，是亦小序以性情言禮之證。

除了直接以性情言禮之外，毛詩還有言禮以德義爲本，而德歸於性情的間接思想，毛傳〈公劉〉「陟則在巘，復降在原。何以舟之，維玉及瑤，鞞琫容刀」：

> 巘，小山，別於大山也。舟，帶也。瑤，言有美德也。下曰鞞，上曰琫，言德有度數也，容刀言有武事也。

「下曰鞞，上曰琫，言德有度數也」爲禮數，係以禮非僅條目而已，而應以德義爲本。又毛傳〈匏有苦葉〉「深則厲，淺則揭」曰：

以衣涉水爲屬，謂由帶以上也。揭，褰衣也。遭時制宜，如遇水深
則屬，淺則揭矣。男女之際，安可以無禮義，將無以自濟也。

其言「男女之際，安可以無禮義」「無禮義將無以自濟」可知，毛詩之言禮實
與成德之要求相聯繫。同樣的意思，在毛詩小序之中亦可得見，〈采菽〉小序
云：

〈采菽〉，刺幽王也。侮慢諸侯，諸侯來朝，不能錫命，以禮數徵會
之，而無信義，君子見微而思古焉。

「以禮數徵會之，而無信義」，明確將禮數與信義分開，可見毛詩重信義之德，
而非僅止於禮之條目，其義與毛傳類同。因此，由上述可知，毛詩之言禮多
以德爲其歸宿。而如何成德，則不得不推源於性情的層面，李清臣曰：

鄭氏之學長於禮，而深於經制，至於訓詩，乃以經制言之。夫詩，
性情也。禮，制迹也。彼以禮訓詩，是按迹以求性情也，此其所以
繁塞而多失者與。〔註153〕

其以爲禮乃爲外表，欲深入其內部，實須追溯於性情之源，所言極是。

3. 友賢與性情

除了禮義外，朋友、賢人亦爲毛詩所重，〈伐木〉小序云：

〈伐木〉，燕朋友故舊也。自天子至于庶人，未有不須友以成者，親
親以睦，友賢不棄，不遺故舊，則民德歸厚矣。

可見友賢爲成德及德治所重。然而毛詩之重友賢，亦源於性情，毛傳〈鹿鳴〉
「呦呦鹿鳴，食野之苹」詩句：

興也。苹，蓱也。鹿得蓱，呦呦然鳴而相呼，懇誠發乎中，以興嘉樂
賓客當有懇誠相招呼，以成礼也。

孔穎達疏云：

或以爲兩鹿相呼，喻兩臣相招，謂群臣相呼，以成君礼，斯不然矣。
此詩主美君懇誠於臣，非美臣相於懇誠也。若君有酒食，臣自相呼，
財非己費，何懇誠之有？故鄭駁異義解此詩之意云：「君有酒食，欲
與群臣嘉賓燕樂之，如鹿得苹草，以爲美食，呦呦然鳴相呼，以歆
誠之意，盡於此耳。」據此是君召臣明矣。〔註154〕

〔註153〕《經義考》卷 101 引，見朱彝尊，《經義考》（北京：中華書局），四部備要本，
　　　　頁 551。
〔註154〕見孔穎達正義，《毛詩正義》（台北：藝文印書館），《十三經注疏》本，卷 9-2

許慎之說已闕，然黃永武以爲許慎兼引異說，未有定論，故鄭駁異義以申其意耳。〔註155〕可見原來蓋有二義，一以爲臣子相招以懇誠，一則以爲君臣相招，唯鄭玄明言爲君臣相招耳。若依鄭注，則毛詩係以君之懇誠言友賢之重要，毛詩〈南有嘉魚〉小序亦云：

　　〈南有嘉魚〉，樂與賢也。太平君子至誠，樂與賢者共之也。

以「至誠」而言與賢者共之之樂，是亦以重賢歸於性情，毛詩小序可與毛傳相通。事實上，即使爲臣子相招的友賢之義亦是以性情爲本，〈干旄〉小序云：

　　〈干旄〉，美好善也。衛文公臣子多好善，賢者樂告以善道也。

此處以衛文公臣子爲例，言其好善，而賢者亦樂於此，是臣子亦重友賢而歸於性情。簡單說來，毛詩之言友賢、重友賢皆源於情志。

　　由以上討論可知，毛詩之重要觀念如「教化」、「禮」、「友賢」等實皆推本於情志，此與詩大序首揭志一致。然而志何以能教化天下，以及禮、德何以成等問題，實有待性情之探索方可得到答案，此即本文即將面對之問題。最後，毛詩之詮釋多與歷史相關，毛詩以歷史本事詮釋詩歌之舉，實亦以性情爲本，而表現其與三家詩訓詁之差異當中，本文將於第四章三節討論之。

（二）成德理論：毛詩中的天道與性情之內容和提升

　　要了解毛詩之性情觀念，必須先了解其天命觀，由其天命之觀念方能正確理解其性情之想法。

1. 毛詩中的天命觀

　　毛詩之言命，首言天命之崇高地位，毛傳〈維天之命〉詩「維天之命，於穆不已」二句：

　　孟仲子曰：「大哉！天命之無極，而美周之禮也。」

是標榜天之地位，然其天命之內容即爲周之文化，故其接續言「美周之禮」也。周之文化，實是以人自身不懈殆之努力爲主要之核心，毛傳〈清廟〉「駿奔走在廟，不顯不承，無射於人斯」詩句云：

　　駿，長也。顯於天矣，見承於人矣，不見厭於矣。

毛傳言「顯於天矣」，是從天的角度而言天命，而「見承於人矣」則是言天命之顯必由人之自身上見，人能自身不斷之奮勵向上而能奉祀於上天，而上天

　　　頁316。

〔註155〕見黃永武，《許慎之經學》（台北：中華書局），1972年9月，頁209～210。

饗之，故「不見厭於矣」。同樣的思想亦見於毛詩小序：

〈大明〉，文王有明德，故天復命武王也。

〈皇矣〉，美周也。天監代殷，莫若周。周世世脩德，莫若文王。

與毛傳毫無差異。毛詩之天與天命大致如此，幾乎都是就人之德性或努力上立論，而與孔子、《中庸》之言天命相類同，極少有早期人格天的思維。〔註156〕

毛詩小序云：

召康公戒成王也。言皇天親有德，饗有道也。(〈泂酌〉)

繼文也。武王有聖德，復受天命，能昭先人之功焉。(〈下武〉)

是毛詩小序以聖人之德與天並存，而毛傳〈皇矣〉詩「帝遷明德」亦云：曰：

徙就文王之德也。

皆表達出天之命必就於聖王之德。實際上，毛詩並非不言天人感應之說，〔註157〕然而在最為關鍵之天、天命或聖人等處，但言人之敬祀上天，絕無天人感應之思想，毛詩與三家詩差異最為明顯的「聖人有父」說即為其例證。三家詩之「聖人無父」說已見於本章第一節，此處茲言毛傳之說以明毛傳言天之立場與三家詩實有根本之差別。毛傳〈生民〉詩「履帝武敏歆，攸介攸止，載震載夙，載生載育，時維后稷」云：

履，踐也。帝，高辛氏之帝也。武，迹。敏，疾也。從於帝而見于天，將事齊敏也。歆，饗。介，大也。止，福祿所止也。震，動。夙，早育長也。后稷播百穀以利民。

孔穎達疏曰：

乃由姜嫄能禋敬、能恭祀於郊禖之神，以除去無子之疾，故生之也。禋祀郊禖之時，其夫高辛氏率與俱行，姜嫄隨帝之後，踐履帝迹，行事敬而敏疾，故為神歆饗。神既饗其祭，則愛而祐之，於是為天

〔註156〕比較明顯的例外大概是大雅〈生民〉詩言及后稷為鳥覆翼一段。唯本段大約是舊說，而且毛傳對本詩所記載有關后稷之傳說，即為聖人有父說，此點與三家詩之聖人無父、感天而生相比，人的地位要來的高得多了。關於毛詩古文與今文三家詩對聖人理解之差異見於許慎《五經異義》，其文字已見於本章第一節。

〔註157〕毛傳中言及天人感應較為明顯者約有五例，分別在〈麟趾〉、〈騶虞〉、〈卷阿〉、〈斯干〉及〈螽蝝〉等。其中三例為神歆與五種德行之應，一例言「善之應人」，一例言「夫婦過禮則虹氣盛」，觀此五例前三例或可歸於先秦舊說，第四例與善報觀念接近，僅最後一例以災異觀點言天人感應表現出意志之天的想法。另外，〈十月之交〉一首一直被認為是明顯有意志之天色彩者，考察毛傳之解釋其表現的極為隱晦模糊，與鄭箋之說法大為不同。

> 神所美，大爲福祿所依止，即得懷任，則震動而有身。祭則蒙祐獲
> 福之，凡早終人道則生之，既生之則長養之。及成人，有德，爲舜
> 所舉用，播種百穀以利益下民，維爲后稷矣。

孔說近是，而少天人感應之色彩，其從人道立論言聖人之成就絕非由自天命。
鄭玄箋則不同：

> 祀郊禖之時，時則有大神之迹，姜嫄履之，足不能滿履其拇指之處，
> 心體歆歆然，其左右所止住，如有人道感己者也。於是遂有身，而肅
> 戒不復御。後則生子而養，長名之曰弃，舜臣堯而舉之，是爲后稷。

孔穎達云：「鄭唯履帝以下三句爲異，其首尾則同。」〔註158〕「履帝以下」即
即本段「大神之迹，姜嫄履之……其拇指之處心體歆歆然，其左右所止住，
如有人道感己者」，鄭玄之說與天人感應之說十分接近，而以爲聖人之生乃天
神之所生，爲天之所命，其解釋實不合於毛傳之立場。又毛傳〈玄鳥〉：「天
命玄鳥，降而生商，宅殷土芒芒」亦云：

> 玄鳥，鳦也。春分玄鳥降，湯之先祖有娀氏女簡狄配高辛氏帝。帝
> 率與之祈于郊禖而生契，故本其爲天所命，以玄鳥至而生焉。芒芒，
> 大貌。

此處對「天命玄鳥」之解釋亦僅止於高辛氏帝郊祭，而受命於天之說。毛詩
之聖人因祭天而生之說與三家詩之天帝感生說大異，因爲毛詩之言天之受
祭，乃是歸於人德與努力者，毛傳〈采蘩〉：「于以采蘩，于沼于沚」云：

> 蘩，皤蒿也。于，於。沼，池。沚，渚也。公侯夫人執蘩菜以助祭，
> 神饗德與信，不求備焉。沼沚谿澗之草，猶可以薦，王后則荇菜也。

明言「神饗德與信」而「不求備焉」，可見毛詩聖人有父說之立場，並非如同
早期「天諄諄然命之」之人格天，而是如《中庸》、《孟子》一系的將天命與
人之德性相貫通，從人自我德性之奮進而與天相合者。

2. 毛詩中性情與提升

　　前一部分言天及天命中可見毛詩之天命觀實是與孔子、《中庸》一貫之思
想立場相同。由此對天之理解下貫至人，即以性爲天人之關鍵。毛詩之言性，
實取肯定之立場，而強調盡性，此亦表現出《中庸》心性之學的特點。毛傳
〈烝民〉「天生烝民，有物有則，民之秉彝，好是懿德」云：

〔註158〕見孔穎達正義，《毛詩正義》（台北：藝文印書館），《十三經注疏》本，卷17-1
　　　　頁2。

烝，眾。物，事。則，法。彝，常。懿，美也。

本段話即是對天命之性的肯定。考察毛詩中性的思想，大致可分為聖王之性與凡人之性兩路加以立論，此兩者有共同之處，亦有各自之偏重，茲分別論述於下：

（1）聖王之性

毛詩言聖王之性，其典型自然為與文王相關之人物，毛傳〈思齊〉：「不聞亦式，不諫亦入」二句，其文云：

言性與天合也。

此處之解釋，並非言文王生而如此，還應從全文加以觀察。〈思齊〉一文云：

思齊大任，文王之母，思媚周姜，京室之婦。大姒嗣徽音，則百斯男。

惠于宗公，神罔時怨，神罔時恫，刑于寡妻，至于兄弟，以御于家邦。

雝雝在宮，肅肅在廟，不顯亦臨，無射亦保。肆戎疾不殄。烈假不瑕。不聞亦式。不諫亦入。肆成人有德，小子有造，古之人無斁，譽髦斯士。

由「不聞亦式，不諫亦入」上下文觀之，其與「肆戎疾不殄，烈假不瑕。不顯亦臨，無射亦保。」應是相似對等之詞語，而指文王之德性展現。這些文王之德行顯現，皆由「刑于寡妻，至于兄弟，以御于家邦。雝雝在宮，肅肅在廟」之行而來。毛傳釋「雝雝在宮，肅肅在廟」二句云：

雝雝，和也。肅肅，敬也。

依鄭箋，「雝雝」者在辟雝宮，與人有關；而「肅肅」者在廟，與天有關。事天以敬而見於人，治人以和而達於天，可知毛傳此處之言性，一方面肯定性之地位，一方面則由性透過敬以上達於天。如此一來，性與天道兩者緊密相連而表現通達相貫通之觀念。故詩序云：

〈思齊〉，文王所以聖也。

由〈思齊〉小序之文對照前文之討論可知，文王所以聖，在於其敬德、修德。而「性與天合」，亦當指對文王修德之源之「性」的肯定，以及由此「性」之完全呈顯而表現之境界，即天之含容、化成萬物之世界。

事實上，毛詩對聖王之性的肯定思想不只限於文王，於其他聖王之立論時亦時時可以得見，而與《中庸》、《孟子》所持性善存養擴充之立場類同。毛傳〈皇矣〉詩「維此王季，因心則友，則友其兄，則篤其慶，載錫之光」詩句言王季之德行曰：

　　因，親也。善兄弟曰友。慶，善。光，大也。

此爲毛傳言聖王之性極重要之解釋。由「慶，善。光，大也」則「篤其慶，載錫之光。」當解釋爲篤其善，並光大之。同篇毛傳下文「維此王季，帝度其心，貊其德音。其德克明，克明克類，克長克君。王此大邦，克順克比。比于文王，其德靡悔。既受帝祉，施于孫子」更言其細部之進程曰：

　　心能制義曰度。…慈和徧服曰順，擇善而從曰比。經緯天地曰文。

此段文字三家詩以「王季」爲「文王」，毛詩則以爲王季。就義理角度而言，毛詩之舉恐怕並非偶然，〔註159〕因爲從心性之學的角度言，人人皆可以爲堯舜，而王季雖不同於文王，然亦可達文王聖德之境界。反觀三家詩，文王之爲聖乃是由天所予者，故此段文字言得天之命，亦必是文王，而王季未爲王，未能受命，故此處不能爲王季。〔註160〕由此可知，毛詩此處藉王季以言人之成德的歷程可見其用意當聖王皆可由人成者，而人成德之歷程乃是從篤其善始，而擴充至經緯天地的境界。又毛傳〈昊天有成命〉「於緝熙，單厥心，肆其靖之」詩句：

　　緝，明。熙，廣。單，厚。肆，固。靖，和也。

本處是言成王之操持，其言「單厥心」即爲「厚」「厥心」，而從此心乃得以和合天下。而毛傳〈大明〉詩「文定厥祥」句又曰：

　　言大姒之有文德也。祥，善也。

關於大姒，毛傳〈思齊〉曰：

　　大姒，文王之妃也。大姒十子，妾則宜百子也。

「文德」，即文王之德。由「大姒之有文德」可知，大姒如文王之德，是大姒其性爲善。上述之王季、成王及大姒，於歷史上並非皆如同文王之聖，然毛詩之解釋皆從性善而言成德之境界，毫無鄙斥性與天命之處，並躋於和合國家之境界。因此，我們從毛詩言性善之例可以得知，毛詩對性之態度乃是廣泛肯定的立場。由於聖王之地位，因此由此肯定性之立場推而大之，即可用

〔註159〕王先謙從先秦兩漢諸書考察對此二字加以考察，以爲「毛本如此，不必爲掩護也」，是毛詩刻意爲之之證，參王先謙，《詩三家義集疏》下冊（台北：明文書局），1988年10月，頁855～856。

〔註160〕關於毛詩與三家詩在王季解釋上的歧異，於〈旱麓〉詩「鳶飛戾天，魚躍于淵」二句亦可看出，毛詩用比大王、王季之德，而三家詩則爲「道被飛潛，萬物得所之象」，詳參王先謙，《詩三家義集疏》下冊（台北：明文書局），1988年10月，頁847。

於治國，毛傳〈盧令〉「盧令令，其人美且仁」詩句：

> 盧，田犬。令令，纓環聲。言人君能有美德，盡其仁愛，百姓欣而奉之，愛而樂之。順時遊田，與百姓共其樂，同其獲，故百姓聞而說之，其樂令令然。

其言人君「盡其仁愛」，可見毛傳聖王之性的內容實爲「仁愛」之德，由此仁愛之盡，即可國治。整體而言，毛傳之言聖王之性主要乃肯定聖王之性善者，此種立場，於三家詩之詮釋中雖然未必沒有，然而毛詩之言聖王性善，並非如三家詩所主張感生而承自天命者，而是有父而自我惕勵之立場，此種觀點與《中庸》一系之心性論立場相同。

（2）凡人之性

相對於聖王而言，凡人之性有與聖王相同者，亦有不同者。關於不同之處，毛傳〈小旻〉「國雖靡止，或聖或否。民雖靡膴，或哲或謀，或肅或艾」明言之曰：

> 靡止，言小也。人有通聖者，有不能者，亦有明哲者，有聰謀者。
> 艾，治也。有恭肅者，有治理者。

鄭玄箋之云：

> 言天下諸侯今雖無礼，其心性猶有通聖者，有賢者。民雖無法，其心性猶有知者，有謀者，有肅者，有艾者，王何不擇焉，置之於位，而任之爲治乎。

可知凡人之性與聖王之性在先天之上實有所異。然而此種差異並非是心性之自覺，而當是指質具與才能。我們可以從毛詩對聖、凡之性皆持一致而肯定之立場看出其思想，毛傳〈黃鳥〉「黃鳥黃鳥，無集于穀，無啄我粟」詩句云：

> 興也。黃鳥宜集木啄粟者，喻天下室家不以其道而相去，是失其性。

又毛傳《小雅・杕杜》詩「有杕之杜，有睆其實」二句曰：

> 興也。睆，實貌。杕杜猶得其時蓄滋，役夫勞苦不得盡其天性。

「失其性」、「盡其天性」可見毛詩對「天下室家」及「役夫」等可能有所偏的凡人之性，實持肯定的立場。

毛詩言凡人之性的第二個面向著重在性與情兩者之間的關係與表現。毛詩之言性情，乃是就德性觀點立論，其主張凡人之性雖然有其偏限，但亦因爲此一偏限之性所表現之情的不圓滿，所以在情感上更須有所提升以期成就

其自身之性，毛傳〈四牡〉「豈不懷歸，王事靡盬，我心傷悲」句云：

> 盬，不堅固也。思歸者，私恩也。靡盬者，公義也。傷悲者，情思
> 也。

表面上看來，公私之間與公義情思之間似乎有所矛盾對立，鄭箋亦云：

> 無私恩，非孝子也。無公義，非忠臣也。君子不以私害公，不以家
> 事辭王事。

則鄭箋之說明確表現了公私為對立，情感與理智為相對的思想。雖然如此，鄭玄的解釋與毛詩之思路實有不同，而東漢時期氣化之性的立場。就毛詩而言，公私、個人情感與理之間恐怕不是對立的情形，最為明確的即是〈關雎〉一篇，詩大序云：

> 是以〈關雎〉樂得淑女以配君子，憂在進賢，不淫其色。哀窈窕，
> 思賢才，而無傷善之心焉。是〈關雎〉之義也。

「哀窈窕，思賢才，而無傷善之心」即是毛詩面對公私之態度，我們從「無傷善之心」可知毛詩對公私之間並不取衝突對立之態度。毛傳〈雞鳴〉詩亦曰：

> 古之夫人配其君子，亦不忘其敬。會，會於朝也。卿大夫朝會於君，
> 朝聽政，夕歸治其家事。無庶予子憎，無見惡於夫人。

是毛傳亦以夫人之情與君子之德相通，而統於「敬」之下。又毛傳〈氓〉「桑之未落，其葉沃若。于嗟鳩兮，無食桑葚。于嗟女兮，無與士耽」句云：

> 桑，女功之所起。沃若猶沃沃然。鳩，鶻鳩也。食桑葚過則醉而傷
> 其性。耽，樂也。女與士耽則傷禮義。

以「傷其性」與「傷禮義」對揚，如此則毛詩以「禮義」為其性。〔註161〕毛詩以禮義為其性，其情又與禮義等德性不為對立之關係，那麼毛詩之性情間有何關係十分重要，筆者以為毛詩之言性情實採本末之立場。前文之公私與義情之對揚顯現出凡人之情因為受限於先天的關係，因此有不足之處，其性待發揚而情待提升，性情不視為對立關係，而為本末關係。毛詩的這種對情感的態度與《中庸》一系之立場十分類似，《性自命出》云：

> 道始於情，情生於性。始者近情，終者近義。

〔註161〕下文並云「女與士耽則傷禮義」此處亦如本處之言性情之義，蓋毛詩以禮義為其性為基本立場，在此一立場下，部分未發揚仁義之性之情若「過度」發展則有害於禮義。對毛詩而言重點不在於相反對立，而在於「耽」——「過度」，關於這一點，毛詩可謂以心性之立場加以論說。

明確點出心性之學的性情立場，以及其對情感之態度。在心性之學之中，凡人之情可以有疑惑、掙扎，但並不是衝突對立。由此可看出毛詩對性、情所採取的肯定態度，然須提升之立場。《孔子詩論》云：

〈關雎〉之改，〈樛木〉之時，〈漢廣〉之智，〈鵲巢〉之歸，〈甘棠〉之保，〈綠衣〉之思，〈燕燕〉之情曷？曰：動而皆賢於其初也。

如果本節前文所言《孔子詩論》為子思心性一系之認知無誤的話，《孔子詩論》此處將國風〔註162〕正風、變風之詩篇並置而觀，顯現出聖凡之性皆為心性之學肯定的立場。而其末言「動而皆賢於其初也」也正顯現出無論聖、凡皆須在肯定情志之立場上興發履踐，以期臻至成德之境。只是就現實而言，聖凡提升之方式有所不同。人因為稟氣偏全、環境不同、聖凡不同的關係，因此在提升之方式上造成了聖人與凡人有所不同的情形，而毛詩即承繼《孔子詩論》之思維而加以發揮光大者。就凡人之性而言，即因為先天或後天的關係，其成德必須經由外在與內在兩者之力量，對毛詩而說，此即教化與情性之互動，毛詩大序云：

風，風也，教也。風以動之，教以化之。

「風以動之」，乃是訴諸情感之所同。而「教以化之」，則藉則聖人所奠定之教，以發揚人心中即具備完足之性，兩者皆是對情性之提升。必須要強調的是，毛詩之教化，乃是發揚凡人既有之性，而非另外的標準，此為毛詩與荀子最大的不同，亦為教化內涵的不同。毛詩於民重教化之思想，在《中庸》、《孟子》一系心性思想中亦有所見，尤其是對情多所論述的《性自命出》一文，《性自命出》云：

詩、書、禮、樂，其始出皆生於人。詩，有為為之也。書，有為言之也。禮、樂，有為舉之也。聖人比其類而論會之，觀其先後而逆順之，體其義而節度之，理其情而出入之，然後復以教。教，所以生德於中者也。

《性自命出》以《中庸》、《孟子》之學為本，已見前節敘述。此處明言「教，所以生德於中者也」乃是所得有偏之人而言，即為外在的、後天的人為力量。《中庸・二十章》云：

或生而知之，或學而知之，或困而知之，及其知之一也；或安而行之，或利而行之，或勉強而行之。

可知凡人因為先天的因素，其所得不免有所偏，因此對《中庸》一系成德而言教化亦為重要，而教化源自聖人，毛詩在教化的觀點上應當與《中庸》一致。

簡單說來，凡人之性有與聖王相同者，此即對於性的肯定立場，然落實於現實之世界，即有偏全、不足之不同，因此其成德之路亦有所不同。雖然聖人與凡人之性有所不同，但其目的與操持乃是相同者，毛傳〈瞻卬〉「如賈三倍，君子是識，婦無公事，休其蠶織」詩句云：

> 休，息也。婦人無與外政，雖王后猶以蠶織為事。古者天子為藉千畝，冕而朱紘，躬秉耒；諸侯為藉百畝，冕而青紘，躬秉耒，以事天地山川社稷先古，敬之至也。天子諸侯必有公桑蠶室，近川而為之，築宮仞有三尺棘牆而外閉之。及大昕之朝，君皮弁素積，卜三宮之夫人世婦之吉者。使入蠶于蠶室，奉種浴于川桑于公桑風戾以食之。歲既單矣，世婦卒蠶奉繭以示于君，遂獻繭于夫人。夫人曰：「此所以為君服與遂副褘」而受之，少牢以禮之。及良日，后夫人繅三盆手遂布于三宮。夫人世婦之吉者，使繅遂朱綠之玄黃之以為黼黻文章。服既成矣，君服之，以祀先王先公，敬之至也。

無論是聖人諸侯或是后妃夫人皆以「敬」為其職，而傾向於上天。由此，毛詩之聖人實在結果上皆強調「敬」的重要，可知其言性實皆由人而天，以期達於成德之境界。

3. 毛詩之境界

毛詩成德所展現之境界，乃是由其盡性躋天而成者，毛傳〈綿蠻〉「綿蠻黃鳥，止于丘阿」詩句明言云：

> 興也。綿蠻，小鳥貌。丘阿，曲阿也。鳥止於阿，人止於仁。

「人止於仁」即為人盡其性的同時，也是反的過程，知天命之在己，亦同時向外推擴，令內外、天人之間達到一致的高度，此一高度即為仁的充分展現。此仁體的展現即為成就世界與一天下，毛詩〈魚麗〉小序云：

> 〈魚麗〉，美萬物盛多能備禮也。文武……始於憂勤，終於逸樂。故美萬物盛多，可以告於神明矣。

「始於憂勤，終於逸樂」而能使「萬物眾多」、「告於神明」，即以盡人之性以事天之思維表現。由此，就人世而言，民之情即可因國君仁德之展現而得以各安其位，而得以盡其性，毛傳〈采薇〉「我心傷悲，莫知我哀」云：

> 君子能盡人之情，故人忘其死。

又毛詩小序云：

> 〈東山〉，周公東征也。……一章言其完也，二章言其思也，三章言
> 其室家之望女也，四章樂男女之得及時也。君子之於人，序其情而
> 閔其勞，所以說也。說以使民，民忘其死，其唯〈東山〉乎。
>
> 〈小星〉，惠及下也。夫人無妬忌之行，惠及賤妾，進御於君。知其
> 命有貴賤，能盡其心矣。

此處的「序其情而閔其勞」以及「夫人無妬忌之行，惠及賤妾」而能「盡人
之情」，進而使人民「盡其心」，即是在上位者發揚己之仁心，以感人民，在
上下君民之互動之中，世界得以成就，毛傳〈盧令〉詩「盧令令，其人美且
仁」句云：

> 盧，田犬。令令，纓環聲。言人君能有美德，盡其仁愛，百姓欣而
> 奉之，愛而樂之。順時遊田，與百姓共其樂，同其獲，故百姓聞而
> 說之，其聲令令然。

是而能達上下共其樂之國治理想。不只如此，君王之盡己成仁不僅是安民而
國治，同時也兼及外在之客體世界，而達到內外、物我同時成就的境界，毛
詩〈騶虞〉小序云：

> 〈騶虞〉，〈鵲巢〉之應也。〈鵲巢〉之化行，人倫既正，朝廷既治，
> 天下純被文王之化，則庶類蕃殖，蒐田以時。仁如〈騶虞〉，則王道
> 成也。

則是以庶類蕃殖的物種之多，歸德於聖人之化。由此可知聖王能「盡其仁愛，
百姓欣而奉之」，故能成己成物而上達於天。由此，心性論一系的身修、國治、
天下平之理想實為毛詩成德思想的一貫進程，毛傳〈假樂〉詩「假樂君子，
顯顯令德，宜民宜人，受祿于天，……干祿百福，子孫千億。穆穆皇皇，宜
君宜王」云：

> 假，嘉也。宜民宜人，宜安民、宜官人也。……宜君，王天下也。

毛小序：「〈假樂〉，嘉成王也。」此處言成王之繼文武之德，即是君王修己以
安民，以安百姓而王天下之進程與境界，又毛傳〈緜〉詩「虞芮質厥成，文
王蹶厥生」二句曰：

> 質，成也。成，平也。蹶，動也。虞芮之君相與爭田，久而不平，
> 乃相謂曰：「西伯，仁人也。盍往質焉？」乃相與朝周。入其竟，則
> 耕者讓畔，行者讓路。入其邑，男女異路，斑白不提挈。入其朝，

> 士讓爲大夫，大夫讓爲卿。二國之君感而相謂曰：「我等小人，不可
> 以履君子之庭。」乃相讓，以其所爭田爲閒田而退。天下聞之而歸
> 者四十餘國。

其言文王之仁而能平息紛爭，而歸四十餘國。由此可知，毛詩之性情實與天命結合，而要求達而各安其位、各盡其職而天下平之德化世界。

（三）由情志之天人互動與提升看毛詩之架構

前一部分就毛詩性情與提升言其立論成德之基礎，就實際之毛詩理論進路而言，即是以志之表現出發，以性情論爲深層之意識，而展開其詮釋之架構。〔註163〕此種毛詩以性情爲進路而展現之樣態與架構，茲論述於下：

1. 興義的貫穿

如前所述，孔子之言詩，乃是建立了自我的主體性，並透過實際之踐履兼及於情志與外在之世界兩者，而此一建立的方向，至毛詩的理論中即透過明標興體，重視興體加以實踐。興，自有毛詩以來，即在毛詩詮釋中佔有極其重要的位置，論述者不知凡幾。就毛詩而言，興，包括了「歌者之興」與讀者之興，「歌者之興」即今日所謂的作詩之興，係相應於讀者而言。而從天人意識的角度來說，毛詩之體系乃是一心性論立場者，其立論乃是打通聖人與凡人之間隔，古人今人的界限，不要說是作者與讀者的差別了。因此，後世時而強分讀者與作者，以爲毛詩偏於讀者之說，是以今律古。事實上，興之於毛詩而言，「作詩之興與讀詩之興同繫于情」，〔註164〕既然是同繫于情，毛詩之言興，即是在心性的基礎——善性上加以重視，由興展開其詮釋，即產生定向與指標作用，透過操持存養，即能成其自我與世界。朱熹云：

> 興，起也。詩本性情，有邪有正，其爲言既易知，而吟咏之間，抑
> 揚反覆，其感人又易入，故學者之初，所以興起好善惡惡之心而不
> 能已者，必於此而得之。

朱熹本段文字原本是注解論語：「興於詩」之語，其言「詩本性情」、「好善惡惡」就孔子而言，應該還沒有如此直接顯豁，但移來說解毛詩，其言「所以興起」「心而不能已」者，則明確點出孔子詩學表現在毛詩體系中，興義

〔註163〕黃永武亦云：「（毛詩）自成圓足的體系」，並爲文加以論述，惟黃文未從性情觀點加以剖析，參見黃永武，《中國思學——思想篇》（台北：巨流圖書公司），1996年12月，頁283。

〔註164〕林耀潾，《先秦儒家詩教研究》（台北：天工書局），1990年8月，頁138。

貫穿詮釋背後所代表的詮釋方向與基礎。而文幸福也指出毛傳不標「反興」。
〔註165〕此一現象從天人意識的角度來說，毛傳未出現「反興」的現象，也可以看出興義在整個毛詩詮釋下定向的特質。因為從心性論的角度來說，互動、提升之方向必為正向，不可能有反向的情形。

2. 風、雅、頌內部之天人互動
（1）風、雅之天人互動

　　毛詩理論最為明顯者，即為正變之說。毛詩之言正、變，其先見於毛詩大序，而由鄭玄明確釋之，〔註166〕關於正與變的指涉內容，大致上是以二南為正，十三國風為變。而雅則是以王道之興衰為正變。考察毛詩正風與變風之間的關係，實即為天人互動、性情得以提升的思的落實維表現。就正變之概念來說，由於國風與雅皆有正變，為節省篇幅計，茲論國風之天人互動以其性情提升之旨。

甲、天人互動與正風

　　正風包含著周南與召南。毛詩之言周南，主要在王與后妃之風化的闡釋，而召南主要在於為臣及命婦之義的申述。對於此二者，毛詩皆以德義貫通之。而德義之闡釋，則分別見於周南、召南內部以及周、召二者間的互動與提升，此種互動與提升，即為心性論思維下的天人互動，茲分述其義於下：

（甲）周南的天人互動

　　毛詩對周南之解釋，大約可分為兩類，其一即為理想之君王典型，另一則是理想之國其民提升之表現，而兩者皆明顯表現出天人的內在互動。就理想之君王而言，詩大序云：

　　〈關雎〉樂得淑女以配君子，憂在進賢，不淫其色。哀窈窕，思賢
　　才，而無傷善之心焉。

詩序首云：「〈關雎〉，后妃之德也」，而后妃所配為君王，故本篇乃透過后妃之德以言君王之政。而大序以「無傷善之心」言后妃可見后妃善性之表現，「哀窈窕，思賢才」則為智之發揮，在善性與智所代表之天人互動下，故能有「樂得淑女」、「愛在進賢」的君王提升之德。類似的思想在毛傳亦可看到，毛傳〈關雎〉詩曰：

　　后妃說樂君子之德，無不和諧，又不淫其色，慎固幽深，若關雎之

〔註165〕參見文幸福，《孔子詩學研究》（台北：學生書局），1996年3月，頁84～89。
〔註166〕關於天人意識與正變之關係，本文將於第四章第三節詳論之。

有別焉，然後可以風化天下。

「樂君子之德，無不和諧」爲情性之展現、屬天，而「不淫其色，愼固幽深」屬人，兩者天人互動而提升，故能「風化天下」。黃永武云：

> 后妃能以「窈窕賢才」爲念，沒有一絲「傷善」的嫉妒心，這分心
> 意，完全出自內心的喜悅，其間不容許參雜絲毫勉強或矯情，當然
> 是難能可貴的自然流露……（后妃）發揮出誠意正心的力量，感動
> 了周遭的人們，以致詩人將整個周代大業的興盛，歸功給后妃大姒。
> 〔註 167〕

黃說除了整個歸功給后妃略嫌誇張，其強調大姒也落於歷史窠臼外，其言「完全出自內心的喜悅」，以「誠意正心」說明后妃之德，都明顯點出〈關雎〉一篇表現了理想君王之天人互動下的自我提升的義理。

　　周南的另一內涵，即爲理想之國人民情性提升之表現，〈汝墳〉小序云：

> 道化行也。文王之化行乎汝墳之國，婦人能閔其君子，猶勉之以正也。

就人民而言，其氣稟相對於文王有偏、全之異，故須「勉強而行之」。〔註 168〕然其勉強而行並非外在之易民之性，而是以文王之德風化、感動民人皆具之善性，因此周南之民實是在外在教化與內在德性之相合上向上提升者。簡單說來，周南對人民提升之描述實是爲召南及其他變風之國樹立典型，其提升之內容描述，在召南及變風之中皆可看到。

　　（乙）召南的天人互動

　　毛詩對於召南的詮釋亦如周南，其主要之內涵在二：一爲著重於臣道的闡述，另一則爲人民之提升。召南人民之提升即如周南一般，是在君王之化下而礪進者，由於其內容與周南一致，故不多敘述，此處僅就臣之道加以討論。召南對臣之道的詮釋，主要在敬的觀念上，其中亦可見天人互動，〈殷其靁〉小序云：

> 〈殷其靁〉，勸以義也。召南之大夫遠行從政，不遑寧處，其室家能
> 閔其勤勞，勸以義也。

「不遑寧處」即先天之情志，而「勸以義」則爲人智之表現，兩者間呈現天

〔註167〕黃永武，《中國思學──思想篇》（台北：巨流圖書公司），1996 年 12 月，頁
　　　　124～125。

〔註168〕《中庸》第二十章，見《禮記》（台北：商務印書館），四部叢刊本；朱熹，《四
　　　　書集註》（台北：學海出版社），1991 年 3 月。

人互動的關係。因此，毛詩大序言召南「鵲巢騶虞之德」乃「先王之所以教」，是說「召南從鵲巢到騶虞，已講明了由正心誠意到平天下的成功教化途徑」，〔註169〕對人民而言，此一教化即是以敬爲其根本者。

　　（丙）周南、召南之天人互動

　　除了周南、召南各自的內部有著天人之互動外，周召二南兩者之間亦有著互動之關係。就周南與召南之關係來說，周南象徵著王政之理想，爲理想之君之體現，而召南則爲理想之臣之象徵，兩者之間呈現對應的情形，毛詩大序云：

　　　　〈關雎〉、〈麟趾〉之化，王者之風，故繫之周公。

　　　　〈鵲巢〉、〈騶虞〉之德，諸侯之風也，先王之所以教，故繫之召公。

王者與諸侯，是爲君臣。而周公與召公，在史上亦有德之高低，互爲匹配，這種對應匹配的情形，在毛詩詮釋之中十分明顯，如毛詩〈關雎〉與〈鵲巢〉小序云：

　　　　〈關雎〉，后妃之德也。

　　　　〈鵲巢〉，夫人之德也。

〈關雎〉與〈鵲巢〉，一爲后妃，后妃爲王之配偶；一爲夫人，夫人爲國君之偶，兩者皆頌贊其德。〈關雎〉與〈鵲巢〉之對應外，毛傳〈麟趾〉、〈騶虞〉二篇，亦明確表現出相應的情形：

　　　　興也。趾，足也。麟信而應礼，以足至者也。振振，信厚也。（毛傳〈麟趾〉）

　　　　騶虞，義獸也。白虎黑文，不食生物，有至信之德則應之。（毛傳〈騶虞〉）

此爲毛傳之例，當是古義，而可能爲感應之說。關於感應之說前文已有所論述，故本處僅著眼於整個二南對應之觀點加以觀察。大致而言，毛詩之釋周南、召南，二南依次約略有著對應之關係，而於首尾最爲整齊。二南之首篇以君與臣對應，於末篇亦有所對應。就本處來說，信屬先王，爲教化之源，因此屬天屬君；而禮與義皆先王之澤而成者，因此屬人屬臣，以信分別與義、禮相應的關係。

〔註169〕黃永武，《中國思學——思想篇》（台北：巨流圖書公司），1996 年 12 月，頁123。

不只如此，周南、召南之間的相應實是以此君臣典型之互動，而藉以達到化成天下的理想。毛詩〈關雎〉小序云：

> 風之始也，以風天下而正夫婦也。

毛詩〈騶虞〉小序云：

> 〈鵲巢〉之化行，人倫既正，朝廷既治，天下純被文王之化。

明確可知毛傳在〈關雎〉與〈鵲巢〉解釋上的對應，兩者一爲君，一爲臣，皆與化成天下相關連。毛詩之釋周南、召南的對應係建立君臣之間的關係基礎，在時政上由君臣之互動、提升，以期達到化成天下之境界。毛傳〈抑〉「辟爾爲德，俾臧俾嘉。淑愼爾止，不愆于儀。不僭不賊，鮮不爲則。」明言云：

> 女爲善，則民爲善矣。止，至也。爲人君止於仁，爲人臣止於敬，
>
> 爲人子止於孝，爲人父止於慈，與國人交止於信。僭，差也。

本詩雖屬頌，然其言「爲人君止於仁，爲人臣止於敬」是明言君臣之理想境界，與周南、召南之用意相同。上爲仁，人臣爲敬，君臣各得其分，在仁敬之互動上，達到化成天下之境界。因此詩大序云：

> 周南召南，正始之道，王化之基。

良有以也。最後，必要一說的是，所謂毛詩以聖王爲典型，或者是以周召爲典型，並非僅是作爲範例，而是整個詮釋體系中意謂著成德的普遍性保證，是孟子心性論立場下「人人皆可以爲堯舜」思想的體現。

乙、天人互動與變風

（甲）變風中的天人互動

毛詩對變風之詮釋，主要著眼於變風之國家中人人自我之提升，而此自我之提升，亦存在著天人之互動，毛詩大序曰：

> 上以風化下，下以風刺上，主文而譎諫，言之者無罪，聞之者足以
>
> 戒。

本段文字可分二大部分，第一爲首句「上以風化下」，此部分係以人民爲對象。第二部分爲「下以風刺上」至末句，係以上位之君爲對象。如前所述，「上以風化下」，有動之、教之兩者，此爲人民之提升，係本於性情與教化兩者之提升，其典型可溯自周南。而下以風刺上，則是吟詠情性以刺上，在「主文而譎諫」中，希冀王能聽諫而令自我規諫，此段文字雖以風之名言上下之關係，實著眼於上下各自之提升。毛詩於變風強調提升的原因，乃是變風實乃「王道衰」，而德性有所虧缺者，故屢就成德而言之。雖然如此，變風所言君與臣

各自之提升，實亦蘊含著天人之互動，毛詩大序明言云：

> 達於事變而懷其舊俗者也。故變風發乎情，止乎禮義。發乎情，民
> 之性也。止乎禮義，先王之澤也。

此段文字係言人民情志之表現乃是「變風發乎情，止乎禮義」，而其過程則是
「發乎情，民之性也。止乎禮義，先王之澤也」者。此一過程，參以前文論
及毛詩對性的肯定態度，可知其內在之思路實是以人民性情之發爲天性，而
與先王之教的後天之人爲教化兩者在互動而提升自我者。因此黃永武說：

> 「止於禮義」不是消極的禁止壓抑，而是積極地化解提升……「止
> 於禮義」的正確做法，是導向一條適宜可行的道路。〔註170〕

由此，則變風對人民之敘述實有對人情性之肯定，從情性之中見其不可易之
眞理。〈氓〉詩小序云：

> 〈氓〉，刺時也。宣公之時，禮義消亡，淫風大行，男女無別，遂相
> 奔誘。華落色衰，復相棄背。或乃困而自悔，喪其妃耦，故序其事
> 以風焉。美反正，刺淫泆也。

此例爲人民自我之天人互動而提升，其言「困而自悔」即見人民自我情性之
醒覺，而此自悔蓋以「美反正，刺淫泆」又可見先君教化之隱藏。由此，變
風之民情提升實由於性情與先王之教等天與人的互動。

對王而言，亦存在著有天人互動，毛傳〈淇奧〉「有匪君子，如切如磋，
如琢如磨，瑟兮僩兮，赫兮咺兮，有匪君子，終不可諼兮」云：

> 匪，文章貌。治骨曰切。象曰磋。玉曰琢。石曰磨。道其學而成也，
> 聽其規諫以自脩，如玉石之見琢磨也。瑟，矜莊貌。僩，寬大也。
> 赫，有明德赫赫然。咺，威儀容止宣著也。諼，忘也。

此段文字與《大學》之義十分類似，其文云：

> 如切如磋者，道學也。如琢如磨者，自脩也。瑟兮僩兮者，恂慄也。
> 赫兮咺兮者，威儀也。有匪君子者，終不可諼兮者，道盛德至善，
> 民之不能忘也。

「道學」即「道問學」屬人。而「自脩」之所以成，乃在於己之心性之勃發，
故故屬天，在天人互動中，期達於「盛德至善」之境界，惟《大學》與毛傳
不同之處在於毛傳言不只言「道問學」，尚加入「聽其規諫以自脩」，是其變

〔註170〕黃永武，《中國思學——思想篇》（台北：巨流圖書公司），1996 年 12 月，頁
115。

風之諷諫義的展現，毛詩大序云：

> 國史明乎得失之迹，傷人倫之廢，哀刑政之苛，吟詠情性以風其上。

由此可見，變風之中無論是國君或是庶民，皆含有天人之互動，而欲提升自我者。

（乙）變風天人互動的背後──正、變之間的對應與互動

對毛詩而言，正之表現即理想國家下君、臣、民各自盡性成性的情形。而變，即是王道衰之世界表現。變風之提升，在於自我之情性與先王、先君之化，而此自我與先王之互動，表現於具體之詮釋上，即爲正風與變風詮釋之對應、互動的情形。事實上，毛詩的正風、變風之間相應而互動之情形乃是變風之上躋於正的動力與基礎，首先觀察正變之間對應的情形，毛詩〈泉水〉小序云：

> 衛女思歸也。嫁於諸侯，父母終，思歸寧而不得，故作是詩以自見也。

此處的思歸寧，蓋與周南〈葛覃〉之后妃歸寧相應。又〈雞鳴〉詩之序云：

> 思賢妃也。哀公荒淫怠慢，故陳賢妃貞女，夙夜警戒相成之道焉。

則賢妃又與周南〈關雎〉、〈卷耳〉、〈樛木〉諸篇詠后妃之詩相應。又如經常出現於變風的刺時思想。毛詩之言刺時，即是相對於正風之得時而言，毛詩小序云：

> 〈伯兮〉，刺時也。言君子行役，爲王前驅，過時而不反焉。

> 〈野有蔓草〉，思遇時也。君之澤不下流，民窮於兵革，男女失時，思不期而會焉。

> 〈鴇羽〉，刺時也。昭公之後，大亂五世，君子下從征役，不得養其父母而作是詩也。

而周南〈桃夭〉詩之序則云：

> 后妃之所致也。不妒忌，則男女以正，婚姻以時，國無鰥民也。

可見民失時係與得時相對。正變的對應，乃是以正風作爲變風提升之依據，猶如凡人之性與君王之教的關係。以失時之例而言，人民之失時，蓋源於君王之施政，而君王的施政則由正變、古今之差別對待而表現，毛詩小序云：

> 〈大車〉，刺周大夫也。禮義陵遲，男女淫奔，故陳古以刺今，大夫不能聽男女之訟焉。

> 〈女曰雞鳴〉，刺不說德也。陳古義以刺今，不說德而好色也。

> 〈黍離〉，閔宗周也。周大夫行役，至于宗周，過故宗廟宮室，盡爲

禾黍，閔周室之顛覆，彷徨不忍去而作是詩也。

是毛詩言變風之王政隱含有正變、古今之別。而正風與變風之對待，即是在變風之中表達出正、變兩者互動以變風由失而躋於正的思想。此種思想與《中庸》之自明誠之路在結構上是相同的，《中庸》之「誠」內在具足於心，而完成於聖人，就不圓滿之人而言乃是自明誠之路，而自明誠之路向中又有誠、明兩者之互動、循環與提升。而毛詩之變風之中的變，則為不圓滿之世界。至於不圓滿之所以能提升的原因，乃是由人人具足之情性中生發力量，由此一力量向外展現以期以躋古、希古理想之實現。毛詩此種由人人具足之情性生發力量而朝向古之德治理想邁進的思維，即為自明誠之思維。毛詩小序云：

> 〈羔裘〉，刺朝也。言古之君子以風其朝焉。

> 〈女曰雞鳴〉，刺不說德也。陳古義以刺今，不說德而好色也。

> 〈蟋蟀〉，刺晉僖公也。儉不中禮，故作是詩以閔之，欲其及時以禮自虞樂也。此晉也而謂之唐，本其風俗，憂深思遠，儉而用禮，乃有堯之遺風焉。

> 〈匪風〉，思周道也。國小政亂，憂及禍難而思周道焉。

皆是變風中顯現出對古聖王之思念崇敬。

綜觀本部分對毛詩國風正變的討論，毛詩天人互動之思維實明確表現於國風的架構中。在國風當中，理想的二南世界中，周南與召南呈現為對應的情形，而周召兩者之間則表現為君臣的區別，透過君臣之互動以成就世界。不只如此，周南與召南的內在又分別存在著心性論的性情互動與提升。在不圓滿的變風之中，變風中實基於情志與古之道的相通，在面對不圓滿的世界期待提升與互動。而變風之互動與提升，又隱藏著正、變對應的思維。透過正變之間的對應表現出正變互動而提升的思想。而國風之正變思維亦應可以涵蓋小雅，因此我們可以說，心性論立場下天人互動的思維，其具體體現即為國風與雅當中層次分明、井然有序的對應與互動情形。從天人互動的角度觀察毛詩的正變之說，會發現毛詩之架構實為有層次而自我提升的表現。

（2）頌之天人互動

前文已就國風之正變架構進行討論，以明存在於國風與雅的正變思想，從正變之架構見其天人意識之層次、互動、提升的情形。就頌而言，此種天

人互動之思維亦可以看到。毛詩之言頌，對象主要在先王文武及天地，表現
了敬天而成就萬物之思想，毛詩小序云：

〈清廟〉，祀文王也。周公既成洛邑，朝諸侯，率以祀文王焉。

〈天作〉，祀先王先公也。

〈酌〉，告成大武也。言能酌先祖之道，以養天下也。

是爲祭祀先王及文武之詩。祀天地之詩，於頌之中亦有不少，詩序云：

〈昊天有成命〉，郊祀天地也。

〈噫嘻〉，春夏祈穀于上帝也。

〈豐年〉，秋冬報也。

〈良耜〉，秋報社稷也。

〈般〉，巡守而祀四嶽河海也。

則是春夏秋冬四季，及河海四嶽皆有所頌。頌之中王與天之關係，如同本節
前面所述，乃是知天命之在己，敬天祈天，一方面成己，一方面成物，知天
道之化育流行，進而與天同德，而表現爲祀天之行爲。是故，在文、武、先
王與天之間，實是在成己、成物之間有著互動之關係。

3. 由人及天之思維與風、雅、頌之縱貫聯繫

劉熙曰：

詩，之也，志之所之也。……言王政事謂之雅，稱頌成功謂之頌，

隨作者之志而別名之也。〔註171〕

可知古文毛詩以風、雅、頌分別爲不同之作者之志而得之名稱。風、雅、頌
不同的作者之志，實隱含有由小而大之成德進程，毛詩大序云：

是以一國之事，繫一人之本謂之風。言天下之事，形四方之風，謂

之雅。雅者，正也，言王政所由廢興也。政有小大，故有小雅焉，

有大雅焉。頌者，美盛德之形容，以其成功告於神明者也。

由「一人之本」而「一國之事」之風，至「有小大」的「四方之事」之雅，
迄「以其成功告於神明」之頌，隱隱然由小而大，其間若有關係。事實上，
從性情之存養擴充而言，風、雅、頌之間，實即爲修齊治平之成德進程，此
點於毛詩之實際批評中表現的甚爲明顯，茲闡述其義於下：

〔註171〕見劉熙，《釋名·釋典藝》（台北：商務印書館），四部叢刊本。

　　首先爲國風。毛詩釋國風係極重二南，以周、召二南爲王化之基，毛詩大序云：

　　　　〈周南〉、〈召南〉，正始之道，王化之基。

言二南爲「正始」、爲「基」，明顯以二南爲化成天下之根源。毛傳〈關雎〉詩曰：

　　　　后妃説樂君子之德，無不和諧，……然後可以風化天下。夫婦有別
　　　　則父子親，父子親則君臣敬，君臣敬則朝廷正，朝廷正則王化成。

由「樂君子之德」之一人，至「風化天下」，其間明言其進程：由夫婦而父子、而君臣、而朝廷，進於王化之成。「朝廷正」正是「四方之事」之雅，乃王政之事，而王化之成，亦即頌。頌之於風、雅，實乃風、雅之共同歸宿，此於毛詩屢屢言及，毛傳〈采蘩〉「于以采蘩，于沼于沚」云：

　　　　蘩，皤蒿也。于，於。沼，池。沚，渚也。公侯夫人執蘩菜以助祭，
　　　　神饗德與信，不求備焉。沼沚谿澗之草猶可以薦，王后則荇菜也。

言及「后妃夫人」，是兼及於二南之義。又〈采蘋〉小序云：

　　　　〈采蘋〉，大夫妻能循法度也。能循法度，則可以承先祖共祭祀矣。

上述二例皆國風之例。二例言荇菜之於王后、蘩菜之於夫人，而祭先祖之要義，在於「德與信」，在於「循法度」，是將重情志之一人之風，言其成己成德而上躋於天之思想。二南的此種思想，就其其內在而言，即是個人成己與外在的成物。形之於詩篇內容，即是一方面在上契於天而成就國風之世界，另一方面在此成就的同時歸告於天與先祖，呈現既內在又外現的情形。就雅而言，大雅直言文王與天命之聯繫，其以天命在文王之「於穆不已」體現十分明確，無須多言，在此僅言小雅於天之關係，毛傳〈四牡〉「四牡騑騑，周道倭遲」云：

　　　　騑騑，行不止之貌。周道，歧周之道也。倭遲，歷遠之貌。文王率
　　　　諸侯撫叛國而朝聘乎紂，故周公作樂以歌文王之道爲後世法。

是以「文王之道」爲小雅之歸宿，而文王之道，即是天爲其歸宿，〈魚麗〉小序云：

　　　　文武以〈天保〉以上治內，〈采薇〉以下治外，始於憂勤，終於逸樂，
　　　　故美萬物盛多，可以告於神明矣。

明確地言及小雅王政之治，實以成物爲其功，而後能「告於神明」，歸之於頌。

　　縱觀以上所述，毛詩之言風、雅、頌，實是以情志爲本，由自己身之風而擴及於國家之雅，進而上躋於天之頌，其以天道性命相貫通爲思想之根源，

而透過天人互動之循環與提升言其平天下之理想的。毛詩大序首云：

> 詩者，志之所之也。在心為志，發言為詩。情動於中而形於言，言
> 之不足，故嗟歎之。嗟歎之不足，故永歌之。……情發於聲，聲成
> 文謂之音。治世之音安以樂，其政和。……故正得失，動天地，感
> 鬼神，莫近於詩。

由此段文字可以明顯看出詩源於人之情志，而曰「情發於聲」，其次由人之情
向外而及於國，故言「治世之音」，最末迄於天，故曰「動天地，感鬼神」，
與前文之由「一人之本」而「一國之事」之風，至「有小大」的「四方之事」
之雅，迄「以其成功告於神明」之頌，其基本之成德過程類同。此種將風、
雅指向頌，一方面從人心志之發揚而擴充及王政，一方面也由個人之性的成
就，而言反於先祖、言「告於神明」，言「動天地，感鬼神」，此種思想內涵，
實乃荀子思路絕無能言之語，而全然歸於性情提升後而化成萬物之境界，並
隱隱然與儒家傳統之修齊治平、內聖外王之思路相同。此種毛詩所體現之思
想架構，實與《中庸》、一系之脈絡相通，《中庸‧二十九章》云：

> 君子之道：本諸身，徵諸庶民，考諸三王而不繆，建諸天地而不悖，
> 質諸鬼神而無疑，百世以俟聖人而不惑。質諸鬼神而無疑，知天也；
> 百世以俟聖人而不惑，知人也。是故君子動而世為天下道，行而世
> 為天下法，言而世為天下則。遠之則有望，近之則不厭。詩曰：「在
> 彼無惡，在此無射；庶幾夙夜，以永終譽！」君子未有不如此而蚤
> 有譽於天下者也。

戴璉璋釋之云：

> 本諸身，是植根於自我的心性，徵諸庶民，考諸三王，建諸天地，
> 質諸鬼神，則是通過眾人、歷史以及天地萬物來體察天道。天道內
> 在於我的心性，也普遍於萬物，自我的心性須上契於天道，才能歸
> 於正。自我的心性也可以通過對天道的體察而獲得啟發，因而有完
> 美的表現。我深信《中庸》這一觀點，在戰國後期的儒家陣營是具
> 有影響力的。〔註172〕

「本諸身」，就毛詩理論來說即是志，是為詩之源，其表現為人內在情性之完
成。而「徵諸庶民」，即是觀風、雅之表現，由美刺而自省、自察之道。「考

〔註172〕戴璉璋，《易傳之形成與思想》（台北：文津出版社），1989 年 6 月，頁 49～
50。

諸三王」，即是毛詩頌詩中屢屢稱頌之文武先王之道，至「建諸天地，質諸鬼神」則是情志一方面「上契於天道」，另一方面成就萬物、體察天道之成己成物之境界。《中庸·十二章》又云：

> 君子之道，造端乎夫婦；及其至也，察乎天地。

與風、雅、頌之間從〈關雎〉之「一人之本」而化成萬物之思路相類同。由此可知，毛詩之系統架構傾向實爲《中庸》一系之心性論思想的表現。

三、西漢迄東漢時期災異主流之性情觀與三家詩學詮釋之變化

（一）荀子的性情觀與早期三家詩學詮釋

1. 三家詩詮釋之共同傾向與西漢早期詩學

以時間發展和詮釋內容而言，三家詩之間有著部分的差異。然而從經學之傳承來看，漢代三家詩學皆承自荀子，因此三家詩彼此雖然有異，但異中有同，在某些地方三家詩實表現出共同的傾向。了解三家詩詮釋在一些大的地方所表現的共同傾向實有助於了解漢代早期詩學承自荀子學的情形，因爲同一師源或許在部分解詩內容及版本上或因各人的詮解有差異，但是在重要論題及詮釋傾向上則不得不遵循原有的學脈傳統。當然從「同」的角度觀察而得的三家詩類似的表現不全代表漢代早期三家詩學的內容，因爲三家詩發展至後來亦受漢代流行之天人思維影響也表現出一致的情形。因此，探索漢代早期三家詩學必須參以荀子之思想加以判斷方能明其源流開始之時的型態。幸運的是荀子之思想多爲今人熟悉，而且荀子對天人意識的見解明顯異於漢代流行的氣化宇宙及災異思想，這對本文探索漢代早期三家詩學有著相當大的幫助。本文即依此方式試圖探討漢代早期詩學詮釋之內容，以及就性情角度觀察其詮釋之表現特點。

三家詩所表現的共同詮釋傾向，而與荀子之學風類同者，即是以國風與小雅爲衰世之詩，《淮南子·氾論訓》曰：

> 王道缺而詩作，周室廢、禮義壞而春秋作。《詩》、《春秋》，學之美
> 者也，皆衰世之造也，儒者循之以教導於世，豈若三代之盛哉！

以《詩》、《春秋》爲道缺時之作，並對詩書持貶義，此直承荀子之看法。高誘注《淮南子·詮言訓》「詩之失僻」句亦云：

> 詩者，衰世之風也。

亦是魯詩以詩為衰世之詩。《韓詩外傳》卷三曰：

> 人主之疾，十有二發，非有賢醫，莫能治也。何謂十二發？痿、蹶、
> 逆、脹、滿、支、膈、盲、煩、喘、痺、風，此之曰十二發。賢醫
> 治之何？曰：省事輕刑，則痿不作……無使百姓歌吟誹謗，則風不
> 作。夫重臣群下者，人主之心腹支體也，心腹支體無疾，則人主無
> 疾矣，故非有賢醫，莫能治也。人皆有此十二疾，而不用賢醫，則
> 國非其國也。詩曰：「多將熇熇，不可救藥。」終亦必亡而已矣。故
> 賢醫用，則眾庶無疾，況人主乎！

是韓詩以為國風為百姓有所不滿而作。韓詩雖未明言小雅，齊詩雖未明指國
風、小雅之特點亦為衰世之詩，但從在國風及小雅之實際詮釋亦看出齊、魯、
韓三家詩大體類似。以國風及小雅為衰世之詩的觀點，在國風中明顯表現出
來，尤其是國風的二南，即抱持衰世之詩之立場而言其勸諫：

> 周道缺，詩人本之衽席，〈關雎〉作。(《史記‧十二諸侯年表》)

> 周室衰而〈關雎〉作。(《史記‧儒林傳敘》)

是魯詩之義。齊詩方面，習齊詩之匡衡曰：

> 臣(匡衡)又聞之師曰：「妃匹之際，生民之始，萬福之原。」婚姻
> 之禮正，然後品物遂而天命全。孔子論詩以〈關雎〉為始，言大上
> 者民之父母，后夫人之行不侔乎天地，則無以奉神靈之統而理萬物
> 之宜。故詩曰：「窈窕淑女，君子好仇。」言能致其貞淑，不貳其操，
> 情欲之感無介乎容儀，宴私之意不形乎動靜，夫然後可以配至尊而
> 為宗廟主。此綱紀之首，王教之端也，自上世已來，三代興廢，未
> 有不由此者也。願陛下詳覽得失盛衰之效以定大基，采有德，戒聲
> 色，近嚴敬，遠技能。〔註173〕

其言「后夫人之行不侔乎天地」是以〈關雎〉為刺詩。《詩‧推度災》更明言曰：

> 〈關雎〉知原，冀得賢妃，正八嬪。

明顯可見齊詩的立場。至於韓詩，《後漢書‧明帝紀》曰：

> 應門失守，〈關雎〉刺世。

明帝習韓詩，亦以〈關雎〉為刺詩。因此，三家詩對於〈關雎〉的解釋，實
屬一致，王先謙云：

〔註173〕見班固，《漢書‧匡衡傳》(台北：商務印書館)，百衲本。

> 綜覽三家，義歸一致。蓋康王時當周極盛，一朝晏起，應門之政不
> 修而鼓柝無，后夫人，璜玉不鳴而去留無度，固人君傾色之容，亦
> 后夫人淫色專寵致然。畢公，王家藎臣，睹衰亂之將萌，思古道之
> 極盛，由於賢女性不妒忌，能為君子和好眾妾，其行侔天地，故可
> 配至尊，為宗廟主。今也不然，是無以奉神靈之統而理萬物之宜。
> 陳往諷今，主文譎諫，言者無罪，聞者足戒，風人極軌，所以取冠
> 全詩。毛傳匿刺揚美，蓋以為陳賢聖之化，則不當有諷諫之詞，得
> 粗而遺其精，斯巨失矣。〔註174〕

其對於諷諫之說解雖未必完全合於原意，然對於三家詩與毛詩之異，則十分
清楚。〈關雎〉一篇，於先秦兩漢詩經學佔有極其重要之位置，因其所代表著
乃三家詩對二南之立場。本節前文已述，毛詩立二南，以別於其他國風，而
三家詩之於二南，其間說解雖有差異，然其將二南以美刺混雜，是以二南與
其他國風無別，此點即為毛詩與三家詩詮釋主要差異之處。〔註175〕

三家詩之共同傾向的另一表現即為對大雅與頌的看法，《史記·司馬相如
傳贊》：

> 大雅言王公大人而德逮黎庶。

則大雅主要為美詩，餘二家詩之釋大雅亦近似魯詩。至於頌，《論衡·須頌》
篇曰：

> 周頌三十一，殷頌五，魯頌四。凡頌四十篇，詩人所以嘉上也。

而主要為齊詩之《漢書·禮樂志》亦云：

> 自夏以往，其流不可聞已，殷頌猶有存者。周詩既備，而其器用張
> 陳，周官具焉。其威儀足以充目，音聲足以動耳，詩語足以感心。

韓詩雖無明文，然其解頌詩亦多與魯、齊詩同，為頌祖祭天之詩。是三家詩
以大雅與頌主要為稱美之詩，此點三家詩與毛詩相同。綜合本部分的說法，
三家詩主要以國風為衰世之刺詩，頌為美詩為其共同之傾向，前者與毛詩大
不相同，而後者則一致。筆者以為三家詩與毛詩的同異之處極有意義，從前
者四家詩對國風解釋之岐異來看，三家詩之間的差異屬同中之異，而毛詩與

〔註174〕見王先謙，《詩三家義集疏》上冊（台北：明文書局），1988年10月，頁7。
有關〈關雎〉一詩詩旨詳細的討論，可參見同書頁4～8。
〔註175〕事實上，不只是二南，毛詩所言之正小雅各詩篇的立場亦為一致，而三家詩
亦如其對國風二南詮釋的情形一樣。三家對所謂正小雅詩篇的詮釋或有出入
差異，然其皆美刺混雜，與毛詩形成強烈對比。

三家詩間則存在著基本路向上的大差異。至於頌表面上雖然一致，而內在之思路亦有呈現毛詩與三家詩大異而三家詩類同的情形。造成此種差異的原因就表面而言爲經學之傳承，然其背後實源於情志，亦即性情觀的不同，以下即申論三家詩共同傾向背後的性情思想以明此義。

2. 三家詩共同傾向的背後 —— 材質之性與情感的抉擇

（1）材質之性

董仲舒的性情觀已見前述，其有承自荀子者，主要表現在性的材質與情的態度；亦有自己創發者，主要是性情說摻入天人思想，由此大約可見齊詩之立場。以兩漢魯、韓詩之性情觀而言，其基本立場與董仲舒類同，皆承自荀子之思路，然對於天人之說接受的早晚有所不同。大致而言，早期魯詩還能篤守荀學，而後期之魯詩亦與韓詩同，而受到天人旨趣的影響。要探討三家詩學詮釋共同傾向現象的背後，實與三家詩在性情觀下所共承之荀學傳統有關。三家詩對於性，乃是持材質之性的立場，齊詩之代表爲董仲舒，其性情觀已見第三節，茲不贅述，此處僅言魯、韓二詩，《淮南子·泰族訓》曰：

> 繭之性爲絲，然非得工女煮以熱湯而抽其統紀，則不能成絲。卵之化爲雛，非慈雌嘔煖覆伏，累日積久，則不能爲雛。人之性有仁義之資，非聖人爲之法度而教導之，則不可使鄉方。故先王之教也，因其所喜以勸善，因其所惡以禁奸，故刑罰不用而威行如流，政令約省而化燿如神。故因其性，則天下聽從；拂其性，則法縣而不用。昔者，五帝三王之蒞政施教，必用參五。何謂參五？仰取象於天，俯取度於地，中取法於人。

是魯詩之說。《韓詩外傳》卷五曰：

> 璽之性爲絲，弗得女工燸以沸湯，抽其統理，不成爲絲。卵之性爲雛，不得良雞覆伏孚育，積日累久，則不成爲雛。夫人性善，非得明王聖主扶攜，內之以道，則不成爲君子。

可見魯、韓、齊三家皆以繭、卵爲喻，而表現其言性一致的立場。此以性爲材質的立場，就淵源而言乃與荀子相同，因此在成德之理論上遂不得不與荀子一樣，走一條與《孟子》、毛詩相異的道路，此種成德思維即爲三家詩詮釋所展現共同傾向之基礎。

（2）詩學提升之道 —— 情感滿足亦或節情

三家詩的性情觀既持材質之性的立場而與荀子類同，因此，早期的三家

詩學以成德之目的，乃大致法荀子之思路，而以養欲節情為主，《淮南子‧泰族訓》：

> 故先王之制法也，因民之所好，而為之節文者也。因其好色而制婚姻之禮，故男女有別；因其喜音而正雅、頌之聲，故風俗不流；因其寧家室、樂妻子，教之以順，故父子有親；因其喜朋友而教之以悌，故長幼有序。然後脩朝聘以明貴賤，饗飲習射以明長幼，時搜振旅以習用兵也入學庠序以修人倫。此皆人之所有於性，而聖人之所匠成也。故无其性，不可教訓；有其性，無其養，不能遵道。

魯詩的想法在齊、韓二詩亦可以找到，《韓詩外傳》卷五云：

> 人有六情：目欲視好色，耳欲聽宮商，鼻欲嗅芬香，口欲嗜甘旨，其身體四肢欲安而不作，衣欲被文繡而輕暖，此六者、民之六情也，失之則亂，從之則穆。故聖王之教其民也，必因其情，而節之以禮，必從其欲，而制之以義，義簡而備，禮易而法，去情不遠，故民之從命也速。

是韓詩之說。而齊詩之《春秋繁露‧玉杯》篇亦云：

> 緣此以論禮，禮之所重者，在其志，志敬而節其，則君子予之知禮；志和而音雅，則君子予之知樂；志哀而居約，則君子予之知喪。故曰非虛加之，重志之謂也。

此種順人之情以養欲節情的思想，化為詩經學之架構即是以上位之大雅與頌和下位之士與民互動而生，《史記‧司馬相如傳贊》：

> 大雅言王公大人而德逮黎庶，小雅譏小己之得失，其流及上。所以言雖外殊，其德一也。

大雅代表的是上位之王與諸侯，而小雅表士民之情。王與諸侯以德治，而士與民則可為上位行政之鏡鑑，兩者間之互動乃是情智之互動。雖然如此，此種情智互動提升之淵源與依據，卻因為人之性情僅為成德之質具，其動力即不在人性之中，而必須仰使歷史聖王之教，《後漢書‧魯恭魯丕傳》：

> 臣聞說經者，傳先師之言，非從己出，不得相讓，相讓則道不明，若規矩權衡之不可枉也。難者必明其據，說者務立其義。浮華無用之言，不陳於前，故精思不勞而道術愈章。法異者各令自說師法，博觀其義，覽詩人之旨意，察雅頌之終始，明舜禹皋陶之相戒，顯周公箕子之所陳，觀乎人文化成天下，陛下既廣納謇謇以開四聰，

　　無毋令芻蕘以言得罪。

本文言「法異者令各自說師法」，然「各自說其師法」以「博觀其義之時」，乃是「察雅頌之終始，明舜禹皋陶之所戒，顯周公箕子之所陳，觀乎人文化成天下」由此可見雅頌之地位不但與聖王同，且各家詩經學者對於雅頌之認知一致。《漢書‧禮樂志》亦云：

　　（殷頌及周詩）故聞其音而德和，省其詩而志正，論其數而法立。是
　　以薦之郊廟則鬼神饗，作之朝廷則群臣和，立之學官則萬民協。聽者
　　無不虛己竦神，說而承流。是以海內徧知上德，被服其風，光輝日新，
　　化上遷善，而不知所以然，至於萬物不夭，天地順而嘉應降。

此處言殷頌與周詩之美，落實於詩經學之結構而言主要即是頌及大雅。而其言頌與大雅可以「薦之郊廟」「作之朝廷」，而使海內受其教化，「萬物不夭，天地順而嘉應降」等效果，可見頌與大雅如同天之地位一般，爲節情制禮之依據。由此可見，漢代早期三家詩所表現之共同傾向，實遵循荀子一路，以其材質之性爲依據，以展現其詮釋之情形。

　　更進一步的，承自荀子的三家詩何以認爲國風及小雅爲衰世之詩呢？此點仍應回到荀子性情以及對詩學整體的看法。荀子面對情感的態度乃是經由正反兩面的思考所得者，對荀子（或先秦學者）而言，其立論往往因論點本身不同，其側重亦有所不同，此點於荀子詩學亦然。對荀子而言，若就禮而言，則其對於情的態度往往從正向入手，而兼及於反面。就詩學而言，如前所述，荀子對於詩的地位與價值頗有微辭，因此，荀子所傳至西漢的三家詩學，其共同傾向的背後往往自反面著眼。換言之，荀子對情感的結論是一回事，荀子面對詩學時，由於詩學之於荀子本身的特有意義，使得荀子詩學中面對情感的態度又是一回事。因爲著重在人之感官欲望，是故荀子以降的早期三家詩，皆以「節情」爲其情感之態度。節情加上荀子以詩爲零碎，所以僅能言其爲衰世之詩。

（二）三家詩性情觀與荀子詮釋傳統之變化——詩經學新架構之漸次 發展與形成

1. 三家詩學中的性情與天道

　　三家詩雖然承自荀子之傳統，然而幾乎是在漢代詩學思想開始的同時，即已表現出漢代特有之特質，此即天人之思維。就詩學詮釋與天人思維之關

係來看，最值得關注也是最爲重要者，當在其詮釋之起點——性情與天道的關係，而這一點也是三家詩一開始即與荀子類同但又有所差異者，故首要申述者即爲三家詩此性情與天道之關係：

（1）變化時期三家詩中的性情與宇宙之內在對應關係

漢代三家詩學所表現之性情觀點最爲明顯者，即爲性情與宇宙之對應思維，此點表現出漢人的宇宙論旨趣，《春秋繁露·爲人者天》曰：

> 喜，春之答也，怒，秋之答也，樂，夏之答也，哀，冬之答也，天之副在乎人，人之情性有由天者矣。

本段文字乃是典型董仲舒的天人相副之思想。韓詩方面，韓詩雖不如董仲舒發明天人相應之系統，然其亦肯定天人之關係，《韓詩·內外傳補逸》云：

> 惟天命本人情，人有五藏六府。何謂五藏？情藏於腎，神藏於心，魂藏於肝，魄藏於肺，志藏於脾。何謂六府？咽喉入量之府，胃者五穀之府，大腸轉輸之府，小腸受成之府，膽積精之府，膀胱精液之府也。〔註176〕

本段文字首言「天命本人情」表面看來似乎以人爲主而言天人之關係，然其後「人有五藏六府」釋之。「五藏六府」之說與《黃帝內經》之人體小宇宙觀接近，而《內經》所主張人體之小宇宙乃是與外在之氣化大宇宙相對應者。可此可見，韓詩之釋人情亦隱含有天人相應之思想。事實上，韓詩於性情與天之間曾明言其間的關係，《韓詩外傳》卷七：

> 傳曰：「善爲政者、循情性之宜，順陰陽之序，通本末之理，合天人之際」，如是、則天氣奉養，而生物豐美矣。不知爲政者、使情厭性，使陰乘陽，使末逆本，使人詭天氣，鞠而不信，鬱而不宣，如是，則災害生，怪異起，群生皆傷……

以情性與「陰陽之序，本末之理，天人之際」並稱，並以陰陽末末之義釋之而言災異，可見韓詩之情性實已與天道之思想相連，而與董仲舒肯定天之崇高地位以及天人之際的思想有類似之處。魯詩對情性與天道之間的關係發展較晚，然至西漢末年、東漢時期，亦與齊、韓詩類似，前節所舉之劉向釋性情即以陰陽言之，是西漢晚期之例，而東漢魯詩學者高誘亦曰：

> 夫理性情，動天地，感鬼神，莫近於樂風者，上以風化下，下以風

〔註176〕見李昉等，《太平御覽·人事部四》（台北：大化書局），1977 年 5 月，卷363頁 2。

刺上，故曰風也。〔註177〕

此處高誘之注與毛詩大序言詩之特質文字近似，然其特點出國風之地位，而不指雅、頌，仍略異與毛詩。就內容而言，本段文字言「理性情，動天地，感鬼神」即可見性情與天道相通之思維。由此，三家詩從早期之傾向情感之節，漸漸受到漢人氣化宇宙觀形上思想的影響，使性情與天道相連、相應，在此種思想下，人之成德乃由天所決定。而將性情與天道相應之思維推演到極至，即出現從性情角度架構氣化宇宙論之型態，而言成德之途徑者，《漢書‧翼奉傳》翼奉上封事曰：

> 上以奉爲中郎，召問奉：「來者以善日邪時，孰與邪日善時？」奉對曰：「師法用辰不用日。辰爲客，時爲主人。見於明主，侍者爲主人。辰正時邪，見者正，侍者邪；辰邪時正，見者邪，侍者正。忠正之見，侍者雖邪，辰時俱正；大邪之見，侍者雖正，辰時俱邪。即以自知侍者之邪，而時邪辰正，見者反邪；即以自知侍者之正，而時正辰邪，見者反正。辰爲常事，時爲一行。辰疏而時精，其效同功，必三五觀之，然後可知。故曰：察其所繇，省其進退，參之六合五行，則可以見人性，知人情。難用外察，從中甚明，故詩之爲學，情性而已。五性不相害，六情更興廢。觀性以歷，觀情以律，明主所宜獨用，難與二人共也。故曰：『顯諸仁，臧諸用。』露之則不神，獨行則自然矣，唯奉能用之，學者莫能行。」

翼奉所言即爲齊詩的「六情」之說。此處明言「五性不相害，六情更興廢。觀性以歷，觀情以律」，而曰「顯諸仁，臧諸用」，是由天之歷、律而知人，闡釋性情爲天之表現，而著重在性、情中「不相害」、「更興廢」之循環規律，以體知人世之「人性」與「人情」。由此，翼奉所言的「詩之爲學，情性而已」，應當不再是傳統的言志、或言情之說，其背後存在著系統性的形上思想。我們可以從翼奉的「六情」說至東漢爲官方所接受的情形大致看出內容，《白虎通‧情性》篇：

> 故人生而應八卦之體，得五氣以爲常，仁義禮智信也。六情者，何謂也？喜怒哀樂愛惡謂六情，所以扶成五性。性所以五，情所以六何？人本含六律五行之氣而生，故內有五藏六府，此情性之所由出

〔註177〕高誘注《淮南子‧說山訓》：「欲學歌謳者」二句。見劉文典，《淮南鴻烈集解》（北京：中華書局），1997 年 1 月。

入也。

此處言人「應八卦之體」，及「含六律五行之氣」而生，是肯定天人之關係。必須注意的是，此種情「扶成」五性並不是以五性爲最終目的，而是以五性與六情有如陰陽互動之關係，在性情之互動下成就萬物。

（2）天人思維與聖人新解

對先秦兩漢言，性情論探索的動機與目的即爲成德成聖，因此對聖人的解釋當爲探索性情與天道最爲明顯而重要的部分，此點於三家詩亦然。

如前所述，三家詩所取爲材質之性，[註178] 然其又持聖人感天而生之說，[註179] 因此其對聖人的成德之理解遂不同於荀子而受限於天。三家詩之言聖人之行事，皆法意志之天而行。高誘注《呂氏春秋·務本》篇引詩「上帝臨汝，無貳爾心」曰：

> 言天臨命武王，伐紂必克之。不敢有疑也。

高注係以天爲武王行事之主宰，其意實已脫離《呂氏春秋》引詩以言人臣事君之道的原意，故當爲魯詩本義。而《淮南子·泰族訓》則明言曰：

> 逆天暴物，則日月薄蝕，五星失行，四時干乖，晝冥宵光，山崩川涸，冬雷夏霜。詩曰：「正月繁霜，我心憂傷。」天之與人有以相通也。故國危亡而天文變，世惑亂而虹蜺見，萬物有以相連，精祲有以相蕩也。

更明確以天人感應之思維言詩，而見天之主宰性，可見魯詩對於聖人及其事的看法。至於齊詩，自董仲舒以降，皆以天命是瞻，其例甚多，本章一、二節亦多例證，僅舉一例以明其義，《後漢書·郎顗傳》郎顗上封事曰：

> 靁者，所以開發萌牙，辟陰除害。萬物須靁而解，資雨而潤。故經曰：「靁以動之，雨以潤之。」王者崇寬大，順春令，則靁應節，不則發動於冬，當震反潛。故《易傳》曰：「當靁不靁，太陽弱也。」今蒙氣不除，日月變色，則其效也。天網恢恢，疏而不失，隨時進退，應政得失。大人者，與天地合其德，與日月合其明，璇璣動作，與天相應。靁者號令，其德生養。號令殆廢，當生而殺，則靁反作，其時無歲。

大人，即聖人、聖王，其言聖王應與天相應，而順時令而行，乃是標準的齊

[註178] 說見本章第三節。

[註179] 說見本章第一節。

詩立場。

韓詩方面，韓詩亦有聖人以天命爲準者，《韓詩外傳》卷三云：

> 昔者、周文王之時，莅國八年，夏六月，文王寢疾，五日而地動，
> 東西南北不出國郊。有司皆曰：「臣聞：地之動，爲人主也。今者、
> 君王寢疾，五日而地動，四面不出國郊，群臣皆恐，請移之。」文
> 王曰：「奈何其移之也？」對曰：「興事動眾，以增國城，其可移之
> 乎！」文王曰：「不可。夫天之道見妖，是以罰有罪也，我必有罪，
> 故此罰我也。今又專興事動眾，以增國城，是重吾罪也，不可以之。
> 昌也請改行重善移之，其可以免乎！」於是遂謹其禮節秩皮革，以
> 交諸侯；飾其辭令幣帛，以禮俊士；頒其爵列等級田疇，以賞有功。
> 遂與群臣行此，無幾何而疾止。文王即位八年而地動，之後四十三
> 年，凡莅國五十一年而終，此文王之所以踐妖也。詩曰：「畏天之威，
> 于時保之。」

可見三家詩之聖人皆位屬於天之下，而須跟從於天之行事。不止如此，因爲
聖人面對天必須全然服從，故知識之於聖人與天之間毫無地位。此一觀點實
於心性之學大異，而爲三家詩所法。魯詩對〈皇矣〉詩「不識不知，順帝之
則」的解釋即表現此一看法，〔註180〕馬瑞辰云：

> 《呂氏春秋·本生》篇：「若此人者，不言而信，不謀而當，不慮而
> 得。」高注引詩「不識不知」爲證。《淮南子·原道》篇：「故聖人
> 不以人滑天，不以欲亂情。不謀而當，不言而信，不慮而得，不爲
> 而成。」又〈脩務〉篇：「性命可悅，不待學問而合於道者，堯舜文
> 王也。」高注並引詩「不識不知，順帝之則」，是知詩言「不識不知」，
> 正謂生而知之，無待於識古知今。〔註181〕

是魯說一方面以爲聖人蓋由天授，非人力可及；一方面亦以爲聖人面對天時
無須以人之知識，唯須遵循耳。魯詩的思想，齊詩亦有所見，《春秋繁露·煖
燠常多》篇釋相同之詩句云：

> 故聖王在上位，天覆地載，風令雨施。雨施者，布德均也，風令者，
> 言令直也。詩云：「不識不知，順帝之則。」言弗能知識，而效天之

〔註180〕另外三家詩相關此二句的內容，還可以參見王先謙，《詩三家義集疏》下冊（台
　　　　北：明文書局），1988 年 10 月，頁 859。

〔註181〕見馬瑞辰，《毛詩傳箋通釋》（台北：廣文書局），1980 年 8 月，卷 24。

所爲云爾。

是亦言聖人面對天道時，無須知識只有依循而已。至於古文的毛詩學，毛詩對此二句的解釋不清楚，但鄭箋之釋則明顯與三家詩類同，其文云：

> 天之言云，我歸人君……其爲人不識古，不知今，順天之法而行之者。此言天之道尚誠實，貴性自然。

是鄭玄亦以此二句爲聖人唯須法天，而無須知識。筆者以爲，鄭箋之釋聖人與天的關係實與毛詩之思維相反，前文已述，毛詩之言聖人與天的關係必然是就聖人之德與天相合立論，極少有分聖人與天爲二，而以聖人從意志天之例。因此，毛傳中聖人之行事亦必就自身之德性要求而言，毛傳〈抑〉詩明言聖人作爲人之極至典型之行事云：

> 止，至也。爲人君止於仁。

毛傳〈緜蠻〉詩亦云：

> 人止於仁。

「止於仁」即「至」於仁，亦即「止於至善」〔註182〕之義。而前文已述，心性論立場之至善，絕非無知無識者，而是必須透過仁智之互動始得臻至之境界。由此可見於毛詩而言必然重知識，由智而仁以事天乃是心性之學必然強調之事，而不可謂無知無識。由此可知，三家詩因爲抱持氣化災異之立場，其對於聖人之成德與行事，主張法天的立場。而聖人之面對天，亦無須知識用武之地，〔註183〕僅須觀天之意志即可。

更進一步的，聖人成德之內容，也因爲漢人的宇宙論興趣而有所改變。由於三家詩主張人之性情秉持於天，而漢人之天的內容實爲一宇宙論之系統。因此聖人所成就之德性內容，即在性情與系統的對應顯現。也就是說，漢人之宇宙論以陰陽、四時、五行等概念之更替爲其具體之內容，因此聖人在性情成就的同時，也體現宇宙陰陽五行架構下所呈現之客觀規律之更替，《易·乾坤鑿度》曰：

> 聖人曰：「乾坤成氣，風行天地」，運動由風氣成也。上陽下陰，順體入也，能入萬物，成萬物，扶天地，生散萬物。風以性者，聖人居天地之間，性稟陰陽之道，風爲性體，因風正聖人之性焉。

〔註182〕見《大學》。

〔註183〕三家詩並非不重視仁智，只是其言仁智亦必歸於天，而爲天道之具體內容。不識心性之義。

此段對聖人闡述的文字十分特別，約可看出以下四項特點，可代表西漢末年及東漢時期今文三家詩學的想法：

甲、聖人秉受於天，此已見於本章第一節感生說，與荀子之聖人積學而至已經大有不同。

乙、就理序來說，聖人之性不圓滿，因為命在人外，而天命最高。

丙、在聖人實際存在於世界而言，聖人亦有多種：風即氣之流行，「風為性體」，即性為氣所決定者。依緯書以風與星象分野相配，可知其聖人之性不圓滿的原因。〔註184〕

丁、以「風正聖人之性」，可能是「下以風刺上」的變形，其以陰陽之道，即天道正聖人之性，實是以風正聖人之情。

由此，風之立階已超過聖人，情性與天道相通代表的其實是以天為最高位階，情性僅是天道內容之一而已，在此我們可以看出《詩緯》著重於外在客觀規律之興趣。緯書對於性情與天道的體會並非專屬於西漢末與東漢時期。事實上，以「風正聖人之性」之思想可以推源至西漢韓、齊詩之代表人物韓嬰與董仲舒。董仲舒建構了以天為主的宇宙論體系，在以天為主的天道展現中，聖人之性早已轉為多樣而隨變化之風展現不同的「氣」質，董仲舒《春秋繁露‧三代改制質文》篇曰：

> 四法修於所故，祖於先帝，故四法如四時然，終而復始，窮則反本，四法之天，施符授聖人王法，則性命形乎先祖，大昭乎王君。故天將授舜，主天法商而王，祖錫姓為姚氏，至舜形體，大上而員首，而明有二童子，性長於天文，純於孝慈。天將授禹，主地法夏而王，祖錫姓為姒氏，至於禹生發於背，形體長，長足肵，疾行先左，隨以右，勞左佚右也，性長於行，習地明水。天將授湯，主天法質而王，祖錫姓為子氏，謂契母吞玄鳥卵生契，契先發於胸，性長於人倫，至湯體長專小，足左扁而右便，勞右佚左也，性長於天光，質易純仁。天將授文王，主地法文而王，祖錫姓姬氏，謂后稷母姜原，履天之跡而生后稷，后稷長於邰土，播田五穀，至文王形體博長，有四乳而大足，性長於地文勢。故帝使禹臬論姓，知殷之德，陽德也，故以子為姓；知周之德，陰德也，故以姬為姓；故殷王改文，書始以男，周王以女書姬。故天道各以其類動，非聖人庸能明之。

〔註184〕參見林金泉，《詩緯星象分野考》（台灣師大國文研究所藏書），手抄本。

分別以天、地及質、文等論聖王，而言「天道各以其類動」，董仲舒之說法是以天道規律釋聖人。而韓詩方面，《韓詩外傳》卷五：

> 夫五色雖明，有時而渝；豐交之木，有時而落；物有成衰，不得自若。故三王之道，周而復始，窮則反本，非務變而已，將以止惡扶微，紲繆渝非，調和陰陽，順萬物之宜也。詩曰：「勉勉我王，綱紀四方。」

由「五色雖明，有時而渝」至「三王之道，周而復始」，是以聖王代表之三代各有其特質，而窮則反本，則是以三王之變化皆應收攝於天之概念之中。《外傳》此段文字實受黃老思想之影響，而爲氣化宇宙之模式，《漢書·蓋寬饒傳》曰：

> （蓋寬饒）又引韓氏易傳云：五帝官天下，三王家天下，家以傳子，官以傳賢，若四時之運，功成者去。不得其人，則不居其位。

本段文字實與《韓詩外傳》文字類同，《太平御覽》引《韓詩外傳》曰：

> 五帝官天下，三王家天下，故自唐、虞以上，經傳無太子稱號；夏、殷之王雖則傳嗣，其文略矣；至周，始見文王世子之制。〔註185〕

可見韓詩之「三王」實通貫易學、詩經學，而「三王若四時之運」，乃是流行於秦漢以後的宇宙論思維。〔註186〕

魯詩方面，西漢晚期魯詩學之發展亦類同於齊、韓詩，劉向《說苑·脩文》篇：

> 是故文王始接民以仁，而天下莫不仁焉，文德之至也。德不至則不能文。商者，常也，常者質，質主天；夏者，大也，大者，文也，文主地。故王者一商一夏，再而復者也，正色三而復者也。味尚甘，聲尚宮，一而復者，故三王術如循環，故夏后氏教以忠，而君子忠矣；小人之失野，救野莫如敬，故殷人教以敬，而君子敬矣。小人之失鬼，救鬼莫如文，故周人教以文，而君子文矣。小人之失薄，救薄莫如忠，故聖人之與聖也，如矩之三雜，規之三雜，周則又始，窮則反本也。詩曰：「彫琢其章，金玉其相。」言文質美也。

「王者一商一夏，再而復者也，正色三而復者也。味尚甘，聲尚宮，一而復者，故三王術如循環」性情與天道結合之後，情性爲天道之一面，而得到重視，而化入對三代之德的解釋當中。由此我們或許可以推論，西漢中、晚期

〔註185〕見《太平御覽》（台北：大化書局，1977 年 5 月）卷 193 引。
〔註186〕見司馬遷，《史記·平準書》（台北：商務印書館），百衲本。

受到天道思想影響下的三家詩，因為對於聖人理解的不同，其在周頌、魯頌、商頌的理解上也應該有所變化。

　　從上述三家詩言聖人治道種種之歸於天，以及三家詩以宇宙觀之天道循環運行之思想釋聖人（政權）的情形可以發現，無論是內在之德性或是外在之政治教化，在西漢、中晚期之三家詩皆已發生變化。此種三家詩內在思想的轉變，與荀子不同，與毛詩更是大異，而隱然與後來的《詩緯》系統相關。

　　（3）三家詩學實踐之變化──以〈關雎〉為例

　　前述三家詩對性情與天道之關係以及其聖人的理解明顯表現出三家詩學在詮釋思想基礎上的變化。在詩學詮釋之實踐方面，三家詩性情與天道之間的關係亦有所見，而明確表現出在前人陳說之中，發揮漢人當代流行之天人思潮者。此種因為性情之理解而表現於實際之詮釋最為明顯者，即在〈關雎〉一篇。

　　甲、重始要義之變化

　　早期魯詩對〈關雎〉一篇之說解未有形上思想，《史記·外戚世家》曰：

> 自古受命帝王，及繼體守文之君，非獨內德茂也，蓋亦有外戚之助焉。夏之興也以塗山，而桀之放也以末喜；殷之興也以有娀，紂之殺也嬖妲己；周之興也以姜原及大任，而幽王之禽也淫於褎姒。故易基乾坤，詩始關雎，書美釐降，春秋譏不親迎。夫婦之際，人道之大倫也。

此處言「詩始〈關雎〉，夫婦之際，人道之大倫」的原因，在於「外戚之助」。司馬遷代表著早期三家詩學的情形，此處《史記》所言雖以〈關雎〉與乾坤相連，然仔細觀察《史記》之引「易基乾坤」，實以連引《易》、《詩》、《書》、《春秋》四書，因此應是列舉經書言夫婦之思想，並未明顯有形上之意識在內。可見司馬遷之〈關雎〉義應是以理性務實態度面對者，而言其始之義。此種說解，與荀子學之思路一致，應即是荀子詩學之說法。對於〈關雎〉的看法，西漢早期即因思想之變化而有所不同，此點於韓詩表現的最為明顯，《韓詩外傳》卷五：

> 子夏問曰：「〈關雎〉何以為國風始也？」孔子曰：「〈關雎〉至矣乎！夫〈關雎〉之人，仰則天，俯則地，幽幽冥冥，德之所藏，紛紛沸沸，道之所行，如神龍變化，斐斐文章。大哉！〈關雎〉之道也，萬物之所繫，群生之所懸命也，河洛出圖書，麟鳳翔乎郊，不由〈關雎〉之道，則〈關雎〉之事將奚由至矣哉！夫六經之策，皆歸論汲

汲，蓋取之乎〈關雎〉，〈關雎〉之事大矣哉！馮馮翊翊，自東自西，
自南自北，無思不服。子其勉強之，思服之，天地之間，生民之屬，
王道之原，不外此矣。」子夏喟然嘆曰：「大哉！〈關雎〉乃天地之
基也。」詩曰：「鍾鼓樂之。」

其言「〈關雎〉之人」「仰則天，俯則地，幽幽冥冥」，又以「河洛出圖書，麟
鳳翔乎郊」言〈關雎〉，明確可見韓詩與《史記》對〈關雎〉說解之不同，而
表現出以〈關雎〉爲宇宙萬物之源的形上思想。如第二章所述，韓嬰習易學，
其言詩又「或取春秋」，因此韓詩之以形上解〈關雎〉或即是韓嬰兼采易學與
春秋之義而成者。不只是韓詩，齊詩對天人思想的意趣亦表現於對〈關雎〉
的解釋，《大戴禮記‧保傅》篇：

易曰：「正其本，萬物理；失之毫釐，差之千里。」故君子慎始也。
春秋之元，詩之〈關雎〉，禮之冠婚，易之乾〈〈，皆慎始敬終云爾。
素誠繁成，謹爲子孫，娶妻嫁女，必擇孝悌世世有行義者，如是，
則其子孫慈孝，不敢婬暴，黨無不善，三族輔之，故曰：鳳凰生而
有仁義之意，虎狼生而有貪戾之心，兩者不等，名以其母，嗚呼！
戒之哉！無養乳虎，將傷天下。故曰素成。

陳喬樅以爲禮學多爲齊學，其說雖未必爲是，〔註187〕然此處《大戴禮記》先
援引易之語，後又明確以「春秋之元，詩之〈關雎〉，禮之冠婚，易之乾〈〈」
相比，則大致反應了齊學一貫之思維。不只如此，本段文字下文尚言「鳳凰
生而有仁義之意，虎狼生而有貪戾之心」，又以「無養乳虎，將傷天下」言「素
成」之義，也呈現了材質之性的思維。由此可見，齊詩對〈關雎〉的看法應
是同時反映出漢代性情材質說與形上思維兩者相結合的情形。又《漢書‧匡
衡傳》匡衡上疏云：

臣又聞室家之道脩，則天下之理得，故詩始國風，禮本冠婚。始乎
國風，原情性而明人倫也；本乎冠婚，正基兆而防未然也。福之興
莫不本乎室家（之道），〔道之〕衰莫不始乎梱內。故聖王必慎妃后
之際，別適長之位。禮之於內也，卑不踰尊，新不先故，所以統人
情而理陰氣也。

匡衡習齊詩，此爲無疑義者，其言「妃匹之際，生民之始，萬福之原」、「統
人情而理陰氣」，更可明確看出齊詩以〈關雎〉以「妃匹」之義爲宇宙之源，

〔註187〕參第二章第三節。

同時也是通貫萬物之規則。由此，韓、齊詩言〈關雎〉之義，其所著重著乃是宇宙論思維下，陰陽、男女之義。

不僅是韓、齊詩，魯詩至後來亦表現出類似的形上思維，劉向《列女傳·仁智傳》「魏曲沃婦」條：

> 自古聖王必正妃匹妃。妃匹正則興，不正則亂。夏之興也以塗山，亡也以末喜。殷之興也以有蟜，亡也以妲己。周之興也以太姒，亡也以褒姒。周之康王夫人晏出朝，〈關雎〉豫見，思得淑女以配君子。夫雎鳩之鳥，猶未嘗見乘居而匹處也。夫男女之盛，合之以禮，則父子生焉，君臣成焉，故爲萬物始。君臣、父子、夫婦，三者天下之大綱紀也。……詩云：「敬之敬之，天維顯思。」此之謂也。

劉向習魯詩，劉向此處言〈關雎〉相關之本事，大致與《史記》類似，可見繼承魯詩之傳統。然其以「男女之盛」爲始，而得到「萬物始」之義，又言「君臣、父子、夫婦三者，天下之大綱紀」，劉向的從男女爲「萬物始」展現爲父子，再到君臣而見歸結於敬天的天人思想，與司馬遷之人道大倫異，而與董仲舒之「三綱」〔註188〕極爲類似。如果參照本文第二章所說劉向所學即涵蘊天人思想的話，則劉向此處對〈關雎〉之說解即屬其天人思想之一面。漢代魯詩學者，愈到後來其受形上思想的影響愈明顯，《漢書·谷永傳》：

> （谷永日食地震對曰：）古之王者廢五事之中，失夫婦之紀，妻妾得意，謁行於內，勢行於外，至覆傾國家，或亂陰陽。昔褒姒用國，宗周以喪；閻妻驕扇，日以不臧。此其效也。……夫妻之際，王事綱紀，安危之機，聖王所致慎也。昔舜飭正二女，以崇至德；楚莊忍絕丹姬，以成伯功；幽王惑於褒姒，周德降亡；魯桓脅於齊女，社稷以傾。誠修後宮之政，明尊卑之序，貴者不得嫉妒專寵，以絕驕嫚之端，抑褒、閻之亂，賤者咸得秩進，各得厥職，以廣繼嗣之統，息白華之怨，後宮親屬，饒之以財，勿與政事，以遠皇父之類，損妻黨之權，未有閨門治而天下亂者也。

谷永習魯詩。《魯詩遺說考》以本條歸之於《小雅·十月之交》一詩，其原因

〔註188〕見董仲舒，《春秋繁露·基義》（台北：商務印書館，四部叢刊本）篇：「陰者，陽之合，妻者，夫之合，子者，父之合，臣者，君之合，物莫無合，而合各相陰陽。陽兼於陰，陰兼於陽，夫兼於妻，妻兼於夫，父兼於子，子兼於父，君兼於臣，臣兼於君，君臣、父子、夫婦之義，皆取諸陰陽之道。」

可能是本處谷永主要言及日食地震的緣故。〔註189〕然其以日食、地震之天人感應言閨門之重要，可與〈關雎〉之義相參照。更晚的例子還有《後漢書・荀爽列傳》：

> （荀爽對策曰：）臣聞有夫婦然後有父子，有父子然後有君臣，有君臣然後有上下，有上下然後有禮義。禮義備，則人知所厝矣。夫婦人倫之始，王化之端，故文王作《易》，上經首〈乾〉、〈坤〉，下經首〈咸〉、〈恆〉。孔子曰：「天尊地卑，乾坤定矣。」夫婦之道，所謂順也。《堯典》曰：「釐降二女於嬀汭，嬪于虞。」降者下也，嬪者婦也。言雖帝堯之女，下嫁於虞，猶屈體降下，勤修婦道。《易》曰：「帝乙歸妹，以祉元吉。」婦人謂嫁曰歸，言湯以娶禮歸其妹於諸侯也。春秋之義，王姬嫁齊，使魯主之，不以天子之尊加於諸侯也。今漢承秦法，設尚主之儀，以妻制夫，以卑臨尊，違乾坤之道，失陽唱之義。孔子曰：「昔聖人之作易也，仰則觀象於天，俯則察法於池，觀鳥獸之文，與地之宜。近取諸身，遠取諸物，以通神明之德，以類萬物之情。」今觀法於天，則北極至尊，四星妃后。察法於地，則崑山象夫，卑澤象妻。觀鳥獸之文，鳥則雄者鳴鴝，雌能順服；獸則牡為唱導，牝乃相從。近取諸身，則乾為人首，坤為人腹。遠取諸物，則木實屬天，根荄屬地。陽尊陰卑，蓋乃天性。且詩初篇實首〈關雎〉；禮始冠、婚，先正夫婦。天地六經，其旨一揆。宜改尚主之制，以稱乾坤之性。遵法堯、湯，式是周、孔。合之天地而不謬，質之鬼神而不疑。人事如此，則嘉瑞降天，吉符出地，五韙咸備，各以其敘矣。

如第二章所述荀爽之所學不詳，然言及《易》、《詩》、《禮》以及感應思想，可謂與齊詩全然一致矣。由上述可知，三家詩至後期，大約已經摻合形上宇宙論之思想。除此之外，我們還可以發現，上述三家詩的形上傾向，皆與當時流行之易學宇宙論相關。事實上，在西漢末年極為流行，而於東漢有著官方統整色彩的緯學即如此，以〈關雎〉為例，《詩・推度災》曰：

> 〈關雎〉知原，冀得賢妃，正八嬪。

《易・乾鑿度》亦曰：

〔註189〕見陳喬樅，《魯詩遺說考》（台北：新文豐圖書公司），叢書集成新編本，卷4頁15。

孔子曰:「《易》本陰陽,以譬於物也」,掇序帝乙箕子高宗著德,《易》
者所以昭天道,定王業也,上術先聖,考諸近世,采美善以見王事,
言帝乙箕子高宗明有法也,美帝乙之嫁妹,順天地之道,以立嫁娶
之義,義立則妃匹正,妃匹正則王化全。

此段文字言「采美善以見王事……順天地之道,以立嫁娶之義,義立則妃匹
正,妃匹正則王化全」,幾與〈關雎〉之義相同,而見之於《易緯》之中,可
知此時期之詩經學已與易學難離關係,相互結合的很緊密,此點與先前用詩
部分對《易林》討論大致類似,而呈現易學和詩經學互相結合的情形。

　　乙、諷諫的新認識 ── 「識微」

　　除了以形上思維釋「重始」的思想爲《史記》所代表之漢代早期詩學與
三家詩的差異外,三家詩對〈關雎〉之解釋,還表現在對諷諫的理解上。習
魯詩的楊賜及張超論〈關雎〉曰:

　　(楊賜曰:)康王一朝晏起,〈關雎〉見幾而作。〔註190〕

　　周漸將衰,康王晏起,畢公喟然,深思古道,感彼〈關雎〉,性不雙
　　侶,願得周公,妃以窈窕,防微消漸,諷諭君父,孔氏大之,列冠
　　篇首。〔註191〕

楊賜與張超皆爲東漢人。此種言「見幾」,以「見幾」能「防微消漸」而諷諭
君父,可見後期之魯詩對〈關雎〉本身能「識微」的頌贊。齊詩方面,《漢書‧
杜欽傳》班固贊曰:

　　庶幾乎,〈關雎〉之見微。

班固習齊詩,是齊詩重「識微」之例。韓詩亦有類似的說法,馮衍《顯志賦》
曰:

　　美〈關雎〉之識微兮,愍王道之將崩。〔註192〕

馮衍習韓詩。由上述可知,後期三家詩言〈關雎〉皆重其識微之義。〈關雎〉
之所強調之「識微」而諫的意義爲何,《白虎通‧諫諍》篇曰:

　　人懷五常,故有五諫。謂諷諫、順諫、窺諫、指諫、伯諫。諷者,
　　智也。患禍之萌,深睹其事,未彰而諷告,此智之性也。……孔子

〔註190〕見范曄,《後漢書‧楊震列傳》(台北:商務印書館),百衲本。
〔註191〕張超《誚青衣賦》,見《古文苑》(台北:商務印書館),四部叢刊本,卷6,
　　　　　頁 13～14。
〔註192〕見范曄,《後漢書‧馮衍列傳》(台北:商務印書館),百衲本。

曰，諫有五，吾從諷之諫。事君進思盡忠，退思補過，去而不乱，
諫而不露。故曲禮曰：「爲人臣，不顯諫。」纖微未見於外，如詩所
刺也。若過惡已著，民蒙毒螫，天見災變，事白異露，作詩以刺之，
幸其覺悟也。

而《漢書‧杜欽傳》杜欽之疏明言曰：

后妃之制，夭壽治亂存亡之端也。……是以佩玉晏鳴，〈關雎〉歎之。
知好色之伐性短年離制度之生無厭，天下將蒙化陵夷而成俗也，故
詠淑女幾以配上，忠孝之篤，仁厚之作也。

杜欽習魯詩，其以「夭壽治亂存亡之端」言〈關雎〉與《白虎通》「諷諫者，
智也。知禍患之萌，深睹其事，未彰而諷告焉」意義類同，可見三家詩對〈關
雎〉之「諫」的看法。三家詩對「禍亂之萌」與「存亡之端」的看法，與毛
詩與早期《史記》言諷諫之義異，亦與荀子之主張異。毛詩之言諫，乃是指
所諫之方式爲隱微者，所謂「言之者無罪，聞之者足以戒」〔註193〕也。而前
文之《史記》其諫亦有不在禍亂之萌，而是質實地言及「外戚之助」，由此推
測，《史記》亦不著重「事萌之時」「見幾」識微與知端之義。實際上，三家
詩之源的荀子亦不採取此一立場，《荀子‧非相》篇曰：

小辯不如見端，見端不如見本分。小辯而察，見端而明，本分而理：
聖人士君子之分具矣。有小人之辯者，有士君子之辯者，有聖人之
辯者：不先慮，不早謀，發之而當，成文而類，居錯遷徙，應變不
窮，是聖人之辯者也。

荀子以聖人之辯爲「不先慮，不早謀」，而以「見端不如見本分」可知，對於
「禍亂之萌」的知幾、觀察，並不爲荀子所稱道。知幾、識微乃是形上思想
之特點，《易‧繫辭下》明言曰：

子曰：「知幾其神乎！君子上交不諂，下交不瀆，其知幾乎！幾者動
之微，吉之先見者也，君子見幾而作，不俟終日。」

以「知幾」與「神」相提並論，並且以「見幾」爲修德之要事，此種思維與荀
子有所不同。漢代主張天人之學的董仲舒，則將「幾」與「志」相連，將其納
入春秋公羊學之中，致力闡發見幾、識微之要義，《春秋繁露‧玉杯》篇曰：

春秋之好微與，其貴志也。春秋修本末之義，達變故之應，通生死
之志，遂人道之極者也。

〔註193〕毛詩大序。

其將事之微與人之情志相連，而歸言於天人本末感應之思想基礎，以期達於人道之極——聖人，可見董仲舒言重事之幾微實與情志一路之成德密切相關，而此種事之幾微乃是以天人思想爲其基礎者。將此一思想落實於詩學之詮釋來說，即是〈關雎〉篇所刺之「康王晏起」之事，以思於「古道」，期復聖人。由此我們或可推測三家詩循情志而重視禍亂之萌的原因，與形上思維應有密切之關聯。

縱觀三家詩對〈關雎〉的看法實可說同中有異。三家詩皆以〈關雎〉爲衰世之刺詩，乃是大同之處，於此見漢人詩經學遵循師說之跡。然對此三家詩相同之處的意涵加以發揮，即爲三家詩異於師說，而以其自身之思想加以發揮而成。因此，就異的方面來說，三家詩在〈關雎〉說解的變化，實發揮《詩經》以〈關雎〉篇「重始」、「慎微」之觀念，而將漢代流行之氣化宇宙論與情性結合加以解釋。就魯、齊、韓三家詩而言，齊、韓詩皆早摻有形上思想，而魯詩早期遵循篤實之治學傳統，未有形上之思維，然而隨著天人意識的發展，三家詩皆對於「始」的觀念的內在意義，一方面發揮〈關雎〉做爲天人之本的形上本體的描述，一方面也對傳統的諷諫之說加以改造，而有不同的闡釋。凡此種種，皆表現了漢代三家詩學融合當時天人思想的情形。

以今日的材料來說，西漢中、晚期三家詩學的內容相當有限。不過由前述可知，三家詩受到漢人宇宙形上旨趣的影響，或早或晚修正其詩學詮釋之說法，其中以齊、韓詩最早表現出形上之旨趣，而魯詩的變化則最晚。西漢中、晚期的三家詩詮釋係以性情納入其天道之體系，而以天道爲主。三家詩由天道之兼具性情出發，對詩學詮釋中成德與教化重新加以改造，並對詩學主架構國風以及頌的意義重新加以解釋。以今日詩學的觀點而言，性情納入天道實已對情性本身進行正視，在各式各樣的「聖人之性」上接受當下的某些情感與事件。除此之外性情之地位與天同階而能創生世界也意指詩學本體的認識即將邁入自覺地建構階段。雖然如此，從成德之角度來說，三家詩所持之性情與天道雙重性，表面上「持人情性」的本身也是天道之德的展現，實際上已失人的主宰自覺之義。

2. 性情觀與西漢末年流行之《詩緯》系統

如前所述，自漢代漸漸流行的性情與天道落於詩經學之體現，或許略顯零散，而難以清楚看出三家詩詩學詮釋架構之全面，僅能見其詮釋之新變大概情形。雖然如此，自西漢末年極爲流行而兼綜三家詩的《詩緯》，卻大致表

現出天人相應之思路下，以性情為基礎的完足之系統。以緯書在西漢末與東漢的流行，其理論架構的表現十分值得探討。茲先分述《詩緯》對國風、雅、頌之看法，以明其內涵及所形成之系統與意義。

《詩緯》對國風的看法，主要見於《詩·含神霧》一段文字：

邶、鄘、衛、王、鄭此五國者，千里之城，處州之中，名曰地軸。

鄭代己之地也，位在中宮，而治四方，參連相錯，八風氣通。

齊地處孟春之位，海岱之間，土地汙泥，流之所歸，利之所聚，律中太簇，音中宮角。

魏地處季冬之位，土地平夷。

唐地處孟冬之位，得常山太岳之風，音中羽，其地磽确而收，故其民儉而好畜。此唐堯之所處。

秦地處仲秋之位，男懦弱，女高膝，白色秀身，律中南呂，音中商，其言舌舉而仰，聲清以揚。

陳地處季春之位，土地平夷，無有山谷，筆中姑洗，音中宮徵。

曹地處季夏之位，土地勁急，音中徵，其聲清以急。

又《詩·推度災》曰：

邶國結蝓之宿，鄘國天漢之宿，衛國天宿斗衡，王國天宿箕斗，鄭國天宿斗衡，魏國天宿牽牛，唐國天宿奎婁，秦國天宿白虎，氣生玄武，陳國天宿大角，檜國天宿招搖，曹國天宿張弧。

《詩緯》對各國的看法，實即為緯書所主張之分野說，《春秋·感精符》曰：

地為山川，山川之精，上為星，各應其州城，分野為國，作精神符驗也。

明確言及國、地理與星域之關係，而這些皆為地之範疇。從書以分野觀念言地理國家與星、節候、與人之性情之種種對應與表現，明確可以看出緯書中對國風的看法，實是當時流行之性情與天道相應之表現。而《詩緯》對國風的特殊看法，就詩的體系來說，乃為萬物之始，《樂·動聲儀》：

風氣者，禮樂之使，萬物之首也。物靡不以風成熟也，風順則歲美，風暴則歲惡。

可見緯書對國風之看法應不離宇宙論之思維。類似的情形在緯書中的雅也有出現，緯書之言雅，首重於「四始」「五際」，《詩·汎歷樞》：

　　〈大明〉在亥，水始也。〈四牡〉在寅，木始也。〈嘉魚〉在巳，火
　　始也。〈鴻雁〉在申，金始也。

是將「四始」與雅、天干地支相配。「五際」亦與雅相配，《詩・汎歷樞》云：

　　然則亥爲革命，一際也。亥又爲天門，出入候聽，二際也。卯爲陰
　　陽交際，三際也。午爲陽謝陰興，四際也。酉爲陰盛陽衰，五際也。
　　卯，〈天保〉也。酉，〈祁父〉也。午，〈采芑〉也。亥，〈大明〉也。

然《詩緯》云：

　　五際謂卯、酉、午、戌、亥。

與《汎歷樞》之說相差在於「戌」，不知何故。「四始」、「五際」之源應是與
漢代律歷之學相關，而用於預測國運之推移，其中並有卦氣之思想在其中。
孔廣森云：

　　始際之義，蓋生於律。〈大明〉在亥者，應鐘爲均也。〈四牡〉則太簇
　　爲均，〈天保〉夾鐘爲均，〈嘉魚〉仲呂爲均，〈采芑〉蕤賓爲均，〈鴻
　　雁〉夷則爲均，〈祈父〉南呂爲均。漢初古樂未湮者如此。故翼奉曰：
　　「詩之爲學，情性而已。五性不相害，六情更興廢。觀性以歷，觀情
　　以律，律歷迭相，治與天地，稽三幕之變，亦於是可驗。」後漢順帝
　　陽嘉二年，郎顗上封事曰：「漢興以來，三百三十九歲，於詩三基高
　　祖起亥仲二年，今在戌仲十年，臣以爲戌仲已竟來入年入季。」注云：
　　基當作幕，其法以卅年管一辰，凡甲子甲午旬首者爲仲，甲戌甲辰旬
　　首者爲季，甲申甲寅旬首者爲孟，率十年十移，故爲三幕。今據陽嘉
　　二年癸酉上推延光三年，甲子爲戌仲之始，前卅年而永光六年入酉
　　仲，又前卅年而永平七年入申仲，又前卅年而建武十年入未仲，又前
　　卅年而元始四年入午仲，是王莽革命之際也。又前二百九年得高祖元
　　年乙未入亥仲二年矣。又前五十年而得周亡之歲在酉季二年乙巳，上
　　距殷周革命辛卯之歲七百九十四年，實惟午孟之八年也。易上經始乾
　　終離，下經始咸終未濟，乾天門也。離午際也，孟京卦氣以咸爲夏至，
　　亦午氣也。未濟爲小雪，亦亥氣也。天道之所著見，王者之所重，慎
　　詩以諷戒，易以終始。古之作樂每三詩爲終，經傳可考者有升歌文王
　　之三，升歌鹿鳴之三……說始際者則以興三幕相配，如〈文王〉爲亥
　　孟，〈大明〉爲亥仲，〈緜〉爲亥季……〔註194〕

<hr>

〔註194〕孔廣森，《經學卮言》（台北：復興書局），皇清經解本。

明言齊詩「四始」、「五際」之源以及內涵。「四始」、「五際」中所蘊含之卦氣
思想在《詩緯》中亦可得見，《詩・推度災》云：

> 節分於〈天保〉，微陽改刑。（宋均：節分謂春分也，榆莢落，故改
> 刑也。）
>
> 立火於〈嘉魚〉，萬物成文。（宋均注曰：立火立夏，火用事成文，
> 時物鮮潔，有文餙也。）
>
> 金立於〈鴻雁〉，陰氣殺，草木改。（宋均注曰：金立立秋，金用事
> 也。）
>
> 水立氣周，剛柔戰德。（宋均曰：水立立冬，水用事也。氣周者，周亥
> 復本元也。剛柔猶陰陽，言相薄者也。）
>
> 〈四牡〉，草木萌生，發春近氣，役動下民。（宋均曰：大夫乘四□
> 牡行役，倦不得已，亦如正月物動不止，故以篇繫此時也。）

〈天保〉屬五際，〈嘉魚〉、〈鴻雁〉、〈四牡〉屬「四始」，這些於《推度災》
之中皆納入節令之中，而爲卦氣理論的一環。「四始」、「五際」、「六情」，乃
是性情與宇宙之對應，納性情觀念於宇宙論的顯現。

關於頌的看法，《詩・含神霧》云：

> 頌者，王道太平，成功立而作也。

其說似與毛詩接近，此應爲詩經學傳統所不可變易者。不過，《詩緯》之頌亦
承自先前魯詩劉向及韓、齊詩之性情天道相通的立場，《樂・動聲儀》曰：

> 樂者移風易俗。所謂聲俗者，若楚聲高，齊聲下。所謂事俗者，陳
> 俗利巫也。先魯後殷，新周故宋，然宋商俗也。

「新周故宋王魯」雖爲《公羊春秋》之「三科九旨」之說，然此處《樂緯》引
用，是《樂緯》表現了《公羊》與《詩》二書相通之義。不過，毛詩之言頌，
主要著眼於敬與德性之立場。然此處《樂緯》所言之先魯後殷，新周故宋之義，
而言「聲俗」，以至於「事俗」，又言「宋，商俗也」，可見《樂緯》以爲周、魯、
商頌各有其聲，各有其情，其間的之更替有如天道之變化。由此，則《樂緯》
此種依天道思維而著重頌之間各自的特質，已與毛詩、荀子傳統不同。《詩緯》
引三科九旨之說，至後來當爲東漢人所接受，《白虎通・王者不臣》篇曰：

> （王者）不臣二王之後者，尊先王通天下之三統也，詩云：「有客有
> 客，亦自其馬」，謂微子朝周也。

三統說至後來普遍爲人所接受，其所代表的意義與前文所謂的風爲（聖人之）性體的說法相同，顯示出聖人本身多元之性的發展。

至於風、雅與頌的關係，《樂・動聲儀》云：

> 以雅治人，風成於頌。

移風易俗，因此「風成於頌」，是以頌爲國風成就之後的境界，而未言雅。雅於《詩緯》而言亦應歸於頌，《詩・含神霧》云：

> 集微揳著，上統元皇，下序四始，羅列五際。

宋均注之曰：

> 集微揳著者，若綿綿瓜瓞，民之初生，揳其如是，必將至著，王有
> 天下也。

由宋均之注可知「集微揳著」，即爲「王有天下」之體現，即爲頌之意義。由此回到《含神霧》本文，代表頌的「集微揳著」統「元皇」之王，與「四始、五際」之雅，可見頌應是與天同位。綜合上述的討論可以發現，《詩緯》中之風、雅、頌，實爲天地人之代表。至此，我們可以由上述天人相應的性情論立場可以看出《詩緯》風、雅、頌的特點如下：

(1) 風，屬地的範疇，爲萬物之始。在人爲邦國，在天爲地理天文星域，並影響人之性格。

(2) 雅，屬人的範疇，以五性六情、四始五際，闡釋天人相應之規律以知天治人。

(3) 頌，爲天，其中亦有規律循環之變化，而爲風與雅之歸宿，乃最高境界之表現。

因此我們可以從風、雅、頌所表現之性情與宇宙之系統即爲天、地、人之系統，《樂・動聲儀》對此系統曾闡釋曰：

> 上元者，天氣也，居中調禮樂，教化流行，揔五行爲一。
>
> 中元者，人氣也。氣以定萬物，通於四時者也。一說：承天人心，
> 理禮樂，通上下四時之氣，和合人之情，以愼天地者也。
>
> 下元者，地氣也。爲萬物始，生育長食養，蓋藏之主也。

下元者，地氣也，即爲國風，爲萬物之始，人之所以生育長食食者。而中元之人氣即爲雅，其「通於四時」與「和合人之情」有如「四始五際六情」，以卦氣之理論與性情結合，一方面「持人情性」、「和合人之情」，一方面「定萬物」，而以人之「愼」面對天地。至於上元之天氣，即爲頌之地位，其揔五行

爲一有如風成於頌，而教化流行一方面治人成功之展現，代表人之雅的歸宿；一方面還表現頌之內在還有循環之變化。此三個小系統彼此結合爲一大系統，各自的內部皆有小的系統，而系統之間應有相通感應之關係。

由上述的討論可以看出，對《詩緯》來說，其基本之詮釋之系統架構乃是奠基於性情與天道在本質上的相應，故能由此天道與性情之相應，而成就世界，化生萬物。因此，《詩緯》對於詩的理論所著重的不在於性情，而是在性情之中找尋到宇宙天道之規律。由此出發，風、雅、頌所呈現的，已經不只是性情，其基本意圖亦不在此，而是天道本身之闡釋。換言之，詩本身即具有天道之德，其本身即展現天道，在此意義之下，《詩緯》對詩的認知已超過先前偏重「詩者，志之所之也」的詮釋路向，而使詩的本體受到了真正的重視，不僅限於情志之舊義之中，《詩・含神霧》明言曰：

孔子曰：「詩者，天地之心，君惠之祖，百福之宗，萬物之戶也。」

王令樾釋之云：

此緯文另外說明詩的性德：所謂天地之心……是說詩靈奇神妙，爲天地間最靈之物（故有動天地之功能），此先說明其本體。君德之祖，即如大雅述后稷太王文武之德，三頌亦述列祖之德，即是以述祖德爲體用之要。百福之宗，萬物之戶，如同經夫婦等五事，皆人生最重之幸福，萬物洽和之門戶，都具體用之要。詩緯闡述詩的體性，與詩序意義相互發揮，爲說明詩的旁義。〔註195〕

「天地之心」，即爲詩「本體」之敘述，而此本體，所呈現之用乃是透過「祖德」而成就「百福」、「萬物」，而以「體用」關係解釋詩的種種用。由此三家詩受發展到後期，因爲天人感應思想而呈現之《詩緯》架構，已形成兩層完整結構之系統：第一爲詩本身由風、雅、頌所構成天地人結構的大系統，其立基乃是天道、性情相應之思想，此由「詩者，天地之心」之呈現詩學本體可知。第二即爲詩學之大系統下還蘊含之小系統。風爲天上的星域與地理和人之性的對應，雅則是四始五際人世之展現，頌則有質文之循環規律，三者者內部各自爲一小系統，而彼此有所感應。此種現象實爲先秦兩漢的一大轉向，泛觀西漢中期之後，詩經學所呈顯之詩歌概念之根本——情志已逐漸與此流行思潮結合，而漸漸形成一系統之思想，進一佔有重要的位置。此種情形，已與荀子之斥退《詩經》、以詩經學爲博雜之說大有不同，而遙遙與後來

〔註195〕見王令樾，《緯學探源》（台北：幼獅文化公司），1984年4月，頁151～152。

六朝對文學本體之認識相應。

　　總結本部分對西漢後期及東漢災異主流下對三家詩的討論，可知本時期之三家詩之性情觀已與天道形上之思想產生聯繫。在性情形上化的情形下，對於聖人之成德已有新的看法而異於先秦之《孟子》、荀子，也異於毛詩。不只如此，從三家詩對聖人的新解我們可以發現，原本對頌的理解也轉而爲天道規律的闡釋，而國風最重要的〈關雎〉一篇也產生形上思維的變化。三家詩詮釋的形上化在《詩緯》之中達於顛峰，《詩緯》全面地以形上之思維架構重新詮釋風、雅、頌三者，並將風、雅、頌統合爲一完整之以占驗災異爲目的的氣化宇宙論架構。

四、東漢時期今文災異變化之性情觀與四家詩之匯合

（一）東漢時期今文災異變化下之性情觀

　　東漢時期之災異變化下之性情觀以王充爲代表。王充主張純粹氣化之立場以釋性情，故其表現爲命定之氣質之性。王充的氣質之性立場於部分習三家詩之學者亦可看到，王符《潛夫論・德化》篇云：

> 詩云：「民之秉夷，好是懿德。」故民有心也，猶爲種之有園也。遭和氣則秀茂而成實；遭水旱則枯槁而生蘗。民蒙善化，則有士君子之心；被惡政，則人有懷姦惡之慮。

明顯可見其亦主張與王充相類同的氣質之性觀點。又應劭《風俗通義・聲音》篇云：

> 詩云：「我有嘉賓，鼓瑟鼓琴。」雅琴者，樂之統也，與八音並行，然君子所常御者，琴最親密，不離於身，非必陳設於宗廟鄉黨，非若鐘鼓羅列於虡懸也，雖在窮閻陋巷，深山幽谷，猶不失琴，以爲琴之大小得中，而聲音和，大聲不嘩而流漫，小聲不湮滅而不聞，適足以和人意氣，感人善心。故琴之爲言禁也，雅之爲言正也，言君子守正以自禁也。……今琴長四尺五寸，法四時五行也；七絃者，法七星也。

其言「琴之爲言禁也，雅之爲言正也」，而「君子須守正以自禁」也，是爲典型的材質之性下成德的立場。然而應劭最末又言「琴長四尺五寸，法四時五行也」，可見應劭仍是持氣化宇宙觀之立場言性情，而與王充之立場相類同。此種三家詩今文學的變化在古文之毛詩學亦可看出，東漢末年箋釋毛詩的鄭玄即爲如此，而表現出與毛詩不同的性情觀。鄭玄箋〈抑〉：「庶人之愚，亦職維疾。哲人之愚，亦維斯戾」云：

庶，眾也。眾人之性無知，以愚爲主，言是其常也。賢者而爲愚，
畏懼於罪也。

〈抑〉詩屬大雅，此處言庶民之性無知，以愚爲主，可謂全然無識心性道德
之言語，其持論立場可謂與毛詩大異。鄭箋〈螽斯〉「螽斯羽，詵詵兮」又曰：

凡物有陰陽情慾者，無不妬忌。維蜙蝑不耳，各得受氣而生子，故
能詵詵然眾多。后妃之德能如是則宜然。

此處言「凡物有陰陽情慾者，無不妬忌」即是在材質之性下，對人之惡不得
不妥協而生之論。其後又言僅有「蜙蝑」爲例外（不妬忌），而能「受氣生子」，
表現其氣化之思想，故爲材質之性之說。又鄭玄箋〈白華〉：「英英白雲，露
彼菅茅」詩句云：

白雲下露，養彼可以爲菅之茅，使與白華之菅相亂易，猶天下妖氣
生褒姒，使申后見黜。

言褒姒之生乃自天下之妖氣，亦明顯顯示氣化思想下材質之性的立場。鄭玄
箋毛詩主要以氣化材質之性的思想爲主，然是偶而亦有意志之天的感應之
說，鄭玄箋〈大明〉：「天監在下，有命既集。文王初載，天作之合。在洽之
陽，在渭之涘」句云：

天監視善惡於下，其命將有所依就，則豫福助之。於文王生適有所
識，則爲之生配於氣勢之處，使必有賢才，謂生大姒。

由此處鄭玄言天欲有助文王，而於「氣勢之處」生「必有賢才」之大姒可知，
鄭玄之言人之性，乃是由氣所決定，而人之秉氣爲何，則又由天決定。由此
則鄭玄是又隱約透露意志之天與材質之性之想法。不過必須說明的是，鄭玄
的此一想法於詩箋中並不多見，所見亦多半取折衷的說法，而與齊詩和毛詩
都有所不同，鄭玄箋〈生民〉「履帝武敏歆，攸介攸止，載震載夙，載生載育，
時維后稷」一段曰：

帝，上帝也。敏，拇也。介，左右也。夙之言肅也。祀郊禖之時，
時則有大神之迹，姜嫄履之。足不能滿履其拇指之處。心體歆歆然，
其左右所止住，如有人道感己者也。於是遂有身，而肅戒不復御。
後則生子而養，長名之曰弃。舜臣，堯而舉之是爲后稷。

此段文字即是與「天」有關的「聖人感天說」。王先謙云：

（毛傳）改高禖爲郊禖，謂姜嫄從帝郊見於天，以便其改履帝武爲
踐高辛帝之迹，斯則創解不經矣。鄭既不信帝爲高辛之帝，猶據從

　　祀高禖之說。率九嬪以從帝祭，嚴事也，乃獨往履大神迹耶？〔註196〕
王先謙此段文字力訏毛傳，而於鄭箋頗有微辭。王氏之評乃自三家詩立場出
發，而沿襲清代後期今文經學力攻古文學之風氣，評論不夠中肯，但從王先
謙的內容可以看出值得注意的現：第一，毛傳解此處經文與三家詩異，而幾
無感應之說。第二，鄭玄之解實兼及於毛傳與三家詩。鄭玄取毛傳之「郊禖」，
以及三家詩之「履大神之迹」，其描述聖人感生亦兼及於人神之間，立場游移，
故爲王先謙所譏。然而亦由此可知，鄭玄之言性實持折衷之立場在純粹氣化
與意志之天兩者中間者。

　　簡單的說，鄭玄對性的看法已失毛詩原本心性論之思維而持材質之性的
立場，此種變化直接的影響即爲成德之道的變化。毛詩的成德思想乃是以成
德之動力內在於人性之中，而在由此人性向外生發之情和先王之教化中完
成。然而鄭玄失卻心性論立場，因此只能由外在之天或者是聖人、先祖之教
化，成就其德性或是藉以行事，此種變化直接影響其詩經學之詮釋架構。

（二）性情論與東漢詩經學 —— 三家詩學思想之再變與毛詩之變形

1. 三家詩學思想之再變

　　以今日的材料來看，《詩緯》之後並未有全然新的詩學詮釋架構出現，雖
然如此，由於災異思想的漸變與當時部分學者的性情觀之變化，對詩學詮釋
也產生部分的影響。這種影響，主要即表現在天道規律興趣的消失，而保留
氣化之觀念，《風俗通義‧序》：

> 風者，天氣有寒煖，地形有險易，水泉有美惡，草木有剛柔也。俗
> 者，含血之類，像之而生，故言語歌謳異聲，鼓舞動作殊形，或直
> 或邪，或善或淫也。聖人作而均齊之，咸歸於正；聖人廢，則還其
> 本俗。《尚書》：「天子巡守，至於岱宗，覲諸侯，見百年，命大師陳
> 詩，以觀民風俗。」《孝經》曰：「移風易俗，莫善於樂。」傳曰：「百
> 里不同風，千里不同俗，戶異政，人殊服。」由此言之：爲政之要，
> 辯風正俗，最其上也。

應劭習魯詩，此處言風以「天氣有寒煖，地形有險易，水泉有美惡，草木有
剛柔」等地理言風，與毛詩有所不同，而純然爲氣化之觀點。除此之外，本

〔註196〕參見王先謙，《詩三家義集疏》下冊（台北：明文書局），1988 年 10 月，頁
　　　　875～877。

段文字引「傳曰」之「百里不同風，千里不同俗，戶異政，人殊服」與毛詩大序「至于王道衰，禮義廢，政教失，國異政，家殊俗，而變風變雅作矣。」看似相近，然毛詩之變風為「達於事變而懷其舊俗」、「變風發乎情止乎禮義」，表現出變風中對情感的正面肯定。而《風俗通義》此處則是以「辯風正俗」為其目的，其採取「均齊」之正反態度，可見《風俗通義》對於成德之看法乃在乎外，而與性有所衝突。由此則可見應劭一方面持氣化之宇宙觀言詩說情，一方面又持節情之態度，〔註197〕而此種的態度為東漢時期災異漸變時期詩經學詮釋的大約方向，王符《潛夫論・浮侈》篇曰：

> 明王之養民也，憂之勞之，教之誨之，慎微防萌，以斷其邪。故易美「節以制度，不傷財，不害民」；〈七月〉詩大小教之，終而復始。由此觀之，民固不可恣也。

又李賢亦曰：

> 〈七月〉詩豳風也，大謂耕桑之法，小謂索綯之類，自春及冬，終而復始也。〔註198〕

王符首言明王之教民「慎微防萌，以斷其邪」，可見其材質之性的立場。然其舉〈七月〉詩以為「大小教之」之內容，則是以人世大小之事，皆須合自然時序之輪轉變化。事實上，〈七月〉詩之地位對於三家詩來說乃是最為重要者，而為氣化宇宙呈現於人世的代表，鄭玄注《周禮・籥章》篇云：

> 七月言寒暑之事，迎氣歌其類也。此風也，而言詩。詩，揔名也，迎暑以晝求諸陽。……豳雅亦七月也。七月又有于耜舉趾，饁彼南畝之事，是亦歌其類。謂之雅者，以其言男女之正。……豳頌亦七月也。七月又有穫稻作酒躋彼公堂稱彼兕觥萬壽無疆之事，是亦歌其類也。謂之頌者，以其言歲終人功之成。

是鄭玄不以〈七月〉僅為國風之一篇，而可提升至群總詩經之地位，故有以〈七月〉為備風雅頌之說。而鄭玄以七月為備風雅頌之原因，乃在於七月為「迎氣歌其類也」，由此可見，東漢時期雖有反對意志之天的災異修正觀，然當時說詩者仍承繼漢人氣化宇宙論之思維，而反映在《詩經》詮釋甚至是整體之觀照上。

〔註197〕關於毛詩之正變觀，應當是本末之關係，而非正反之對立，此一問題本文將於下章詳細討論。

〔註198〕見《後漢書・王符傳》（台北：商務印書館，百衲本）注。

2. 鄭玄之《毛詩譜》系統

　　東漢主要發揮純粹之氣化性情觀而發爲系統性詮釋最具代表者，當推鄭玄之箋詩。以今日眼光來看，鄭玄之箋詩對傳統之詩經學實有極大的影響，其箋毛詩多以毛傳、詩序之文字爲主，然其間釋義卻受到其氣化性情觀立場之影響，已非毛詩之原貌。就最具典型之〈關雎〉一篇而言，鄭箋釋〈關雎〉之義，其表面依循毛傳、毛詩序，實際在內在之思維上已有所變化，其注「哀窈窕，思賢才」之「哀」字云：

> 哀，蓋字之誤也，當爲衷。衷，謂中心恕之，無傷善之心，謂好逑也。

毛傳解「哀」與三家詩之「愛」異，鄭玄之說亦與毛、三家詩異。〔註199〕此處言「中心恕之，無傷善之心」可知，鄭玄實未知心性之義。又鄭箋〈螽斯〉「螽斯羽，詵詵兮」云：

> 凡物有陰陽情慾者，無不妬忌，維蚣蝑不耳，各得受氣而生子，故能詵詵然眾多。后妃之德能如是，則宜然。

以「受氣」解釋「凡物有陰陽情慾者，無不妬忌，維蚣蝑不耳」之情形，並以喻后妃，是鄭玄明顯以氣化言性情之表現。鄭玄的此種傾向，表現的最爲明顯者，當推其《毛詩譜》。關於《毛詩譜》的架構，江乾益以〈周南召南譜〉爲例言《詩譜》之形式曰：

> （1）譜皆先揭一國地理之宜；（2）次顯一國始封之主；（3）再論國勢盛衰，與詩上下；（4）標舉詩篇，作爲典型；（5）論詩之用；（6）分譜作結。〔註200〕

江說係以二南爲對象，但十三國風則略有不同，鄭玄《毛詩譜》曰：

> 邶、鄘、衛者，商紂畿內方千里之地。其封域在禹貢冀州大行之東。北踰衡漳。東及兗州桑土之野。周武王伐紂以其京師，封紂子武庚爲殷後。庶殷頑民被紂化日久，未可以建諸侯，乃三分其地。置三監，使管叔、蔡叔、霍叔尹而教之。自紂城而北謂之邶，南謂之鄘，東謂之衛。武王既喪，管叔及其群弟見周公將攝政，乃流言於國曰：

〔註199〕關於「哀」字之說解，王先謙已詳論毛、鄭及三家之異，意者可參見王先謙，《詩三家義集疏》上冊（台北：明文書局），1988 年 10 月，頁 5。
〔註200〕見江乾益，《鄭康成毛詩譜探析》，《中華文化復興月刊》17 卷 6 期，頁 38～39。

「公將不利於孺子。」周公避之，居東都。二年秋，大熟未穫，有
雷電疾風之異，乃後成王悦而迎之，反而遂居攝。三監導武庚叛。
成王既黜殷命，殺武庚，復伐三監。更於此三國建諸侯，以殷餘民
封康叔於衞使爲之長。後世子孫稍并彼二國混而名之。七世至頃侯
當周夷王時衞國政衰，變風始作，故作者各有所傷，從其國本而異
之，爲邶、鄘、衞之詩焉。

相較於〈周南召南譜〉的不同處在於未有標舉典型之詩篇，而僅以「國勢盛
衰」加「地理之宜」加「祖先之德」三者以詮釋詩歌及情感。

鄭玄標舉「國勢盛衰」、「地理之宜」與「祖先之德」三者十分值得探究。
「國勢盛衰」代表的是歷史之時間，而「地理之宜」則是著重於地理之空間，
至於「祖先之德」則是崇古的表現。鄭玄對先祖、聖王之德的看法已於前面
討論，乃是氣化之性情立場者，故本處僅就「國勢盛衰」與「地理之宜」分
別代表之空間與時間加以論述，以明鄭玄《毛詩譜》與其性情論之關係。

地理空間方面，鄭玄毛詩譜所釋之地理國家與三家詩後期之天人感應體
系之地理有所差異。鄭玄注《周禮·春官·保章氏》：

> 星土，星所主土也。封猶界也。鄭司農説「星土」以《春秋傳》曰：
> 「參爲晉星，商主大火。」《國語》曰：「歲之所在。」則我有周之
> 分野之屬是也。玄謂大界則曰九州，州中諸國中之封域於星亦有分
> 焉，其書亡矣，堪輿雖有郡國所入度非古數也，今其存可言者。十
> 二次之分也：星紀，吳越也。玄枵，齊也。娵訾，衞也。降婁，魯也。
> 大梁，趙也。實沈，晉也。鶉首，秦也。鶉火，周也。鶉尾，楚也。
> 壽星，鄭也。大火，宋也。析木，燕也。此分野之妖祥，主用客星
> 彗孛之氣爲象。〔註201〕

鄭玄於此處明言「分野」，可知其注《周禮》之國家乃用緯書之「分野」說，
但鄭玄之《毛詩譜》則明顯不取分野之說，可見鄭玄箋釋毛詩之基本態度。
雖然如此，毛詩不取天人感應之說並未等於鄭玄就國家之理解即與毛詩相
同，〔註202〕毛詩〈蟋蟀〉小序云：

〔註201〕孔穎達正義，《周禮正義》（台北：藝文印書館），《十三經注疏》本，卷 26
　　　　頁 21。
〔註202〕毛詩國家乃德性國家，而三家詩則是地理之國家，由於此點將於第四章第四
　　　　節詳加討論，故本處僅舉一例以助了解。

> 〈蟋蟀〉，刺晉僖公也。儉不中禮，故作是詩以閔之，欲其及時以禮
> 自虞樂也。此晉也而謂之唐，本其風俗，憂深思遠，儉而用禮，乃
> 有堯之遺風焉。

此處言唐國之國名得來，以致唐國之風俗，都推自昔日之唐「堯之遺風」，可見毛詩之國家乃著重於是德性的國家，故言「堯」而不言地理。而唐國之情形，亦以「憂深思遠，儉而用禮」之傳統言其「風俗」，都著重於德性意義的觀照，而非地理之意義。至於三家詩對國家的理解，則是從氣化之地理角度結合天人感應之說以解釋國家和國家內部之風俗情形，《詩·含神霧》記曰：

> 唐地處孟冬之位，得常山太岳之風，音中羽，其地硗确而收，故其
> 民儉而好畜。此唐堯之所處。

而鄭玄的〈唐詩譜〉則曰：

> 唐者，帝堯舊都之地，今曰太原晉陽。是堯始居此，後乃遷河東平
> 陽。成王封母弟叔虞於堯之故墟曰唐侯。南有晉水，至子燮改爲晉
> 侯。其封域在禹貢冀州太行恒山之西，太原太岳之野。至曾孫成侯
> 南徙，居曲沃，近平陽焉。昔堯之末，洪水九年，下民其咨，萬國
> 不粒，於時殺禮以救艱厄，其流乃被於今。當周公召公共和之時，
> 成侯曾孫僖侯甚嗇愛物，儉不中礼，國人閔之，唐之變風始作。其
> 孫穆侯又徙於絳云。

比較鄭玄之說與毛傳、三家詩對唐風的解釋會發現，鄭玄首先以地理角度言唐國，此一觀點與三家詩相同，皆是建構以龐大而完整的地理體系。至於唐國之風俗，毛詩直接以堯爲始，言其爲「堯之遺風」，其間並未有貶抑之態度。三家詩則以地理之角度釋之，並摻有漢代天人感應之學的色彩。而鄭玄一方面承繼毛傳的堯風之說，然其點明外在環境之變化，而言「於時殺禮以救艱厄」，是表現其重視外在環境對人的影響。或者更深入的來看，鄭玄還假定了堯之風乃是有如三頌所表現的各自特色規律一般，乃是隨著天道而變化者。

　　綜合鄭玄對地理國家的敘述，可見其所持係綜合毛詩之德性國家與三家詩之地理國家者，其背後則可見接近純然氣化之性的立場。在歷史時間方面，鄭玄執著於歷史時間的先後，使得其溯源歷史亦與其以地理言國家一樣，在德性與規律之間游移，例如鄭玄對於大、小雅變雅的討論：

> 《大雅·民勞》、《小雅·六月》之後皆謂之變雅。……問曰：「小雅
> 之臣何也獨無刺厲王？」曰：「有焉。〈十月之交〉、〈雨無正〉、〈小

旻〉、〈小宛〉之詩是也。漢興之初，師移其第耳。既移文，改其目，

義順上下。刺幽王亦過矣。」

鄭玄本段文字對〈十月之交〉、〈雨無正〉、〈小旻〉、〈小宛〉等詩之篇次不滿，
故以毛詩篇次爲漢初之「經師移其弟」，〔註203〕又以爲文用意有誤，是鄭玄以
歷史先後的線性思維觀念解釋正變，認爲後出德衰。事實上後出者未必德衰，
鄭玄如此重視線性之時間而不惜改變毛詩篇第，表現了氣化宇宙中，重先後
之客觀規律而輕德性的色彩，而其以爲《詩經》篇第之德性高低必然合於時
間之線性發展，則德性已淪爲第二序，實失毛詩之編詩論詩重德性與尊古說
立場。馬瑞辰云：

　　風雅之正變，惟以政教之得失爲分。政教誠失，雖作於盛時，非正

　　也。政教誠得，雖作於衰時，非變也。論詩者但即詩之美刺觀之，

　　而不必計其時焉可也。〔註204〕

當從馬說，而可見鄭玄之誤。

　　由上述可知，鄭玄之《毛詩譜》乃是站在氣化之立場，此一立場體現於
在架構之理解上主要有兩點：一是對自然種種，如地理空間與歷史線性時間
之看重。〔註205〕另一則是對祖先之重視，而這兩點顯現氣化觀之立場。由此
可見鄭玄之《毛詩譜》實是以氣化之性情立場爲基礎而發，進而面對其外在
之世界者。《毛詩譜》的此種特點，或多或少與荀子認知心路向相合，而與毛
詩心性之學相異。鄭樵曰：

　　鄭君專於禮學，故多以禮說詩。〔註206〕

「以禮說詩」，亦荀子之所重者，而荀子之於性情之觀念採取材質之義，此與
鄭玄箋毛詩立場若有符合，唯鄭玄建構了完整之氣化時空世界而荀子則否。

〔註203〕俞志慧以爲鄭玄之說並非無據，而可以與近年出土之《孔子詩論》互爲參證。
　　　　然而俞說僅就篇次加以討論，其說猶有待商榷者：第一，《孔子詩論》之論詩
　　　　並非按《詩經》篇次，即使是〈雨無正〉一段之簡牘來看亦是如此。第二，《孔
　　　　子詩論》乃是將〈節南山〉與〈雨無正〉做爲一組立說，以爲二詩之篇旨類
　　　　同。而此說與毛詩序以二篇爲幽王詩接近，而與鄭玄以〈雨無正〉爲屬王詩，
　　　　〈節南山〉爲幽王詩較遠。由此，則俞說以《孔子詩論》簡文與鄭玄一致之
　　　　立說應可商榷。說見俞志慧，〈孔子詩論五題〉，《上博館戰國楚竹書研究》（上
　　　　海：上海古籍出版社）2001年11月，頁322。
〔註204〕見馬瑞辰《毛詩傳箋通釋・考證》（台北：廣文書局，1980年8月），「風雅
　　　　正變」說，卷1。
〔註205〕關於歷史先後時間與地理國家的討論，本文將於第四章第三節詳加討論。
〔註206〕見鄭樵，《東塾讀書記》（台北：中華書局），四部備要本，卷6頁10。

由此，鄭玄之《毛詩譜》以毛詩爲本，實則依荀子之思路，並綜合漢代三家詩所取之氣化宇宙論思想，而同時表現出鄭玄綜合四家詩的情形。

　　※　　　　※　　　　※　　　　※

　　先秦兩漢詩經學詮釋的基礎，是在詩言志的論題下展開的。而志之理解及其根源，端在於性情觀點。性情之理解與詩歌詮釋的產生和形式實有著直接而密切之關係。在詩經學詮釋進行的同時，性情志之思維實以成德之理想與境界通貫於其中，而兼通於內、外。因此，本節從性情之觀點探索先秦兩漢詩經學詮釋和詩學思想之情形，從性情之觀點提出該時期詩經學詮釋之發展與型態，而此種隨著性情理論而展現之詮釋過程，打破傳統今、古文下毛詩與三家詩的兩種分類觀點。傳統上對毛詩與三家詩之間，多採取二分之觀點。清末漢學者以爲毛詩爲用詩，三家詩爲本義；而徐復觀則以毛詩與三家詩相同，〔註207〕不管是求同或是言異，就思想理路而言都以二元之思考進行而犯了簡化的毛病。以性情的觀點來看先秦兩漢詩經學，無論是古學之毛詩或是今文學之三家詩實皆前有所承，亦皆有其內在之變化。本節以性情角度考察先秦兩漢詩經學詮釋的情形，發現先秦兩漢之詩經學詮釋依照性情理論的型態而可以分爲四種類型。其一爲《中庸》、《孟子》一系的天道、性命相貫通的心性論型態，《孔子詩論》與毛詩之詮釋大體依循此一思路，其中毛詩之架構顯示了正、變互動的天人思維，以及由己而推擴至宇宙世界的進德歷程。第二爲荀子的思路，荀子主張材質之性，然其退詩重禮，因此本類詩經學詮釋大致較爲零碎而缺乏系統，這一點可以從漢代三家詩所表現之共同傾向中看出。第三爲納性情於天道的天人感應宇宙論架構，漢代中、晚期的三家詩或早或晚皆受到天人感應思潮的影響而有所改變，其中《詩緯》並建立起系統性的詩經學系統。最末爲東漢時期揚棄災異而純粹氣化之立場面對宇宙，鄭玄的毛詩譜屬於此，其雖承自毛詩然實未解毛詩心性之義。整體而言，這四種詩經學的詮釋型態都不離天人之間的定位思考，其詩歌詮釋也不離德性之要求。然而就在天人意識轉變下，隨著德性意義的體會不同，德性從心性義轉爲自然義，今日較爲熟悉的詩學詮釋內容與方式也漸次發生。由此，我們可以說先秦兩漢詩經學詮釋以及當時詩學詮釋思想的發展實隨著天人意識的發展而改變，其間的演變乃是依性情理論的演變而發生變化。

〔註207〕見徐復觀，《中國經學史的基礎》（台北：學生書局），1996 年 4 月，頁 154～155。

第五節　天人互動與詩經學表象——先秦兩漢用詩與詮釋之關係及其詩學意義

一、先秦兩漢天、人互動思想與詩經學的兩種樣態

由本章二、四節對用詩與詮釋的討論可知，用詩大致上是隨著天與天人概念之發展，而表現在由天而人、最終天人感應下天人合一之過程；而詮釋則是從人之情志出發，透過性情之概念，表現在由人而天、至天人感應的天道性情相應之說。這兩條看似相反的路徑，實皆是奔向成德之理想，而可以統合於德性之概念者。從天人互動之角度來說，由人而天的情志思維即是由人之角度通於客體之世界以言成德，由天而人的概念思考則是側重天的角度以言其落實於人之體德與表德，這兩者恰巧是天與人、偏於情與側重於理等兩兩對應的路向而呈現互動而統於德性之下。因此，先秦兩漢詩經學的兩大現象：用詩與詮釋之間的互動發展與在互動中所表現之特點便可在天人互動的思維下得到相應的理解。

（一）先秦兩漢用詩與詮釋之互動情形

1. 先秦時期用詩與詮釋天人互動之隱性關係

以今日的材料看，西周末年迄春秋時期，用詩的發展相對於詮釋來說，要來的早得多。此一時期的詮釋雖然不可謂無，然而仍應當以用詩爲主。《左傳》云：「詩以言志」〔註 208〕乃是用詩來進行思考或表其德情，而這樣的形態乃是傾向於理的陳述的，《左傳・昭公三十二年》：

> 趙簡子問於史墨曰：「……社稷無常奉，君臣無常位，自古以然。故詩曰：『高岸爲谷，深谷爲陵。』三后之姓，於今爲庶，主所知也。在易卦雷乘乾曰：『大壯，䷡，天之道也。』」

由本條詩句與易卦的同時引用以論國家社稷之興廢，明顯可知此處引用詩句乃是視其爲理者。相較於引詩以言志論事之所取明顯爲理，賦詩以言志之所取爲理，則較爲隱晦而複雜。表面上看，賦詩以言志似乎是言人之情（志），實際上賦詩的動機並非溯及作者之志意，而是以具有某種解釋廣度之詩篇（章）以言賦詩者之情（志）。此一舉動的背後實假設詩篇（章）具有某種共通性（雖然用詩者不一定有此自覺），透過此一共通性以適應場合以言情理。

〔註 208〕見《左傳・襄公二十七年》（台北：藝文印書館），十三經注疏本。

由此，賦詩者所著重的乃是從作者之情志找到其共通之情理，此一共通之情理相對於作者之情志而言，實已超離作者之當下時空而進入某種客觀之層面。從天人意識的相對關係來看，此種客觀性已屬於天、偏於理，〔註209〕而對應於屬於人的主觀之情。換言之，即便是賦詩者賦《詩經》篇章以言其情，就詩句與賦詩者之間而言，其情乃是透過詩篇（章）所具有之客觀之理，在情感的詩篇上，取其情中之客觀性，而不停留於屬於情的主體層面。

當然，無論是《左傳》之引詩或是賦詩其背後都必然隱藏有詮釋之預設，否則便無從談及理解，更遑論其「運用」。〔註210〕筆者必須指出，從現象來看《左傳》之用詩與詮釋之關係，詮釋相對於用詩來說應該是極為隱微的、在文字現象上也許是百家爭鳴（各行其是？）的。因為從當時掌握知識的階層來看，《詩經》一開始便是以操作為主，而不是以文字詮釋為主的，因此詮釋相對於用詩而言甚為微弱。此一現象就內在的理路來看可以得到更深一層的解釋：此即詩歌詮釋有待於對於人之情性的重視，由於當時對於天與道德之間的思考仍未達於普遍的自覺的性情之源，因此讀詩、用詩者對於德義可能僅能限於其自身之階層或身份，多半以直觀之方式，而無法從本身具有普遍性質之情志展開有效的思考，進行完整的詮釋工作。《禮記・學記》云：

　　大學之教也，時教必有正業，退息必有居學。不學操縵，不能安弦。

　　不學博依，不能安詩。

「不學博依，不能安詩」即是指學詩者必然透過「博依」——聯想之法，以學詩、說詩。從當時詩學的現象來看，「博依」之法必然含有操作的特質，透過實際情境下對詩句的聯想操作以明詩的普遍性，其背後有著承自西周傳統之歌詩、賦詩的直觀思維存在。

筆者相信，在《孟子》以前，西周晚期迄春秋之間，在對性情的意義尚未深入理解、屬於人的情性其普遍性尚未得到正視以前，無論是賦詩者或者是引詩者對詩篇作者志意的重視程度應該是很有限的，其所重也應該是在操作性的場合中賦詩、引詩者自身的志意。唯有天人意識朝向人的自主自覺發展詮釋才

〔註209〕本文對於此種用詩所具有客觀性之情理，即以「偏於理」或是「用詩之理」稱之。此種用詩之「理」並非僅止於論述之理，而是指某種客觀存在之條理，故可涵括賦詩與引詩兩者。

〔註210〕這一點，似乎與今日詮釋學不得不預設一文本之存在一樣，雖然文本可以有多種解釋，但仍然必須遵循其內在之思想結構，在文本的語義系統中取得協調，而要求自圓其說。

有可能成熟。有趣的是西周迄《孟子》以前,用詩的發展與變化與天人意識的發展亦步亦趨。也就是說,中國早期詩經學的詮釋應該隨著天人意識的發展(用詩),一方面對情志有著正面的認同以導致詮釋的進步,一方面隨著詮釋的進步,對普遍性之志的理解也愈加清晰,而用詩也就愈來愈能就事論事而見成熟。在這樣的情況下,無論是就現象而言,或是就概念下德義的理解而言,用詩與詮釋都是互動而提升,本章第三節已略爲言及孔子詩學中詮釋與用詩之關係,此種關係在《孔子詩論》以及孟、荀之詩學中更爲明顯。

在《孔子詩論》之中,應已有明顯之詩言志的概念,而在此概念下,無論是對風、雅、頌詩之特質,或是詩篇大義、字句之詮釋皆可見其雛型,因此可謂詮釋較爲原始之面貌。雖然如此,《孔子詩論》在詩之特質的闡述與詩篇大義闡釋的過程中卻夾雜著申論、甚至是引詩申論以言德性的情形,因此有著用詩的色彩。《孔子詩論》云:

> ……也。多言難,而悁懃者也,衰矣少矣。邦風其納物也,溥觀人俗焉,大斂材焉,其言文,其聲善。孔子曰:唯能夫……(〈第三簡〉)
>
> ……曰:詩。其猶平門,與賤民而豫之,其用心也將何如?曰:邦風是也。民之有戚悁也,上下之不和者,其用心也將何如?(〈第四簡〉)

第三簡「邦風其納物也……」是言國風之特質。不過第四簡言「曰:詩。其猶平門,與賤民而豫之,其用心也將何如?曰:邦風是也。民之有戚悁也,上下之不和者,其用心也將何如?」其中對「詩」與「邦風」的議論都是偏於以聯想法申論的方式,因而國風義蘊屬間接的關係。尤其是第四簡緊連在「邦風是也」之後的「民之有戚悁也,上下之不和者,其用心也將何如?」三句,幾乎是從國風處向外而興發之義,已離於「邦風」之義蘊,而隱然成爲《詩論》作者申論「政教」的媒介,由此而見《詩論》之論風之特質實兼含用詩。

在詩篇大義的闡釋方面,《孔子詩論》表現出用詩與詮釋之相雜更爲清楚,《孔子詩論》云:

> 多士,秉文之德」,吾敬之。〈烈文〉曰:「乍競維人」,「不顯其德」,「於乎,前王不忘」,吾悦之。〈昊天有成命〉,二后受之,貴且顯也,頌(〈第六簡〉)

本簡文可分兩段,前段的「吾敬之」、「吾悦之」皆是以詩句爲對象而興發其

感受。以今日的觀點來看，「吾敬之」、「吾悅之」似乎是詩句的欣賞。不過仔細地觀察較爲完整的〈烈文〉一篇可以發現，《詩論》作者此處所謂的「吾悅之」乃是不連續三個詩句的摘取與連結，並非整段文句的欣賞。由此則本簡前段似乎是在引詩以明德性之認同取捨，近於用詩以達志的情形。至於本簡後半段〈昊天有成命〉一段，其言「二后受之，貴且顯也」則與本義接近。如此一來從第六簡亦可得見用詩與詮釋相雜之情形，不過，此處的相雜，應是以今日的眼光觀之，若以《孔子詩論》當時的情況來看，所謂詮釋之大義與用詩之達志喻理，兩者之間應是結合爲一體者，《孔子詩論》云：

> 〈關雎〉之改，〈樛木〉之時，〈漢廣〉之智，〈鵲巢〉之歸，〈甘棠〉之保，〈綠衣〉之思，〈燕燕〉之情曷？曰：動而皆賢於其初也。〈關雎〉以色喻於禮，……（〈第十簡〉）

> ……情愛也。〈關雎〉之改，則其思瞞矣。〈樛木〉之時，則以其祿也。〈漢廣〉之智，則知不可得也。〈鵲巢〉之歸，則徑者（〈第十一簡〉）

> 也。〈關雎〉好反於禮，不亦能改乎？〈樛木〉福斯在君子，不亦□時乎？（〈第十二簡〉）

第十簡已於本章第四節有引，是爲接近詮釋中詩序大義的情形。不過，若結合第十一、十二簡觀之，第十一簡分別以「則其思瞞矣」、「則以其祿也」、「則知不可得也」、「則徑者」結合「〈關雎〉之改」、「〈樛木〉之時」、「〈漢廣〉之智」、「〈鵲巢〉之歸」，第十二簡言「〈關雎〉好反於禮，不亦能改乎？〈樛木〉福斯在君子，不亦□時乎？」乃是透過德性申論的方式以闡釋詩篇大義，以明關雎〉等詩篇，可以「動而皆賢於其初」的原因。《詩論》此種以德義申論方式以明大義的情形與後世之就文句闡釋大義是有一段距離的，不過《詩論》亦絕非架空的以德性強加以詩篇之中加以「曲解」，其實在詩論以申述德義方式闡釋詮釋大義的背後，存在著極其原始的文句理解，《孔子詩論》又云：

> 不可得，不攴不可能，不亦智恒乎？〈鵲巢〉出以百兩，不亦有徑乎？〈甘棠〉……不亦……乎？〈第十三簡〉

> 兩矣。其四章則愉矣。以琴瑟之悅，凝好色之願，以鐘鼓之樂……（〈第十四簡〉）

此二簡乃是繼前述之第十、十一、十二簡之後，可見彼此之間應有相當之關

係。而此處言「〈鵲巢〉出以百兩，不亦有慱乎？」、言「其四章則愉矣。以琴瑟之悅，凝好色之願，以鐘鼓之樂」，其中的「百兩」、「四章」皆可見《孔子詩論》對文句的注視，只是《孔子詩論》注視這些文句的方式仍屬於以德性闡釋的角度觀之。如此一來，從《孔子詩論》第十至十四簡的討論可知，發揚孔子詩學的《孔子詩論》乃是以闡釋德性爲其立場與目的，而所謂的詩篇大義、文句等等皆是在此一路向中進行，其間的結合十分緊密，但申述德義的客觀說理的部分乃佔重要地位。闡釋德性近於說理，詩篇大義與文句，近於詮釋作品之志，在《孔子詩論》中兩者皆具備、並存，顯示出模糊的情形。我們將《孔子詩論》與《左傳》的用詩相比較，會發現《左傳》之用詩乃是將詩句運用，用詩者之志較詩篇大義來得重要的多，而《孔子詩論》則表現爲在說詩者在申述德性下的重視下，詩篇大義與申述德義兩者相雜的情形。由此可見，中國先秦詩經學的發展應當在德性申述主軸下，朝向詩句、詩篇大義發展，在志之日益重視下，詩篇作者之志與文句的理解也隨之俱進的情形。而相反的志的本義之理解也同時回饋義理之申述，有助德性之發揚。因此，亦可見用詩之義隨詮釋進步的情形。

由此可知，後世學者以爲詮釋一開始就要如同今日一般面面俱到毫無矛盾，而對毛詩或者是三家詩之內容不一處多所質疑，〔註211〕對當時人而言，應該是不必要的。因爲就現象而言在詮釋發生的開始也許即因爲情志尚未完全得到認同理解而不須、或許也是無此能力，在詮釋上做到完全的自圓其說。事實上，從《孔子詩論》可知，先秦時期的詩學表現乃是本義與申述混雜，因此用詩與詮釋並非截然二分，今日某些學者強以「進步的」思維方式強求本義以律古人的行爲無法相合於歷史現象，更無論同情的理解。

再繼續先秦時期用詩與詮釋之互動情形的討論，先秦《左傳》及《孔子詩論》用詩與詮釋表現在現象層面之對應與互動情形也可以從《孟子》、《荀子》之詮釋與用詩中看到。前文已述《孟子》提出「以意逆志」之說以言說詩，較《孔子詩論》猶爲明確。而《孟子》「以意逆志」之目的不僅限於說詩，還以成德爲其目的，乃是同時兼反內聖與外王之路向者。因此，《孟子》之說詩是在「以意逆志」的過程之中，順著志之途徑以提升自我，令詩歌之詮釋奠基於志之中，致力於志之展開其讀詩與說詩，並由此讀詩與說詩之重志向

〔註211〕自鄭玄以降，即有更改毛傳之例，今日之注解詩經學者解釋詩經文義，也皆循本義之思路，結合訓詁加以發揮。

外發展，在志闡明的同時又必然通向普遍之德性以通貫於人我天地之間，由此則詮釋之追求實有助於用詩。在另一方面，《孟子》之志的自覺乃是因為其面對天人問題的緣故，而《孟子》即以用詩進行天人意識之思考，是故《孟子》透過用詩又有助於其探究志之源。由此，則《孟子》之用詩正好表現為志之源的理性探究，而有助於詮釋。詮釋則由志出發而通向普遍之德性，而有助於理之思考，其詮釋與用詩之間即表現為現象之互動發展，而在現象之後亦呈現偏於情與偏與理之互動思維。

　　荀子之天人思想與用詩表現與《孟子》不同，但詮釋與用詩之互動情形仍然存在。前文第三章第二節已云，荀子之用詩乃為理據，而《漢書・藝文志》亦云：

　　　　詩以正言，義之用也。

正好說出荀子用詩原是引為義理之據。在詮釋方面，荀子雖不言性與天道，然其成德仍落於情而重視情，因此其詩歌詮釋乃是順著情感一路，意圖在情感與先王之禮（理）當中尋求一平衡。由此，則荀子用詩與詮釋即為情理之平衡與互動，在互動當中追求德性之完成，表現了荀子成德之內在思路。而同樣與《孟子》相同的是，荀子之天人二分的思想也是透過用詩之形式完成的；至於詮釋之言志，亦在此天人二分之思想基礎上展開。由此，則荀子之用詩與詮釋之間在現象上亦呈現互動而發展的關係，其背後則表現荀子性情觀下情理之間的平衡互動思想。

　　由上述可知，先秦時期之用詩與詮釋實是在思想上隨著由天而人與由人而天的兩個路向展開，而此種展開可以從現象與思想理路加以觀察解釋。就現象而言，《左傳》、《孟子》、荀子皆是在由天而人的用詩內容表現上，透過客觀性的理之探究而深入理解並貞定人之志的地位，進而使詮釋日益發展；相對的，詮釋則是在此一志之理解基礎上，由志之主觀通向客觀，在知行當中理解德理、達於人事，也使得用詩之客觀性得到適當的展現，此種用詩與詮釋之關係可以在《孔子詩論》中兼及詮釋與應用二者的情形中看出。而從先秦詩經學用詩與詮釋的發展情形來看，無論是用詩或詮釋皆是隨著天人思想之重視而日益蓬勃者。是故，就現象而言，先秦時期的用詩與詮釋乃是互動、循環而提升的型態。就思想理路來說，《左傳》、《孟子》、《荀子》之詮釋與用詩在表面上也分別代表著偏於主體之情與偏於客觀之理之二路，進而在偏於主體之情與偏於客觀之理之互動下，朝向成德之目的邁進。雖然如此，

微觀的看待思想理路上的情理互動，會發現此種詮釋與用詩之情理互動會因為《荀子》與《左傳》、《孟子》之用詩表現不同而有所不同。《左傳》、《孟子》之用詩乃是以為現象而作為思考之一環，而荀子之用詩則純為理據。如此一來，荀子之詮釋與用詩之互動較《左傳》、《孟子》而言，無異是純然的思想意義上的情理互動，而可以視為荀子成德理論之表現。至於《左傳》、《孟子》之詮釋與用詩則只能就情之客觀性的層面加以理解，進而止於表現為思想現象上的情理互動，而此種情理互動與成德之理論內涵無直接關係。簡單說來，無論是現象或是思想理路上，先秦時期詮釋與用詩之互動表現皆是隱藏未彰有待論述方能展現者，此種隱而未顯的情形在西漢早期將因為形上旨趣之發展而成為自覺，進而有明確理論之提出。

2. 西漢早期用詩與詮釋情理互動理論之提出

由上述可知，先秦時期用詩與詮釋之互動僅只於隱性層面之表現，從中看出其間偏於情、以及偏理之間的天人互動關係。至西漢早、中期之學者，即已發現詩經學中用詩與詮釋兩者實為圍繞著德義而互動的型態而提出明確之理論加以論述。賈誼《新書·道德說》曰：

> 六德者，德之有六理，理離狀也。性生氣，而通之以曉。神生變，
> 而通之以化。明生識，而通之以知。命生形，而通之以定。
>
> 德有六美，何謂六美？有道，有仁，有義，有忠，有信，有密，此
> 六者德之美也。道者德之本也⋯⋯
>
> 六理、六美，德之所以生陰陽天地人與萬物也，固為所生者法也。
>
> 故曰：道此之謂道，德此之謂德，行此之謂行，所謂行此者德也。
>
> 是故著此竹帛謂之書，書者此之著者也，詩者此之志者也，易者此
> 之占者也，春秋者此之紀者也，禮者此之體者也，樂者此之樂者也，
> 祭祀鬼神為此福者也，博學辯議為此辭者也。〔註212〕

賈誼之思想以德為核心，其受到黃老思想的影響此點已於本章第一節敘述。此處賈誼言德有「六理」、「六美」，而詩實為志此以「六理」、「六美」為內容之德者。就賈誼之思想脈絡而言，賈誼之六理與六美即如同天與人之相應關係，「六理」偏人而通於天，故其以性、命、明、神言之，「六美」偏天而落

〔註212〕本段文字賈誼《新書》四部正編本（台北：商務印書館）明顯有誤，茲據閻振益、鐘夏《新書校注》校改，見閻振益、鐘夏《新書校注》（北京：中華書局）2000 年 7 月，頁 325、330～331。

實於人，故其以道、仁、義、忠、信、密爲其內容，而兩者（六理、六美）皆統於德義之下，則賈誼以詩志此「六理」、「六美」可見其明確看出賈誼實以爲詩具有之天人、情理之兩面特點。不只如此，賈誼還從「六理」、「六美」之對揚中看出六理偏情的一面實爲六法所代表之理的本體想法，其《新書・六術》篇曰：

> 德有六理，何謂六理？道、德、性、神、明、命，此六者，德之理也。六理無不生也，已生而六理存乎所生之內，是以陰陽天地人，盡以六理爲內度，內度成業，故謂之六法。六法藏內，變泭而外遂，外遂六術，故謂之六行。是以陰陽各有六月之節，而天地有六合之事，人有仁義禮智信之行。

此處以六理「道、德、性、神、明、命」爲源，而生成六法、六行（六術），頗有宇宙生成論之意味。然六理之中的性即情志之源，其言由此展開情理二路，故其云「六法藏內、外遂六術」，而「謂之六行」。「六法」，即情志，而六行即客觀之理，「六法」與「六行」之對待即如先前「六理」、「六美」之對待。故〈六術〉篇又曰：

> 然而人雖有六行，微細難識，唯先王能審之。凡人弗能自至，是故必待先王之教，乃知所從事。是以先王爲天下設教，因人所有以之爲訓，道人之情，以之爲眞，是故內本六法，外體六行，以與書、詩、易、春秋、禮、樂六者之術以爲大義，謂之六藝。令人緣之以自脩，脩成則得六行矣。六行不正，反合六法。藝之所以六者，法六法而體六行故也，故曰六則備矣。

其言「六行不正，反合六法」，又言「法六法」而「體六法」，可見「六法」與「六行」之互動。而六法與六行之互動即爲詩之特點，故其言「內本六法，外體六行，以與詩、書、易、春秋、禮、樂六者之術以爲大義」，可見賈誼實自覺地從《詩經》之認知而明確以理論闡釋詩學偏理與偏情之兩種樣態。故《新書・道德說》曰：

> 詩者，志德之理，而明其指，令人緣之以自成也，故曰「詩者，此之志者也。」……人能脩德之理，則安利之，謂福。莫不慕福，弗能必得，而人心以爲鬼神能與於利害，是故其犧牲俎豆粢盛，齋戒而祭鬼神，欲以佐成福，故曰祭祀鬼神，爲此福者也。德之理盡施於人，其在人也，內而難見，是以先王舉德之頌而爲辭語，以明其

理，陳之天下，令人觀焉。

此處言「詩者，志德之理，而明其指，令人緣之以自成也」即是偏詮釋一面立言，顯現了情志爲詩學本體的立場。而由到「緣之以自成」到「人能脩德之理，則安利之，謂福」而「祭祀鬼神」，是可見偏於情志之詮釋，其從內向外、由人而天，而通達於人我，成就世界的意向，從此一意向當中同時還表現出客觀一面從人之情志而得以表現之特點。另外，賈誼還說「德之理盡施於人，其在人也，內而難見，是以先王舉德之頌而爲辭語，以明其理，陳之天下，令人觀焉」則可見客觀性之理之運用，以及其由天而人而落實於人的情形。

由上述可知漢代初期的賈誼已然明確地提出詩經學的兩種樣態，並由此而體現當時的詩學思想。此一思想落實在西漢早期的三家詩，較早受到形上思維影響的韓詩與齊詩當中，亦可見其對於詩學偏情、偏理兩種樣態的認知，《韓詩外傳》卷五：

> 德也者、包天地之大，配日月之明，立乎四時之周，臨乎陰陽之交。寒暑不能動也，四時不能化也，斂乎太陰而不濕，散乎太陽而不枯。鮮潔清明而備，嚴威毅疾而神，至精而妙乎天地之間者、德也，微聖人，其孰能與於此矣。

此段文字之討論已見於本章第二節，而知韓詩亦首標德義，且其德義已有形上本體之意味。不只如此，對韓詩而言，其對詩之理解亦如同德義一般，而不僅是思想上的接受，《韓詩外傳》卷三：

> 公儀休相魯而嗜魚，一國人獻魚而不受。其弟諫曰：「嗜魚不受，何也？」曰：「夫欲嗜魚，故不受也。受魚而免於相，則不能自給魚；無受而不免於相，長自給於魚。」此明於魚爲己者也。故老子曰：「後其身而身先，外其身而身存。非以其無私乎？故能成其私。」詩曰：「思無邪。」此之謂也。

「思無邪」乃孔子總論《詩經》之語，亦可謂儒家詩學之通義。韓詩此處以《老子》言「道」之性狀言詩，實可謂韓詩受道家、黃老之影響而已有詩學本體之認識。就理論之架構而言，韓詩從其對詩學本體之認識展開，即爲發於情與偏於理兩種樣態之呈現，發於情的部分以韓詩論〈關雎〉之語爲最典型之例子，由於本章第四節已明言之，茲不贅述，此處舉韓詩以詩學之情實有含理之部分，《韓詩外傳》卷二云：

子夏讀詩已畢。夫子問曰：「爾亦何大於詩矣？」子夏對曰：「詩之於事也，昭昭乎若日月之光明，燎燎乎如星辰之錯行，上有堯舜之道，下有三王之義，弟子不敢忘，雖居蓬戶之中，彈琴以詠先王之風，有人亦樂之，無人亦樂之，亦可發憤忘食矣。詩曰：『衡門之下，可以棲遲；泌之洋洋，可以樂饑。』」夫子造然變容，曰：「嘻！吾子始可以言詩已矣，然子以見其表，未見其裏。」顏淵曰：「其表已見，其裏又何有哉？」孔子曰：「闚其門，不入其中，安知其奧藏之所在乎！然藏又非難也。丘嘗悉心盡志，已入其中，前有高岸，後有深谷，泠泠然如此既立而已矣，不能見其裏，未謂精微者也。」

韓詩本段文字言孔子之「悉心盡志，已入其中，前有高岸，後有深谷」之性情進路而言詩學內在之「奧藏」，而此內在之「奧藏」實指孔子不止於子夏之言〈衡門〉詩表面的作者之「樂」而為某種「精微」之內在之理，可知韓詩以為孔子所取已不只於情志，而是從情志所生發的現象背後具有的理。又《韓詩外傳》卷四云：

子為親隱，義不得正；君誅不義，仁不得受。雖違仁害義，法在其中矣。詩曰：「優哉游哉！亦是戾矣。」

其言「法在其中矣」而舉「子為親隱」與「君誅不義」二例為證，「子為親隱」中有法，即是肯定情中有客觀而可為人人所遵循之理。由此，韓詩實與賈誼論詩之想法類似，已從《詩經》之詮釋與運用中發現詩學從情性生發之理，乃是超越個人之情志而為某種客觀者。除此之外，若更進一步從《韓詩外傳》廣引諸書以合詩句的情形來說，韓詩亦隱然有以《詩經》統領諸書，通貫諸理的想法。

魯詩方面，魯詩雖未明言詩之兩面性，然亦可見其受到形上思想的影響，而有以詩為言理者，《淮南子·氾論訓》曰：

以《詩》、《春秋》為古之道而貴之，又有未作《詩》、《春秋》之時。夫道其缺也，不若道其全也。誦先王之詩書，不若聞得其言；聞得其言，不若得其所以言。得其所以言者，言弗能言也。故道可道者，非常道也。

其以《老子》之「道可道，非常道」，評論《詩》與《春秋》，是《淮南子》以天人觀念對詩再詮釋的情形，而將詩指向形上之路向。《淮南子》在本段文字之中又將詩書之讀誦分成得其言，與得其所以言，是將詩書之解讀分成兩

個層次，前者為文字句意之理解，後者似為作者動機、志意之認識，而後者即具有理之客觀性，可以通達於人世，成就世界者，《淮南子‧說山訓》又曰：

> 聖人終身言治，所用者非其言也，用所以言也。歌者有詩，然使人善之者，非其詩也。

此處以聖人言治為論，言其「用所以言也」，是《淮南子》以為得其志意最為重要。而此志意即是自文字言語中來，然又不限於言語文字中者，而有理之客觀性，因此其言「歌者有詩，然使人善之者，非其詩也」，使人善之者，即為客觀之理，而非其詩也，即指詩之閱讀，實應追求超乎文字的層面。可見《淮南子》對詩之客觀性實有所體會。類似的思想，劉向亦有所認知，其《說苑‧建本》篇云：

> 夫學者，崇名立身之本也，儀狀齊等而飾貌者好，質性同倫而學問者智；是故砥礪琢磨非金也，而可以利金；詩書壁立，非我也，而可以屬心。

其言「詩書壁立，非我也，而可以屬心」，是亦顯示劉向心中之詩並非僅限於自我之情志，而是具有理之作用，可以砥礪心志者。

相較於韓、魯詩，齊詩對於形上宇宙之旨趣猶多，以董仲舒為例，即已明言詩的重要性，《春秋繁露‧祭義》篇曰：

> 聖人於鬼神也，畏之而不敢欺也，信之而不獨任，事之而不專恃，恃其公，報有德也，幸其不私與人福也，其見於詩曰：「嗟爾君子，毋恆安息，靜共爾位，好是正直，神之聽之，介爾景福。」正直者，得福也，不正者，不得福，此其法也，以詩為天下法矣。

此段文字「以詩為天下法」，[註213] 是肯定詩的地位。而詩的地位何以崇高，以董仲舒之思路而言，乃是詩實傳達某種橫貫天人之義理。《春秋繁露‧精華》篇曰：

> 難晉事者曰：「春秋之法，未踰年之君稱子，蓋人心之正也，至里克殺奚齊，避此正辭，而稱君之子，何也？」曰：「所聞詩無達詁，易無達占，春秋無達辭。從變從義，而一以奉人。

「從變從義，而一以奉人」，即是重視詩歌文字背後之義理，而歸於道德之路。當然此一義理亦是從情志而生者，《春秋繁露‧玉杯》篇曰：

〔註213〕賴炎元釋詩為詩文之意，亦已涵蓋詩之範疇，參見賴炎元，《春秋繁露今註今譯》（台北：商務印書館），1992 年 12 月，頁 411、414。

> 君子知在位者不能以惡服人也，是故簡六藝以贍養之。《詩》、《書》
> 序其志，《禮》、《樂》純其美，《易》、《春秋》明其知，六學皆大，
> 而各有所長。《詩》道志，故長於質；《禮》制節，故長於文；《樂》
> 詠德，故長於風；《書》著功，故長於事；《易》本天地，故長於數；
> 　《春秋》正是非，故長於治人，能兼得其所長，而不能偏舉其詳也。

「詩道志，故長於質」明確董仲舒詩學思想之進路，亦與《韓詩外傳》類同，而此實先秦兩漢詩學思想之通義也。

3. 西漢末、東漢初期用詩與寫詩之重合

　　賈誼的理論即已明確將詩定位於德義之闡述，並摻以形上之生成論。此一思維並見於韓詩與齊詩，而展現西漢早期實已對詩的本體有了最初步的體會。此一體會即是從理論上了解詩不只起於情志，止於情志，更為反映萬物之理，了解詩經學所隱藏的兩種型態義蘊，而明詩歌之特質。自西漢中、晚期開始，易學與氣化宇宙論的結合使得此一思想再進一步，即是認知到詩本身即德，而詩之反映世界即德之反映世界。於此，情感的本身即為天道，就詩經學的表現而言，即是事理不二，甚至是體用不二。此種用詩現象的形成乃是自《韓詩外傳》初肇，劉向大興，至《易林》則為全然之展現，而能為本時期之代表者。

　　《易林》之用詩即寫詩，此點已於本章第二節加以闡述。不只於此，《易林》其非引用《詩經》之部分亦詩。擴大來說，《易林》全篇實為寫詩，亦為用詩，此一現象的出現實有四層含義值得注意：

　　其一、《易林》創作詩歌以為用，其用詩即寫詩。因此，原本存在於用詩與詮釋之天人互動遂轉而成為創作與詮釋之互動，而創作與詮釋之互動即為今日詩學習見之概念。

　　其二、《易林》之用詩即寫詩實是合事理為一者，於是原本見於用詩與詮釋之情理互動遂成為事、情之互動。同樣的《易林》之事、情互動也是今日習見詩歌之情、事（景）交融。

　　其三、《易林》之體用不二即是以情志本身之表現即為用，其表現了即情、事以見理，以詩為象的明顯思維。由此，則先前以理為內涵之一的詩經學遂成為以描寫情境、鋪敘象為主之詩經學。

　　其四、《易林》整體之架構即為與天之大宇宙完全相應之小宇宙型態。就

《易林》之內容來看，以先天卦位爲多，後天卦位較少。〔註214〕先天卦位雖有法象自然之妙，然其與後天卦位仍同屬形上宇宙論之圖式，而呈現某種自然宇宙之觀點。由此，則《易林》以詩言自然宇宙，其整個大架構即表天地宇宙之縮影，而此種小宇宙之思想正好與《詩緯》的「詩者天地之心」相應。〔註215〕

　　由此可知，《易林》的出現實居以先秦兩漢詩經學現象之關鍵，從中可看出今日文學某些習見之重要概念。而由《易林》本身之天人思想可知，此種今日之文學觀念實自儒家之德義結合氣化宇宙論之思想中自然生發，呈現特有的德性色彩。

（二）先秦兩漢用詩與詩歌詮釋互動之詩學特點與意義

　　從上述對先秦兩漢詩經學兩種樣態與及其關係的討論可以發現以下幾點值得注意的詩學特點與意義，茲分別討論於下：

1. 用詩的根源——以詩學詮釋爲體

　　用詩與詮釋雖然爲先秦兩漢詩經學的兩種樣態，然而這兩種樣態在理論上並非並行的，而有理論層次之高下區別。就《左傳》的用詩現象來說，大雅及頌的斷章取義最早出現。然而在斷章取義之前，早在西周時期即有大雅及頌的教學，而其教學方式是透過祭祀場所的圖象加以說解。此一結合圖象的直觀詮釋方式透過實際操作，即爲模糊的本義思考與詩之用的結合。此一圖象式的本義與詩用的集合形式透過不斷實踐操作後，習詩者遂逐漸地熟悉詩經文句，其後才有稍晚的大雅、頌的斷章取義，可見用詩以詮釋爲根源的情形，只是此時的本義體會乃是不自覺的。同樣地情形在《孔子詩論》也有出現，《孔子詩論》已強調志之重要，而表現出早期詮釋與論述共存之樣貌。其中雖然存在用詩之論理思維，但是已然歸於志。就《孟子》而言，《孟子》之用詩乃是做爲思考，其背後隱藏有某種指涉，此一指涉即爲志之假定。而《孟子》闡發性情之重要，實與《孔子詩論》一樣，兩者皆奠定了詩學詮釋以情志爲其源的地位。因此，相對於用詩而言，詮釋實有著根本之地位。只是從《左傳》到《孔子詩論》到《孟子》，其志意乃是自覺與操作兼具，與今日的情志仍有距離。《荀子》之用詩則爲論據，因其詩學詮釋乃是做爲節情之

〔註214〕參見尚秉和《焦氏易詁・序》（台北：中華書局），1971 年 10 月，卷 1 頁 2。
〔註215〕關於《詩緯》的體系與「詩者，天地之心」的意旨已於本章第四節討論，茲不贅述。

用，節情之所重雖在於詩篇之理，然亦出於情而落實於情，因此情亦為重要。毛詩承《孟子》之路，其亦言「詩者，志之所之也」亦以志為進路。而賈誼以降的韓詩與齊詩則直接以用詩為宇宙論下理之呈現，其主張以性為理之內容，故詮釋之情性仍為詩學世界之源。由此，從用詩與詮釋型態的角度而言，用詩之根源實以詩學詮釋為體，只是同中有異，其內涵乃是從不自覺往自覺發展。

此一思路在後來的災異占驗與《詩緯》系統亦然。西漢晚期流行之災異占驗之學雖建立性情與天道合一的天人系統，其言詩亦是著重闡釋情志本身即理之旨，《漢書·翼奉傳》翼奉上封事曰：

> 臣聞之於師，治道要務，在知下之邪正。人誠鄉正，雖愚為用；若迺懷邪，知益為害。知下之術，在於六情十二律而已。北方之情，好也；好行貪狼，申子主之。東方之情，怒也；怒行陰賊，亥卯主之。貪狼必待陰賊而後動，陰賊必待貪狼而後用，二陰並行，是以王者忌子卯也。禮經避之，春秋諱焉。南方之情，惡也；惡行廉貞，寅午主之。西方之情，喜也；喜行寬大，巳酉主之。二陽並行，是以王者吉午酉也。詩曰：「吉日庚午。」上方之情，樂也；樂行姦邪，辰未主之。下方之情，哀也；哀行公正，戌丑主之。辰未屬陰，戌丑屬陽，萬物各以其類應。今陛下明聖虛靜以待物至，萬事雖眾，何聞而不諭，豈況乎執十二律而御六情！於以知下參實，亦甚優矣，萬不失一，自然之道也。乃正月癸未日加申，有暴風從西南來。未主姦邪，申主貪狼，風以大陰下抵建前，是人主左右邪臣之氣。平昌侯比三來見臣，皆以正辰加邪時。辰為客，時為主人。以律知人情，王者之祕道也，愚臣誠不敢以語邪人。

「六情」出於齊詩之說，由此處言以「六情十二律」之關係而言「以律知人情」，可知兩點：一為由情出發而出之詩中有客觀之規律即理；二是以律知人情，而為治道，此種著重情與天道相通之說亦承自情性之進路而為其變形。

由此可知，就先秦兩漢詩經學中詮釋與用詩兩者之關係來說，用詩雖偏重理，然其理乃是由性情而生發之理。此種用詩以詮釋為體的情形乃是肯定了主觀中有客觀因素的存在，而這種由主觀之志而言之客觀之理，遂表現了中國詩學具有可變性與再塑性思維特點，我們可以在用詩中雖為同一詩句但有不同運用、解讀的情形來對此一特點進行了解。

　　就用詩之發展來看，自《左傳》以降、《學》、《庸》、《孟子》、荀子、《韓詩外傳》、迄劉向《列女傳》，皆可見同一詩句的不同運用，甚至是同一用詩者面對同一詩句也會有不同的解讀與運用。《韓詩外傳》卷一即有此一情形：

> 傳曰：喜名者必多怨，好與者必多辱，唯滅跡於人，能隨天地自然，為能勝理，而無愛名；名興則道不用，道行則人無位矣。夫利為害本，而福為禍先，唯不求利者為無害，不求福者為無禍。詩曰：「不忮不求，何用不臧。」

> 傳曰：聰者自聞，明者自見，聰明則仁愛著而廉恥分矣。故非道而行之，雖勞不至；非其有而求之，雖強不得。故智者不為非其事，廉者不求非其有，是以害遠而名彰也。詩云：「不忮不求，何用不臧。」

> 傳曰：安命養性者，不待積委而富；名號傳乎世者，不待勢位而顯；德義暢乎中而無外求也。信哉！賢者之不以天下為名利者也。詩曰：「不忮不求，何用不臧。」

皆是引用〈雄雉〉詩句。第一條意指人須循於自然之道而不求，由於而能遠害而得善報，其思想傾向於道家；第二條則以德性角度言行德者必安其位而得善報；第三條則是言德性必然由內而彰乎外。表面上三條之間無甚關係，實際上皆是發揮「不求」而能彰。而從詮釋之角度來說，〈雄雉〉詩之大意，毛詩云：

> 〈雄雉〉，刺衛宣公也。淫亂不恤國事，軍旅數起，大夫久役，男女怨曠，國人患之而作是詩。

至於「不忮不求，何用不臧」二句之義，鄭玄釋之云：

> 我君子之行，不疾害不求備於一人，其行何用為不善。而君獨遠使之在外，不得來歸，亦女怨之辭。

可見詩句之本義乃在女子言其夫君行無求無害於人，何以不求得其善報。觀察本例詮釋與用詩之間，會發現詮釋所言乃是人之行無求無害於人，然卻有不得善報之怨思。而用詩則是以不同的思想，言不強求於外之人，必得善報。詮釋與用詩看似無關，用詩之內部思想似乎也有道、儒之差異，然用詩實是圍繞著詮釋所提之意旨生發，只是用詩者以其當下或自身之意念針對詮釋所指出之路向，做出其思考者。

　　因此，先秦兩漢之用詩在現象上顯示著詩句解讀的可變性與再塑性。就理論而言，用詩所傳達者雖偏於理，然因為用詩者在運用詩句之時亦必然要

求用詩者回歸其情志經驗以及用詩當下之情境，由用詩者當時之情境與過去之情志經驗兩者取得協調，方能運用表現用詩者所欲傳達之理或情。因此，因為用詩者各自經驗的不同，或者是同一用詩者解讀、運用詩歌的情境差異的關係，用詩者對於詩句的解讀才會有變異的情形。由此可以了解用詩中同一詩句的變異性乃是因為詩以性情為其源的關係。透過性情而再塑者，必然具備有可變性。而用詩所表現出來的可變性即是因為此原因而展現，其背後之思維即為用詩所表現之其客觀之理，此種客觀之理即是源自於情，又落實於外界者。

2. 用詩與詮釋之內部結構與用詩與詮釋之間皆表現了「一 ── 二 ── 多」與「多 ── 二 ── 一」之思維結構。

對先秦兩漢的用詩與詮釋來說，用詩之所重在客觀之理，其思維乃是順著天之意義的進行，而表現為由天而人、天人相應之思想內容，再由這些客觀之理、落實於實際之人世上，因此各種各樣之用詩不管是從內容之發展也好，就用詩之內在理路也好，皆為天、人二元意識之表現。同樣的，詮釋相應於用詩，其內在之思維則是由人而天而至天人合德者，其在情志追求的同時，也指向成德之方向而通達於外在之世界，是故各式各樣之詮釋亦皆可統攝天、人兩者，而趨於成德。由此，則無論是用詩或是詮釋，兩者皆可以天、人二元為樞鈕，表現為「一 ── 二 ── 多」與「多 ── 二 ── 一」之思想：先秦兩漢詩經學之用詩偏於理，而此理透過天、人之二元，視不同之環境須要而表現為萬殊之用詩現象，故為「一 ── 二 ── 多」者。先秦兩漢詩經學之詮釋則偏於情，面對各種各樣之情感，而將這些情感收攝於天人意識之中，以期以成德、成聖，故為由「多 ── 二 ── 一」之路向。

從用詩與詮釋之內部結構再向外擴大至整個詩經學之現象加以觀察，先秦兩漢詩經學之種種現象亦為萬殊之多，然實可以收攝於用詩之偏理，以及詮釋之偏於情，透過偏於情與偏於理之天人互動，而統攝於德義之中，則先秦兩漢詩經學之現象亦為「多 ── 二 ── 一」者。

3. 用詩與詮釋之情理關係乃是相互含蘊、相互交通的表現。

所謂用詩與詮釋所代表之情理相互含蘊的表現，就先秦兩漢詩經學的發展來看，可以分為兩種：一為用詩與詮釋尚未重合時，一為用詩與詮釋重合者。用詩與詮釋重合的代表為《易林》。由前述可知，《易林》合寫詩與用詩為一體，而呈現了情志本身之展現為其體，而體用不二者。是故就情理關係

來說，情之展現即理，情理之間實難一分爲二。

在先秦兩漢詩經學用詩與詮釋尚未重合之時，用詩與詮釋的相互含蘊、相互交通，指的是在用詩或詮釋進行時，詮釋雖偏情，然情中有理；而用詩雖偏於理，而理中有情，此種情理相互含蘊的情形。

以詮釋而言，《孔子詩論》兼及義理之申述與詩篇大義即爲用詩與詮釋互爲含蘊、交通之典型。除此之外，毛詩亦爲詩學詮釋之型態，而毛傳之注詩偶而有這樣的例子，顯現出說詩者在進行詮釋者實暗藏預設有普遍性的存在與探求此普遍性之理的動機，毛傳〈巷伯〉「哆兮侈兮，成是南箕」二句云：

> 哆，大貌。南箕，箕星也。侈之言是必有因也，斯人自謂辟嫌之不審也。昔者顏叔子獨處于室，鄰之釐婦又獨處于室。夜，暴風雨至而室壞。婦人趨而至，顏叔子納之，而使執燭。放乎旦而蒸盡，縮屋而繼之，自以爲辟嫌之不審矣。若其審者，宜若魯人然。魯人有男子獨處于室，鄰之釐婦又獨處于室。夜，暴風雨至而室壞，婦人趨而託之，男子閉户而不納。婦人自牖與之言曰：「子何爲不納我乎？」男子曰：「吾聞之也，男子不六十不間居，今子幼，吾亦幼，不可以納子。」婦人曰：「子何不若柳下惠然？嫗不逮門之女，國人不稱其亂。」男子曰：「柳下惠固可，吾固不可。吾將以吾不可，學柳下惠之可？」孔子曰：「欲學柳下惠者，未有似於是也。」

毛傳先注本詩文字「侈」之義蘊，以爲言「辟嫌之不審」，而繼之以舉例說明。前者爲詮釋，而後者與用詩實無不同。由此可知，對毛詩而言詩學詮釋與用詩實有相通之處，故能自由來去而兼具兩種型態，而此種自由來去的情形即顯示情中達理的含蘊情形。

相對於先秦兩漢詩經學詮釋中情中有理的情形，對用詩來說，用詩中理中有情的表現即爲用詩中詩句所言理的多變性，此種理之多變性實即用詩者之情志經驗與當下情境而生者，故理乃奠基於情，是爲理中有情之代表。

由此可知，因爲詩歌詮釋在進行預設之作者情志與文字表達，必然尋求某種特定之旨意，而指向外在之世界。而用詩雖偏理，然而理中有情，其運用詩句之時亦必然要求用詩者回歸其情志經驗以及用詩當下之情境，由用詩者之當時之情境與過去之情志經驗兩者取得協調，方能運用表現用詩者所欲傳達之理或情，而此種理或情乃是具有客觀之特性者。由此，詮釋者以情爲主，然情實指向理而指向客體之世界；而用詩者雖以理爲主，然其理必奠基於情，又落

實於主體之實踐，用詩與詮釋表現相互含蘊而相通的天人互動特質。

4. 先秦兩漢詩經學現象之發展乃是表現為中國之德性思維的詩學特色

從用詩與詮釋之發展情形來看，用詩興盛的較早，其後詩經學的發展才向詮釋移動，此種詩經學發展所體現之詩學現象似乎與概念上先有本義才有運用的發展相反，而合於天人意識的發展。此種合於天人意識的發展，依儒學之思路來說，詩學詮釋較用詩為晚實應有倫理學之內部之理論意義。

《詩經》中的詩一開始是操作的、運用的，因此其主要之呈現型態在於用詩，而牽涉本義的詮釋乃在理之探求隨之發展。此種發展就倫理學而言是必要的，因為倫理學下的理之探求必然朝向人自我自覺之肯定進行。因此，就先秦兩漢詩經學來說，其所呈現之道德意義下的詩學思想，由著重於理之用詩轉向內在之情性之詮釋乃是必然之理論要求，《性自命出》云：

> 咏思而動心，喟如也。其蹲節也久，其反善復始也。慎，其出入也
> 順，主其德也。

丁原植云：

> 此段說明聆聽音樂時所保持的心態，似謂：音樂之聲起，必定動撼人
> 心。雖著樂音的節奏（蹲節），應和著旋律恆續的開展。但要謹慎地
> 返照樂音肇始之際的真情（始）與創作意義的指向（善）。通暢地出
> 入於樂音未起與其展開的兩端，這是以德作為主導的操持。〔註216〕

換言之，「蹲節」──即音樂節奏，為音樂之客觀規律一面。客觀之規律必要以「反善復始」，即是回歸創作者之志意，而作者之志意係兼及真、善者。詩之原理亦然。用詩即理，而用詩回歸作者之志意、作者之真情並指向成德之方向，表現出儒學倫理學之內部要求。由此，筆者以為以今日之角度而言先秦兩漢之詩經學在現象上似乎為紆曲，但就思想之發展和理論的要求而言則為理所當然。先秦兩漢詩經學所呈現之詩學思想乃是隨著特有的德性思路下，從內心之真與善之渴求發展，對詩學之本體逐漸有了醒豁的意識，在理論的內在要求下自然而然而生者。因此，對先秦及漢代早期學者而言，極可能不存在詩本義被「掩蓋」或「扭曲」的情形，而是順著中國德性思想的發展而自然形成的，詮釋與用詩等詩經學現象的發展實反應出中國傳統詩學之特點，而與西方之思維不同。

〔註216〕丁原植，〈《性自命出》篇釋析〉，《郭店楚簡──儒家佚籍四種釋析》（台北：台北古籍出版公司），2000年12月，頁67。

二、從先秦兩漢音樂的兩面性看詩經學現象 ── 兼論音樂理論援引於詩學理論之情形

　　音樂與先秦兩漢詩經學之關係極爲密切，〔註217〕而先秦兩漢的音樂思想亦如同詩經學一般，有著天人兩面之特點。是故，就本節所討論之先秦兩漢詩經學的兩種型態而言，了解音樂的兩面性特點實有助於了解先秦兩漢詩經學的兩種型態 ── 用詩與詮釋之內涵與關係，也可以對當時詩經學的表現之詩學理論援引音樂思想之情形與動機之了解有所助益。由此，本部分將分別討論音樂之兩面性以助於本節對先秦兩漢詩經學現象之論述。

（一）音樂與人情

　　如同一般人所熟知的，音樂始發於人，先秦兩漢的音樂思想亦肯定此一前提，以爲音樂源於人心，早自儒家的孔子即有言及音樂與人心之文字，《論語・八佾》篇曰：

　　　　子曰：「人而不仁，如禮何？人而不仁，如樂何？」

此處孔子以人而不仁，如樂何？論述樂之要義，可見孔子之言樂，實以仁爲本。而仁之於孔子自然是兼及心性本源與外現之情感、行爲者。由此，亦可見孔子之論樂，實肯定音樂當以人心、人情爲其本。類似之思想在〈陽貨〉篇亦可得見：

　　　　子曰：「禮云禮云，玉帛云乎哉？樂云樂云，鐘鼓云乎哉？」

是孔子不以鐘鼓之音爲本，而必然從人心、人情而立論。樂之思想之於孔子除了肯定人心、人情之本源地位外，對於音樂之作用，孔子亦深有體認，〈述而〉篇曰：

　　　　子在齊聞韶，三月不知肉味。曰：「不圖爲樂之至於斯也！」

此段文字言孔子聞韶之感動而「三月不知肉味」，可見對孔子而言，樂不僅收攝於仁心，亦見此由仁心所發之樂實具有感動之力量。而孔子對樂之本源與感通之諸多體認，實直接影響後來儒家論樂之思維。孔子之後，戰國儒者論樂之思維多半較爲隱微，充分發揮孔子思路體現出詳細之音樂思想者，當推《禮記・樂記》一書。就音樂與人情一面來看，《禮記・樂記》曰：

〔註217〕六經之中，與詩學關係最爲密切的學門即爲音樂。從最早開始，音樂即與詩合爲一體，詩可歌可頌，兩者有著直接之相關。詩樂發展至後來，音樂之思想亦爲詩學理論所取，如毛詩大序、詩緯、樂緯等皆有極爲明顯之例子，恕不一一舉例。

樂者，音之所由生也，其本在人心之感於物也。是故其哀心感者，
其聲焦以殺；其樂心感者，其聲嘽以緩；其喜心感者，其聲發以散；
其怒心感者，其聲粗以厲；其敬心感者，其聲直以廉；其愛心感者，
其聲和以柔。六者非性也，感於物而后動，是故先王慎所以感之者。

所謂樂之本在「人心之感於物」之義乃是樂聲的種種變化皆源於心之動，因
此音樂之焦殺、嘽緩、發散……等聲音表現之不同，皆源於人心之哀、樂、
喜、怒、敬、愛等情感，可知〈樂記〉實以人之情感為音樂之源。而末句言
「先王慎所以感之」者，則是以成德之立場言心性修持之重要，可見此段文
字乃是從音樂之源為人情立論。相對於樂為人心之發的觀點，從另一個方向
觀察音樂與人的關係，則人情亦會受音樂的影響，《禮記‧樂記》又云：

夫民有血氣心知之性，而無哀樂喜怒之常，應感起物而動，然後心
術形焉。是故志微、噍殺之音作而民思憂，嘽諧、慢易、繁文、簡
節之音作而民康樂，粗厲、猛起、奮末、廣賁之音作而民剛毅，廉
直、勁正、莊誠之音作而民肅敬，寬裕、肉好、順成、和動之音作
而民慈愛，流辟、邪散、狄成、滌濫之音作而民淫亂。

本段文字由民有血氣心知之性論起，而言其情感隨物而變，因此必須從此一
方向入手，以言持心之術。故下文即言「志微、噍殺之音作而民思憂」，是論
及人情受外在之音樂的影響而變之情形，可看出〈樂記〉肯定音樂與接受之
人民之間有著某種關聯。由此可知，〈樂記〉所言音樂與人情之關係乃是雙向
的，一方面音樂源於人情，一方面人情也會受到音樂的影響。

　　類似於〈樂記〉的論述在荀子當中也可以看到，《荀子‧樂論》云：

夫樂者，樂也，人情之所必不免也。故人不能無樂，樂則必發於聲
音，形於動靜；而人之道，聲音動靜，性術之變盡是矣。

所謂「樂者，樂也，人情之所必不免也」即是指音樂源於人心之動，為人之
所發。而言性術之變，是荀子亦以樂為持心修德之一路。《荀子‧樂論》又云：

故樂在宗廟之中，則君臣上下同聽之，莫不和敬；閨門之內，則父
子兄弟同聽之，莫不和親；鄉里族長之中，則長少同聽之，莫不和
順。故樂者，審一以定和者也，比物以飾節者也，節奏合以成文者
也；足以率一道，足以治萬變。

是荀子亦就另一方向言音樂之於人情之作用。不只是荀子，音樂與人情的雙
向關係在秦漢時期亦可時時看到，《呂氏春秋‧音初》篇曰：

> 凡音者，產乎人心者也。感於心則蕩乎音，音成於外而化乎內，是
> 故聞其聲而知其風，察其風而知其志，觀其志而知其德。盛衰、賢
> 不肖、君子小人皆形於樂，不可隱匿，故曰樂之爲觀也深矣。土弊
> 則草木不長，水煩則魚鱉不大，世濁則禮煩而樂淫。鄭衛之聲，桑
> 間之音，此亂國之所好，衰德之所說。

而董仲舒《春秋繁露・楚莊王》篇亦云：

> 王者不虛作樂，樂者，盈於內而動發於外者也，應其治時，制禮作
> 樂以成之，成者本末質文，皆以具矣。

是秦漢之際的《呂氏春秋》與漢代大儒的董仲舒亦肯定音樂與人情的雙向表
現與關係。

　　簡單說來，先秦兩漢音樂思想言及音樂與人情之間的關係皆肯定兩個方
面，一是音樂源於人心，一是人心亦受音樂所感，而兩者皆歸於德義。在音
樂源於人心到人心受音樂所感之間，可以看到從人心所發之音樂當中，實隱
隱然存在某種客觀之理，由此客觀之理的存在方能感動人心。就先秦兩漢的
音樂思想而言，此種客觀之理實較詩歌來的明確而直接，此即先秦兩漢時期
對音樂所進行的形上思考。

（二）音樂的形上思維

　　在先秦兩漢的思想裏，音樂實擔負著天人相通的特殊地位。因爲就人的
範疇而言，音樂爲人心之感所發，因此音樂之源頭爲人；而從另一方面天的
範疇來說，音樂之本身也表現出某種客觀規律，而時時在天道之思想中擔任
著某個角色。〔註218〕承上所述，音樂的此種形上思想，牽涉到到先秦兩漢詩
經學內部詩學理論之建構與重要的觀念，因此在此先討論音樂形上思維，以
利下文對先秦兩漢詩經學特質的理解。

1. 早期音樂形上思維之濫觴

　　所謂的早期係指春秋或以前之時期，早期音樂的形上思維尚未得到完整
的發展，乃是緣於人的範疇而隱約討論音樂似乎有著某種客觀的特質：《左
傳・昭公元年》曰：

> 先王之樂，所以節百事也。故有五節遲速本末以相及，中聲以降，

〔註218〕最明顯的，莫過於《呂氏春秋》十二紀之宇宙體系即有音樂，此於第三章第
　　　　一節即可知。事實上，在春秋或更早的時期已有形上思想之萌芽。關於音樂
　　　　之形上思想，本節下文即將有所論述。

五降之後，不容彈矣。於是有煩手淫聲，慆堙心耳，乃忘平和，君
子弗聽也。物亦如之，至於煩，乃舍也已，無以生疾。君子之近琴
瑟，以儀節也，非以慆心也。天有六氣，降生五味，發爲五色，徵
爲五聲，淫生六疾。六氣曰「陰、陽、風、雨、晦、明」也，分爲
四時，序爲五節，過則爲菑。陰淫寒疾，陽淫熱疾，風淫末疾，雨
淫腹疾，晦淫惑疾，明淫心疾。女陽物而晦時，淫則生內熱惑蠱之
疾。

此段言音樂主要圍繞著音樂爲人之心與感所發，然其言「天有六氣，降生五
味，發爲五色，徵爲五聲，淫生六疾」，則似乎表示音樂爲天人之間某種共通
的特點。《左傳・昭公二十五年》又云：

天地之經，而民實則之。則天之明，因地之性，生其六氣，用其五
行。氣爲五味，發爲五色，章爲五聲，淫則昏亂，民失其性。是故
爲礼以奉之，爲六畜、五牲、三犧，以奉五味。爲九文、六采、五
章、以奉五色。爲九歌、八風、七音、六律、以奉五聲。爲君臣上
下，以則地義，爲夫婦外內，以經二物。爲父子、兄弟、姑姊、甥
舅、昏媾、姻亞，以象天明。爲政事，庸力行務，以從四時。爲刑
罰、威獄，使民畏忌，以類其震曜殺戮。爲溫、慈、惠、和，以效
天之生殖長育。民有好惡喜怒哀樂，生于六氣……

「六畜、五牲、三犧」之於「五味」，「九文、六采、五章」之於「五色」，以
及「九歌、八風、七音、六律」以於「五聲」，此爲多元思維之表現。而「君
臣上下」之「地」，「夫婦外內」之「二物」以及「父子、兄弟、姑姊、甥舅、
昏媾、姻亞」之「天」，則爲二元思維之表現，可見最遲到春秋時期已有「一」、
「二」、「多」之思想出現。這些思維雖然是屬於民則「天地之經」而生，然
其已有客觀之「數」的概念在其中，音樂的天道思維即是此早期「一」、「二」、
「多」之數的思維中得到發展。類似的思想在《國語・周語下》伶州鳩諫周
景王鑄「無射」之語亦可見：

王將鑄無射，問律於伶州鳩。對曰：「律所以立均出度也。古之神瞽
考中聲而量之以制，度律均鍾，百官軌儀，紀之以三，平之以六，
成於十二，天之道也。夫六，中之色也，故名之曰黃鍾，所以宣養
六氣、九德也。由是第之：二曰太蔟，所以金奏贊陽出滯也。三曰
姑洗，所以脩潔百物，考神納賓也。四曰蕤賓，所以安靖神人，獻

酬交酢也。五曰夷則，所以詠歌九則，平民無貳也。六曰無射，所
以宣布哲人之令德，示民軌儀也。爲之六閒，以揚沈伏，而黜散越
也。元閒大呂，助宣物也。二閒夾鍾，出四隙之細也。三閒仲呂，
宣中氣也。四閒林鍾，和展百事，俾莫不任肅純恪也。五閒南呂，
贊陽秀也。六閒應鍾，均利器用，俾應復也。律呂不易，無姦物也。

此「天之道」雖不可謂爲象數之體系，〔註219〕然其言音樂可「立均出度」而
與「百官威儀」同樣「紀之以三，平之以六，成於十二」，實從音樂中看出客
觀世界之某種「數」體系的思考端倪，而隱約可見其內涵與架構。此種「數」
的端倪，乃是貫通天人之思想表現，《國語‧周語下》續論之曰：

王曰：「七律者何？」對曰：「昔武王伐殷，歲在鶉火，月在天駟，
日在析木之津，辰在斗柄，星在天黿。星與日辰之位，皆在北維。
顓頊之所建也，帝嚳受之。我姬氏出自天黿，及析木者，有建星及
牽牛焉，則我皇妣大姜之姪伯陵之後，逢公之所憑神也。歲之所在，
則我有周之分野也。月之所在，辰馬農祥也。我太祖后稷之所經緯
也，王欲合是五位三所而用之。自鶉及駟七列也。南北之揆七同也，
凡人神以數合之，以聲昭之。數合聲和，然後可同也。故以七同其
數，而以律和其聲，於是乎有七律。

將七律與日、月及星之位相連，而言「凡人神以數合之，以聲昭之」明顯可
看出《國語》透過音樂之數以通人神之思維，爲後來音樂之天道思想和律曆
系統鋪路。

2. 戰國末期迄漢代音樂形上理論之發展

（1）戰國及秦漢時期儒家音樂理論之形上思想

戰國及秦漢時期儒家較爲重要的音樂理論，主要爲《禮記‧樂記》、《荀
子‧樂論》及《禮記‧月令》的部分思想，茲分別討論其形上之思想於下：

《禮記‧樂記》之形上思想，主要表現在與《易傳》相通之宇宙思考上，
〔註220〕〈樂記〉云：

〔註219〕關於數之觀念及體系，金春峰以爲戰國時期之〈易繫辭〉才有，在之前並無
完整之數觀念。參金春峰，《周官之成書及其反映的文化與時代新考》（台北：
東大圖書公司）1993 年 11 月，頁 314。

〔註220〕關於〈樂記〉與《易傳》文字及內涵相通之處，王祐《禮記‧樂記之道德形
上學》第六章「樂記之道德形上學」有詳細討論，意者可以參看王祐，《禮記‧
樂記之道德形上學》（台北：文史哲出版社），2002 年 3 月。本文在此僅指出

天高地下，萬物散殊，而禮制行矣。流而不息，合同而化，而樂興焉。春作夏長，仁也。秋斂冬藏，義也。仁近於樂，義近於禮。樂者敦和，率神而從天。禮者別宜，居鬼而從地。故聖人作樂以應天，制禮以配地。禮樂明備，天地官矣。……地氣上齊，天氣下降，陰陽相摩，天地相蕩，鼓之以雷霆，奮之以風雨，動之以四時，煖之以日月，而百化興焉。如此，則樂者天地之和也。化不時則不生，男女無辨則亂升，天地之情也。及夫禮樂之極乎天而蟠乎地，行乎陰陽而通乎鬼神，窮高極遠而測深厚。樂著大始，而禮居成物，著不息者天也，著不動者地也，一動一靜者，天地之間也，故聖人曰禮樂云。

〈樂記〉此段以禮、樂對舉，其中從「地氣上齊，天氣下降，陰陽相摩，天地相蕩」而「動之以四時」言樂，似乎顯示著樂有著生化萬物之意義。換言之，〈樂記〉中的樂如同天道，「流而不息」，為物之「大始」而不息地創生世界。而禮則如同地，與樂之如天兩者互動，如同陰陽二元互動之創生萬物。〈樂記〉又言曰：

禮樂偵天地之情，達神明之德，降興上下之神，而凝是精粗之體，領父子君臣之節。

〈樂記〉之言「達神明之德，降興上下之神」而成「精粗之體」，都顯示著〈樂記〉篇中某種宇宙生成思維。在宇宙生成之思維外，〈樂記〉還隱約有著天人相應之思想，其言曰：

聲音之道，與政通矣。宮為君，商為臣，角為民，徵為事，羽為物，五者不亂，則無怗懘之音矣。宮亂則荒，其君驕。商亂則陂，其官壞。角亂則憂，其民怨。徵亂則哀，其事勤。羽亂則危，其財匱。五者皆亂，迭相陵，謂之慢，如此則國之滅亡無日矣。

似乎與後世之天人感應說類似，然而〈樂記〉實與孟子學十分接近，其立論乃持心性論之立場，〔註221〕〈樂記〉云：

其大要：〈樂記〉係以孟子學之心性論為其本，而面對宇宙萬物，對樂與心志、物及宇宙之間進行相關之思考。

〔註221〕關於《禮記·樂記》的理論性格，舊說多以為與《荀子·樂論》相類同，而為荀子思路。然唐君毅已先言《禮記·樂記》與《荀子·樂論》、孟子之言心之差異。不只如此，唐君毅還指出〈樂記〉之論樂，亦「有同於禮運之論禮，而純自天地萬物之道的觀點」，而《中庸》之言人性，《禮記·禮運》之言人情，皆

夫歌者，直己而陳德也。動己而天地應焉，四時和焉，星辰理焉，
萬物育焉。

「直已而陳德」是樂乃人情性之所發，「動己而天地應」則是此圓滿德性之人
由其心所發之樂，能感通天地。由此，〈樂記〉前面所言能通貫物我、物物以
及成物之形上思維實是皆由人情而生發。《禮記‧樂記》又云：

是故先王本之情性，稽之度數，制之禮義，合生氣之和，道五常之
行，使之陽而不散，陰而不密，剛氣不怒，柔氣不懾，四暢交於中，
而發作於外，皆安其位，而不相奪也。然後立之學等，廣其節奏，
省其文采，以繩德厚。律小大之稱，比終始之序。以象事行。使親
疏、貴賤、長幼、男女之理，皆形見於樂。故曰：樂觀其深矣。

亦可見音樂之始源於情性，而由音成樂，則可以通達人世，而通達人心之關
鍵，常在於一己之情志。由此〈樂記〉之思維實前承孔子之言樂歸於仁心，
以及孔子在齊聞韶之感動，而發揮為與《中庸》一系之思想相通之心性論思
維。是故，《禮記‧樂記》的特點應當是一方面順著《孟子》心性論之脈絡，
一方面又與《易傳》之思想相通，具有某種天道宇宙思維，而兼具心性與宇
宙論兩種特點。

相較於〈樂記〉，《荀子‧樂論》亦有其類似形上之思維：

聲樂之象：鼓天麗，鍾統實，磬廉制，竽笙簫和筦籥發猛，塤篪翁
博，瑟易良，琴婦好，歌清盡，舞意天道兼。鼓其樂之君邪。故鼓
似天，鍾似地，磬似水，竽笙簫和筦籥，似星辰日月，鞉柷、拊鞷、
椌楬似萬物。

可歸之於「合天命與天地、鬼神萬物，人心之性情及人德與人文，以言人道」
之思想，實已指出《禮記‧樂記》與《中庸》有部分近似之處。王鈮《禮記‧
樂記之道德形上學》全書更發揮〈樂記〉之理論乃孟子學之表現。筆者認同王
鈮之說，而認為唐君毅之說以〈樂記〉與《中庸》、〈禮運〉類同之處亦應為正
確，惟其言〈樂記〉之定位不明確而須加修正。因為唐君毅言《禮記‧樂記》
與孟子學之差異主要在「人生而靜」部分，若參以明顯為《中庸》一系之《性
自命出》一文，由其「性弗取不出」之說與〈樂記〉之「人生而靜」相參，則
〈樂記〉實可視為與《性自命出》類似之理論型態，而同屬《中庸》、孟子心性
論一系之發展，唯其偏重人情之表現者。由此，〈樂記〉之時代亦當如《中庸》、
《性自命出》一般，其成文在漢代以前，而不當在氣化思想之漢代。關於〈樂
記〉之相關討論，詳參唐君毅，《中國哲學原論‧原道篇（二）》（台北：學生書
局）1992 年 3 月，第 22 章之 3、第 23 章之 8、9，頁 103～105、123～128 及
王鈮，《禮記‧樂記之道德形上學》（台北：文史哲出版社），2002 年 3 月。

此處言「聲樂之象」，即是肯定了樂器本身所表現之音樂有其自身之特質，如：鼓爲麗、鐘爲實、竽笙簫之特質爲和、管籥爲猛……等。而後者言鼓、鐘、磬……等樂器象天地萬物，凡此種種，皆可看出荀子之音樂思想，實已超出以人的觀點言樂，而肯定從樂器中所奏出音樂的某種特質。對荀子來說，音樂所具備的特質，可以貫通心志達到教化之目的，〈樂論〉又云：

> 君子以鍾鼓導志，以琴瑟樂心；動以干戚，飾以羽旄，從以磬管。故其清明象天，其廣大象地，其俯仰周旋有似於四時。故樂行而志清，禮脩而行成，耳目聰明，血氣和平，移風易俗，天下皆寧，美善相樂。

此段言樂器之象天、地與四時，而言樂之種種作用，與前文可以互爲參照，而知荀子對音樂本質乃功能之思索。而末云「美善相樂」似乎還可以看出《荀子‧樂論》似乎以音樂本身之表現有著「美」之特點，而通於善，隱約可看出音樂的特殊性質。不過，必須一提的是荀子之於天人之主張應是以反本敬天、天人二分爲根本，因此此段文字之思維下亦應是言音樂之感人來說，而不應以爲荀子之〈樂論〉與《禮記‧樂記》一般，眞有創生萬物之作用，而仍應將其音樂理論侷限在人之範疇。

除了《禮記‧樂記》及荀子對音樂本身展開的探索思維外，《禮記‧月令》還有值得注意的地方：

> 孟春之月，日在營室，昏參中，旦尾中，其日甲乙，其帝大皞，其神句芒，其蟲鱗，其音角，律中大蔟，其數八，其味酸，其臭羶，其祀戶，祭先脾。……

此處〈月令〉的思想與《呂氏春秋》十二紀極爲相近，《禮記》之編集在漢代相當複雜，〈月令〉之輯入《禮記》很可能是漢代重視象數之結果。因此，〈月令〉之思想是否意味著戰國晚期儒家對音樂即有以五音十二律配曆數之思想還值得商榷。雖然如此，〈月令〉之出現很可能表現音樂之形上思維在戰國末期即已隨氣化宇宙之體系建構而出現。

（2）《呂氏春秋》的音樂形上系統與漢代的律曆之學

《呂氏春秋》之音樂思想被認爲是典型的形上系統之展現，《呂氏春秋‧大樂》篇曰：

> 音樂之所由來者遠矣，生於度量，本於太一。太一出兩儀，兩儀出陰陽。陰陽變化，一上一下，合而成章。渾渾沌沌，離則復合，合

則復離，是謂天常。天地車輪，終則復始，極則復反，莫不咸當。
日月星辰，或疾或徐，日月不同，以盡其行。四時代興，或暑或寒，
或短或長。或柔或剛。萬物所出，造於太一，化於陰陽。萌芽始震，
凝澟以形。形體有處，莫不有聲。聲出於和，和出於適。和適先王
定樂，由此而生。

「生於度量」，是爲數的觀念之明確表現。而言樂「本於太一」，繼之以「太
一出兩儀，兩儀出陰陽。陰陽變化，一上一下，合而成章」之宇宙生成之「一
──→二──→多」思想與樂相連，可見《呂氏春秋》應是以爲樂與宇宙之生化
有著相當之類同性，因此援其氣化宇宙之思想言樂。

　　實際上，《呂氏春秋》之論樂不只表現爲宇宙生成之興趣，其言樂實亦肯
定樂內部具有某種客觀之規律，而創爲形上思想的，《呂氏春秋·音律》云：

黃鐘生林鐘，林鐘生太蔟，太蔟生南呂，南呂生姑洗，姑洗生應鐘，
應鐘生蕤賓，蕤賓生大呂，大呂生夷則，夷則生夾鐘，夾鐘生無射，
無射生仲呂。三分所生，益之一分以上生；三分所生，去其一分以
下生。黃鐘、大呂、太蔟、夾鐘、姑洗、仲呂、蕤賓爲上，林鐘、
夷則、南呂、無射、應鐘爲下。

類似的看法，《呂氏春秋》前的《管子》也有記載，其〈地圓〉篇云：

凡將起五音，凡首，先主一而三之，四開以合九九，以是生黃鐘小
素之首以成宮。三分而益之以一，爲百有八，爲徵。不無有三分而
去其乘，適足，以是生商。有三分而復於其所，以是成羽。有三分
去其乘，適足，以是成角。

此處《管子·地圓》篇乃是以三分損益法計算五聲音階的方法，而《呂氏春
秋·音律》篇則是以三分損益法計算十二律之音高。所謂的三分損益法，即
是「以一條空弦的全長度爲基礎，依次乘以 2/3 或 4/3 的因數，而逐一得到若
干別的音的振動弦分的長度」〔註222〕此種計算音樂中五音或十二律音高的方
法，乃是代表著戰國後期已看出音樂中某種存在於客觀之規律，《呂氏春秋·
古樂》篇：

昔黃帝令伶倫作爲律。伶倫自大夏之西，乃之阮隃之陰，取竹於嶰
谿之谷，以生空竅厚鈞者、斷兩節間、其長三寸九分而吹之，以爲

〔註222〕見楊蔭瀏，《中國古代音樂史稿·上冊》（北京：人民出版社），1999 年 6 月，
　　　　頁 85。

> 黃鐘之宮，吹曰『舍少』。次制十二筒，以之阮隃之下，聽鳳皇之鳴，
> 以別十二律。其雄鳴爲六，雌鳴亦六，以此黃鐘之宮，適合。黃鐘
> 之宮，皆可以生之，故曰黃鐘之宮，律呂之本。黃帝又命伶倫與榮
> 將鑄十二鐘，以和五音，以施英韶，以仲春之月，乙卯之日，日在
> 奎，始奏之，命之曰咸池。

律，雖爲是人（伶倫）所作，然其「聽鳳皇之鳴，以別十二律」，又「鑄十二
鐘」「以施英韶」，配合適當的月、日「始奏之」，不能不說《呂氏春秋》之論
樂一方面理解到樂雖由人作，然其本質亦表現出宇宙間某種客觀之規律，並
存在於宇宙之中。《呂氏春秋·音律》篇曰：

> 大聖至理之世，天地之氣，合而生風，日至則月鐘其風，以生十二
> 律。仲冬日短至，則生黃鐘。季冬生大呂。孟春生太簇。仲春生夾
> 鐘。季春生姑洗。孟夏生仲呂。仲夏日長至，則生蕤賓。季夏生林
> 鐘。孟秋生夷則。仲秋生南呂。季秋生無射。孟冬生應鐘。天地之
> 風氣正，則十二律定矣。

此段文字言「天地之氣，合而生風，日至則月鐘其風，以生十二律」，又以十
二月與十二律相配，實是肯定了樂所體現之特點與宇宙之節令、運行互通。《呂
氏春秋·音律》篇明以十二律之名稱言月：

> 黃鐘之月，土事無作，慎無發蓋，以固天閉地，陽氣且泄。大呂之
> 月，數將幾終，歲且更起，而農民無有所使。太簇之月，陽氣始生，
> 草木繁動，令農發土，無或失時。夾鐘之月，寬裕和平，行德去刑，
> 無或作事，以害群生。姑洗之月，達道通路，溝瀆修利，申之此令，
> 嘉氣趣至。仲呂之月，無聚大眾，巡勸農事，草木方長，無攜民心。
> 蕤賓之月，陽氣在上，安壯養俠，本朝不靜，草木早槁。林鐘之月，
> 草木盛滿，陰將始刑，無發大事，以將陽氣。夷則之月，修法飭刑，
> 選士屬兵，詰誅不義，以懷遠方。南呂之月，蟄蟲入穴，趣農收聚，
> 無敢懈怠，以多爲務。無射之月，疾斷有罪，當法勿赦，無留獄訟，
> 以亟以故。應鐘之月，陰陽不通，閉而爲冬，修別喪紀，審民所終。

黃鐘之月，即仲冬，爲陰寒之極；大呂之月，即季冬，爲一年之末；太簇之
月即孟春，爲春季之始。依此類推，《呂氏春秋》以十二律分值一月，在各律
之下人事萬物皆應其時而變化，藉音律表現其氣化宇宙之思想。

　　《呂氏春秋》明確地以氣化宇宙之思想所表現音樂形上思想影響了漢人

之音樂觀點。漢人之音樂形上思想大致承繼了《呂氏春秋》之方向，而建構了完整律曆之學，例如，三分損益以生律方面，《史記·律書》明言「律數」曰：

> 九九八十一以為宮。三分去一，五十四以為徵。三分益一，七十二
> 以為商。三分去一，四十八以為羽。三分益一，六十四以為角。黃
> 鍾長八寸七分一，宮。大呂長七寸五分三分（二）。太簇長七寸（七）
> 〔十〕分二，角。夾鍾長六寸一分三分一。姑洗長六寸（七）〔十〕
> 分四，羽。仲呂長五寸九分三分二，徵。蕤賓長五寸六分三分（二）。
> 林鍾長五寸（七）〔十〕分四，角。夷則長五寸（四分）三分二，商。
> 南呂長四寸（七）〔十〕分八，徵。無射長四寸四分三分二。應鍾長
> 四寸二分三分二，羽。

明確指出弦（或管）之長度較之《呂氏春秋》及《管子》更為明確。至於後來的《樂緯》對三分損益更加發揚光大，將其與天、地、人之思維融合而合言之：

> 黃鍾中宮數八十一，以天一地二人三之數，以增減，律成五音中和
> 之氣，增治上生，減治下生。上生者三分益一，下生者三分損一，
> 益者以四乘之，以三除之，減者以二乘之，以三除之。

以天一、地二、人三與三分損益相連，即是以音樂有著「一──二──多」之宇宙生化之表現。另外在律與月之相配上，《呂氏春秋》以十二律與十二月兩者相連相配的思想，至《史記》則明確將音樂與曆法相連，敘及兩者之關係，《史記·曆書》曰：

> 鍾律調自上古，建律運曆造日度，可據而度也。

言「建律運曆」以造日度，並言「可據而度」，而推其源至「上古」，可見《史記》以為樂律之客觀特質是中國古代早有，只是未成完整之體系，未有明確之論述而已。至於音樂之律數與曆數相通之特點，《史記》有〈律書〉明言將律之客觀特質獨立於〈樂書〉之外，〔註223〕以律為貫通宇宙，生成萬物之則，而表現出數之體系，其言曰：

> 律曆，天所以通五行八正之氣，天所以成孰萬物也。舍者，日月所舍。
> 舍者，舒氣也。……廣莫風居北方。廣莫者，言陽氣在下，陰莫陽廣

〔註223〕《史記》之論樂，有〈樂書〉與〈律書〉兩者，《史記·樂書》可謂全抄〈樂記〉，而〈律書〉則承自《呂覽》，發展音樂之形上理論。

大也，故曰廣莫。東至於虛。虛者，能實能虛，言陽氣冬則宛藏於虛，
日冬至則一陰下藏，一陽上舒，故曰虛。東至于須女。言萬物變動其
所，陰陽氣未相離，尚相（如）胥〔如〕也，故曰須女。十一月也，
律中黃鍾。黃鍾者，陽氣踵黃泉而出也。其於十二子為子。子者，滋
也；滋者，言萬物滋於下也。其於十母為壬癸。壬之為言任也，言陽
氣任養萬物於下也。癸之為言揆也，言萬物可揆度，故曰癸。東至牽
牛。牽牛者，言陽氣牽引萬物出之也。牛者，冒也，言地雖凍，能冒
而生也。牛者，耕植種萬物也。東至於建星。建星者，建諸生也。十
二月也，律中大呂。大呂者。其於十二子為丑。

將十二律與風、干支、陰陽觀念相連，而言萬物之生養消長，建立了完整而
明確之形上系統。

　　《史記》之音樂形上系統到西漢後期發展的更為細密，京房以音律配其
卦氣之說而發展出六十律之理論，《後漢書‧律曆志》：

以六十律分期之日。黃鍾自冬至始，及冬至而復；陰陽寒燠風雨之
占生焉。

以六十律，即與京房之易學卦氣系統相合，《漢書‧京房傳》曰：

（京房）事梁人焦延壽，……分六十卦，更直日用事；以風雨寒溫
為候，各有占驗。房用之尤精。

以六十卦與六十律相配而「直日用事」，用以占驗，乃是卦氣理論下律曆結合
之形上體系之表現，而無論是十二律或是六十律，都是以樂律表現其「一──
→二──→多」之宇宙論系統型態。

　　簡單說來，先秦兩漢音樂思想皆對形上之部分有所著墨，肯定了音樂的
某種客觀性。最後，在結束形上思維的探討之前，筆者還必須指出，漢代的
律曆之學與《禮記‧樂記》之形上思維，因為心性論與系統論之不同，對「聲」、
「音」與「樂」兩個概念的理解亦有根本的差異，〈樂記〉：

凡音者，生於人心者也。樂者，通倫理者也。是故知聲而不知音者，
禽獸是也。知音而不知樂者，眾庶是也。唯君子為能知樂。

是以樂、音、聲三者為理論之順序高低，樂本而聲末。而《風俗通義‧聲音》
篇則云：

昔皇帝使伶倫自大夏之西，崑崙之陰，取竹於嶰谷生，其竅厚均者，
斷兩節而吹之，以為黃鍾之管，制十二箭，以聽鳳之鳴；其雄鳴為

六，雌鳴亦爲六，天地之風氣正而十二律之，﹝註224﹞五聲於是乎生，

八音於是乎出。聲者，宮、商、角、徵、羽也，音者，土曰塤，匏

曰笙，革曰鼓，竹曰管，絲曰絃，石曰磬，金曰鐘，木曰柷。詩曰：

「鶴鳴九皋，聲聞于天。」書：「八音克諧，無相奪倫。」由是言之：

聲本音末也。

其言「聲本音末」，而以聲爲主，與〈樂記〉之以樂爲主，聲爲最末適巧相反。
兩者之差別即爲〈樂記〉之「樂」雖有形上思想，然其理論乃是心性論立場，
因此樂之能感人動物必然在最高境界的「樂」方才可能。而《風俗通義》所
表現的則是完全的宇宙論思想，其言五聲、八音皆與五行之氣化思想相通，
故必以五聲等基本概念出發，而以聲爲本。由此，〈樂記〉、荀子及《呂氏春
秋》以降的律曆之學三類之差異係因性情觀之差異，但異中有同，其中的同，
即是肯定音樂的客觀特性。

（3）律曆相通之意義

由前面討論可知，先秦兩漢之音樂形上思維從早期的肯定音樂的某種客
觀和數的觀念，至《呂氏春秋》始，乃發展至以氣化宇宙觀爲核心之音樂之
音律與曆法結合的數的完整體系。此種音律與曆法之完整體系的發展，實表
現出音樂的某種客觀特質，此一特質認識到萬物之間有著感應之關係，可以
藉由音樂感人通物，打通天與人、物與物之間，茲敘此一特點於下：

《呂氏春秋·圓道》曰：

今五音之無不應也，其分審也。宮徵商羽角，各處其處，音皆調均，

不可以相違，此所以不受也。賢主之立官，有似於此。

「五音無不應」，可見《呂氏春秋》以爲音樂有聯繫萬物之思想，此種思想，
乃是透過氣、而同同類相應之思想，《呂氏春秋·召類》曰：

類同相召，氣同則合，聲比則應。故鼓宮而宮應，鼓角而角動；以

龍致雨，以形逐影。禍福之所自來，眾人以爲命焉，不知其所由。

言「類同相召，氣同則合，聲比則應」，即是在氣化思想下，言及同類相感、
物物之間以聲相應之情形。而「鼓宮而宮應，鼓角而角動」除了言及感應外，
或者還肯定了萬物皆有五音之特質，使音樂成爲某種認識之範疇概念。就《呂
氏春秋》之氣化宇宙論來說，其書以五音爲某種認識之範疇，是與五味、五
臭、五行……等相互搭配的，五音的地位似乎還未有決定性之地位。先秦兩

﹝註224﹞「之」當作「定」。

漢對音樂中音律之重視，使其在形上思維體系中佔有重要位置的，要推《史記》。《史記》將音樂中音律之部分與其對音樂之討論分開，而單獨成立〈律書〉，其內容云：

> 王者制事立法，物度軌則，壹稟於六律，六律爲萬事根本焉。

以六律爲王者「立法，物度」之「軌則」，爲「萬事根本」，〈律書〉又云：

> 神生於無，形成於有，形然後數，形而成聲，故曰神使氣，氣就形。形理如類有可類。或未形而未類，或同形而同類，類而可班，類而可識。聖人知天地識之別，故從有以至未有，以得細若氣，微若聲。然聖人因神而存之，雖妙必效情，核其華道者明矣。非有聖心以乘聰明，孰能存天地之神而成形之情哉？

「形然後數，形而成聲」即是表現音樂理論下的聲，普遍存在於萬物之中，而萬物之間，乃是有著「數」的體系表現，因此才能說「同形而同類，類而可班，類而可識」。由此，明確可見音樂之形上思維在天、人、物之重要性，幾可謂數論之核心概念。六律何以爲立法物度之軌則，爲萬事之根本？最有可能的解釋是，音律之本身，即如同陰陽五行之概念般，兼具認識論與生成論之特質，關於此點，於東漢發展最爲明顯，揚雄之《太玄・太玄攡》云：

> 律則成物，曆則編時。律曆交道，聖人以謀。

「成物」與「編時」，即具有認識論與生成論之色彩，《白虎通・禮樂》篇亦云：

> 《禮記》曰：「黃帝樂曰咸池，顓頊樂曰六莖，帝嚳樂曰五英，堯樂曰大章，舜樂曰簫韶，禹樂曰大夏，湯樂曰大護，周樂曰大武象，周公之樂曰酌，合曰大武。」黃帝曰咸池者，言大施天下之道而行之，天之所生，地之所載，咸蒙德施也。顓頊曰六莖者，言和律歷以調陰陽。莖者萬物也。帝嚳曰五英者，言能調和五聲，以養萬物，調其英華也。堯曰大章者，大明天地人之道也。舜曰簫韶者，舜能繼堯之道也。禹曰大夏者，言禹能順二聖之道而行之，故曰大夏也。湯曰大護者，言湯承衰，能護民之急也。周公曰酌者，言周公輔成王，能斟酌文武之道而成之也。武王曰象者，象太平而作樂，示已太平也。

此處《禮記》之文爲今本所無，疑是佚文。其言列舉黃帝至周公之樂，而以黃帝之咸池迄堯之大章爲準，從其中可看出黃帝迄堯之樂章，皆通貫天地人、

陰陽者。又《樂緯‧叶圖徵》亦曰：

> 樂聽其聲，和以音，考以俗，驗以物類。

「考以俗，驗以物類」也可以看出各種物類中都蘊藏著某個音律之特質，而表現出各個物類之特點。

因爲音律所特有之客觀規律，因此漢代的律學思想中，吹律之法十分受到重視，《史記‧律書》云：

> 武王伐紂，吹律聽聲，推孟春以至于季冬，殺氣相并，而音尚宮。

> 同聲相從，物之自然，何足怪哉？

《史記》此處所言即是吹律以知物之看法，其提出「同聲相從，物之自然」是以爲音樂之通貫宇宙萬物乃是明確可見，自然可知之事。就人的範疇來看，漢人以爲吹律一樣可以知人，《漢書‧京房傳》：

> 房本姓李，推律自定爲京氏。

又《尚書‧是類謀》曰：

> 聖人興起，不知其姓，當吹律定聲，以別其姓。

《樂緯》亦曰：

> 孔子曰：丘吹律定姓，一言得土曰宮，三言得火曰徵，五言得水曰羽，七言得金曰商，九言得木曰角。

則吹律定姓，在於知五音，而五音實通於人之性，蓋五音、五情與五行相配，乃是氣化宇宙論之常識。因此，吹律定姓事實上是欲藉由吹律知其人之性情，而視其性情表現之特質而命名，孔穎達曰：

> 鄭云：「以律視其人，爲之音，知其宜何歌者。」則大師以吹律爲聲，又使其人作聲而合之，聽人聲與律呂之聲合謂之爲音。或合宮聲，或合商聲，或合角徵羽之聲，聽其人之聲則知宜歌何詩。若然，經云：「以六律爲之音。」據大師吹律共學者之聲合乃爲音，似若曲合樂曰歌之類也。云子貢已下樂記文師乙乃魯之大師，瞽之無目知音者也。故子貢不自審，就師乙而問之云此問人之性者，謂子貢所問，問人之性，性即性宜，見於聲氣，故云本人之性，莫善於律也，引之者證，以律爲音，本人性所宜之事也。〔註225〕

鄭云即是鄭玄之言，其言「以律視其人，爲之音」即是肯定人之內在可由音

〔註225〕見孔穎達正義，《周禮‧春官大師》（台北：藝文印書館），《十三經注疏本》，頁356。

律之客觀表現而得之，故孔疏云：「問人之性，性即性宜，見於聲氣」，而知
人之性「莫善於律」，明確可知漢代吹律以知人之思想。

　　由此可知，漢人之重視吹律乃是欲透過吹律而知物之性、知人之性。至
於吹律之法，《尚書‧中候》曰：

　　用玉律，唯二至乃候，靈臺用竹律，十六候，四各如其曆，若非氣
　　應，是動觸，乃爲風所動者，其灰則聚而不散，若是氣應，則灰飛
　　上薄。

此處吹律之法中言「若非氣應，是動觸，乃爲風所動者」，可知音樂之吹律思
想乃是以氣化宇宙下萬物相應爲基礎者。

　　簡單的說，漢代之吹律實發現音律貫通存在於各個物類並可知各物類之
特點，由此可以看出音樂本身，實有著能溝通天人、並成就天人世界之特性，
因此律曆相通之意義即在於透過音樂將物、物與天、人之間聯繫起來，並肯
定宇宙萬物皆有其特質，可透過音樂加以了解，並明瞭物類之間的關係。

（三）先秦兩漢音樂的兩面性與詩經學相應之情形

　　從以上對先秦兩漢音樂特性的討論可以發現，先秦兩漢之音樂思想實以
音樂之生源於人心，而此人心所發之音樂又是通達於人我、物我之間而爲客
觀宇宙規律之表現。此種音樂的源於主體，又通貫主客的兩面性，實與先秦
兩漢詩經學詮釋與用詩兩種型態之關係相應。

　　先秦兩漢詩經學詮釋與用詩分別代表主觀性之志以及客觀性之理兩個面
向，其中客觀性之理又係以志爲體者。詩經學所表現的這兩種面向就樂學的
角度來看，即爲發於人心之樂音，以及此樂音具有客觀性之律兩者。樂發於
人心又兼及於客觀之規律，如同詩爲志之所之與詩有客觀性（理）兩者。樂
的這種兼及主客的特點，使其本身與人情之間形成互動的關係。一方面樂由
人情所發，由樂可知人情。另一方面，人情感於樂，而爲樂所動，兩者有著
互動的情形。簡單說來，此種源於主觀中之客觀的特點即是先秦兩漢詩經學
與樂學共通的表現，只是以今日之角度來說，樂律之客觀爲今人所熟知，而
詩經學所表現之客觀特點，少爲今人所用而已。

（四）先秦兩漢音樂的兩面性與詩學理論之關係

　　除了音樂的兩面性與詩經學現象對應的情形外，音樂的兩面性還存在於
詩學理論引述樂學思想的情形，而表現出樂學與詩學在理論上互相滲透、補

充之特點，茲論述此一情形於下：

　　早在春秋時期的論詩文字之中，即已將音樂理論納入其論述之中，《國語·周語下》：

> 夫政象樂，樂從和，和從平。聲以龢樂，律以平聲。金石以動之，
> 絲竹以行之，詩以道之，歌以詠之，匏以宣之，瓦以贊之，革木以
> 節之。物得其常曰樂極，極之所集曰聲，聲應相保曰龢，細大不踰
> 曰平。如是，而鑄之金，磨之石，繫之絲木，越之匏竹，節之鼓而
> 行之，以遂八風。於是乎氣無滯陰，亦無散陽，陰陽序次，風雨時
> 至，嘉生繁祉，人民龢利，物備而樂成，上下不罷，故曰樂正。

「聲以和樂，律以平聲」，即可知早期對「律」的重要的認識。而「詩以道之」，即可見律與詩之間隱約相關之情形。由於「律」，乃有可能使「物得其常」，「物得其常」方能成「聲」，而「聲」方可有「樂」，而使「樂」發揮「人民龢利，物備而樂成」的作用。由此，此處《國語》之言詩乃是隨著對音樂之客觀性發揮時而展現，透過樂可以了解詩歌的特點。

　　《國語》之例所代表的春秋時期所言樂之客觀性與詩之間的關係已有所意識，然其仍未溯其源及於心性層面。音律與詩之關係發展至毛詩，毛詩對音律的體會雖然也不明顯，但詩大序也有部分文字隱約與音律相關，而已溯至心志之層次，將樂之情感與客觀兩面與詩接通，毛詩大序曰：

> 詩者，志之所之也，在心為志，發言為詩。……情發於聲，聲成文謂
> 之音。治世之音，安以樂，其政和。亂世之音，怨以怒，其政乖。亡
> 國之音，哀以思，其民困。故正得失，動天地，感鬼神，莫近於詩。

其言治道與詩之動天感神，隱約與《左傳》相應，但其言詩「志之所之也」，而達「動天地、感鬼神」，顯現心性論推己充擴之思想，而與《禮記·樂記》相通。〈樂記〉云：

> 是故君子反情以和其志，廣樂以成其教，樂行而民鄉方，可以觀德
> 矣。德者，性之端也。樂者，德之華也。金石絲竹，樂之器也。詩，
> 言其志也。歌，詠其聲也。舞，動其容也。三者本於心，然後樂器
> 從之。是故情深而文明，氣盛而化神，和順積中，而英華發外，唯
> 樂不可以為偽。

本段文字首先以「德」的概念將「性」與「樂」相連，而「性」與「樂」皆基於人而通達於天，展現了心性論之色彩。後文則將詩、樂並稱而源於心，

而從情之深出發，言詩、樂之文明、氣盛與化神。明白呈現心性論下詩學與樂本身具有之感染性與客觀性，而詩學與樂學之間在理論中是相合相應、互為補充的。

　　漢代詩學與樂學理論相互之關係仍然存在，然已轉為氣化之系統思想，而表現為律曆感應之說。習魯詩之劉向《說苑・脩文》篇曰：

> 凡從外入者，莫深於聲音，變人最極，故聖人因而成之以德曰樂，樂者德之風，詩曰：「威儀抑抑，德音秩秩。」謂禮樂也。故君子以禮正外，以樂正內；內須臾離樂，則邪氣生矣，外須臾離禮，則慢行起矣；故古者天子諸侯聽鍾聲，未嘗離於庭，卿大夫聽琴瑟，未嘗離於前；所以養正心而滅淫氣也。樂之動於內，使人易道而好良；樂之動於外，使人溫恭而文雅；雅頌之聲動人，而正氣應之；和成容好之聲動人，而和氣應之；粗屬猛賁之聲動人，而怒氣應之；鄭衛之聲動人，而淫氣應之。是以君子慎其所以動人也。

其明言言樂之所以能「變人」，即是因為「正氣」、「和氣」、「淫氣」等氣的因素，透過音樂與氣之感應而能「從外入」而動人，可見音樂本身所有之客觀性質，正好與當時詩學思想相同。劉向之說雖有德性意味，然其以樂為「外入」，且以氣為主要之核心概念以言樂之感通萬物，實已與〈樂記〉之心性論立場不同，而近於《呂氏春秋》、《史記》以降之宇宙論架構下的律曆思維。又《說苑・尊賢》篇亦云：

> 眉睫之微，接而形於色；聲音之風，感而動乎心。

以「眉睫之微」與「聲音之風」相連，是以觀色與音樂之通物相等並論。又應劭《風俗通義・聲音》篇云：

> 詩云：「鐘鼓鍠鍠，磬管鏘鏘，降福穰穰。」書曰：「擊石拊石，百獸率舞。」鳥獸且猶感應，而況於人乎？況於鬼神乎？夫樂者，聖人所以動天地，感鬼神，按萬民，成性類者也。

「鳥獸且猶感應，而況於人」以及「鬼神」，即是認識到音樂有溝通天人、貫通天人之特點，「按萬民，成性類」則是言音樂能成就萬物萬民。韓詩亦如魯詩言音樂之感人通物，《韓詩外傳》卷一云：

> 古者、天子左五鐘，將出，則撞黃鐘，而右五鐘皆應之，馬鳴中律，駕者有文，御者有數，立則磬折，拱則抱鼓，行步中規，折旋中矩，然後太師奏升車之樂，告出也。入則撞蕤賓，以治容貌，容貌得則

> 顏色齊，顏色齊則肌膚安，蕤賓有聲，鵠震馬鳴，及倮介之蟲，無
> 不延頸以聽，在內者皆玉色，在外者皆金聲，然後少師奏升堂之樂，
> 即席告人也。此言音樂相和，物類相感，同聲相應之義也。詩云：「鐘
> 鼓樂之。」此之謂也。

以「馬鳴中律、駕者有文、御者有數」以論「音樂有和，物類相感，同聲相應」，可知韓詩亦肯定而申述音樂感通人物之特點。

全面採取律曆之學的思維而應用於詩經學，並發展成為詩學理論要以齊詩為最，習齊詩之翼奉云：

> 詩之為學，情性而已。五性不相害，六情更興廢，觀性以曆，觀情
> 以律。〔註226〕

「詩之為學，情性而已」，可知詩與樂類似皆源於人心。而由「觀性以曆，觀情以律」則明確可知律曆與氣化宇宙之人、物相關，孫瑴曰：

> 凡曆生于律，律生于聲，聲生于詩，則詩之為曆根樞固矣。作曆者，
> 三統四分，皆知取諸易，取諸春秋，而了不及詩，豈知詩之有「四
> 始」、「五際」，亦如《易》之有「九問」，《春秋》之有「十端」，而
> 泰否升沈皇王籙運動必關焉，則其謂之汎曆樞非爽也。〔註227〕

「四始」、「五際」即翼奉延續其情性之說而生之理的主張，「四始」、「五際」之為詩學之理的表現，正好與律曆之學相通。由此，齊詩以透過律曆與詩學情性之理之相通表現，可以了解人與人之間的同類之性情，而詩學之盛世與衰世之音也就重新得到解釋，《樂·動聲儀》曰：

> 若宮唱而商和，是謂善，太平之象。
>
> 角從宮，是謂哀，衰國之樂。
>
> 羽從宮，往而不反，是謂悲，亡國之樂也。
>
> 音相生應之為和。（宋均注：彈羽角應，彈宮徵應，是其和樂。以此
> 言之，相生應即為和，不以相生應即為亂。）

皆是從客觀之規律闡釋盛世之音與亂世之音，表現了氣化系統五行相應之思想。

簡單說來，音樂本身具有之兩面性皆為先秦兩漢詩經學所取，因而表現

〔註226〕見班固，《漢書·翼奉傳》（台北：商務印書館），百衲本。

〔註227〕孫瑴，《古微書》（濟南：山東友誼出版社），孔子文化大全本，卷24。

出貌同實異的詩學思想。其中毛詩及〈樂記〉所言乃心性論路向，故其必強調其形上部分的客觀性必由情志而生發，而漢代之三家詩則直接訴諸樂之客觀之理，而少就情性與客觀性之間有所討論。尤其是齊詩，可謂全以律曆天人之學應用於詩學，而建立起新的詮釋體系。

　　筆者必須指出，先秦兩漢詩學透過對詩經之解讀、認識以發展其詩學理論時援引樂學者多，而當時詩學之於樂學往往只是音樂所表現的一環，兩者之間的地位並不平等。由此，先秦兩漢詩學何以援引樂學之理論即成為值得注意的問題，我們可以毛詩為對象討論此一情形於下。通常，我們對毛詩序之援引〈樂記〉多半從歷史之角度切入，以為詩與樂至戰國後期雖已分離，然仍有相當之關係。〔註228〕此種從歷史面解讀毛詩序之舉固然不錯，然歷史事實僅是毛詩援引〈樂記〉音樂理論之必要條件之一，毛詩援引音樂理論之充分條件卻未曾受到應有的重視，多數人僅是想當然耳的將詩樂混雜為用。筆者以為毛詩援引音樂理論以為詩論之另一個必要之條件應該是：詩歌中其所引之音樂理論對其詩學理論必須是符合其思想內部之要求的。至於何者為毛詩序思想之內部要求，從其所引之〈樂記〉部分來看，即是「治世之音，安以樂，其政和」──音樂實擔負者人心之表達，以及「正得失，動天地，感鬼神」之感動天地之關鍵角色。就理論言，樂雖然由人心而發，然而從人心而發未必即擔保樂即能通人心、動萬物。樂所以能感人動物的前提應該是，由人心所發出之樂，應當表現出某種一致之規律，而此一致性規律係普遍存在於人或物者。由於一致，因此才有感通人物之現象。所謂的人同此心、心同此理，就序而言，應當是先有此理之存在，方才有可能有同此心之現象，此種音樂的兩面性即為詩學理論所取，故普遍存在於詩經學論著之中。在詩學理論的早期，因為對詩歌之客觀性仍然存在於用而不顯的情形，而音樂之形上思維成熟的時間又遠較詩學來得早，所以在面對詩歌之感通人我與物我的特性上，在表達時遂援引音樂的兩面性特點，此種不得不然之情形到後來遂成為詩經學甚至是詩學傳統的一部分。

　　　　※　　　　※　　　　※　　　　※

　　對先秦兩漢的天人思想而言，西漢災異天人之學以前，天人意識的探索是分別依循著「天」的概念以及人之情志兩者，而在德性的概念上匯合為一，

─────────────

〔註228〕關於詩樂的分離，胡樸安曾援引諸說加以討論，參見胡樸安，《詩經學》（台北：商務印書館），1988 年 5 月，頁 51～54。

達成天人合德的境界。從天的方向來說，天所偏重爲理，而由天而知人，藉此以奠定人自覺之存在。從人的方向來說，人所偏重的在情，而由人及天，藉由性情之概念而通達於人我、物我之世界。換言之，天與人各自代表著情與理之面向，而由情識理，由理知情，情理之間又是互動而提升者。至於西漢末期，天人兩條思路則合而爲一，以情爲體而情理不二。凡此種種，先秦兩漢天人意識所表現出來的這種特點，正好爲當時詩經學現象做出解釋。

先秦兩漢詩經學之現象可分爲用詩與詮釋兩大型態。在早期（《易林》以前）的詩經學之中，用詩所表達的，與用詩者之思想有關，而偏於理。至於詮釋則直接來自作者志之探求，而偏於情。由此就思想發展之現象而言，用詩之理表現爲由天知人的過程，詮釋之情則呈現由人及天的路向，由此用詩與詮釋即呈現思想現象上天人、情理互動發展的情形。除了現象層面上用詩與詮釋適巧代表著先秦兩漢思想發展上由天而人與由人而天的互動發展外，此一天人思想現象之背後，亦代表著用詩所呈顯之客觀性，以及詮釋所表現之主觀性。就根源來說，用詩之客觀性乃是由主觀性之情感而生者。就實際之情形來說，則用詩之客觀性必然須要落實於實際之場域，在落實之時其理必得隨時而變，以成就、合乎人情，呈現了客中有主的情形。而詮釋所代表之情的面向也在志的認知深入的同時，見志之普遍之理，進而表現出主觀之情中的客觀性。至於用詩之餘，並朝德性之目標前進。而不管是用詩亦或詮釋，對先秦兩漢的學者來說，情、理之互動都是統攝於成德之目的者。由此，則西漢晚期以前的詩經學，其用詩與詮釋之間在思想理路上實在情志爲主體的基礎上，呈現天人、情理之相互含蘊、互動而提升之情形。就西漢晚期發展出來的《易林》而言，《易林》在天人相應的思想背景下，創作詩歌以爲用，合事理爲一，其用詩即寫詩，因而將原本用詩與詮釋之天人互動轉而爲創作與詮釋之互動。不只如此，《易林》合事理爲一，於是原本之見於用詩與詮釋之情理互動遂成爲事情之互動，而事、情之互動即如同今日習見詩歌情境之情、事（景）交融。由此，先秦兩漢詩經學的兩種型態──用詩與詮釋之發展與關係正好爲當時天人意識下天人之間所表現之特質與發展，而此種發展正可以解釋今日詩學創作、詮釋與情景關係之由來。